빨강 머리 앤

Anne of Green Gables

Anne of Green Gables

빨강 머리 앤

루시 모드 몽고메리 지음 | 김지영 옮김

브라운힐
BrownHill Pub

빨강 머리 앤

1판 1쇄 인쇄 | 2022. 5. 5.
1판 1쇄 발행 | 2022. 5. 10.

지은이 | 루시 모드 몽고메리
옮긴이 | 김지영
펴낸이 | 윤옥임

펴낸곳 | 브라운힐
서울시 마포구 신수동 219번지
대표전화 (02)713-6523, 팩스 (02)3272-9702
등록 제 10-2428호
ⓒ 2022 by Brown Hill Publishing Co. 2022, Printed in Korea

ISBN 979-11-5825-117-8 03840

| 차 례 |

앤이 사는 마을

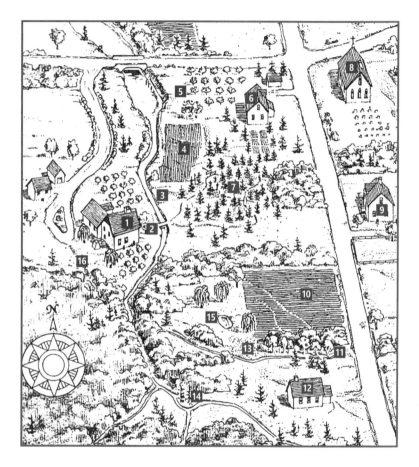

① 초록지붕집   ② 눈의 여왕   ③ 드라이어드 샘   ④ 벨 씨네 들판
⑤ 한적한 들판   ⑥ 다이애나의 집   ⑦ 유령의 숲   ⑧ 교회
⑨ 우체국   ⑩ 배리 씨네 밭   ⑪ 자작나무 길   ⑫ 학교
⑬ 제비꽃 골짜기   ⑭ 빅토리아 섬   ⑮ 버드나무 연못   ⑯ 사랑의 오솔길

레이첼 린드 부인이 깜짝 놀라다

에이번리 마을의 큰길을 따라 작은 골짜기로 꺾어 내려가면 레이첼 린드 부인이 살고 있는 작은 평지가 나왔다. 집 주변은 오리나무와 푸크시아 꽃들이 즐비했고, 커스버트 씨 농가의 뒤쪽 숲에서 내려오는 개울이 집 앞을 가로지르며 졸졸 흘렀다. 숲속의 개울은 폭포처럼 거칠게 흘렀지만, 린드 부인의 집 앞에 이르면 품위와 예절을 지켜야 한다는 듯 조용하고 잔잔해졌다. 린드 부인이 언제나 창가에 붙어 앉아 날카로운 시선으로 집 밖을 살피고 있음을 알고 있는 것처럼 말이다.

자기 일을 제쳐두고 남의 일에 시시콜콜 참견하는 사람들은 어느 마을에든 있기 마련이다. 하지만 린드 부인은 자기 일을 잘 챙기는 것은 물론 집안일까지도 척척 해내면서 다른 사람들의 일에도 잘 끼어드는 대단한 능력자였다. 자선 바느질 모임을 이끌 뿐 아니라 주일학교 일도 도왔고, 교회의 봉사 모임과 해외 선교 후원회의 일에도 누구보다 열성적이었다. 이 모든 일을 다 하고도 린드 부인은 부엌 창가에 몇 시간씩 앉아, 에이번리의 부인들이 감탄해 마지않는 솜씨로 침대보를 열여섯 장이나 떴다. 그러면서도 골짜기를 지나 붉은 언덕 너머까지 이어지는 큰길을 날카롭게 살피곤 했다.

에이번리는 세인트로렌스 만 쪽을 향한 세모꼴의 작은 곶(바다나 호수로 가늘게 뻗어 있는 육지의 끝부분)으로, 마을 양쪽이 바다와 접해 있었다. 그런 이유로 마을 오가는 사람이라면 누구나 린드 부인의 집에서 마주 보이는 언덕길을 지나야만 했기에, 누구라도 부인의 시선을 피할 도리가 없었다.

6월의 맑게 갠 어느 날 오후, 린드 부인이 여느 때처럼 창가에 앉아 있었다. 창밖에선 햇살이 부서져 내렸고, 집 아래쪽 비탈에 자리한 과수원에는 연분홍색 꽃들이 활짝 피어 있어 수많은 벌떼들이 앵앵거리며 날아올랐다. 에이번리 사람들이 '레이첼 린드의 남편'이라고 부르는, 몸집이 작고 마른 토머스 린드는 헛간 너머 텃밭에서 철 지난 순무 씨를 뿌리고 있었다. 그렇다면 매슈 커스버트도 초록지붕집 너머에 있는 붉은 텃밭에서 순무 씨를 뿌리고 있어야 했다. 전날 밤 린드 부인이 카모디에 있는 윌리엄 블레어의 상점에 갔을 때 매슈가 피터 모리슨에게 다음 날 오후에 씨를 뿌릴 거라고 말하는 걸 들었기 때문이다.

그런데 한창 분주해야 할 오후 세 시 반에, 매슈 커스버트가 마차를 몰고 천천히 언덕을 오르는 것이 시야에 들어왔다. 그것도 하얀 깃을 댄 셔츠에 가장 좋은 슈트를 입고서 말이다. 이런 차림에다 마차와 적갈색 암말까지 끌고 가는 것을 보면 꽤 먼 길을 떠나는 것 같았다.

'아니, 무 파종이 바쁠 땐데 어딜 가는 거지?'

마을 사람 일이라면 누가 무슨 일로 어디에 가는지 훤히 알고 있는 린드 부인이었지만, 이번만은 도무지 짐작이 되지 않았다.

매슈는 몹시 내성적이고 부끄러움이 많아서 모르는 사람과는 말도 섞지 않았고, 웬만해선 마을 밖으로 나서지도 않았다. 그런 매슈가 옷을 차려입고 마차를 몰고 나간다는 건 정말이지 흔치 않은 일인데, 아무래도 반드시 움직여야 할 중요한 일이 일어난 모양이었다. 아무리 머리를 굴려도 답이 떠오르지 않는 바람에 린드 부인은 즐거워야 할 오후 시간을 망치고 말았다.

차를 마시고 나서도 좀처럼 궁금증이 사라지질 않아 견딜 수 없어진 린드 부인은 '초록지붕집'이라 불리는 매슈의 집에 가봐야겠다고 마음먹고 길을 나섰다. 널찍한 과수원으로 둘러싸인 초록지붕집은 그리 멀지 않은 곳에 있었지만, 좁다란 오솔길을 따라 한참을 걸어 들어가야 했다.

매슈의 아버지는 아들만큼이나 내성적인 사람인지라 되도록이면 마을 사람들과 멀리 떨어진 곳에서 살고 싶어 했다. 그래서 농장을 일군 다음 개간지 끝에다 터를 잡고 집을 지었기 때문에 지금도 에이번리 집들이 옹기종기 모여 있는 큰길에서 초록지붕집은 귀퉁이만 겨우 보였다.

매슈는 아버지가 지은 이 집에서 여동생 마릴라와 함께 살고 있었다. 린드 부인은 이렇게 외진 곳에서 사는 것은 제대로 사는 게 아니라 '그냥 머무는 것'이라고 생각했다.

'이렇게 구석진 곳에서 살다니, 참으로 특이한 사람들이야. 하긴 나무가 저렇게 많으니까 나무를 친구로 여기는지도 모르지. 그래도 두 사람은 만족하는 것 같아 보이는데, 익숙해져서 그런 게 아닐까? 사람이란 뭐든 익숙해지는 법이니까. 아일랜드 속담에 목을 매다는 것도 익숙해진다는 말이 있잖아.'

길 양옆으로 들장미 넝쿨이 무성하고 마차의 바퀴 자국이 움푹 팬 오솔길을 따라 걷다보니, 초록지붕집 뒤뜰에 닿아 있었다. 마당은 나뭇가지나 돌멩이 하나도 널브러진 것 없이 말끔히 치워져 있어서, 바닥에 떨어진 음식을 그냥 주워 먹어도 될 정도로 깔끔했다. 린드 부인은 마릴라가 집 안을 청소하는 만큼이나 마당도 쓸어대는 모양이라고 생각했다.

린드 부인은 부엌문을 두드리고는, 안에서 들어오라는 소리가 들리기가 무섭게 재빨리 부엌으로 들어섰다. 담쟁이덩굴이 푸르게 뒤덮인 창으로 햇살이 비쳐들고 있는 초록지붕집의 부엌은 기분 좋은 분위기를 풍겼다. 지나치다 싶을 만큼 깨끗하게 정돈되어 있어서 평소에 사용하지 않는 응접실처럼 느껴지긴 했지만 말이다.

햇빛을 별로 좋아하지 않는 편인 마릴라는 빛이 덜 들어오는 동쪽 창가에 앉아서 바느질을 하고 있는 중이었고, 뒤에 놓인 식탁에는 음식이 차려져 있었다.

린드 부인은 세 개의 접시가 놓인 식탁 위를 보는 순간, 모든 상황을 짐작할 수 있었다.

'매슈가 누군가와 함께 오는 모양이군.'

그러나 접시는 늘 쓰는 것들이었고 음식도 특별하지 않은 것으로 보아 대단한 손님이 오는 것은 아닌 듯했다. 그렇다면 매슈의 흰 셔츠와 적갈색 암말은 뭐지? 린드 부인은 조용하던 초록지붕집에 알 수 없는 수수께끼가 생기자 갑자기 머리가 어질어질해졌다.

"안녕하세요, 레이첼. 정말 좋은 저녁이네요. 앉으세요. 가족들은 잘 지내시죠?"

마릴라가 활기차게 인사했다.

두 사람은 성격을 비롯하여 많은 것이 매우 달랐다. 그런데도 두 사람 사이에는 우정이란 말로밖에 표현할 수 없는 그 무언가가 존재했다. 키가 크고 마른 몸매의 마릴라는 흰머리가 드문드문 섞여 있는 머리를 말아 올려 두 개의 핀으로 고정시켜 놓았다. 경험의 폭이 좁아서인지 다소 편협해 보이는 인상이었는데, 실제로도 그런 면이 없지 않았다. 다만 말하는 방법을 약간만 다듬는다면 유머 감각이 있다는 느낌을 줄 수도 있는 사람이었다.

"우린 잘 지내지요. 그런데 마릴라의 집에 무슨 일이 생긴 것은 아닌가 하고 걱정했어요. 매슈가 급히 나가는 걸 보고, 혹시 의사 선생님을 모시러 가는 건가 했거든요."

마릴라는 입술을 실룩거리며 빙긋이 웃었다. 그러잖아도 매슈가 마을 밖으로 나가는 것을 본다면, 호기심 많은 린드 부인이 궁금증을 참지 못하고 달려오리라 예상했기 때문이었다.

"어젯밤엔 머리가 약간 아팠지만 오늘은 괜찮네요. 매슈는 브라이트리버 역에 갔어요. 노바스코샤에 있는 보육원에서 데려오기로 한 남자아이가 오늘 저녁에 기차로 도착해서요."

린드 부인은 너무 놀라 한참 동안 말문이 막혀 버렸다.

'오, 세상에! 보육원에서 남자애를 데려온다고? 다른 사람도 아니고, 매슈와 마릴라가! 이건 세상이 뒤집힐 일이잖아. 이제 더 놀랄 일은 없겠네! 절대로 없지!'

마릴라가 농담을 할 리도 없었지만 린드 부인은 그렇게 생각할 수밖에 없었다.

"마릴라, 그게 정말이에요?"

간신히 입을 연 린드 부인이 확인하듯 물었다.

"그럼요. 정말이지요."

마릴라는 노바스코샤의 보육원에서 남자아이를 데려오는 건 제대로 된 에이번리 농장에서라면 봄철에 으레 있는 일거리라도 된다는 듯 대답했다. 이건 듣도 보도 못한 일이었는데 말이다.

"아니, 어떻게 그런 생각을 했어요?"

린드 부인은 믿을 수 없다는 듯 재차 물었다. 더욱이 자기에게 조언도 구하지 않고 이런 일을 결정했으니, 당연히 못마땅해 하는 기색을 드러냈다.

"사실 생각한 지는 오래됐어요. 지난해 크리스마스 전날 알렉산더 스펜서 부인이 여기 왔었는데, 봄이 되면 어린 여자아이 하나를 보육원에서 입양하겠다고 하시더군요. 호프턴에 사는 사촌이 그곳 사정을 잘 안다면서요. 그 말을 듣고 나서, 우리도 의논을 했지요. 그러고는 남자아이 하나를 입양하기로 한 거예요. 매슈가 예순이 넘은 나이에 심장병까지 겹쳐서 예전 같지가 않아요. 그렇다고 사람을 쓰자니 이것저것 신경 쓸 일이 많잖아요. 그래서 오랜 생각 끝에 스펜서 부인에게 부탁했어요. 여자아이를 데리러 가는 김에 열 살쯤 되는 똘똘한 남자아이 하나를 우리한테 데려다 달라고요. 우선은 잔심부름이나 시키다가 제대로 가르쳐보고 싶어요. 가족이 되어주고 학교도 보낼 생각이에요. 오늘 다섯 시 반 기차로 도착한다는 전보가 왔어요. 스펜서 부인은 브라이트리버 역에 아이를 내려놓고 나서 곧장 화이트샌즈 역으로 가실 거라더군요."

어떤 자리에서든 자기 생각을 후련히 털어놓아야 직성이 풀리는 린드 부인은 마릴라의 말이 끝나기 무섭게 재빨리 말을 쏟아내기 시작했다.

"마릴라, 솔직히 말해 바보 같고 위험한 일을 저지른 것 같아요. 대체 어떤 애가 올 줄 알고 그 애를 기른다는 거예요? 부모가 어떤 사람인지, 성격이 어떤지도 알지 못하면서 어떻게 애를 집에 들이느냐고요! 더군다나 애가 일을 저지를지도 모르잖아요. 지난주 신문에 난 기사 못 봤어요? 섬 쪽에 사는 부부가 보육원에서 남자애를 하나 입양했는데, 그 애가 밤에 집에다 불을 질렀대요. 금방 껐으니 망정이지, 그 집 사람들 자다가 불에 타서 죽을 뻔했다지 뭐예요. 나한테 미리 조언을 구했다면 생각조차 하지 말라고 말렸을 텐데, 왜 안 그랬어요?"

마릴라는 린드 부인의 말을 들으면서 기분 나빠하거나 동요하는 기색 없이 차분하게 바느질을 계속했다.

"레이첼의 말이 틀렸다고 생각하지 않아요. 나도 처음에는 별로 내키지 않았으니까요. 그런데 매슈가 워낙 간절히 바라고 있어서 그러자고 했어요. 매슈는 평소에 고집을 부리거나 집착하는 일이 별로 없는데 이번에는 완강하더라고요. 그리고 위험 문제도, 그럴 가능성이 없는 사람이 세상에 어디 있겠어요. 친자식을 키울 때도 위험은 다 있잖아요. 게다가 미국이나 영국도 아닌 우리 섬 바로 옆에서 데려오는 것이니, 그 아인 우리랑 크게 다르지 않을 거예요."

"어쨌든 잘됐으면 좋겠네요. 만에 하나 집에다 불을 지르거나 우물에 독약을 풀어 넣는 일이 일어나도 왜 말리지 않았느냐고 원망하진 말아요. 뉴브런즈윅에서도 보육원 출신 아이가 우물에 독약을 넣어, 온 가족이 고통스러워하며 죽었다는 이야기를 들었어요. 그 아인 여자애였지만."

린드 부인은 잘한 일이 아닐 거라는 속내를 감추지 않고 말했다.

"우린 여자애를 데려오는 것도 아닌걸요. 여자애를 키울 생각은 해본 적이 없어요. 스펜서 부인은 왜 여자애를 입양하는지 모르겠다니까요. 물론 그 부인이야 마음만 먹으면 보육원에 있는 아이들을 몽땅 입양해 버릴 수도 있겠지만요."

마릴라는 우물에 독약을 푸는 일은 여자애들이 저지르는 일이니, 남자애라면 안심해도 된다는 듯이 대꾸했다.

린드 부인은 매슈가 고아를 데려올 때까지 그 집에 있고 싶었다. 하지만 도착하려면 족히 두 시간은 더 걸릴 것 같아서, 차라리 돌아가는 길에 로버트 벨의 집에 들러 이 놀라운 소식을 전해야겠다고 마음먹었다. 이 일은 모든 사람들에게 화젯거리가 될 게 분명했다. 린드 부인은 이런 식으로 떠들썩하게 일을 벌이는 것을 워낙 좋아했기 때문에 그만 가봐야겠다면서 일어섰다.

린드 부인의 비관적인 말에 마릴라는 애써 눌러두었던 두렵고 복잡한 생각이 스멀스멀 올라오기 시작했다. 부인이 돌아가고 나자 그제야 다소 마음이 놓이는 것 같았다.

오솔길로 접어든 린드 부인은 탄성을 지르고 나서 큰 소리로 떠들기 시작했다.

"세상에나! 이런 일이 생길 줄 누가 알았겠어. 아무래도 내가 꿈을 꾸는 것 같다니까. 어떤 애가 올지 모르지만 그 애가 정말 가여워. 매슈나 마릴라가 어린애에 대해 뭘 알겠느냐고. 초록지붕집에 어린애라니, 생각만 해도 이상해. 그 집을 지을 때도 매슈와 마릴라가 다 자란 후였잖아. 하긴 그 둘을 보면 어린 시절이 있었을 거란 생각도 들지 않는다니까. 난 무슨 일이 있어도 그 고아의 처지가 되고 싶진 않아. 아무튼 애가 안됐어."

린드 부인은 오솔길을 걸으면서 들장미 넝쿨을 향해 하고 싶었던 말을 마음껏 쏟아냈다. 만약 그 순간에 레이첼이 브라이트리버 역에서 참을성 있게 기다리고 있는 아이를 봤더라면 한층 더 가엾게 여겼을 것이다.

2
매슈 커스버트가 당황해하다

　매슈 커스버트는 상쾌한 기분으로 과수원 길을 달렸다. 부드러운 바람이 살랑살랑 스칠 때마다 과수원의 달콤한 꽃향기가 코끝을 간질였다. 전나무 숲과 꽃이 활짝 핀 벚나무 골짜기를 지나자, 들꽃이 무리 지어 피어 있고 진주 빛과 보랏빛 아지랑이가 어른거리는 아름다운 마을길이 저 멀리 수평선까지 뻗어 있었다.

　'작은 새들이 노래하네. 마치 여름이 일 년 중 오늘 하루인 것처럼 노래하네.'

　매슈는 나름대로 나들이를 즐기면서 마차를 몰았지만, 마을 여자들과 마주치는 순간은 당황스럽고 버거웠다. 프린스에드워드 섬에서는 아는 사람이든 모르는 사람이든, 길에서 마주치면 고개 숙여 서로 인사를 건넸다.

　매슈는 마릴라와 린드 부인을 빼놓곤 마을 여자들이 불편하고 무서웠다. 자신을 비웃는다고 생각하기 때문이었다. 어쩌면 매슈의 짐작은 맞을 수도 있었다. 매슈는 외모도 볼품없을 뿐 아니라, 긴 회색 머리가 구부정한 어깨까지 내려온 데다 스무 살 때부터 길러온 덥수룩한 갈색 턱수염 때문에 괴상하단 인상을 풍겼다. 사실 매슈는 스무 살 때도 흰머리는 없었지만 예순 살은 된 것처럼 보였다.

매슈는 마침내 브라이트리버 역에 도착했다. 하지만 어디에도 기차는 보이지 않았다. 매슈는 너무 일찍 도착했다고 생각하고 브라이트리버 호텔 마당에 말을 묶은 다음 역으로 들어갔다. 기다란 플랫폼은 텅 비어 있었고, 저 멀리 널빤지 더미 위에 여자애 하나가 앉아 있을 뿐이었다. 매슈는 여자애인지도 알아채지 못할 정도로 그 아이에겐 눈길도 주지 않고서 서둘러 지나쳤다. 매슈가 그 아이를 잠깐이라도 쳐다보았다면 긴장감과 기대감이 섞여 있는 표정을 놓치지 않았을 것이다. 아이는 기다리는 것 외에는 할 수 있는 일이 없었기에 온 마음을 다해 누군가를 열심히 기다렸다.

매슈는 저녁 식사를 하러 집에 가려고 매표소 문을 잠그고 있는 역장에게 다섯 시 반 기차가 언제 도착하느냐고 물었다.

"30분 전에 지나갔지요. 아참, 커스버트 씨를 찾는 아이가 있었어요. 어린 여자아이인데 여성 대합실에 들어가서 기다리라니까, 상상하기엔 밖이 더 좋다면서 저기 널빤지 위에 앉아 있어요. 좀 특이하던데요."

역장이 호쾌하게 대답했다.

"제가 데리러 온 아이는 여자애가 아닌데요. 남자애죠. 스펜서 부인이 노바스코샤에서 데려오기로 했거든요."

매슈는 어리둥절해하며 말했다.

역장은 알 수 없다는 듯 휘파람을 불었다.

"뭔가 착오가 생긴 모양이군요. 스펜서 부인이 저한테 맡긴 애는 틀림없이 여자애예요. 커스버트 씨와 여동생분이 보육원에서 여자애를 입양했다고 하면서 금방 데리러 오실 거라고 했어요. 제가 들은 건 그게 전부입니다. 여기에 감춰둔 다른 고아는 없습니다."

"어떻게 된 일인지 이해가 안 가는데……."

매슈는 난감한 표정으로 한참 동안 쩔쩔맸다. 이 상황에 잘 대처할 수 있는 마릴라가 여기 있다면 얼마나 좋을까 하는 생각만 들 뿐이었다.

"그럼 저 애한테 한번 물어보시죠. 무슨 할 말이 있겠지요. 아마 커스버트 씨가 부탁한 남자애가 없어서 대신 보낸 애인지도 모르잖아요."

역장은 성의 없이 이렇게 말하고는 배가 고파서인지 성큼성큼 가 버렸다.

매슈는 처음 보는 여자애한테 말을 걸어야 한다고 생각하니 몹시 난감했다. 한참을 머뭇거리다가 하는 수 없이 여자애 쪽으로 느릿느릿 걸음을 옮겼다.

여자애는 매슈가 도착한 후로 줄곧 그를 지켜보고 있었고 지금도 시선을 떼지 않고 있었다. 매슈는 여자애를 쳐다보지 않았지만, 혹시 봤다고 해도 그 아이가 어떤 모습인지 알아채지 못했을 것이다.

열한 살가량 되어 보이는 여자애는 몸에 꽉 끼고 깡뚱한데다 색까지 바랜 갈색 원피스를 입고 있었으며, 낡은 갈색 모자 밑으로는 양 갈래로 땋아 내린 숱 많은 빨간 머리카락이 등까지 늘어뜨려져 있었다. 창백할 만큼 하얗고 자그마한 얼굴은 주근깨투성이였고, 입과 눈은 큼지막했다. 두 눈동자는 불빛 때문인지 초록빛으로 보이기도 하고 또 어떨 때는 회색빛으로 보이기도 했다.

무심코 보는 아이의 모습은 이러하지만, 예리한 시선으로 보면 아이의 표정에서 넘치는 생기를 발견했을 것이다. 반짝거리는 커다란 두 눈과 넓고 둥근 이마, 야무져 보이는 입과 날카로운 턱은 성격이 시원하고 딱 부러져 보였다. 한마디로 분별력 있는 사람이라면 이 아이가 평범하지 않은 영혼을 가졌다고 생각했을 터였다. 매슈가 터무니없이 겁을 내는 여자들과 다르게 말이다.

그러나 매슈에게는 그런 점을 알아볼 마음의 여유가 없었다. 여자애한테 뭐라고 말을 걸까, 그것만이 머리를 맴돌았기 때문이다. 하지만 그런 걱정은 이내 사라져 버렸다.

매슈가 자기 쪽으로 걸어온다고 확신하자, 여자애는 벌떡 일어서더니 햇볕에 그을린 가는 손으로 낡은 가방을 부여잡았다. 그러더니 한쪽 손을 내밀며 맑고 천진한 목소리로 말했다.

"초록지붕집의 매슈 커스버트 아저씨지요? 만나 뵙게 되어서 정말 기뻐요. 안 나오시면 어쩌나 걱정하면서 여러 가지 상상을 하고 있었어요. 밤이 될 때까지 오지 않으시면, 저기 모퉁이에 있는 벚나무 위에서 밤을 보내려고 했어요. 달빛이 비치는 하얀 벚꽃 속에서 잠들면 멋지기도 하고 무섭지도 않을 것 같았어요. 대리석으로 꾸며진 방이라고 상상할 수도 있고요. 만약 오늘 밤에 안 오시면, 내일 아침에는 꼭 오실 거라고 믿고 있었어요."

매슈는 어색하게 아이의 조그맣고 마른 손을 잡았으나 막상 어떻게 해야 좋을지 몰라 머뭇거렸다. 반짝이는 눈으로 쳐다보는 아이한테 '우리가 원한 건 네가 아니었다.'고 어떻게 말할 수 있겠는가. 그래서 일단 집으로 데려가서 마릴라에게 떠넘겨야겠다고 생각했다. 어찌 되었든 어린애를 브라이트리버 역에 혼자 두고 갈 수는 없었다.

매슈가 쑥스러워하면서 말했다.

"늦어서 미안하구나. 자, 마차가 있는 마당으로 가자. 가방은 이리 주고."

아이는 다소 들뜬 목소리로 대답했다.

"아니에요. 제가 들게요. 이 가방 속에 제 전 재산이 들어 있지만 무겁지 않아요. 게다가 드는 방법이 있어서 잘못하면 손잡이가 빠져요. 이건 진짜 오래된 가방이거든요. 그래서 제가 들어야 해요. 벚나무 위에서 자는 것도 괜찮지만 아저씨가 와주셔서 정말 기뻐요. 마차를 타고 한참 가야 되지요? 스펜서 아줌마가 12킬로쯤 될 거라고 그러셨어요. 저는 마차 타는 걸 정말 좋아해요. 게다가 이제부터 아저씨랑 같이 살게 되고, 가족이 될 수 있다니 정말 신나고 근사해요. 저는 지금까지 누구와 가족이 되어본 적이 한 번도 없거든요. 진짜 가족 말이에요. 저는 보육원은 너무 싫어요. 거기서 넉 달밖에 안 지냈지만, 최악이었어요. 그런 데서 살아본 적 없는 사람은 모를 거예요. 스펜서 아줌마는 이런 말을 하는 저를 못됐다고 하면서 나무라셨지만 나쁜 뜻으로 드리는 말씀은 아니에요. 물론 보육원 사람들은 좋았어요. 하지만 보육원에는 상상할 거리가 정말로 없어요. 처량하게 한탄만 하는 아이들이 대부분이거든요. 그래도 그럭저럭 재미있는 상상도 하긴 했어요. 옆 친구가 원래는 백작의 딸인데 어릴 때 고약한 유모에게 유괴를 당했고, 그 유모가 모든 것을 고백하기 전에 죽어 버렸다든지 하는 상상 말이에요. 밤이면 말똥말똥 눈을 뜨고서 그런 상상을 하곤 했어요. 낮에는 바빴거든요. 그래서 제가 이렇게 말랐나 봐요. 진짜 보기 싫을 정도로 깡말랐죠? 누가 봐도 그럴 거예요. 저는 팔꿈치가 움푹 파이도록 살이 올라, 귀엽고 통통했으면 좋겠어요."

단숨에 이렇게 말한 아이가 겨우 입을 다물었다. 숨이 가쁘기도 했지만, 마차 앞에 도착했기 때문이었다.

두 사람이 탄 마차가 큰길을 벗어나 야트막한 비탈길을 내려갈 때까지 아이는 한마디도 하지 않았다. 길가에는 활짝 핀 산 벚나무와 곧게 뻗은 흰 자작나무가 촘촘히 늘어서 있었다.

아이는 마차 옆을 스치는 벚나무 가지 하나를 손을 뻗어 꺾으며 말했다.

"정말 예쁘죠? 저기 언덕에, 하얀 레이스 장식처럼 늘어진 나무 말이에요. 저걸 보면 어떤 생각이 드세요?"

"글쎄다. 난 잘 모르겠는데."

"아이 참! 신부죠. 새하얀 드레스를 입고 안개 같은 면사포를 쓴 신부 말예요. 그런 신부를 아직 본 적은 없지만, 상상할 수는 있어요. 물론 제가 그런 모습을 한 신부가 될 수는 없겠지만요. 저처럼 볼품없는 애랑은 아무도 결혼하고 싶어 하지 않을 테니까요. 외국 선교사라면 모를까……. 그래도 언젠가 한번 그런 흰 드레스를 입고 싶기는 해요. 그게 저의 가장 큰 소원이에요. 저는 아직 한 번도 예쁜 옷을 입어본 적이 없거든요. 하지만 상상은 참 많이 해봤어요. 오늘 아침에 보육원에서 나올 때는 정말 창피했어요. 이렇게 낡은 옷을 입어야 해서요. 고아들은 모두 이런 옷을 입거든요. 지난겨울에는 옷감 상인 한 분이 옷감을 300마나 기증했어요. 팔리지 않아서 주셨을 거라고 하는 사람들도 있지만, 저는 그분이 착하기 때문이라고 믿어요. 그렇겠죠? 제가 기차를 탔을 때는 모두들 저를 불쌍하다는 듯이 쳐다보는 것 같아서 부끄러웠어요. 그렇지만 곧 아주 멋진 하늘색 원피스를 입고 있다고 상상하기 시작했어요. 갖가지 꽃과 하늘거리는 깃털로 장식한 모자를 쓰고, 금시계를 차고, 가죽장갑에다 부츠까지 신고 있다고요. 그랬더니 금방 기분이 좋아져서 이곳 섬으로 올 때까지 정말 즐거웠어요. 배를 타고 오는데 멀미도 전혀 나지 않은걸. 평소에 멀미를 하는 스펜서 아줌마도 이번에는 괜찮으셨어요. 제가 혹시 배에서 떨어질까 봐 지켜보느라 멀미를 할 틈도 없으셨대요. 저처럼 나대는 아이는 본 적이 없다고 하셨는데, 그래도 그 덕분에 멀미가 나지 않았다니 다행이지 뭐예요. 저는 배에서 볼 수 있는 건 무엇이든 놓치지 않고 다 보고 싶어서 여기저기 돌아다녔어요. 그런 기회가 다시 오지 않을 수도 있으니까요. 어머나! 저긴 벚꽃들이 더 많네요. 정말 이곳처럼 꽃이 많은 곳은 처음이에요. 프린스에드워드 섬이 세상에서 제일 아름다운 곳이라고들 해서 여기서 사는 것을 상상한 적이 있는데, 그 상상이 이루어질 줄은 꿈에도 몰랐어요. 상상하는 일이 그대로 이루어진다는 건 정말 멋진 일이에요. 그런데 저 길이 빨간 건 정말 이상해요. 기차를 타고 오면서 보니까 빨간 길이 언뜻언뜻 스쳐 지나가더라고요. 스펜서 아줌마께 왜 길이 붉은색인지를 여쭤봤더니 모른다고 하시면서 제발 질문 좀 그만하라고 하시더라고요. 지금까지 천 번은 물었겠다고 하시면서요. 물론 제가 많이 묻긴 했지만, 질문을 하지 않으면 모르는 걸 어떻게 알 수 있겠어요. 그런데 저 길들은 왜 빨간 거예요?"

"글쎄다. 나도 잘 모르겠는데."

"좋아요, 언젠가 꼭 알아봐야겠어요. 이제부터 알아내야 할 일이 많다는 걸 생각하니 아주 즐거워요. 세상의 모든 걸 다 잘 안다면 지금의 반만큼도 재미있지 않을 거예요. 상상할 거리도 줄어들 테니까요. 어머! 제가 너무 말을 많이 했지요? 사람들은 저보고 말이 많다고 뭐라고 해요. 듣기 싫으면 그만두라고 말씀하세요. 그러면 입을 다물고 있을게요. 저는 아무리 어려운 일이라도 마음만 먹으면 그만둘 수 있거든요. 어렵긴 하지만요."

매슈는 스스로도 놀랄 정도로 아이의 말을 재미있게 듣고 있었다. 내성적인 사람들이 흔히 그렇듯, 매슈는 혼자서 신나게 떠들어도 상대방에게 대답을 기대하지 않는 사람을 좋아했다. 하지만 여자들은 어떻게 생각해도 별로였고, 특히 여자애들은 더욱 질색이었다. 매슈는 겁먹은 표정으로 자신을 곁눈질하며 슬금슬금 지나가는 여자애들이 정말 싫었다. 그 아이들은 자신들이 한마디라도 말을 하면 매슈가 한입에 먹어 버릴 거라고 생각하는 듯했다. 에이번리에서 교육 좀 받았다는 여자애들은 대부분 그랬다.

그런데 이 주근깨투성이 꼬마 아가씨는 전혀 달랐다. 매슈의 느린 머리로 아이의 기발한 생각을 바로바로 이해하는 것이 쉽지 않았지만 아이가 재잘대는 이야기를 듣다 보니 어느 사이에 즐겁고 흐뭇해지는 것이었다. 그래서 매슈는 언제나처럼 수줍은 어조로 조용히 대답했다.

"난 괜찮으니, 하고 싶은 이야기를 마음껏 해도 돼."

"어머, 정말요? 고마워요, 아저씨! 저는 아저씨하고 금방 친해질 수 있을 것 같아요. 애들은 눈에는 보여도 떠들어선 안 된다는 소리를 지금까지 수백 번은 들었거든요. 그런데 하고 싶은 이야길 마음껏 하라고 하시니 정말 기뻐요. 사람들은 제가 과장해서 말한다고 비웃기도 하지만, 좋은 생각이 떠올랐을 때는 거기에 맞는 멋진 표현을 쓰는 게 맞는 것 같아요. 그렇지 않나요?"

"그런 것 같구나."

매슈가 빙긋이 웃으며 대답했다.

"스펜서 아줌마는 제 혀가 입 가운데에 동동 떠 있는 것 같다고 놀리셨지만 그렇지는 않아요. 제 혀는 제일 끝에 잘 붙어 있으니까요. 참, 아저씨네 집을 '초록지붕집'이라고 부른다면서요? 스펜서 아줌마께 궁금한 건 다 물어봤거든요. 집 주위에 나무가 둘러싸여 있다고 해서 얼마나 좋아했는지 몰라요. 저는 나무를 아주 사랑하는데,

보육원에는 볼품없는 나무 몇 그루밖에 없었어요. 나무들도 퍽 외로워 보였지요. 저는 그 나무들을 보면 고아들처럼 처량해 보여서 눈물이 날 것 같았어요. 오늘 아침에 나무들을 두고 보육원을 떠날 때는 좀 슬펐어요. 그동안 정이 들었었나 봐요. 참, 초록지붕집 근처에는 개울이 있나요? 스펜서 아줌마께 여쭤본다는 걸 깜빡 잊었거든요."

"그래, 집에서 멀지 않은 곳에 실개울이 있지."

"와, 멋져요! 개울 근처에 사는 게 제 꿈 가운데 하나였거든요. 꿈이 이렇게 이루어지다니! 저는 지금 하나만 빼고 거의 완벽하게 행복해요. 어차피 완벽하게 행복할 수는 없겠지만요. 제가 완벽하게 행복하지 않은 이유는…… 잘 보세요, 이게 무슨 색깔 같아요?"

아이는 어깨까지 땋아 내린, 길고 반짝이는 머리 묶음 하나를 잡아당겨 매슈의 눈앞에 들이댔다. 매슈는 여자들의 머리 빛깔에 대해 말해 본 적이 없었지만, 이 색은 생각할 필요가 없었다.

"빨간색이네. 그렇지 않니?"

매슈가 아이를 바라보며 대답했다. 아이는 잡아당긴 머리 묶음을 제자리로 돌려놓으며 땅이 꺼져라 한숨을 쉬었다. 그리고는 체념한 듯한 목소리로 말했다.

"맞아요, 빨간색이에요. 그러니 어떻게 아주 행복해질 수 있겠어요. 빨강 머리는 상상으로도 바꿀 수가 없는 걸요. 피부색이나 눈빛깔은 모두 아름다운 색으로 상상할 수 있어요. 하지만 빨강 머리만큼은 되질 않아요. 아무리 마음속으로 아름다운 색깔을 상상해도 머리카락이 새빨갛다는 생각은 지워지질 않아요. 저는 평생 이것 때문에 슬플 거예요. 언젠가 슬픔을 지닌 채 살아가는 아이가 나오는 소설을 읽은 적이 있어요. 물론 그 아이가 빨강 머리 때문에 슬픈 건 아니었어요. 눈부신 금발이 석고 같은 이마에서부터 등까지 물결

치고 있다고 했거든요. 그런데 석고 같은 이마가 어떤 것일까요? 저는 짐작이 잘 안 돼요. 혹시 아저씨는 아세요?"

"글쎄, 잘 모르겠는데."

매슈는 어지러움을 느끼며 얼버무리듯 대답했다. 어린 시절에 소풍을 갔다가 웬 아이의 꼬임에 넘어가 회전목마를 탔을 때와 비슷한 느낌이었다.

"아무튼 좋은 표현일 거예요. 그 애가 여신처럼 아름답다고 씌어 있었거든요. 아저씨, 여신처럼 아름답다면 어떤 느낌일지 상상해 보신 적 있으세요?"

"음, 없는데."

매슈는 순진하게 대답했다.

"저는 해봤어요. 여신처럼 아름다운 것과 천재처럼 똑똑한 것, 그리고 천사처럼 착한 것 가운데 하나를 택해야 한다면 어떤 걸 고르시겠어요?"

"글쎄, 나는 잘 모르겠는데."

"저도 잘 모르겠어요. 도무지 고를 수가 없더라고요. 하지만 뭐든 실제로는 되지 못할 테니 상관은 없지만, 그중에서도 천사처럼 착한 사람은 절대 못 될 것 같아요. 스펜서 아줌마가 그러는데……. 어, 아저씨! 어머, 어머! 커스버트 아저씨!"

스펜서 부인이 그렇게 말한 것도 아니었고, 아이가 마차 밖으로 떨어진 것도 아니었다. 그렇다고 매슈가 놀라운 일을 한 것도 아니었다. 그저 마차가 모퉁이를 돌아 가로수가 늘어선 길로 들어서자, 아이가 느닷없이 소리를 친 것이었다.

뉴브리지 사람들이 '가로수 길'이라 부르는 그 길에는 무성한 가지가 뻗은, 수년 전에 늙은 괴짜 농부가 심은 사과나무가 늘어서 있었다. 나뭇가지가 거대한 아치처럼 머리 위를 드리웠고 눈처럼 하얀 꽃들이 향기를 내뿜으며 지붕처럼 일렬로 펼쳐져 장관을 이루었다. 가지 아래로는 보랏빛 땅거미가 지고 있었고, 저 멀리 보이는 노을빛은 대성당 복도 끝의 커다란 장미 문양 창문처럼 반짝였다.

아이는 정신 차리기 힘들 정도로 아름다운 풍경에 넋을 잃은 듯 이내 잠잠해졌다. 의자에 기대어 손을 모아 쥔 채 꼼짝도 않고서 눈앞에 펼쳐진 풍경을 황홀해하는 표정으로 바라보고 있었다. 마차가 가로수가 늘어진 길에서 벗어나 새로운 길로 접어들었을 때도 아이는 입을 열지 않았다. 어둠이 드리우는 서쪽 하늘에 시선을 고정한 채 저녁노을로 빛나는 장엄한 풍광을 응시하고 있을 뿐이었다.

뉴브리지 마을을 지나는 동안 개들이 짖어대는가 하면 꼬마 녀석들이 까르르 웃어대고, 호기심 많은 사람들이 창문 너머로 흘깃거려도 아이는 입을 다문 채 있었다. 5킬로미터를 더 달렸을 때까지도 계속 말이 없는 것을 보면, 쉬지 않고 재잘거리는 이 아이도 입을 다물 수 있었던 것이다.

"많이 피곤하고 배가 고픈가 보구나. 이제 얼마 남지 않았어. 조금만 더 가면 된단다."

아이가 말도 없이 멍하니 있는 이유가 그것뿐일 거라고 짐작한 매슈가 용기를 내어 과감하게 먼저 말을 걸었다.

아이는 긴 한숨을 쉬며 멍하니 매슈를 쳐다보았다. 아득한 곳을 여행하고 돌아온 듯한 표정으로 속삭이듯 물었다.

"아저씨, 조금 아까 지나온 하얀 곳 말이에요. 그게 뭐였죠?"

"음, '가로수 길'을 말하는 모양이구나. 참으로 예쁜 길이지."
매슈가 대답했다.

"예쁜 길……. 하지만 '예쁘다'는 말로는 안 돼요. '아름답다'

는 표현도 맞지 않아요. 한참 모자라요. 아, '경이롭다'는 말이 맞겠네요. 그래요, 경이로워요. 제 상상력을 더한 것보다 더 멋있었던 건 처음이에요. 정말이지 너무나 마음에 들어요."

아이는 한 손을 가슴에 얹은 채 계속 말했다.

"가슴이 찌릿찌릿하면서 아픈 것 같아요. 그런데 이상하게 기분이 좋아요. 아저씨도 이렇게 아파본 적 있으세요?"

"글쎄, 난 잘 모르겠는데."

"저는 자주 그래요. 뭐라 표현할 수 없을 정도로 아름다운 것을 보면 그런 아픔이 느껴져요. 그런데 그렇게 사랑스럽고 아름다운 길을 그냥 '가로수 길'이라고 부르는 것은 말이 안 돼요. 그건 아무 의미도 없는 이름이잖아요. 뭐라고 부르면 좋을까……. 그래, '환희의 하얀 길'이 좋겠어요. 상상력이 깃든 근사한 이름 아닌가요? 저는 장소나 사람의 이름이 마음에 들지 않으면 새 이름을 지어주고, 그 이름을 진짜 이름이라고 상상해요. 보육원에 헵시바 젠킨스라는 이름을 가진 여자애가 있었는데, 저는 그 애를 로잘리아 드비어라고 상상했어요. 다른 사람들이 '가로수 길'이라고 불러도 저는 이제부터 그 길을 '환희의 하얀 길'이라고 부를래요. 집까지 이제 얼마 남지 않았다고 그러셨지요? 좋으면서도 아쉽네요. 즐거운 일이 끝날 땐 언제나 그렇잖아요. 하지만 집에 다 와간다고 생각하니 가슴이 두근거려요. 지금까지 진짜 집에 살아본 적이 없거든요. 정말로 진짜 집에 간다고 생각하니 기분이 좋으면서도 가슴이 아프네요."

두 사람이 탄 마차는 언덕을 넘어 산마루에 올랐다. 언덕 아래로 꾸불꾸불한 강 모양의 긴 연못이 나타났다. 연못 중간에 다리가 놓여 있고, 연못가의 모래밭이 언덕까지 이어져 멀리 펼쳐진 짙푸른 바다를 막고 있었다. 반짝이는 잔물결은 뭐라 형용할 수 없는 오묘

한 빛깔로 시시각각 변하며 장관을 이루었다. 다리 위쪽으로는 무성한 전나무와 단풍나무 숲이 연못을 둘러싸고 있었으며, 잔잔한 물결 위로 어둑한 그림자를 드리웠다. 연못 어귀 늪에서는 맑고 구슬프게 우는 개구리들의 울음소리가 들려왔다. 연못 건너편 비탈길 너머에는 하얀 사과꽃이 만개한 과수원이 있었고, 그 앞에 작은 회색 집이 한 채 있었다. 아직 많이 어둡진 않았지만 회색 집의 창문에선 흐릿한 불빛이 새어나오고 있었다.

매슈가 손끝으로 연못을 가리켰다.

"이건 '배리 연못'이야."

"그 이름도 마음에 들지 않네요. 저 같으면 '반짝이는 호수'라고 하겠어요. 어때요? 어울리지 않나요? 가슴이 떨리는 것 보니까 틀림없어요. 정확하게 맞는 이름이 생각나면 언제나 가슴이 떨리거든요. 아저씨도 가슴이 떨린 적 있으세요?"

매슈는 기억을 더듬었다.

"그런 적은……. 그래, 있지. 봄에 오이씨를 심을 때면 흙 속에서 징그러운 애벌레가 나오는데, 그걸 볼 때마다 가슴이 떨리지. 보기만 해도 싫거든."

"아저씨! 제가 말하는 건 그런 종류의 떨림이 아니에요. 그게 똑같다고 생각하세요? 반짝이는 호수와 애벌레가 무슨 관계가 있겠어요? 그런데 왜 '배리 연못'이라고 부르는 거예요?"

"연못가에 있는 저 집에 배리 씨가 살기 때문일 거야. '비탈길 과수원집'이 배리 씨네 집 이름이지. 집 뒤로 저 커다란 숲이 없었다면 여기서도 초록지붕집이 보일 텐데, 우린 다리를 건너 길을 돌아가야한단다. 이제 800미터 정도 남았구나."

"아저씨, 저 집에도 어린 여자애가 있나요? 아주 어린 꼬마 애

말고, 제 또래 말이에요."

"그래, 열한 살 난 딸이 있지. 이름이 다이애나야."

아이는 숨을 깊이 들이마시며 탄성을 질렀다.

"와! 어쩜, 정말 사랑스런 이름이에요!"

"글쎄, 난 잘 모르겠구나. 약간 이교도적인 냄새가 풍기는 것 같아서. 그보다는 제인이나 메리처럼 얌전하고 평범한 이름이 낫지 않나? 다이애나라는 이름은 그 애가 태어났을 때, 마침 그 집에서 하숙하고 있던 선생이 지어줬다고 하더구나."

"제가 태어났을 때도 그런 선생님이 곁에 계셨으면 얼마나 좋았을까요. 아, 다리예요! 이제부턴 눈을 꼭 감을 거예요. 다리를 건널 때면 늘 무섭거든요. 다리를 반쯤 건넜을 때 잭나이프처럼 다리가 반으로 접혀, 거기에 꽉 끼어 버리는 장면이 자꾸만 떠올라서요. 그래서 눈을 감을 거예요. 하지만 다리 한가운데쯤 갔을 때 눈을 뜨게 돼요. 다리가 진짜로 접힌다면 그걸 직접 보고 싶거든요. 우르릉 하고 굉장한 소리가 날 거예요. 세상에 이렇게 재미있는 것들이 많다니 정말 근사해요. 아, 이제 다리를 다 건넜네요. 이제 뒤돌아볼래요. '반짝이는 호수야, 잘 자!' 저는 제가 사랑하는 것들한테 언제나 인사를 해요. 사람한테 하는 것처럼요. 그러면 걔들도 좋아하는 것 같거든요. 저 연못도 저를 보고 웃는 것 같잖아요."

마차가 모퉁이를 돌아 붉은 언덕으로 오를 때 매슈가 말했다.

"자, 이제 거의 다 왔다. 초록지붕집은 저기……."

"아, 말하지 마세요."

아이는 허겁지겁 매슈의 말을 막았다. 그리고는 반쯤 들어 올린 매슈의 팔을 급히 잡으면서 그가 가리키는 쪽을 보지 않으려고 눈을 감았다.

"아저씨, 제가 맞혀볼게요. 저는 맞힐 수 있어요."

아이는 눈을 뜨고 주위를 둘러보았다. 언덕 꼭대기였다. 해는 어느덧 기울었지만 부드러운 저녁노을 아래 풍경은 여전히 또렷했다. 금잔화 빛 서쪽 하늘 위로 교회 첨탑이 어스름하게 솟아 있었다. 그 아래로 작은 계곡이 있고, 그 너머 길고 완만한 비탈길로 아늑한 농가가 드문드문 늘어서 있었다. 아이는 뜨겁고도 애절한 눈빛으로 농가들을 하나하나 바라보았다. 마침내 아이의 눈길은 왼편으로 보이는 외딴 집에 머물렀다. 주변에 솟아 있는 전나무가 컴컴한 그림자를 드리우고, 하얀 꽃이 만개한 과일나무 가지들이 희미하게 보이는 집이었다. 구름 한 점 없는 남서쪽 하늘에는 길잡이나 약속의 등불처럼 수정 같은 커다란 별이 반짝이고 있었다.

"저 집이지요? 맞죠?"

아이는 손가락으로 가리키며 물었다. 매슈는 흐뭇해하며 적갈색 암말의 말 잔등을 고삐로 살짝 쳤다.

"그래, 맞았어. 스펜서 부인이 이야기해 주셨니?"

"아니에요. 스펜서 아줌마가 해주신 말씀은 다른 집을 설명하는 거랑 큰 차이가 없었어요. 그래서 어떤 집인지 전혀 그려지지가 않았어요. 하지만 저 집을 보는 순간 느낌이 딱 왔어요. 아저씨, 정말 꿈만 같아요. 아마도 제 팔꿈치는 시퍼렇게 멍이 들었을 거예요. 오늘 몇 번이나 팔을 꼬집어봤거든요. 그러다가 이게 꿈이라면 오래도록 깨지 않는 편이 낫겠다 싶어 그만 꼬집기로 했어요. 그런데 이건 꿈이 아니에요. 실제로 일어난 일이고, 눈앞에 집이 보이니까요."

기쁨에 들뜬 아이는 숨을 크게 몰아쉬더니 다시 잠잠해졌다.

매슈는 불안해지기 시작했다. 간절하게 집을 원하는 이 가엾은 아이에게, 우리가 원한 것은 네가 아니라는 말을 해야 한다는 사실이 너무나 잔인하게 느껴졌다. 다만 그 말을 해야 하는 사람이 자신이 아닌 마릴라는 게 그나마 다행스러웠다.

마차는 린드 부인의 집을 지났다. 이미 날은 어둑어둑했지만 린드 부인이 커다란 창으로 그들을 보질 못할 정도로 어둡진 않았다. 초록지붕집으로 가는 길고 좁은 길이 언덕 위로 펼쳐졌다. 집이 가까워질수록 매슈의 마음은 무거웠다. 그가 걱정하는 건 마릴라나 매슈 자신이 아니었고, 이 실수 때문에 벌어질 소란도 아니었다. 머릿속에서 아이가 실망하는 모습이 떠나질 않았다. 그 소중한 기쁨을 사그라뜨려야 한다고 생각하니, 마치 새끼 양이나 송아지처럼 순수하고 작은 생명체를 죽일 때 몰려오는 감정과 비슷한 죄책감과 불편함이 밀려왔다.

마차가 뒷마당에 들어섰을 때, 어둠 속에서 포플러 잎사귀들이 가볍게 바스락거렸다.

매슈가 아이를 안아 마차에서 내려주자, 아이가 가만히 속삭였다.

"들어보세요. 나무들아 잠꼬대를 해요. 아마도 기분 좋은 꿈을 꾸나 봐요."

아이는 그렇게 말하고는 자신의 전 재산이 든 낡은 가방을 꼭 쥐고 매슈를 따라 집 안으로 들어갔다.

3
마릴라 커스버트가 깜짝 놀라 소리치다

매슈가 문을 열고 들어오는 소리에 마릴라가 급히 걸어 나왔다. 그러나 마릴라의 눈에 들어온 건 기다랗게 땋아 내린 빨강 머리에 몸에 맞지 않는 원피스를 거북스럽게 껴입고는 눈을 반짝이며 서 있는 여자애였다. 마릴라는 걸음을 멈추고는 깜짝 놀라 소리쳤다.

"매슈, 어찌 된 일이에요? 남자애는요?"

매슈가 힘없이 대답했다.

"남자애는 없었어. 가보니, 이 애밖에 없었다구."

매슈는 아이에게 이름을 묻지 않았다는 걸 깨달으며 고갯짓으로 아이를 가리켰다.

"뭐라구요? 스펜서 부인에게 부탁한 건 남자애였어요."

"그랬어. 그런데 이 애를 보냈더라구. 역장한테 물어보았더니, 이 애뿐이었다는 거야. 그러니 어쩌겠어? 아이를 역에 그대로 두고 올 수는 없잖아."

"세상에! 무슨 일을 이렇게 한대요?"

두 사람의 이야기를 듣고 있던 아이의 빛나던 눈빛이 점차 생기를 잃기 시작했다. 순간적으로 상황을 알아차린 아이는 꼭 쥐고 있던 가방을 툭 떨어뜨리더니 두 손을 움켜쥔 채 외쳤다.

"저를 원한 게 아니군요? 남자애가 아니어서요. 역시 그랬어요. 지금까지 저를 원한 사람은 아무도 없었거든요. 어쩐지 모든 것이 너무 꿈같아서 잘 믿어지지 않았다고요. 나를 진짜로 원하는 사람이 이 세상에 하나도 없다는 것쯤은 진즉에 알았어야 했는데……. 아아, 이제 어떻게 해야 해요? 울음이 터질 거 같아요."

아이는 의자에 털썩 주저앉더니, 식탁에 얼굴을 파묻었다. 처음에는 낮게 흐느끼더니 얼마 지나지 않아 소리 내어 엉엉 울어댔다. 매슈와 마릴라는 난로를 사이에 두고 서로를 원망하듯 쳐다봤다. 둘 다 무슨 말을 해야 할지 몰라 한동안 난감해했다. 결국 마릴라가 아이를 달래야겠다고 생각하고는 입을 열었다.

"자, 그만! 그렇게 울 일이 아니야."

"울 일이 아니라고요?"

아이는 눈물범벅이 된 채 고개를 치켜들더니 입술을 떨며 말하기 시작했다.

"아줌마가 고아라고 생각해 보세요. 고아가 자기 집에 살 수 있다는 희망을 안고 왔는데, 남자애가 아니라서 싫다고 한다면 어떨 거 같으세요? 아줌마라면 이럴 때 울지 않으시겠어요? 이렇게까지 비참한 일은 처음이에요."

오랫동안 웃어본 적이 없던 마릴라의 엄숙한 얼굴에 어색하지만 부드러운 미소가 스쳤다.

"자, 이제 그만 울어라. 오늘 밤에 당장 내보내지는 않을 테니. 왜 이런 일이 일어났는지 알게 될 때까지 너는 그냥 우리 집에 있어야 하지 않겠니. 그런데 이름이 뭐니?"

아이는 잠시 머뭇거리다가 대답했다.

"코델리아라고 불러주시겠어요?"

"코델리아라고 불러달라고? 그게 네 이름이니?"

"아니……요. 제 이름은 아니지만 그렇게 불러주시면 좋겠어요. 아주 완벽하게 우아한 이름이잖아요."

"도대체 무슨 말을 하는지 모르겠구나. 너의 원래 이름은 뭔데 그러니?"

아이가 마지못해 대답했다.

"앤 셜리예요. 그렇지만 저를 꼭 코델리아라고 불러주세요. 어차피 오래 있을 건 아니니까 뭐라고 부르든 상관없잖아요. 앤이라는 이름은 너무 흔한데다 전혀 로맨틱하지도 않아서 싫어요."

마릴라는 이해할 수 없다는 표정으로 나무라듯 차갑게 말했다.

"이건 무슨 소리니? 로맨틱하지 않아서 싫다고? 앤은 흔히 사용되는 좋은 이름이다. 그런 걸 부끄러워할 필요는 없다."

"부끄러워서 그런 게 아니에요. 그냥 코델리아라는 이름이 좋아서 그래요. 저는 최근 몇 년 동안 제 이름이 코델리아라고 상상해 왔거든요. 더 어렸을 때는 제럴딘이라고 상상했지만 지금은 코델리아가 더 좋아요. 그래도 앤이라고 부르시겠다면, 앤의 철자 뒤에 'e'가 있으니까 끝을 길게 늘여서 불러주세요."

마릴라는 찻주전자를 들어 올리며 다시 한 번 어색하게 미소를 지었다.

"그럼 뭐가 달라지는데?"

"많이 달라져요. 길게 늘인 앤은 짧은 앤보다 아름다운 느낌을 주거든요. 이름을 소리 내서 부르면 종이에 쓰는 것처럼 마음속에 그 이름이 그려지지 않으세요? 저는 그러거든요. 'Ann'은 단순하고 볼품없지만 'Anne'은 세련되고 우아해 보이잖아요. 끝에 'e'가 있는 앤으로 부르신다면 코델리아라고 불리지 않아도 괜찮다고 생각해 볼게요."

"알았다. 그럼 철자 끝에 'e'가 붙은, 길게 늘인 앤으로 부르마. 그런데 어떻게 해서 이런 착오가 생긴 건지 설명해 주겠니? 우리는 스펜서 부인에게 남자애를 부탁했는데……. 보육원에 남자애가 없었니?"

"아니요. 많이 있었어요. 하지만 스펜서 아줌마는 분명히 두 분이 열한 살쯤 된 여자애를 원한다고 그러셨어요. 그래서 원장님이 제가 가는 게 좋겠다고 하신 거고요. 저는 얼마나 기뻤던지 어젯밤에 한잠도 못 잤어요."

앤은 매슈를 돌아보며 원망 섞인 목소리로 말을 이었다.

"아까 역에서 말씀해 주지 그러셨어요. 남자애를 기다렸다고 ……. 왜 저를 역에 그냥 두고 오지 않으셨어요? 제가 '환희의 하얀 길'과 '반짝이는 호수'만 보지 않았어도 이렇게까지 힘들고 슬프지 않을 거예요."

마릴라가 어리둥절한 표정으로 매슈에게 물었다.

"얘가 지금 무슨 말을 하고 있는 거예요?"

"집으로 오는 길에 나눴던 얘기들을 말하는 거야. 마릴라, 난 말을 마구간에 들여놓고 올게. 저녁 좀 준비해 줘."

매슈가 허둥지둥 대답하고 밖으로 나가자, 마릴라가 계속해서 질문을 던졌다.

"스펜서 부인이 너 말고 다른 아이도 데리고 왔니?"

"네. 다섯 살짜리 릴리 존스라는 아이를 데리고 가셨어요. 아주 귀엽고 예뻐요. 머리카락도 짙은 밤색이고요. 만일 제가 예쁘게 생기고 밤색 머리라면, 아줌마는 저를 이 집에 살게 하실 건가요?"

"아니다. 우리 집에는 매슈의 농장 일을 도와줄 남자애가 필요해. 그러니 여자애는 필요 없다. 자, 모자를 벗어라. 그리고 가방도 이리 줘. 복도 탁자 위에 올려놓으마."

앤은 순순히 모자를 벗었다. 잠시 후 매슈가 돌아오자 세 사람은 저녁 식탁에 둘러앉았다. 하지만 앤은 음식을 거의 먹지 못했다. 버터 바른 빵을 조금 베어 먹다가 작은 유리그릇에 담긴 꽃사과 잼을 깨작거리듯이 찍어 먹었다. 먹는 속도가 느리고 음식이 줄어들지 않자 마릴라가 나무라는 말투로 말했다.

"아무것도 먹질 않는구나."

앤이 한숨을 쉬며 말했다.

"못 먹겠어요. 저는 절망에 빠졌어요. 아줌마는 이렇게 절망에 빠져 있는데 음식을 드실 수 있겠어요?"

마릴라가 어이없어하며 대답했다.

"절망에 빠져본 일이 없어서 잘 모르겠다."

"그럼 그런 마음을 상상해 본 적도 없으세요?"

"없다. 그런 걸 왜 상상하니?"

"그렇다면 아줌마는 제가 어떤지 이해하지 못하실 거예요. 어떤 응어리가 목구멍에서 치받고 올라오는 것 같아 음식을 삼킬 수가 없어요. 달고 부드러운 초콜릿 캔디라고 해도 마찬가지일 거예요. 재작년에 처음 초콜릿 캔디를 먹어봤는데, 정말이지 황홀한 맛이었어요. 그 뒤로 초콜릿 캔디 먹는 꿈을 여러 번 꾸었어요. 하지만 꼭 먹으려고 할 때 잠이 깼어요. 아줌마, 제가 음식을 잘 못 먹는다고 마음 상해하지 마세요. 모든 음식이 맛있어 보이지만 목에 걸려서 삼킬 수가 없어서 그래요."

말없이 음식을 먹던 매슈가 말했다.

"아이가 많이 지친 것 같아. 마릴라, 재우는 게 좋겠어."

마릴라는 앤을 어디에 재워야 할지 한참 고민했다. 남자애가 오면 재우려고 부엌방에다 잠자리를 마련해 두긴 했지만, 여자애를 재우기에는 마땅하지 않아 보였다. 그렇다고 손님방을 내주는 것도 말이 안 될 일이었다. 결국 남는 건 2층의 동쪽 다락방뿐이었다.

마릴라는 초를 켜고 앤에게 따라오라고 했다. 앤은 복도 탁자를 지나갈 때 모자와 가방을 챙겨들고서 시무룩하게 그녀의 뒤를 따랐다. 복도는 무서울 정도로 깨끗했는데, 방금 발을 들여놓은 다락방은 더 깨끗했다.

마릴라는 발이 세 개 달린 세모난 탁자 위에 촛불을 두고 이부자리를 준비했다.

"잠옷은 있겠지?"

"네, 두 벌 있어요. 보육원 원장님이 만들어준 건데 몸에 꼭 끼어요. 보육원에는 넉넉한 게 없으니까 뭐든지 작게 만드나 봐요. 저는 잠옷이 꼭 끼는 게 정말 싫지만, 잠자리에 들 땐 언제나 제가 부드러운 천으로 만든 레이스 달린 긴 잠옷을 입고 있다고 상상해요. 그러면 괜찮아져요."

"알았으니 옷 갈아입고 그만 침대에 누워라. 잠시 후에 초를 가지러 올라오마. 네가 알아서 촛불을 끌 것 같지 않으니까. 불을 낼지도 모르잖니."

마릴라가 나간 뒤 앤은 방 안을 둘러보았다. 하얗게 회반죽이 칠해진 벽과 널빤지가 드러난 바닥은 차가워 보였다. 벽은 장식 하나 없이 휑하기 짝이 없었다. 바닥에는 실을 꼬아 만든 둥그런 매트가 덩그러니 깔렸고 나머지는 텅 비어 있었다. 한쪽 구석에는 기둥이 네 개 달린 나무 침대가 놓여 있고, 거울이 걸린 벽에는 아까 봤던 다리가 세 개인 탁자가 붙어 있었다. 탁자와 침대 사이에는 창문이 있었는데, 하얀 모슬린으로 된 주름 장식의 커튼이 드리워져 있었다. 세면대는 창의 맞은편 쪽에 있었다.

방 전체가 경직된 분위기인데다 냉기가 감돌았다. 앤은 훌쩍거리면서 허둥지둥 옷을 벗어 던지고 잠옷으로 갈아입은 다음 침대로 올라갔다. 베개에 얼굴을 파묻고서 이불을 머리끝까지 뒤집어썼다.

마릴라가 촛불을 끄러 방 안에 들어섰는데 벗어던진 옷들이 바닥 여기저기에 엉망으로 흩어져 있었다. 마릴라는 말없이 그 옷들을 집어 들어 차곡차곡 의자 위에 올려놓았다. 그런 다음 촛불을 들고서 침대 곁으로 다가가 어색하긴 했으나 부드러운 소리로 말했다.

"잘 자거라."

그 순간 이불을 젖히고서 앤이 하얀 얼굴과 커다란 눈을 드러냈다.

"잘 자라고 하셨어요? 제가 겪었던 밤 중 가장 슬픈 밤이 될 걸 뻔히 아시면서 어떻게 그런 말을 하실 수 있으세요?"

앤은 따지듯이 쏘아붙이고는 다시 이불을 뒤집어썼다.

마릴라는 천천히 부엌으로 내려가 설거지를 했다. 매슈는 묵묵히 담배를 피우고 있었는데, 그것은 그의 마음이 복잡하고 심란하다는 의미였다. 그는 평소에는 담배를 거의 피우지 않았다. 못된 습관이라며 마릴라가 싫어했기 때문이었다. 하지만 못 견디게 담배를 피우고 싶어 할 때는 눈감아주었다. 남자들도 감정을 풀어낼 출구가 있어야 한다고 생각했기 때문이다.

마릴라가 화난 목소리로 말했다.

"어쩌다 이런 일이 생긴 건지……. 직접 가지 않고 말을 전하니까 이런 일이 생기잖아요. 아무래도 스펜서 가족이 말을 잘못 전한 모양이에요. 내일 스펜서 부인에게 가봐야 할 것 같아요. 저 애를 보육원으로 돌려보내야지요."

매슈는 탐탁지 않아 하며 대답했다.

"글쎄, 그래야······겠지?"

"무슨 대답이 그래요? 심각성을 모르는 거예요?"

"그래서가 아니라······. 마릴라, 아이가 귀엽고 참하더라고······. 그리고 저렇게 여기에서 살고 싶어 하는데, 돌려보내야 한다니 마음이 좋지 않아."

마릴라는 놀란 나머지 추궁하듯이 물었다.

"매슈, 설마 저 애를 우리 집에서 그냥 키우자는 말은 아닌 거죠?"

"아니, 그······ 그런 말이 아니라······."

매슈는 속마음을 분명히 말해야 하는 곤란한 처지가 되자 말을 더듬으며 간신히 말을 이었다.

"그러니까······ 우리가 저 아이를 데리고 있는 것은 쉽지 않겠지?"

"물론이지요. 저 애가 우리에게 무슨 도움이 되겠어요?"

매슈가 불쑥 뜻밖의 말을 했다.

"하지만 우리가 저 애에게 도움이 될 것도 같은데. 그래, 그렇고말고."

"매슈! 저 애가 혼을 다 빼놓은 거 아니에요? 저 애를 데리고 있고 싶어 하는 게 빤히 보이네요."

매슈는 고집을 부리듯 집요하게 말을 이어갔다.

"으응, 저 애는 정말이지 재미있고 귀엽더라고. 너도 저 애가 역에서 오는 동안 종알대는 걸 들었어야 하는데."

"저 애는 말이 많고 엄청 빠르더라고요. 단박에 알았어요. 그건 장점도 아니고, 난 말 많은 애들은 질색이에요. 고아 여자애는 필요도 없지만, 설사 데려온다 해도 저런 애는 싫어요. 두고두고 말썽을 피울 거라고요. 원래 살던 곳으로 바로 보내야 해요.”

“농장 일은 프랑스 남자애를 하나 구하면 되지 않을까. 저 애는 네 말벗을 하고…….”

마릴라는 차갑게 말을 끊었다.

“난 말벗도 필요하지 않고, 애를 데리고 있지도 않을 거예요.”

“네가 정 그렇다면 그렇게 해야지. 난 자러 간다.”

매슈는 담배 파이프를 치우고 나서 침실로 갔다.

설거지를 마친 마릴라도 단호한 표정으로 침실로 들어가서 잠을 청했다.

그리고 위층의 동쪽 다락방에서는 정을 받아본 적도 없고 친구도 없는 여자애가 울다 지쳐 잠이 들었다.

4
초록지붕집의 첫 아침

환하게 날이 밝은 뒤에야 잠에서 깬 앤은 침대에 걸터앉아 햇살이 쏟아져 들어오는 창밖을 어리둥절한 표정으로 바라보았다. 언뜻언뜻 비치는 파란 하늘에 새털 같은 흰 구름이 물결치고 있었다.

이내 어제의 일이 생생하게 떠올랐고, 자신이 어디에 있는지를 깨닫자 마음이 무거워졌다. 이곳은 초록지붕집이고, 남자아이가 아니기 때문에 이 집에서 살 수 없다!

하지만 지금은 맑게 갠 아침이고, 창밖에는 하얀 꽃들이 눈부시게 핀 벚나무가 있었다.

침대에서 뛰어내린 앤은 창가로 가서 창문을 밀어 올렸다. 오랫동안 열지 않는지 창문은 빡빡했고 부서질 것 같은 소리가 났다.

앤을 무릎을 꿇고 앉아 6월의 아침 풍경을 바라보았다. 앤의 눈이 기쁨으로 반짝거렸다. 이렇게 아름답고 사랑스러운 곳인데, 이곳에서 살 수 없다니……. 그래도 앤은 자신이 이곳에서 살게 되었다고 상상하기 시작했다. 이곳은 상상의 날개를 마음껏 펼칠 수 있는 곳이었다.

커다란 벚나무 가지가 창에 닿을 만큼 가까이 뻗쳐 있었고, 꽃들이 얼마나 가득 피었는지 잎사귀가 보이지 않을 정도였다. 한쪽에는 사과나무가, 맞은편에는 벚나무들이 꽃들을 너울처럼 덮어 쓰고 있었다. 나무 밑의 잔디밭에서는 작은 풀꽃들이 앙증맞게 웃고 있었고, 앞뜰에서는 보랏빛 라일락꽃이 아찔하도록 달콤한 향기를 바람에 실어 사방에 흩뿌려댔다.

뜰아래로는 개울이 흐르고, 토끼풀로 뒤덮인 풀밭은 골짜기까지 비탈을 이루고 있었다. 하얀 자작나무들이 줄지어 있는 골짜기의 덤불 속에는 고사리며 이끼 같은 숲속 식물들이 무성할 것 같았다. 골짜기 너머 언덕에는 파릇파릇한 가문비나무와 전나무가 덮여 있었고, 그 틈으로 '반짝이는 호수' 건너편에서 보았던 회색 집의 뾰족한 지붕 모서리가 살짝 보였다. 왼쪽에서 다소 멀리 떨어진 곳에는 커다란 헛간이 있었고, 온통 초록빛인 야트막한 들판 너머로 반짝이는 푸른 바다가 아련하게 눈에 들어왔다.

아름다운 것들을 사랑하는 앤은 눈앞에 펼쳐진 경치에 넋을 빼앗긴 듯 한참 동안 풍경에서 눈을 떼지 못했다. 가엾게도 지금까지 사랑스럽지 못한 것들을 너무 많이 보아왔던 앤에게 이 마을은 꿈꿔왔던 어떤 곳보다도 아름답고 사랑스럽게 느껴졌다.

앤이 무릎을 꿇은 채로 아름다운 풍경에 풍덩 빠져 있을 때 누군가의 손이 그의 어깨에 닿았다. 앤은 화들짝 놀랐다. 아름다운 풍경에 도취되어 마릴라가 들어온 것도 몰랐던 것이다.

"여태 잠옷 차림이구나!"

마릴라는 무슨 말을 건네야 할지 몰라 마음과는 달리 퉁명스럽게 말했다.

앤은 창밖의 나무를 가리키며 한숨을 쉬듯이 말했다.

"아, 정말 아름다워요!"

"그래, 커다란 나무지. 저건 탐스럽게 꽃이 피지만, 열매가 너무 작은데다 벌레가 많이 껴."

"아니, 나무만 두고 하는 말이 아니에요. 모든 것들이 다 아름답고 눈이 부셔요. 이런 아침에는 세상이 다 사랑스럽지요. 게다가 개울물 소리까지 들리는군요. 졸졸 흐르면서 계속 웃는 거 같아요. 집 근처에 개울이 있어 정말 기뻐요. 금방 떠나야 할 텐데 그게 무슨 상관이냐고 하지는 마세요. 제가 다시는 여기 올 수 없다고 해도, 저는 초록지붕집 앞에 개울이 있었다는 것을 기억할 거예요. 모든 실망은 간밤에 사라졌어요. 아침이 되니까 절망의 늪에 빠진 기분이 들지 않았어요. 아침에는 그런 기분이 들 수가 없잖아요. 아침이 있다는 건 굉장히 멋진 일 같아요. 하지만 슬프기도 해요. 아줌마가 오시기 전까지는 이 집에서 원하는 아이가 저라는 상상을 하고 있었거든요. 그러는 동안은 마음이 편안했어요. 하지만 상상이 안 좋은 건 멈춰야 할 때가 온다는 거예요. 그럴 때면 마음이 많이 아프거든요."

말할 틈이 생기자 마릴라가 얼른 말했다.

"상상은 그만 좀 하고 옷 갈아입어라. 세수하고 머리를 빗고 내려오너라. 아침을 차려놓았다. 창문은 열어두고, 이불은 개어서 정리하고. 잘할 수 있겠지?"

앤은 뭐든 해야 할 일이 생기면 야무지게 해냈다. 10분 만에 옷을 단정히 갈아입고 머리를 땋고 세수도 했다. 그리고는 아줌마가 하라고 한 일을 다 했다는 뿌듯한 기분으로 아래층으로 내려갔다. 그런데 이불 개는 일을 깜빡하고 말았다.

식탁에 앉자마자 앤은 또 재잘거리기 시작했다.

"오늘 아침에는 무척 배가 고파요. 지난밤처럼 온 세상이 거친 벌판으로 보이지 않거든요. 오늘은 날씨가 맑아서 기분도 상쾌해요. 비 오는 아침도 좋긴 하지만요. 비 오는 날에는 그날 하루를 재미있게 보내는 상상을 할 수 있으니까요. 하지만 오늘 아침은 맑은 게 좋아요. 날이 좋으면 힘이 나서 괴로운 일도 잘 참을 수 있거든요. 제 앞에는 이겨내야 할 일들이 참으로 많은 것 같아요. 슬픈 소설책을 읽고, 그 슬픔을 씩씩하게 딛고 일어서는 상상을 하는 것도 좋아요. 하지만 실제로 그런 슬픔을 겪는다는 건 별로예요. 그렇죠?"

"제발 입 좀 다물지 않겠니? 조그만 애가 웬 말이 그렇게 많니?"

마릴라가 차갑게 쏘아붙였다. 그러나 앤이 막상 입을 다물고 얌전히 있자 분위기가 몹시 어색해졌다. 오히려 마릴라가 불편하다 못해 불안해질 지경이었다. 매슈는 늘 그렇듯이 입을 열지 않았다. 결국 쥐 죽은 듯이 고요한 침묵 속에서 식사를 해야 했다.

시간이 흐를수록 앤은 넋이 나간 것처럼 멍해졌고, 밥은 기계적으로 입에 집어넣었다. 커다란 두 눈은 창밖을 보고 있었다. 그렇다고 딱히 뭔가를 보는 것 같지도 않았다. 그런 모습을 보고 있자니 마릴라는 좌불안석이었다. 이 엉뚱한 아이는, 몸은 여기 식탁에 있지만 영혼은 상상의 날개를 달고 비현실적인 꿈의 세계를 날아다니는 것 같았다. 누가 이런 아이를 키우겠다고 하겠는가.

그런데도 매슈가 아이를 키우고 싶어 하다니, 알다가도 모를 일이었다. 마릴라는 어젯밤 이후로 매슈의 결심에 변함이 없고 앞으로도 마찬가지일 거라고 짐작할 수 있었다. 매슈는 한번 마음을 먹으면 입을 꾹 다문 채 두 손 두 발을 다 들 정도로 고집을 부렸다. 그러한 침묵은 시끄럽게 떠들어대는 것보다 열 배는 더 강력하고 효과적이었다. 그것이 매슈의 특징이었다.

식사를 마치자, 앤은 설거지를 하겠다고 나섰다.

"잘할 수 있니?"

마릴라가 미심쩍은 듯 물었다.

"그럼요. 아기를 더 잘 돌보지만요. 여기에 제가 봐줄 아기가 없어서 아쉽네요."

"얘, 지금 너 하나만으로도 머리가 아프다. 돌봐야 할 아이가 생기는 건 사양이야. 너를 어째야 할지 모르겠구나. 매슈가 마음이 약해서, 참⋯⋯."

앤은 다르게 생각하는 것 같았다.

"아저씨는 참 좋은 분이세요. 제가 아무리 떠들어도 괜찮다고 하셨어요. 오히려 좋아하시는 것 같았는걸요. 저는 아저씨를 보자마자 마음이 잘 통할 거라고 생각했어요."

"둘이서 죽이 잘 맞는군. 마음이 통한다는 게 그런 건지는 모르겠지만. 그건 그렇고, 설거지를 해봐. 뜨거운 물로 잘 닦은 다음 물기없이 잘 말려야 한다. 오늘 아침에는 할 일이 많아. 오후에는 스펜서부인을 만나러 화이트샌즈에 가야 하니까. 너도 같이 가서 어떻게해야 할지 결정해야 해. 설거지를 끝내면 다락방 침대를 정리해라."

앤이 설거지하는 모습을 유심히 살펴본 마릴라는 꽤 야무지다고 생각했다. 침대 정리는 그보다 못했지만. 깃털 이불을 매만지는 법을 배운 적이 없기 때문이었다. 그래도 어떻게든 이불을 턴 다음 정리해서 마무리했다.

잠시 후 마릴라는 앤이 성가시게 굴까 봐 점심때까지 밖에서 놀다와도 좋다고 말했다.

앤의 얼굴이 환해지더니 눈을 반짝이며 단숨에 문으로 달려갔다. 그러나 문 앞에서 어깨를 늘어뜨린 채 힘없이 돌아섰다. 누가 찬물이라도 끼얹은 듯 환했던 아이의 얼굴이 순식간에 어두워졌다.

"이번엔 뭐가 문제니?"

마릴라가 이상하다는 듯이 물었다.

"밖에 나갈 수가 없어요. 저는 이 집에서 살 수 없잖아요. 그러니까 초록지붕집을 좋아하게 되면 안 돼요. 떠날 때 더 슬퍼질 테니까요. 밖에 나가면 저 나무와 꽃, 개울물과 금방 친해질 거예요. 이제 곧 헤어져야 하는데 친해지면 마음이 더욱 아프잖아요. 사랑하는 것들과 헤어지는 건 정말 괴로운 일이에요. 여기서 살 거라는 생각을 했을 땐 몹시 기뻤어요. 이곳엔 사랑하고 싶은 것이 널려 있고 이제 마음껏 사랑해도 되는 줄 알았어요. 하지만 이제 그 기쁨이 사라졌어요. 이제는 운명의 여신에게 저를 맡길 수밖에 없어요. 그런데 저 창문턱에 있는 제라늄은 이름이 뭐예요?"

"그건 사과 향 제라늄이지."

"아뇨, 그런 이름 말고요. 아줌마가 부르시는 이름 말예요. 이름을 지어주지 않으셨어요? 그렇다면 제가 지어줘도 돼요? 저라면 '보니'라고 하겠어요. 여기 있는 동안 '보니'라고 불러도 되나요? 제발 그렇게 하게 해주세요!"

"별소리를 다하는구나. 마음대로 해. 난 상관없으니까. 그런데 제라늄에다가 이름을 붙여서 뭐하니?"

"이름을 지어주면 더 친해지게 돼요. 제라늄이 그냥 제라늄이라고만 불리면 기분 나빠할지도 몰라요. 여자들도 여자라고만 불리면 어떻겠어요? 그래요. 이제부터 '보니'라고 부를래요. 다락방 창밖에 있는 벗나무에게도 이름을 지어주었어요. 하얀 꽃이 탐스러워서 '눈의 여왕'이라고요. 늘 꽃이 피어 있진 않지만 피어 있다고 상상할 수 있으니까요."

마릴라는 감자를 가지러 지하 창고로 내려가며 이렇게 중얼거렸다.

"살다 살다 저런 애는 처음 보네. 매슈 말대로 재미난 구석이 있긴 하군. 다음엔 무슨 말을 하려는지 궁금해지니, 나도 마음이 흔들리는 건가? 매슈는 이미 넘어간 것 같아. 아까 밖에 나가면서 나를 쳐다보던 표정에도 쓰여 있었으니까. 어제 마음과 다르지 않다고 말이야. 매슈가 다른 남자들처럼 말 좀 하면 얼마나 좋아. 그러면 말대꾸라도 하면서 하나하나 따져볼 수도 있을 텐데. 하지만 그냥 멀뚱멀뚱 쳐다만 보고 있는데, 무슨 대화를 하겠어?"

마릴라가 지하 창고에서 돌아왔을 때 앤은 창가에 앉아서 턱을 괴고 멍하니 밖을 내다보고 있었다. 하늘을 바라보며 또다시 공상에 빠져 있는 것 같았다. 마릴라는 점심을 차릴 때까지 앤을 그냥 내버려두었다.

"매슈, 오후에 마차를 써야 할 것 같아요."

마릴라의 말에 매슈는 고개를 끄덕이며 안타까운 눈빛으로 앤을 바라보았다. 마릴라는 그런 매슈의 시선을 자르려는 듯 일부러 단호하게 말했다.

"화이트샌즈에 가서 이 일을 해결해야겠어요. 앤을 데리고 가면 스펜서 부인이 당장 노바스코샤로 돌려보낼 일정을 잡아주지 않겠어요? 마실 차는 끓여놓고, 우유 짜는 시간에 맞춰 돌아올 거예요."

매슈가 아무 말을 하지 않자, 마릴라는 하나 마나 한 소리를 했다는 생각이 들었다. 아무 대답도 하지 않는 남자보다 짜증나는 건 없을 것이다. 물론 대답하지 않는 여자도 마찬가지이지만.

매슈는 떠날 시간에 맞춰 마차에 말을 매어주었다. 문을 열자 마차가 천천히 빠져나갔다. 그때 매슈는 딱히 누구에게랄 것도 없이 중얼거렸다.

"오늘 아침에 크리크에서 제리 부트라는 남자아이가 왔어. 그래서 이번 여름에 일을 좀 도와달라고 했지."

마릴라는 아무 대꾸도 하지 않은 채 채찍을 내리쳤다. 어찌나 사납게 내리쳤는지 한 번도 이렇게 맞아본 적이 없는 적갈색 암말은 잔뜩 성이 난 듯 어마어마한 속도로 달리기 시작했다. 질주하는 마차에서 마릴라는 흘깃 뒤를 돌아보았다. 매슈는 문에 기대어 사라져가는 마차의 뒷모습을 안타깝게 바라보고 있었다.

5
앤 셜리의 지난 이야기

앤이 큰 결심이라도 한 듯 비장하게 말했다.

"저는 이제부터 즐겁게 마차를 타고 가기로 마음먹었어요. 마음을 굳게 먹으면 뭐든 즐겁게 할 수 있거든요. 물론, 아주 단단히 결심해야 하지만요. 그래서 마차를 타고 가는 동안에는 보육원으로 다시 돌아가야 한다는 생각은 하지 않으려고요. 지금은 오로지 마차를 타고 있다는 생각만 할 거예요. 어머! 저기 보세요. 들장미가 벌써 피었어요! 정말 예쁘지 않나요? 저 꽃은 장미로 태어나서 얼마나 행복할까요. 장미가 말을 할 수 있다면 아주 사랑스런 말만 할 것 같아요. 그리고 분홍색은 세상에서 가장 매력적인 색깔일 거예요. 하지만 저는 분홍색 옷을 입을 수가 없어요. 빨강 머리를 가진 사람들은 분홍색 옷을 못 입어요. 상상 속에서도 그건 안 돼요. 아줌마는 혹시 어릴 때 빨강 머리였다가 나중에 자라면서 색깔이 변한 사람 이야기를 들어본 적 있으세요?"

"모르겠다. 아는 사람 중엔 없으니까. 네 머리도 변할 것 같지 않구나."

마릴라가 무뚝뚝하게 대답하자, 앤이 한숨을 내쉬며 말했다.

"아, 희망이 또 하나 사라졌어요. '내 인생은 희망들이 파묻힌 완벽한 묘지다.'라는 문장을 책에서 읽은 적이 있어요. 그런데 실망스런 일이 있을 때마다 이 말이 저를 위로해 주곤 해요."

"그 말이 어떻게 위로해 준다는 건지, 난 도무지 모르겠구나."

"왠지 근사하고 낭만적인 느낌이 들어요. 이 문장을 떠올리면 마치 제가 소설 속의 주인공이 된 것 같아요. 희망이 파묻힌 묘지라니, 누구도 상상할 수 없을 만큼 낭만적이잖아요. 그런데 오늘도 '반짝이는 호수'를 지나가나요?"

"배리 연못을 말하는 거니? 아니다. 오늘은 바닷가 길을 따라갈 거야."

마릴라의 대답을 듣고 나서, 앤은 꿈꾸는 듯한 목소리로 말했다.

"'바닷가 길'이라니, 정말 멋져요. 그 길은 이름처럼 멋진가요? 아줌마가 '바닷가 길'이라고 말씀하시는 순간 머릿속에 그림 하나가 떠올랐어요. 말만 들어도 상상할 수 있거든요. 화이트샌즈라는 이름도 좋지만 에이번리가 더 마음에 들어요. 에이번리라고 부르면 꼭 음악 소리를 듣는 것 같아요. 그런데 화이트샌즈까지는 얼마나 되나요?"

"8킬로미터 정도 된다. 그런데 넌 쉬지 않고 이야기하는구나. 이왕 이야기할 거면, 너 자신에 대한 이야기를 하면 어떻겠니?"

"아휴, 저에 관한 이야기는 할 만한 게 없어요. 그보다는 제가 상상한 이야기를 들으시는 게 훨씬 재미있을 거예요."

"상상 같은 것은 듣고 싶지 않아. 너에 대한 것을 있는 대로 말해봐. 몇 살이고, 어디서 태어났는지……."

앤은 짧게 한숨을 쉬고 나서 이야기하기 시작했다.

"지난 3월에 열한 살이 되었어요. 노바스코샤 주에 있는 볼링브룩에서 태어났고요. 아버지 이름은 월터 셜리이고, 고등학교 선생님이셨어요. 어머니는 버사 셜리에요. 부모님 이름이 멋져서 좋아요. 만약 아버지 이름이 제데디아 같은 거였다면 부끄러웠을지도 몰라요."

마릴라는 앤에게 도움이 될 만한 교훈을 이야기해 주어야겠다고 생각했다.

"바르고 착하게 살면 되지, 이름이 뭐든 그건 중요하지 않아."

"글쎄, 그건……."

앤은 한참을 생각한 뒤에 다시 말했다.

"정말 그런가요? 전 잘 모르겠어요. '장미를 다른 이름으로 불러도 똑같이 향기가 난다.'(셰익스피어의 《로미오와 줄리엣》 중 한 대목)는 말을 책에서 본 적이 있지만, 저는 그렇게 생각하지 않아요. 장미라는 이름 대신에 엉겅퀴나 도둑놈의 갈고리 같은 이름으로 부른다면 그렇게 좋은 향이 난다고 느껴지지 않을 거예요."

"알았으니, 이제는 부모님 이야기를 해봐라."

"어머니는 아버지와 결혼하시고 나서 학교를 그만두셨대요. 남편만 해도 챙겨야 할 게 많잖아요. 두 분 다 어린애 같은데다 세상물정을 몰랐고, 또 아주 가난했대요. 토머스 아줌마라는 분이 저한테 이야기해 주셨어요. 부모님은 볼링브룩에 있는 조그만 노란 집에 살림을 차렸대요. 그 집에서 태어난 저는 그 집을 기억하지 못하지만 수천 번도 더 상상해 봤었어요. 제가 태어났을 때, 아기가 너무 못생겨서 토머스 아줌마가 깜짝 놀랐다고 했어요. 그렇게 앙상하고 눈만 커다란 아기는 처음 보셨다는 거예요. 그래도 부모님은 저를 세상에서 제일 예쁜 아기라고 하셨대요. 제가 어떻게 생겼든 저를 예뻐하셨다니 다행이라고 생각해요. 토머스 아줌마가 뭐라고 하시든 부모님이 저를 사랑했다는 게 중요하니까요. 그렇지만 어머니는 제가 태어난 지 석 달 만에 열병으로 돌아가셨대요. 어머니라고 불러본 기억이 날 정도로만 사셨어도 좋았을 거란 생각을 간혹 했지요. '어머니'라는 말은 듣기만 해도 달콤하니까요. 그리고 아버지도 사흘 뒤에 열병으로 돌아가셔서, 저는 하루아침에 고아가 되고 만 거예요. 주변 사람들이 어쩔 줄 몰라 해서 토머스 아줌마가 저를 어떻게 할지 결정해야 했대요. 그런데 그때도 저를 데려가겠다고 한 사람이 없었다지 뭐예요. 그것이 제 운명인가 봐요. 아버지와 어머니가 먼 곳에서 온데다가 주변에 친척도 없었기에 하는 수 없이 토머스 아줌마가 저를 데려가겠다고 했대요. 아줌마는 몹시 가난했고, 또 술주정뱅이 남편이 있었는데 말이에요. 토머스 아줌마는 손수 저를 키우셨어요. 그런데 혹시 따뜻한 손길을 받으면서 자란 아이는 다른 아이들보다 훨씬 더 착하게 큰다고 생각하세요? 토머스 아줌마는 제가 말썽을 부릴 때마다, 정성스럽게 키웠는데 못되게 굴면 되겠느냐고 나무라시곤 했어요. 원망스럽다는 듯이 말이에요.

토머스 아저씨와 아줌마는 볼링브룩을 떠나 메리스빌로 이사를 갔고, 저는 거기서 여덟 살까지 살았어요. 그 집 아이들을 돌보면서요. 저보다 어린애가 넷이나 있었거든요. 그런데 어느 날 토머스 아저씨가 기차 사고로 돌아가시고 말았어요. 아저씨의 어머니가 아줌마와 아이들을 데리고 함께 사시겠다고 하셨는데, 저까지 원하진 않으셨어요. 토머스 아줌마는 저 때문에 어찌할 바를 모르셨지요. 그런데 강 위에 사시던 해먼드 아줌마가 저를 데려가시겠다고 하셨어요. 제가 아이들을 잘 돌본다는 소문을 들으셨던 거예요. 그래서 해먼드 아줌마를 따라 강 너머 그루터기 사이의 작은 공터에 지어진 집으로 갔어요. 거긴 정말 외딴 곳이어서, 상상력이 없었다면 정말 견딜 수 없었을 거예요. 해먼드 아저씨는 제재소를 운영하셨고, 그 집에는 애들이 여덟 명이나 있었어요. 아줌마는 쌍둥이를 세 번씩이나 낳았어요. 저는 아이들을 좋아하지만 여덟 명이나 돌보는 건 너무 힘에 부쳤어요. 그래서 해먼드 아줌마가 마지막으로 쌍둥이를 낳았을 때 너무 힘들다고 단호하게 말씀드렸지요. 애들을 돌보느라 녹초가 되기 일쑤였거든요.

해먼드 아줌마랑 두 해 넘게 살았어요. 그런데 해먼드 아저씨가 돌아가시자 해먼드 아줌마는 집안을 꾸려나갈 수가 없었나 봐요. 아이들을 친척집에 나눠 맡기고는 미국으로 떠나 버렸어요. 그때 저를 데려가겠다는 사람이 없어서 호프턴에 있는 보육원으로 가야 했어요. 보육원에서도 애들이 꽉 찼다면서 받으려고 하지 않았지만, 제가 오갈 데 없는 처지니까 어쩔 수 없이 받았지요. 스펜서 아줌마가 오시기 전까지 넉 달 동안 거기서 살았어요."

앤은 이야기를 마치고 나서 한숨을 내쉬었다. 외면만 당했던 세상에서의 기억들을 꺼내고 싶지 않은 게 분명했다.

"학교는 다녔니?"

"오래 다니지 못했어요. 토머스 아줌마와 살던 마지막 해에 잠깐 다녔고, 강 위쪽에 살 때는 학교가 너무 멀어서 겨울에는 못 갔어요. 걸어갈 수가 없었거든요. 여름에는 방학이라서 봄과 가을에만 겨우 갔지요. 물론 보육원에 있을 때는 쭉 다녔어요. 글은 다 읽을 수 있고, 외울 수 있는 시도 많아요. 아줌마는 혹시 감동적인 시를 좋아하시나요? 5학년을 위한 도서 목록에 《폴란드의 멸망》이라는 시가 있는데, 정말 짜릿한 전율이 느껴져요. 저는 4학년이었지만 5학년 언니들이 읽으라며 빌려줬거든요."

"토머스 부인이나 해먼드 부인이 너한테 잘해 주셨니?"

마릴라는 앤을 곁눈질하며 이렇게 물었다.

"아, 그거는……."

앤이 바로 대답을 하지 못하고 머뭇거렸다. 작은 얼굴이 갑자기 빨개지면서 당황한 기색이 역력했다.

"그분들은 저에게 잘해 주려고 하셨어요. 최대한 따뜻하고 친절하게 대해 주려 하셨다는 것을 저는 알고 있거든요. 잘해 주려는 마음만 있으면 혹여 그렇지 않더라도 크게 상관없는 거잖아요. 아줌마들은 걱정거리가 많았어요. 생활이 어려운데다 술주정꾼 남편까지 신경 써야 한다면 정말 괴로울 거예요. 쌍둥이가 자꾸 태어나는 것도 괴롭고……. 형편이 어려우니까 잘해 주고 싶어도 마음대로 안 되었을 거예요. 하지만 마음으로나마 저한테 잘해 주려고 하셨던 건 분명해요."

마릴라는 더 이상 묻지 않았다. 앤은 말없이 바닷가 길의 풍경을 바라보고 있었고, 마릴라는 여러 가지 생각에 잠긴 채 멍하니 말을 몰았다.

그런데 갑자기 마릴라의 마음속에 아이에 대한 연민이 꿈틀거리기 시작했다. 여태껏 누구에게도 귀하게 여겨진 적이 없고 포근한 사랑도 받아보지 못한 아이가 가엾다는 생각이 든 것이다.

허드렛일과 가난과 홀대로 이어진 삶이 얼마나 힘들고 고달팠을까. 눈치 빠른 마릴라는 앤의 지난 이야기를 들으면서 아이가 굳이 말하지 않은 내용까지 읽어낼 수 있었다. 진짜 집에 살게 되었다는 기대에 부풀어 그렇게나 좋아한 것이 무리는 아니었다. 그런데 그토록 누군가의 가족이 되고 싶어 하는 애를 돌려보내야 한다니 안쓰럽기 짝이 없었다. 더욱이 앞으로 애한테 또 어떤 일이 닥칠지도 알

수 없는 곳으로……

'매슈가 바라는 대로 집에서 키우게 할까?'

매슈는 아이를 데리고 있고 싶어 했다. 그리고 아이는 착하고 가르칠 만한 애다.

마릴라는 속으로 차근차근 생각했다.

'말이 너무 많은 것이 문제이긴 하지만, 무례하거나 천박하지는 않아. 잘만 가르친다면 괜찮은 애가 될 수 있을지도 몰라. 애는 참하거든. 반듯한 집안 아이였을 거야. 그리고 키워준 사람들도 괜찮았던 것 같아.'

바닷가 길은 고즈넉했다. 오른쪽으로는 오랜 세월 바닷바람에 시달리면서도 꿋꿋이 버텨 온 낮은 전나무들이 빽빽하게 우거져 있었다. 왼쪽으로는 깎아지른 듯한 붉은 사암 절벽이 길가로 바짝 붙어 있었는데, 매슈의 적갈색 말처럼 듬직한 말이 아니라면 마차에 탄 사람들은 불안에 떨었을 것이었다. 절벽 아래에는, 산더미처럼 밀려오는 파도에 닳은 바위들과 보석 같은 조약돌이 깔린 작은 모래밭이 있었다. 그 너머로는 푸르게 넘실거리는 바다가 시원하게 펼쳐졌고, 햇빛을 받아 은빛 날개를 반짝이는 갈매기들이 수면 위로 날아올랐다.

오랫동안 말이 없던 앤이 입을 열었다.

"바다는 정말 아름답죠? 메리스빌에 살 때 토머스 아저씨가 사륜마차를 빌려와서 우리 모두를 태우고 바다에 놀러 간 적이 있어요. 온종일 애들을 챙겨야 했지만 그래도 그날은 모든 순간이 재미있고 즐거웠어요. 그다음부터 바다에 대해 많은 걸 상상할 수 있게 되었고, 오랫동안 행복했던 기억을 떠올리며 지냈어요. 하지만 여기는 메리스빌의 바다보다도 더 근사하네요. 갈매기들도 멋있지요? 갈매기가 되고 싶지 않으세요? 저는 되고 싶어요. 해가 뜨면 일어나 바다로 나가서 온종일 아름답고 푸른 바다 위를 날아다니잖아요. 그러다 밤이 되면 둥지로 돌아오고요. 아, 정말 그렇게 사는 제 모습이 막 그려지는 것 같아요. 저 앞에 있는 커다란 집은 뭔가요?"

짙푸른 숲이 바닷가로 이어지고 있었고, 모래밭은 은빛으로 반짝이고 있었다.

"화이트샌즈 호텔이다. 커크 씨가 운영하는데, 아직 성수기가 아니지. 여름엔 미국인들이 잔뜩 몰려온단다. 미국인들은 이 해변이 마음에 드나 봐."

앤이 불안해하는 얼굴로 말했다.

"저는 저 집이 스펜서 아줌마 집이면 어쩌지 하고 걱정했어요. 거기에 가고 싶지 않거든요. 어쩐지 모든 것이 끝나 버릴 것 같아서요."

6
마릴라가 결단을 내리다

하지만 두 사람은 어김없이 스펜서 부인의 집에 도착했다. 스펜서 부인은 화이트샌즈 강이 바다로 흘러드는 곳에 살고 있었다. 크고 노란 집이었다. 부인은 마릴라와 앤을 보고 놀라움과 반가움이 뒤섞인 얼굴로 맞아주었다.

"어서 오세요. 오늘 오시리라고는 생각도 못 했는데, 반가워요. 그렇잖아도 궁금했어요. 말을 묶어두시겠어요? 앤, 너도 그동안 잘 지냈지?"

"덕분에요. 고맙습니다."

짧게 대답하는 앤의 얼굴에 어두운 그림자가 드리워져 있었다.

"말을 좀 쉬게 해야 하니 잠깐만 있다 갈게요. 매슈한테 일찍 돌아간다고 했거든요. 스펜서 부인, 사실은 착오가 생긴 것 같아서 어떻게 된 일인지 알아보러 온 거예요. 매슈와 저는 보육원에서 남자애를 데려와 달라고 부탁했어요. 부인의 남동생인 로버트에게 열 살이나 열한 살 정도 되는 남자애를 원한다고 분명히 말했어요."

스펜서 부인이 난감해하는 표정을 지으며 말했다.

"어머, 마릴라! 그게 무슨 말씀이세요? 로버트가 딸 낸시를 시켜서 제게 전갈을 보내왔는데, 분명히 댁에서 여자애를 원한다고 했어요. 플로라 제인, 너도 들었지?"

스펜서 부인은 계단을 내려와 곁에 있는 딸을 바라보았다. 그러자 플로라 제인이 맞장구를 치듯 말했다.

"미스 커스버트, 낸시가 분명히 그렇게 말했어요."

스펜서 부인이 말했다.

"이런 일이 생겨서 유감이네요. 하지만 제 실수가 아니라는 걸 알아주셨으면 해요. 저는 최선을 다했고, 두 분의 부탁을 잘 들어주었다고 생각했어요. 낸시가 덜렁거리는 편이라 무섭게 혼내야 할 때가 종종 있긴 해요."

마릴라가 체념한 듯 대답했다.

"저희들의 실수예요. 이런 일은 사람을 시킬 게 아니라 직접 부탁드렸어야 하는데. 하여튼 일이 이렇게 되었으니, 이제는 어떻게든 해결해야 하지 않겠어요. 이 애를 보육원으로 다시 돌려보낼 수 있을까요? 제 생각엔 다시 받아주긴 할 것 같은데, 괜찮을까요?"

"받아주기야 하겠지요. 그렇지만 꼭 그렇게 할 필요는 없을 것 같아요. 어제 피터 블루엣 부인이 여기에 왔었는데, 집안일을 도와줄 여자애를 구해 달라고 하더라고요. 그 집은 식구가 너무 많아서 그런지 일할 사람을 구하기가 쉽지 않은가 봐요. 앤이 그 집에 딱 맞을 것 같으니, 마침 잘됐네요."

마릴라는 이 성가신 고아를 떨궈낼 예상치 못한 기회가 왔는데도 잘된 일이라는 생각이 조금도 들지 않았다.

마릴라는 피터 블루엣 부인과 이야기를 나눠본 적은 없었지만 전부터 소문을 들어서 알고 있었다. 자그마한 체구에 깡마른 피터 부인은 까다롭기로 유명했다. 그 집에서 일했던 사람들은 부인의 성격이 괴팍한데다 인색하고 몰인정하다며 하나같이 치를 떨었다. 부인은 물론이고 집안사람 모두가 일을 모질게 시킬 뿐 아니라 아이들마저 걸핏하면 싸움질을 해대는 등으로 시건방지기 짝이 없다고 했다. 마릴라는 그런 무자비한 여자에게 앤을 보낸다는 것이 마음에 걸렸다. 더구나 앤이 다시 그 집에서 나온다면 어디로 간단 말인가.

마릴라는 그렇게 해서는 안 되겠다고 생각하며 말했다.

"글쎄요, 일단 한번 의논해 보도록 하지요."

마릴라의 말이 끝나기가 무섭게 스펜서 부인이 갑자기 소리를 높였다.

"아! 마침 피터 부인이 오고 있네요."

스펜서 부인은 복도를 지나 거실로 손님들을 안내했다.

"문제를 당장 해결할 수 있게 되어 다행이에요. 마릴라, 의자에 앉으세요. 앤, 너는 그쪽 긴 의자에 얌전히 앉아라. 흔들지 말고. 모자는 이리 줘. 플로라 제인, 찻주전자에 물 좀 올려둬. 블루엣 부인, 잘 지내셨어요? 때마침 들러주셔서 다행이라고 얘기하던 참이었어요. 소개해 드릴게요. 이쪽은 블루엣 부인, 이쪽은 미스 커스버트. 아, 잠깐 실례할게요. 플로라 제인한테 오븐에서 빵을 꺼내라고 하는 걸 깜빡했네요."

스펜서 부인이 서둘러 자리를 떴다. 긴 의자에 앉은 앤은 두 손을 깍지 낀 채 무릎 위에 올려놓고는 피터 부인을 멍하니 바라보았다.

'저렇게 날카로운 얼굴과 사나운 눈매의 아줌마에게 보내지는 걸까?'

앤은 목구멍에서 무언가가 치밀어 오르는 것처럼 답답했고, 눈자 위에는 눈물이 가득 고였다. 앤은 눈물을 떨구지 않으려고 고개를 들고 천장을 올려다보았다.

잠시 후, 스펜서 부인이 생기 넘치는 얼굴로 돌아오더니 자신은 무슨 문제든 해결할 수 있다는 투로 말했다.

"블루엣 부인, 이 아이한테 착오가 좀 있었던 거 같아요. 저는 커스버트 댁에서 여자아이를 입양하고 싶어 하는 줄 알았어요. 분명 그렇게 들었거든요. 그런데 두 분은 남자아이를 원하셨대요. 그래서 말인데, 블루엣 부인이 어제 말씀하신 대로 일손을 도와줄 여자아이가 필요하다면 이 아이가 딱 맞을 것 같아요. 어떠세요?"

블루엣 부인은 앤을 머리끝에서 발끝까지 날카롭게 훑어보고 나서 물었다.

"몇 살이니? 이름은?"

"열한 살이고, 앤 셜리예요."

앤이 주눅 든 목소리로 대답했다. '앤' 소리를 길게 늘여 발음해 달라거나 철자에 주의해 달라는 따위의 말은 해볼 생각도 하지 않았다.

"쯧쯧, 제대로 먹지 못했는지 변변치 않구나. 그래도 야무지게는 보이네. 이러나저러나 야무진 게 제일이지. 내가 너를 데려가면 착하게 굴고 부지런히 일해야 한다. 밥값은 제대로 해야 하니까. 그래요, 미스 커스버트, 제가 이 애를 데리고 갈게요. 갓난아이가 어찌나 보채는지 무척 힘이 드네요. 지금 바로 데리고 가도 괜찮겠죠?"

마릴라는 앤을 바라보았다. 한마디 말도 없이 두려움에 질려 있는 창백한 얼굴을 보자 마릴라의 마음이 약해졌다. 가엾은 짐승이 힘겹게 빠져나온 덫에 다시 걸려 버린 것 같은 표정이었다. 구원을 바라는 간절한 모습을 모르는 척한다면 평생 동안 저 표정이 뇌리에서 떠나지 않을 것 같다는 강한 확신이 들었다. 뿐만 아니라, 블루엣 부인이 마음에 들지 않았다. 저토록 메마르고 인정머리 없는 여자에게 감성이 예민한 애를 넘기다니! 그건 안 될 일이었다. 도저히 그럴 수는 없을 것 같았다.

"글쎄요……."

마릴라가 더듬거리며 입을 열었다.

"잘 모르겠네요. 매슈와 제가 아이를 키우지 않겠다고 확실하게 결정한 건 아니거든요. 사실 매슈는 이 애를 맘에 들어 해요. 저는 어떻게 해서 이런 착오가 생겼는지 알아보려고 함께 온 것뿐이에요. 일단 앤을 데리고 가서 매슈와 한 번 더 의논해 봐야겠어요. 저 혼자 결정하면 안 될 것 같아요. 만일 우리 집에서 못 키우겠다 싶으면 내일 밤에 댁으로 데려다주든지 아이만 보내든지 할게요. 아이를 보내지 않으면 그냥 우리가 키우는 걸로 생각하세요. 블루엣 부인, 그렇게 하면 되겠죠?"

"그렇게 하시든가요."

피터 부인은 기분 나쁘다는 듯이 무례한 어투로 말했다.

마릴라가 이야기를 하는 동안 앤의 얼굴은 새벽하늘에 떠오르는 태양처럼 환해졌다. 절망에 빠져 있던 창백한 표정이 사라지고 희망의 빛이 떠오르는가 하면, 두 눈에 다시 생기가 돌기 시작했다. 마치 딴사람이 된 것 같았다.

잠시 뒤, 블루엣 부인은 원래 물어보려 했던 요리법에 대한 이야기를 하려고 스펜서 부인과 함께 부엌으로 나갔다. 그러자 앤이 기다렸다는 듯 벌떡 일어나더니 방을 가로질러 마릴라에게 다가갔다.

"아줌마, 아줌마! 정말 제가 초록지붕집에서 함께 살게 될지도 모른다는 거예요? 정말 그렇게 말씀하신 거죠? 아니면 제가 상상을 하는 건가요?"

앤은 큰 소리로 말하면 눈부시게 아름다운 기회가 사라질지도 모른다는 듯 숨도 쉬지 않고 빠르게 속삭였다.

"앤, 내 생각에 너는 뭐가 현실이고 아닌지를 구분하는 법부터 배워야 할 것 같구나. 그래, 네가 들은 그대로다. 하지만 아직 결정된 건 아니야. 어쩌면 블루엣 부인한테로 가게 될 수도 있어. 나보다는 그 부인이 너를 더 필요로 하니까 말이다."

앤이 울먹이는 듯한 목소리로 격하게 말했다.

"그 집에 가느니 차라리 보육원으로 돌아가겠어요. 블루엣 부인은 꼭 뾰족한 쇠꼬챙이 같아요."

마릴라는 웃음이 나오려는 것을 애써 참으면서, 일부러 엄한 목소리로 앤을 나무랐다.

"어린아이가 잘 알지도 못하는 어른을 두고 그렇게 말하는 건 부끄러운 일이다. 자리로 가서 얌전히 있어라. 입 다물고, 착하게 있어야지."

"아줌마 댁에 있게만 해주신다면 뭐든 할게요. 말도 잘 듣고요."

앤은 얌전하게 자리로 돌아갔다.

두 사람이 에이번리로 돌아온 것은 저녁 무렵이었는데, 매슈가 마을 앞길까지 마중 나와 있었다. 마릴라는 매슈가 어슬렁거리고 있는 걸 보면서 그의 속마음이 어떠한지 알 것 같았다. 마릴라가 앤을 데리고 다시 돌아오기만 해도 안도할 것이 뻔해 보였다.

하지만 두 사람은 이 일에 관해 아무 말도 하지 않았다. 그러다가 헛간 뒤뜰에서 우유를 짤 때야 비로소 입을 열었다. 마릴라는 앤이 그동안 살아온 이야기와 스펜서 부인을 만난 일에 관해 간단히 말해주었다.

매슈는 평소 같지 않게 흥분한 목소리로 반응했다.

"블루엣인지 하는 여자에겐 내가 기르는 짐승도 절대 보내지 않는다고!"

"저도 그런 여자한테 보내는 건 곤란하다고 생각했어요. 그런데 매슈, 그 집으로 보내지 않는다면 우리가 키워야 해요. 저 아일 키우고 싶은 거죠? 저도 그럴 생각이에요. 아니, 그래야만 할 것 같아요. 자꾸 생각하다 보니까 의무감 같은 게 생기더라고요. 하지만 우린 아이를, 그것도 여자애를 키워본 적이 없잖아요. 그래서 모든 것이 엉망이 될지도 몰라요. 그래도 최선을 다해 보려고요. 매슈, 그러니까 우리가 앤과 함께 살아보자고요."

마릴라의 말에, 수줍어하는 매슈의 얼굴이 기쁨으로 환해졌다.

"그래, 그럴 줄 알았다. 너도 이제 알았구나. 마릴라, 앤은 정말 귀엽고 재미있는 꼬마야."

매슈의 말에, 마릴라가 코웃음 치듯이 대꾸했다.

"귀여운 아이보다 쓸모 있는 아이가 되는 것이 더 중요해요. 쓸모 있는 아이가 되도록 가르쳐볼 생각이에요. 매슈, 앞으로 제 방식대로 가르칠 거니까 참견하지 마세요. 노처녀가 아이 키우는 법을 제대로 알 리 없지만 그래도 노총각보다는 낫지 않겠어요? 그러니 아이 교육은 저한테 맡겨야 해요. 저 혼자서 힘들면 그때 도와줘도 되니까요."

매슈가 마릴라를 다독이듯 말했다.

"그래, 네가 알아서 해. 다만 아이 버릇이 나빠지지 않는 선에서 최대한 따뜻하고 다정하게 대해 줘. 앤이 너를 좋아하기만 하면 말도 잘 듣고, 틀림없이 착하고 예쁜 아이가 될 거야."

매슈가 여자에 대해 이러저러하게 의견을 말하는 것이 어이없게 느껴져, 마릴라는 콧방귀를 뀌며 양동이를 들고 젖소 우리로 갔다.

마릴라는 크림 분리기에 우유를 거르며 가만히 생각에 잠겼다.

'여기서 살아도 된단 이야기를 오늘 밤엔 하지 말아야겠어. 그 말을 들으면 저 애는 흥분해서 잠도 제대로 못 잘 테니까. 여자아이를 입양하게 될 거라고 상상도 못했지만, 아무튼 잘 결정했어. 이제부터 골치는 좀 아프겠지. 그런데 무엇보다 놀라운 건, 매슈야. 여자애들이라면 질색을 하던 사람이 어떻게 그런 생각을 다 하게 되었는지 알다가도 모르겠다니까. 앞으로 무슨 일이 벌어질지도 알 수 없는 일이고.'

7
앤의 기도

그날 밤 마릴라는 앤의 잠자리를 챙겨주면서 엄한 말투로 말했다.

"앤, 어제 보니 옷을 아무 데나 마구 던져놓았던데 그건 지저분한 습관이야. 옷을 벗었으면 반듯하게 개어서 의자 위에 올려놓아야지. 깔끔하지 않은 여자애는 아무짝에도 쓸모없는 법이야."

앤이 말했다.

"어젯밤엔 마음이 너무 복잡하고 힘들어서 옷은 생각도 못 했어요. 오늘 밤에는 잘 개어놓을게요. 보육원에서도 그렇게 배웠어요. 빨리 침대에 들어가서 멋진 상상을 하려고 절반 정도는 잊었지만요."

마릴라가 꾸짖듯이 말했다.

"여기서 살게 된다면 잊지 말아야 할 거야. 그래, 이번에는 잘 정리했구나. 이제 기도한 다음 자도록 해라."

"기도를 해본 적이 없어요."

앤의 말에 마릴라가 놀라서 물었다.

"뭐라고? 기도하는 법을 배운 적이 없다는 거니? 하느님은 아이들의 기도를 듣고 싶어 하셔. 너, 하느님이 누군지는 알고 있니?"

마릴라의 질문이 끝나는 것과 동시에 앤이 유창하게 대답했다.

"하느님은 영이시고 무한하시며 영원하시고 불변하신 분이시죠. 그리고 우주의 모든 것을 만드신 분이시고, 지혜와 권능과 거룩함과 정의와 선과 진리 자체이시죠."

마릴라는 그제야 안심하는 것 같았다.

"전혀 모르는 건 아니구나. 다행히 이교도는 아닌 것 같은데, 그건 어디서 배웠니?"

"보육원 주일학교에서요. 교리문답서를 몽땅 외워야 하는데, 전 아주 좋았어요. 교리문답서엔 멋진 단어들이 많거든요. '무한하다', '영원하다', '불변하다' 같은 것들요. 마치 커다란 오르간을 연주하는 소리처럼 웅장하고 경건하잖아요. 시라고 할 수는 없지만 시같이 들리기도 하고요. 그렇지 않나요?"

"앤, 지금 시 얘길 하는 게 아니라 기도 얘기를 하고 있는 거다. 매일 밤 기도를 드리지 않는 것이 얼마나 큰 잘못인지는 알고 있니? 네가 아주 버릇없고 나쁜 아이일까 봐 걱정이다."

그러자 앤이 억울하단 듯이 말했다.

"저는 하느님을 좋아하지 않는걸요."

"하느님을 좋아하지 않다니, 그런 되지 않은 말이 어디 있니?"

"아줌마도 저처럼 빨강 머리를 가졌다면 착하게 사는 것보다 못되게 사는 게 더 쉽다는 걸 아실 거예요. 빨강 머리가 아닌 사람들은 이런 고민을 잘 몰라줘요. 토머스 아줌마는 하느님 나름대로 뜻이 있어 제 머리를 빨갛게 만드셨을 거라고 하셨어요. 그 말을 들은 다음부터 하느님을 좋아하지 않게 되었어요. 그리고 낮에 아이들을 돌봐야 하니까 밤이 되면 너무나 지쳐서 기도드릴 생각도 못하고 잠들곤 했어요. 정말이지 쌍둥이를 돌보다 보면 기도할 기력이 없거든요. 그래도 할 수 있다고 생각하시는 건 아니시죠?"

마릴라는 앤에게 당장 종교 교육부터 시켜야겠다고 마음먹었다. 이건 미룰 수 있는 문제가 아니었기에 단호하게 말했다.

"앤, 우리 집에선 무슨 일이 있어도 기도를 드려야 한다."

그러자 앤이 재빨리 대답했다.

"그렇게 하겠어요. 아줌마가 원하시는 건 무엇이든 기쁘게 할 수 있어요. 그런데 뭐라고 기도드려야 할까요? 아니, 침대에 누워서 생각해 볼게요. 기도는 시와 비슷할 것 같거든요."

마릴라가 당혹스러운 얼굴로 말했다.

"무릎을 꿇어봐."

앤은 무릎을 꿇고 심각한 표정으로 마릴라를 올려다보며 말했다.

"기도할 때 왜 무릎을 꿇는 거예요? 진심으로 기도하고 싶으면 전 이렇게 할 거 같아요. 혼자서 넓은 들판으로 나가는 거예요. 들판이 아니라면 깊은 숲속으로 가는 거죠. 그리곤 하늘을 올려다볼 거예요. 푸른 하늘을 높이, 아주 높이 바라보면서 기도를 드리는 거예요. 그러면 마음속에 있는 간절한 바람이 절로 나오지 않을까요? 아, 준비됐어요. 이제 뭐라고 하면 되죠?"

마릴라는 조금 전보다 더 당황스러웠다. 사실 마릴라는 '저는 이제 잠자리에 듭니다.'와 같은, 아이들이 하는 전형적인 기도법을 가르칠 생각이었다. 하지만 마릴라에게는 유머 감각이라는 것이 약간이나마 있었고, 상황에 맞게 적합하게 드러낼 줄도 알았다. 하얀 잠옷을 입고 어머니의 무릎에 앉아 혀 짧은 소리로 단순하게 외우는 기도는, 부모의 사랑을 받지 못한 채 외롭고 힘든 생활을 해온 주근깨투성이 꼬마에겐 어울리지 않을지도 모른다는 생각이 들었다. 앤은 인간의 사랑을 통해서 알게 되는 하느님의 사랑을 한 번도 경험해 보지 못했기 때문이다.

마릴라는 결국 이렇게 말했다.

"앤, 넌 이제 어린애가 아니다. 혼자 기도할 수 있을 정도로 컸다. 네게 베풀어주신 하느님의 은혜에 먼저 감사를 드리고, 네가 원하는 것을 겸손하게 말씀드리면 된다. 할 수 있겠지?"

"열심히 해볼게요. 자비로우시고 은혜로우신 하느님 아버지……. 교회에선 목사님들이 이렇게 하시던데, 제가 혼자서 기도드릴 때도 이렇게 하면 되죠?"

앤은 고개를 잠시 들어 이렇게 묻고 나서 기도를 계속 이어갔다.

"자비로우시고 은혜로우신 하느님 아버지, '환희의 하얀 길'과 '반짝이는 호수', 그리고 '보니'랑 '눈의 여왕'을 보게 해주셔서 감사합니다. 정말 얼마나 감사한지 모릅니다. 지금은 하느님께 감사드릴 게 그거밖에 생각이 안 나네요. 그리고 제가 원하는 것은 너무너무 많아서 다 말씀드리려면 시간이 엄청 걸릴 것 같아요. 그래서 중요한 것 두 가지만 말씀드리려고요. 하나는 저를 이 초록지붕 집에서 살게 해주세요. 그리고 또 하나는 제가 크면 예뻐지게 해주세요. 그럼 안녕히 계세요. 존경하는 마음을 담아 하느님께 앤 셜리 올림."

앤이 몸을 일으키며 다시 물었다.

"어땠어요? 잘했나요? 생각할 시간이 더 있었다면 훨씬 멋있는 말로 기도할 수 있었을 거예요."

마릴라는 어이없다는 표정으로 앤을 바라보았다. 기가 차서 쓰러질 지경이었지만, 이렇게 말도 안 되는 기도를 하는 것은 앤이 불손해서가 아니라 단순히 종교에 관해 아는 게 없기 때문이라는 사실을 떠올리며 꾹 참았다.

마릴라는 앤을 침대에 눕히면서 당장 내일부터 기도하는 법을 가르쳐야겠다고 마음속으로 다짐했다. 그리고 촛불을 들고 방을 나서는데 앤이 뒤에서 부르는 소리가 들렸다.

"방금 생각이 났어요. '존경하는 마음을 담아 하느님께 앤 셜리 올림.' 대신에 '아멘.'이라고 해야 하는 거죠? 목사님이 하시는 것처럼요. 기도를 끝내려는 마음 때문에 깜빡하고 다른 말을 했어요. 그리고 '안녕히 계세요.'라고 한 건 무례한 일이었을까요? 기도를 잘못한 거죠?"

"괜찮아. 그건 상관없을 것 같다. 다음부터는 잘 기도드리도록 하자. 이제 착한 아이처럼 얼른 자라. 잘 자라."

앤은 아주 평안한 표정으로 베개를 껴안으며 말했다.

"오늘 밤엔 정말 마음 놓고 푹 잘 거 같아요. 안녕히 주무세요."

마릴라는 부엌으로 돌아와 식탁 위에 초를 고정시킨 후 매슈를 쏘아보았다.

"매슈, 저 아이에겐 가르칠 것이 너무 많아요. 이교도나 다름없더라고요. 여태껏 단 한 번도 기도를 안 해봤다지 뭐예요. 믿어지세요? 내일 당장 목사관에 가서 기도 교본을 빌려와야겠어요. 그리고 적당하게 입힐 옷을 만드는 대로 주일학교에도 보내야 할 것 같아요. 할 일이 산더미같이 쌓이겠어요. 살면서 이 정도의 고생도 안 할 순 없겠죠. 그동안 참 편하게 살아왔는데, 그렇게 편한 생활도 이제 끝났나 봐요. 최선을 다해서 해봐야죠."

8
앤을 가르치기 시작하다

마릴라는 이튿날 오후가 될 때까지 초록지붕집에서 살게 되었다는 것을 앤한테 이야기하지 않았다. 그리고 오전 내내 앤에게 일을 시키고는 그 모습을 주의 깊게 살펴보았다.

정오가 되자 마릴라는 앤이 영리하고 말을 잘 듣는데다 일을 빨리 배운다고 생각하게 되었다. 단지 흠이라면, 일을 하다가도 곧잘 공상에 빠져들어 하던 일을 잊어버리는 버릇이 있다는 것이었다. 앤은 꾸지람을 듣고서야 부랴부랴 현실로 돌아와서 정신을 차렸다.

점심 설거지를 마친 앤은 결심한 듯 마릴라에게 다가갔다. 최악의 상황이라 하더라도 맞닥뜨릴 각오가 되었다는 비장한 표정이었다. 깡마르고 작은 앤의 몸이 머리부터 발끝까지 바들바들 떨리는 것 같았다. 앤은 두 손을 모아 쥐고서 애처로운 목소리로 말했다.

"아줌마, 저를 돌려보내실 건지 아니면 여기서 살게 해주실 것인지 말씀해 주시면 안 될까요? 참으려고 했지만 더는 견딜 수가 없어요. 너무 두려워요. 어떻게 하기로 하셨는지 말씀해 주세요."

마릴라는 흔들리지 않는 표정으로 말했다.

"행주를 대충 빨았구나! 뜨거운 물에 삶으라고 했을 텐데, 왜 제대로 하지 않았지? 질문을 하려거든 해야 하는 일을 다 마친 다음에 해야지."

앤은 곧 돌아서서 행주를 삶은 다음 널어놓았다. 그리고는 다시 마릴라에게로 왔다. 더 이상 미룰 구실도 없고 말없이 떨고 있는 작은 어깨를 내려다보고 있자니 애처로운 마음이 들어, 마릴라가 입을 열었다.

"그래, 이제 이야기해 주마. 매슈와 나는 너를 키우기로 했다. 네가 착한 아이가 되도록 노력하고 감사하는 마음을 가진다면 말이다. 알겠니?"

앤은 한참 동안 말없이 고개를 숙이고 있었다.

"앤, 왜 그러니?"

앤이 어쩔 줄 몰라 하며 말했다.

"왜 그런지 자꾸만 눈물이 나서요. 너무 기뻐서 뭐라고 말씀을 드려야 좋을지 모르겠어요. 기쁘다는 말로는 부족해요. '환희의 하얀 길'이랑 벚꽃들을 보았을 때도 기뻤는걸요. 하지만 그거랑은 달라요! 이건 기쁨이라는 감정 그 이상이에요. 정말 행복해요. 앞으로 착한 아이가 되도록 노력할게요. 토머스 아줌마가 걸핏하면 저보고 못됐다고 하셨거든요. 하지만 진짜 노력할게요. 그런데 왜 자꾸 눈물이 나지요?"

마릴라가 못마땅한 듯이 말했다.

"네가 너무 흥분하고 감정이 북받쳐서 그런 것 같다. 의자에 앉아 마음을 가라앉혀라. 넌 너무 쉽게 울고 또 쉽게 웃어서 탈이야. 그래, 넌 여기에서 살아도 되고, 우리도 널 잘 돌보도록 애쓸게. 학교도

다니도록 해야지. 2주일 후면 방학이니까 개학하는 9월까지 조금 기다리는 것이 좋을 것 같다."

앤이 알았다는 듯이 고개를 끄덕이며 물었다.

"앞으로 아줌마를 어떻게 부르면 되죠? 미스 커스버트라고 부를까요? 아니면 마릴라 이모라고 불러도 되나요?"

"아니다, 그냥 마릴라 아줌마라고 불러라. 미스 커스버트라고 불리는 건 거북하고 어색해."

앤은 생각이 다른 것 같았다.

"그래도 그냥 마릴라 아줌마라고 부르는 건 실례 아닐까요?"

"아니다. 네가 예의만 갖춘다면 그렇게 불러도 전혀 실례될 거 없다. 에이번리 사람들은 대부분 나를 마릴라라고 부른다. 젊은 목사님만 빼고. 목사님도 어쩌다 생각날 때만 미스 커스버트라고 부르신다."

앤이 아쉬움이 가득한 목소리로 말했다.

"마릴라 이모라고 부르고 싶었어요. 전 친척이 하나도 없으니까요. 심지어 할머니도 없는걸요. 이모라고 부르면 진짜 가족처럼 느껴질 것 같아요. 마릴라 이모라고 부르면 안 되나요?"

"안 된다. 난 네 이모가 아니잖니. 맞지 않는 이름으로 부르는 건 좋지 않다."

"그래도 진짜 이모라고 상상할 수 있잖아요."

마릴라는 단호하게 잘라 말했다.

"아니, 난 못해. 상상할 수 없다."

앤이 눈을 동그랗게 뜨고 물었다.

"현실하고 다른 일을 상상해 본 적이 없으세요?"

"없다."

앤이 길게 한숨을 쉬면서 말했다.

"아! 정말요? 미스 커스, 아니 마릴라 아줌마! 너무 안타깝네요."

그러자 마릴라가 쏘아붙였다.

"현실과 다른 걸 상상하고 싶지 않다. 하느님이 우리를 어떤 상황에 처하게 한 데는 다 이유가 있는 거야. 다른 상황에 있다고 상상하는 건 좋지 않다. 그러고 보니 생각나는구나. 앤, 거실에 가서 벽난로 선반 위에 있는 그림 카드를 가져오너라. 발부터 닦고, 파리들이 들어가지 않게 조심하고. 카드에 주기도문이 쓰여 있으니까 오후에 짬을 내서 외우도록 해라. 앞으로는 어젯밤에 한 것처럼 기도하면 안 된다."

앤이 변명하듯이 말했다.

"어젯밤에 한 기도가 많이 어색했죠? 한 번도 해본 적이 없어서요. 하지만 기도를 처음 해보는 애가 어떻게 매끄럽게 하겠어요? 말씀드린 대로 침대에 누운 다음 멋진 기도문을 생각해 봤어요. 목사님 기도처럼 길고 시적인 걸로요. 그런데 믿어지세요? 아침에 일어나니 한 줄도 생각나지 않는 거예요. 다시는 그렇게 멋진 기도를 드릴 수 없을 거 같아요. 두 번째 생각해 본 것들은 절대 첫 번째 것만큼 좋지 않아요. 그런 생각 해보셨어요?"

"앤, 네가 생각해야 할 것들은 그게 아니다. 뭔가를 시키면 이렇게 서서 떠들 것이 아니라 바로바로 해야 한다. 어서 가서 그림 카드를 가져와."

앤은 재빨리 복도를 지나 거실로 갔다. 하지만 돌아오는 기색이 없었다. 10분 정도 지나자, 마릴라는 뜨개질하던 손을 멈춘 후 굳은 표정으로 앤을 찾으러 갔다. 거실로 들어서자 두 개의 창문 사이에 걸려 있는 그림을 멍하니 바라보고 있는 앤의 모습이 눈에 들어왔다.

창밖의 사과나무와 포도나무 덩굴 사이로 새어 들어오는 희고 푸른 빛줄기가 그림에 푹 빠진 작은 소녀를 휘감고 있었다.

마릴라가 날카로운 표정으로 물었다.

"앤, 그림 앞에서 뭘 하고 있는 거니?"

앤이 화들짝 놀라며 현실로 돌아왔다.

"저 그림 말예요……."

앤은 〈어린아이들을 축복하는 예수님〉이라는 제목이 붙은 선명한 그림을 가리키며 말을 이었다.

"저 아이들 중 하나가 저라고 상상했어요. 파란 드레스를 입고 구석에 혼자 서 있는 여자애가 저예요. 외롭고 슬퍼 보이잖아요. 저 앤 부모님이 없을 거예요. 그래도 축복받고 싶어서 조심조심 아이들 뒤로 다가가요. 아무도 눈치채지 않기를 바라면서요. 물론 예수님만 빼고요. 저 애의 마음이 어떨지 잘 알아요. 제가 여기에서 살아도 되느냐고 아줌마한테 물었을 때처럼 심장이 쿵쾅거리고 손이 차가워졌을 거예요. 예수님이 자기를 보지 못할까 봐 겁도 나고요. 하지만 예수님은 저 아이를 보신 것 같아요. 그렇죠? 예수님이 가까이 온 아이의 머리 위에 손을 얹어요. 그때 저 아인 얼마나 기뻤겠어요! 그런데 화가가 예수님의 얼굴을 저렇게 슬프게 그리지 않았으면 더 좋았을 거예요. 그림 속에 있는 예수님은 다 슬퍼 보여요. 하지만 예수님이 정말 슬픈 얼굴을 했을 리가 없어요. 그랬다면 아이들이 예수님을 무서워했을 테니까요."

마릴라는 앤이 지껄이는 헛소리를 왜 중간에 끊지 않았는지 후회하며 입을 열었다.

"앤, 그런 식으로 말하면 안 돼. 그건 불경스럽고 경건하지 못한 거야."

마릴라의 말에 앤의 눈이 동그래졌다.

"저는 더없이 경건한 마음으로 말한 거예요. 불경스럽게 굴려던 건 아니에요."

"그래, 그럴 거라고 생각한다. 하지만 예수님에 대해 함부로 말하는 건 옳지 않아. 그리고 또 한 가지. 내가 너한테 무얼 하라고 말했을 때, 해야 할 일을 잊어버린 채 상상에 빠져 있으면 안 된다. 잊지 말거라. 그림 카드를 가지고 곧장 부엌으로 와서 주기도문을 외도록 해라."

앤은 사과꽃이 가득 꽂혀 있는 식탁 위의 꽃병에 카드를 기대어 세워놓았다. 그리고는 턱을 손에 괸 채 주기도문을 외우는 데 집중했다.

한참 후에 앤이 선언하듯 말했다.

"주기도문은 정말 아름다워요. 보육원에 있을 때, 주일학교 선생님이 외는 걸 들은 적이 있어요. 그분은 목소리가 갈라진데다가 비통하게 기도를 하셔서, 의무적으로 기도한다는 생각이 들었어요. 지금 읽어보니까 시를 읽는 기분이 들어요. '하늘에 계신 우리 아버지, 아버지의 이름이 거룩히 빛나시며……' 마치 음악의 한 소절 같기도 하고요. 미스, 아니 마릴라 아줌마. 주기도문을 배울 수 있도록 해주셔서 정말 기뻐요."

"그만 재잘대고 어서 외워라."

마릴라는 무뚝뚝하게 말했다. 앤은 꽃병에 담긴 사과꽃에 살며시 입을 맞추고 나서 다시 열심히 외우기 시작했다.

하지만 얼마 지나지 않아 다시 입을 열었다.

"마릴라 아줌마, 제가 에이번리에서 진실한 마음의 친구를 사귈 수 있을까요?"

"무슨 친구라고?"

"모든 걸 털어놓을 수 있는 마음의 친구 말이에요. 저는 늘 그런 친구를 만나길 꿈꿔왔어요. 물론 실제로 만날 수 있다고 믿지는 않았지요. 하지만 제가 꿈꿨던 일들이 갑자기 이뤄지니까 이 꿈도 이뤄질 수 있을 것 같아요. 사귈 수 있을까요?"

"언덕의 과수원집에 사는 다이애나 배리가 네 또래일 게다. 지금은 친척집에 갔을 텐데 돌아오면 만날 수 있을 거다. 하지만 배리 부인이 무척 엄하기 때문에 착하고 얌전하지 않으면 함께 놀지 못하게 할 거다. 그 애랑 사귀려면 행동을 조심성 있게 해야 한다."

앤은 호기심 어린 눈을 반짝이며 사과꽃 사이로 마릴라를 바라보았다.

"다이애나는 어떻게 생겼나요? 빨강 머리는 아니지요? 제 머리가 빨간 것도 괴로운데, 친구마저 그렇다면 정말 견디기 힘들 거예요."

"다이애나는 아주 예쁜 아이다. 머리와 눈동자는 검은색이고 뺨은 장밋빛이지. 하지만 무엇보다도 마음씨가 곱고 영리하단다. 생긴 것보다 중요한 건 마음씨야."

마릴라는 《이상한 나라의 앨리스》에 나오는 공작부인만큼이나 교훈적인 것들을 좋아했고, 앤에게 교훈이 되는 말을 하려고 애를 썼다. 그러나 앤은 교훈 따위에는 관심도 없이 친구를 사귈 기쁨에만 들떠 있었다.

"예쁜 아이라니까 정말 좋아요. 저도 예쁘면 좋겠지만 그건 불가능하잖아요. 예쁜 마음의 친구가 생기면 정말 신날 것 같아요. 예전에 살던 토머스 아줌마네 집에는 유리문이 달린 책장이 거실에 있었어요. 책장에는 책은 없고, 아줌마가 아끼는 그릇이랑 잼 등이 진열되어 있었지요. 한쪽 문의 유리는 토머스 아저씨가 술에 취해서 깨버리는 바람에 한쪽 문의 유리만 멀쩡했어요. 저는 그 유리에 비친 제 모습을 보면서 그 안에 다른 아이가 살고 있다고 생각했어요. 저는 그 애를 '케이트 모리스'라고 부르면서 아주 친하게 지냈지요. 그 애랑 이런저런 얘기를 나누다 보면 외로움도 잊고 위안을 받곤 했어요. 그 후 해먼드 아줌마네로 가게 되었는데, 케이트 모리스와 헤어져야 해서 얼마나 가슴이 아팠는지 몰라요. 해먼드 아줌마네 집엔 책장은 없었고, 그 집에서 조금만 위로 올라가면 초록빛 계곡이 있었어요. 거기에 누가 살고 있었는지 아세요? 아름다운 메아리였어요. 무슨 말을 하든 맞장구를 쳐주는 메아리를 '비올레타'라는 소녀라고 상상했고, 우린 멋진 친구가 됐어요. 보육원으로 가기 전날 밤에 비올레타에게 작별 인사를 했더니, 그 아이도 슬픈 목소리로 울먹이더라고요. 비올레타 생각이 너무 많이 나서, 보육원에서는 마음의 친구를 사귀겠다는 상상을 하지 않았어요. 상상을 하려 해도 보육원엔 상상할 거리조차 없었지만요."

앤의 말을 들은 마릴라가 무미건조한 목소리로 말했다.

"상상할 거리가 없었다니 차라리 다행이구나. 나는 그런 상상은 좋아하지 않는다. 너는 네가 상상하는 것을 절반쯤은 믿고 있는 것 같은데, 머릿속에서 그런 얼토당토않은 생각들을 떨쳐내기 위해서라도 진짜 친구를 사귀어야겠다. 하지만 배리 부인 앞에서 케이트 모리스니 비올레타니 하는 얘기는 입에 올리지 말아야 한다. 네가 꾸며냈다고 생각할지도 모르니까."

"하지 않아요. 아무한테나 이 얘길 하진 않거든요. 저한텐 너무나 소중한 기억이란 말예요. 하지만 아줌마한테는 말하고 싶었어요. 아, 저것 보세요! 사과꽃 속에서 왕벌 한 마리가 튀어나왔어요. 사과꽃 속에서 살다니, 정말 근사해요. 바람이 살랑살랑 불 때 사과꽃

속에서 잠이 든다고 상상해 보세요. 사람이 아니라면 꿀벌이 되어 꽃 사이를 날아다니고 싶어요."

마릴라는 기가 막힌 듯 코웃음을 쳤다.

"너는 되고 싶은 것도 많구나. 변덕도 참⋯⋯. 들어주는 사람이 옆에 있으면 입을 다물지 못하는 버릇도 고쳐야겠다. 엉뚱한 이야기는 그만하고 네 방으로 올라가 주기도문을 외우도록 해라."

"이제 거의 다 외웠어요. 마지막 한 줄만 빼고요."

"방으로 가서 마저 외워. 차 마실 준비를 도와달라고 할 때까지 나오지 말고."

"사과꽃을 가지고 가도 돼요?"

앤이 간청하듯 말했다.

"안 된다. 꽃들로 방이 지저분해지잖니. 사과꽃은 꺾지 말고 그냥 뒀어야 하는 거다."

"저도 그 생각을 했어요. 괜히 꺾어서 사랑스런 생명을 꺼트리면 안 되니까요. 제가 사과꽃이었다고 해도 꺾이고 싶지 않았을 거예요. 그런데 유혹을 뿌리칠 수가 없었어요. 아줌마는 엄청난 유혹에 맞닥 뜨리면 어떻게 하세요?"

"앤, 방으로 가란 소리 못 들었니?"

한숨을 쉬면서 동쪽 다락방으로 올라간 앤은 창가에 의자를 놓고 걸터앉았다.

"자, 이제 주기도문은 다 외웠어. 계단을 올라오면서 마지막 문장을 외웠으니까. 지금부터 이 방을 상상했던 대로 꾸며야지. 늘 멋진 모습으로 있도록 말이야. 창문에는 분홍색 커튼을 치고 바닥에는 장미가 그려진 하얀 벨벳 카펫을 깔아야지. 가구는 모두 마호가니 나무로 만들어진 거야. 마호가니 가구를 본 일은 없지만, 말만 들어도 고급스러우니까. 나는 흰 레이스가 달린 드레스를 입고 실크 쿠션들이 가득 놓인 소파에 우아하게 기대앉을 거야. 키가 크고 고상한 모습으로 말이야. 머리카락은 밤하늘같이 까맣고 살결은 상아처럼 맑고 투명하지. 목에는 눈부신 진주 목걸이를 걸고, 머리도 보석으로 장식했어. 이름은 코델리아 피츠제럴드 공주라고 할 거야. 아니, 그 이름은 진짜 같지가 않아서 안 되겠어."

앤은 벽에 걸린 거울 앞으로 총총 걸어가 자기 모습을 비춰보았다. 주근깨투성이 얼굴과 진지한 잿빛 눈동자가 앤을 마주 보고 있었다.

앤은 진지한 목소리로 말했다.

"너는 초록지붕집에 사는 앤이야. 내가 코델리아 공주라고 상상할 때마다 지금 보이는 모습과 마주하게 될 거야. 그래도 집 없는 앤보다는 초록지붕집의 앤이 수백 배쯤 낫지 않니?"

앤은 몸을 굽혀 거울 속에 비친 자기 얼굴에 장난스럽게 입맞춤을 했다. 그리고는 활짝 열린 창가로 갔다.

"눈의 여왕님, 안녕하세요? 자작나무들도 안녕. 그리고 언덕 위의 회색 집도 안녕! 다이애나가 내 마음의 친구가 되어줄까? 그랬으면 좋겠어. 그러면 난 정말 그 아일 사랑할 텐데……. 그래도 케이트 모리스랑 비올레타를 절대 잊지 않을 거야. 내가 그 애들을 잊으면 크게 상처받을 테니까. 나는 책장 속 소녀든 작은 메아리 소녀든, 그 누구도 아프게 하고 싶지 않아. 그래서 그 애들을 소중하게 기억하면서 매일매일 입맞춤을 보낼 거야."

앤은 손끝에 두세 번 입을 맞추고 나서 벚꽃 사이로 날려 보냈다. 그리고 나서 두 손으로 턱을 괸 채 공상의 세계로 들어가 유유히 떠나다니기 시작했다.

9
린드 부인이 충격 받다

앤이 초록지붕집에 온 지 2주일이 지났다.

린드 부인은 진작 앤을 살피러 오고 싶었으나 지난번에 초록지붕집을 다녀간 후 때 아닌 독감에 걸려 집 밖으로 나갈 수가 없었다. 허약 체질이 아닌 린드 부인은 병치레가 잦은 사람을 대놓고 무시하는 편이었으나, 독감은 다른 질병과는 달리 신의 섭리에 의한 특별한 불행이기 때문에 어쩔 수 없이 감수해야 한다고 우겨댔다. 마침내 외출해도 괜찮다는 의사의 허락이 떨어지자, 린드 부인은 초록지붕집으로 득달같이 달려갔다. 그동안 에이번리에는 매슈와 마릴라가 입양한 고아에 대한 온갖 소문과 억측이 난무해서, 호기심을 억누르고 지내는 것이 린드 부인으로서는 여간한 고역이 아니었다.

앤은 지난 2주 동안 여기저기 돌아다니며 매 순간을 마음껏 만끽하며 알차게 보냈다. 집 주변에 있는 온갖 나무와 수풀들과는 벌써 친구가 되었고, 여기저기 자라는 풀잎과 들꽃을 살펴보다가 사과밭 아래로 난 오솔길이 숲으로 이어진다는 사실도 알아냈다. 전나무 숲과 아치를 이룬 벚나무, 고사리 덤불, 단풍나무와 마가목 가지가 뻗은 샛길까지 시시각각 다채롭게 변하는 경이로운 풍경을 탐색하면서 수시로 마음을 빼앗겼다.

앤은 골짜기 아래에 있는 샘물과도 친구가 되었다. 얼음처럼 차가운 샘물은 깊고 맑았으며, 그 너머의 개울에는 통나무 다리가 놓여 있었다.

앤은 한껏 신이 나서 총총거리며 다리를 건너 숲이 우거진 언덕으로 달려갔다. 곧게 자란 아름드리 전나무와 가문비나무 아래로는 언제나 그늘이 드리워져 있어, 꽃이라고는 사랑스럽고 수줍은 많은 섬초롱꽃과 지난해 져버린 꽃들의 영혼처럼 창백한 별 모양의 꽃 몇 송이가 여기저기 피어 있을 뿐이었다. 나무들 사이에는 은실처럼 반짝이는 거미줄이 걸려 있었고, 전나무 가지와 이파리들은 다정하게 이야기를 나누다 웃음을 터트리는 듯 간혹 몸을 흔들면서 까르르거렸다.

앤은 간혹 30분의 자유시간이 주어지면 이렇게 황홀한 탐험 여행을 하며 돌아다녔다. 그러고는 매슈와 마릴라의 귀가 먹먹해지도록 새로 발견한 것들에 대해 재잘재잘 떠들어댔다. 그럴 때마다 매슈는 조금도 귀찮아하는 기색 없이 말없이 미소 지으며 귀를 기울였다. 반면 마릴라는 앤이 재잘거리는 소리를 듣고 있다가도 자신이 그의 얘기에 빠져든다 싶으면 그만 입 좀 다물라며 퉁명스럽게 말하기도 했다.

린드 부인이 초록지붕집에 왔을 때, 앤은 과수원에 나가 불그스름한 오후 햇살을 받으며 싱그럽게 흔들리는 풀밭을 신나게 돌아다니는 중이었다. 그래서 앤은 린드 부인이 찾아온 것을 알지 못했고, 린드 부인은 자신이 그간 아팠던 이야기를 시시콜콜 늘어놓았다.

그리고는 더 이상 할 이야기가 없어지자, 린드 부인은 자기가 찾아온 진짜 이유를 드러냈다.

"마릴라와 매슈에 대해 놀라운 이야기를 들었어요."

그 말에 마릴라가 대답했다.

"저보다 더 놀라지는 않았을 거예요. 전 이제야 조금씩 진정하며 적응하고 있는걸요."

"그런 착오가 있었다니, 말도 안 돼요. 아이를 돌려보낼 수는 없었나요?"

린드 부인이 딱하다는 듯이 물었다.

"아니요. 그럴 수 있었지만 그러지 않은 거예요. 매슈가 아이를 마음에 들어 해서요. 고쳐야 할 점이 있긴 하지만 저도 싫지 않았고, 점점 좋아지고 있어요. 그리고 아이가 오고 나서 집안 분위기가 달라졌어요. 아이가 밝고 쾌활하니 집 안이 다 환해지는 것 같아요."

린드 부인이 걱정하는 투로 말하자 마릴라는 처음 생각한 것보다 훨씬 더 많은 말을 해버리고 말았다.

"그래도 무거운 짐을 떠맡은 거예요. 게다가 마릴라는 아이를 키워본 경험도 없잖아요. 천성이 어떤지도 모르고, 앞으로 어떻게 자랄지도 상상하기 힘들 거예요. 물론 마릴라의 기분을 상하게 하려는 건 아니에요."

린드 부인이 심각한 표정으로 말했다.

"기분 상하지 않아요. 저는 마음먹은 일을 후회해 본 적이 없어요. 앤이 보고 싶으실 텐데, 아이를 불러올게요."

과수원 나들이를 끝낸 앤은 자기를 부르는 소리를 듣고 신나는 얼굴로 달려왔다. 하지만 집에 손님이 찾아온 것을 알자 문 앞에서 멈칫거렸다.

앤은 보육원에서부터 입고 온 꼭 끼고 짧은 원피스를 입고 있었는데, 앙상한 다리가 볼품없게 드러나 있었다. 게다가 얼굴은 주근깨투성이였고, 모자도 쓰지 않아 바람에 헝클어진 머리는 그 어느 때보다 빨갛게 보였다.

린드 부인은 앤을 보자마자 큰 소리로 거침없이 말했다.

"세상에! 마릴라, 아이가 예뻐서 데리고 온 건 아니네요. 얘야, 이리 와볼래? 어휴, 부지깽이처럼 빼빼 말라 볼썽사납구나. 얼굴은 온통 주근깨투성이이고, 머리는 또⋯⋯. 머리카락이 새빨간 홍당무 같잖아! 얘야, 이리 와보라고 했잖니."

린드 부인은 어느 자리에서건 자기 생각을 숨기지 않고 생각나는 대로 이야기해 버리곤 했는데, 스스로도 그것을 자랑스럽게 여겼지만 주변 사람들도 그 점을 재미있어 하면서 좋아했다.

앤은 다가가기는 했지만 린드 부인이 예상했던 방식은 아니었다. 앤은 한 번에 부엌 마룻바닥을 가로질러 린드 부인의 앞에 섰다. 화가 난 앤의 얼굴은 빨갛게 달아올라 있었고 몸은 머리부터 발끝까지 부들부들 떨고 있었다. 앤은 발을 동동 굴러가며 목멘 소리로 울부짖었다.

"아줌마 같은 사람은 미워요. 정말 밉다고요! 그래요. 저는 깡마르고 못생겼어요. 얼굴은 주근깨투성이고 머리는 홍당무처럼 빨개요. 하지만 어떻게 그런 말을 대놓고 막 하실 수가 있어요? 아줌마는 무례하고 저속한데다 감정도 없는 차가운 사람이에요."

"앤!"

마릴라가 당황해하며 외쳤다.

그러나 앤은 수그러들지 않았다. 오히려 두 주먹을 불끈 쥐고 머리를 꼿꼿이 쳐든 채 린드 부인을 똑바로 쏘아보았다. 뜨거운 분노가 증기처럼 뿜어져 나오는 것 같았다.

앤은 격렬하게 울분을 터트렸다.

"어떻게 그런 말을 할 수가 있어요? 아줌마가 그런 말을 들으면 기분이 어떻겠어요? 아줌마한테 돼지처럼 살만 찌고 곰처럼 미련한 데다 상상력이라고는 눈곱만큼도 없다고 하면 기분이 좋겠느냐고요? 기분이 상하세요? 하지만 어쩔 수 없어요. 아줌마가 먼저 제 마음을 상하게 했으니까요. 아줌마는 토머스 아줌마네 술주정뱅이 아저씨보다도 저한테 더 큰 상처를 줬어요. 절대로 용서 못 해요! 절대로!"

쿵! 쿵!

린드 부인이 황당해하면서 소리를 질렀다.

"이런 못돼 먹은 것 같으니! 정말 심술 사나운 계집애구나! 아니, 뭐 저따위 애가 다 있어요?"

겨우 말할 기운을 찾은 마릴라가 엄격하게 말했다.

"앤, 어서 방에 들어가 있어. 내가 올라갈 때까지 나오지 말고."

앤은 울음을 터뜨리며 현관 벽 위의 함석판이 흔들릴 정도로 거칠게 문을 닫고는 복도를 지나 위층으로 회오리처럼 달려 올라갔다. 위층에서 쾅 하는 소리가 묵직하게 들리는 것을 보니 다락방 문도 거칠게 닫은 모양이었다.

린드 부인이 이루 말할 수 없이 침통한 표정으로 입을 열었다.

"아이고, 마릴라! 내가 저런 아이를 키우지 않는 것만으로 감사하 단 생각이 드네요."

마릴라는 린드 부인에게 사과한 후 용서를 구해야겠다 싶어 입을 열었다. 하지만 막상 입에서 나온 말은 스스로 생각하기에도 놀라운 것이었다.

"레이첼, 생긴 걸 가지고 그렇게 말하면 안 되잖아요."

그 말에 린드 부인이 날카롭게 따지고 들었다.

"마릴라 커스버트, 지금 눈앞에서 말도 안 되는 꼴을 보고도 저 아이 편을 드는 거예요? 설마 저 아이가 한 짓을 눈감아주겠다는 건 아니겠죠?"

마릴라가 차분하게 말했다.

"아이를 두둔하는 게 아니에요. 아이가 버릇없이 못되게 군 건 맞아요. 그건 제가 야단을 치겠어요. 하지만 저 애 입장을 생각해 줘야죠. 저 앤 한 번도 제대로 교육을 받아본 적이 없어요. 그러니 좀 너그럽게 이해해 주셨으면 해요. 그리고 레이첼도 애한테 너무 심한 말을 했어요."

마릴라는 이런 말을 하는 스스로에게 또다시 놀라면서도 기어코 한마디를 덧붙이고 말았다. 린드 부인은 마릴라의 이야기에 자존심이 상해서 쌀쌀맞게 대답했다.

"마릴라, 앞으로 말할 땐 정말 조심해야겠네요. 본데없는 고아의 기분을 먼저 배려해 줘야 하니까요. 하지만 화가 난 건 아니니 걱정하지 말아요. 마릴라가 너무 안쓰러워서 화나 낼 수 있겠어요? 하지만 앞으로 속 좀 썩겠네요. 한마디만 더 충고하자면, 마릴라가 말한 대로 야단을 칠 거라면 굵직한 자작나무 회초리를 써야 해요. 저런 애한텐 그게 약이니까요. 보아 하니 성질머리가 머리 색깔과 똑같은 것 같아요. 이제 가야겠어요. 잘 있어요. 마릴라, 평소처럼 우리 집에도 놀러 오세요. 이런 일을 당하고 이런 식으로 모욕을 당해야 한다면, 내가 다시는 이 집에 발길 하는 일이 없을 것 같으니까요. 이런 일은 태어나서 처음 겪는 일이라……."

린드 부인은 자신이 할 말을 마친 뒤 얼굴을 붉히고서 후다닥가 버렸다. 마릴라는 침울한 기분으로 동쪽 다락방을 쳐다봤다.

마릴라는 계단을 올라가면서 어떻게 해야 할지를 고민했다. 방금 전 일어난 일은 마릴라에게도 적지 않은 충격을 주었다. '하고많은 사람 중에 하필 린드 부인 앞에서 그렇게 성질을 부리다니!' 그런 생각을 하던 마릴라는 문득 자신의 마음이 불편해짐을 느꼈다. 앤의 성격에 심각한 문제가 있다는 걸 알게 되어 슬프다기보다는 이 일로 자신이 창피함을 크게 느끼고 있다는 사실을 깨달았기 때문이었다. 마릴라는 그런 자신을 스스로 나무랐다. 그렇지만 앤을 어떻게 야단 쳐야 할까? 자작나무 회초리가 린드 부인네 아이들에게는 효과가 있었는지 모르지만, 마릴라로서는 그런 방법이 영 내키지 않았다. 아이를 때릴 수는 없었다. 그것보다는 앤이 스스로 얼마나 큰 잘못을 했는지 알게 하고, 그것을 제대로 뉘우치게 할 뭔가 다른 방법이 필요하다고 생각했다.

앤은 진흙투성이 부츠도 벗지 않고 침대에 엎드려 울고 있었다. 진흙 묻은 부츠 때문에 침대보가 더러워지든 말든 그런 건 안중에도 없다는 듯이 말이다.

"앤!"

마릴라가 부드러운 목소리로 앤을 불렀다. 그러나 앤이 대답하는 소리는 들리지 않았다.

마릴라가 엄한 목소리로 다시 불렀다.

"앤, 당장 일어나서 내가 하는 얘길 들어."

앤은 주춤주춤 일어나 옆에 있는 의자에 앉았다. 얼굴은 눈물로 얼룩져 있었고, 눈은 고집스럽게 바닥만 내려다보고 있었다.

"자알 했다! 앤, 부끄럽지 않니?"

그러자 앤이 반사적으로 대꾸했다.

"아뇨. 그 아줌마가 저에게 못생긴 빨강 머리라고 말할 권리는 없잖아요."

"너도 린드 부인한테 그렇게 버릇없이 대들 권리는 없다. 앤, 얼마나 부끄러웠는지 아니? 정말 부끄러웠어. 린드 부인이 아무리 너에게 빨강 머리니 뭐니 하고 말을 해도 그렇게까지 펄쩍 뛸 건 없잖아. 그리고 늘 네 입으로도 그렇게 말해 왔잖니."

앤이 울먹이며 말했다.

"제 입으로 말하는 것과 남이 말하는 걸 듣는 것이 어떻게 같아요? 사실이 그렇다고 해도 다른 사람은 그렇게 생각하지 않았으면 하고 바라는 게 사람 마음이잖아요. 제가 못돼 먹었다고 생각하시겠지만 저도 어쩔 수 없었어요. 그 아줌마가 하는 말을 들으니까 마음속에서 뭔가가 막 치솟아서 숨을 쉴 수가 없더라고요. 그래서 아줌마한테 화를 쏟아내야만 했어요."

"이제 창피해서 어쩌니? 아무튼 네가 자초해서 이야깃거리가 됐다는 건 알고 있어라. 린드 부인한텐 동네방네 퍼트릴 좋은 거리가 생긴 거지. 오늘 일도 동네방네 다니면서 떠들어대고도 남을 거다. 앤, 그렇게 성질을 부리면 누가 너를 이해해 주겠니? 그건 정말 잘못한 거야."

"누군가가 눈앞에서 부지깽이처럼 빼빼 말라 볼썽사납다고 하면 어떻겠어요?"

눈물이 그렁그렁한 눈으로 마릴라를 바라보며 앤이 말했다.

마릴라는 문득 오래전 기억 하나가 떠올랐다. 아주 어렸을 때 친척 아주머니 한 분이 "아유, 애가 어쩜 저렇게 까맣고 못생겼을까."라고 말하는 것을 들은 적이 있었다. 그 말을 듣고 받은 상처가 사라질 때까지 50년이나 걸렸다.

마릴라는 한껏 부드러워진 목소리로 앤의 말을 인정한다는 듯이 말했다.

"앤, 나도 린드 부인이 잘했다고 생각하지 않아. 원래 말을 막 하는 사람이니까. 하지만 그분은 너와 초면인데다 나이도 많고, 나에게 온 손님이잖니. 이 세 가지만으로도 넌 공손하게 대해 드렸어야 해. 그런데 넌 무례하고 건방지게 행동했어. 그러니까……."

그때 문득 마릴라에게 그럴듯한 벌이 하나 떠올랐다.

"린드 부인에게 가서 못되게 굴어 죄송하다 말씀드리고 용서를 빌어라."

앤은 침울하지만 단호한 목소리로 말했다.

"절대 못 해요. 차라리 다른 벌을 주세요. 뱀이나 두꺼비가 우글거리는 어둡고 축축한 지하 동굴에 가두고 빵 한 쪽과 물만 주셔도 좋아요. 하지만 그 아줌마한테 용서해 달라는 말은 못하겠어요."

그러자 마릴라가 딱딱하게 말했다.

"우리 마을에선 어둡고 축축한 지하 동굴에 사람을 가둬놓지 않는다. 에이번리에는 그런 동굴도 없고. 그러니 넌 무슨 일이 있어도 린드 부인한테 용서를 빌어야 한다. 그러겠다고 할 때까지 넌 이 방에서 나오지 못한다."

앤이 울먹이며 말했다.

"그러면 저는 영원히 제 방에 있어야 할 거예요. 저는 속 시원하게 할 말을 했을 뿐이에요. 마릴라 아줌마를 곤란하게 한 건 죄송하지만, 그 아줌마한테는 하나도 미안하지 않아요. 그런데 어떻게 용서를 빌겠어요? 그건 상상도 못 하겠어요."

마릴라가 방을 나오기 전에 말했다.

"아마 내일 아침이 되면 상상하는 것이 좀 쉬워질지도 모른다.

오늘 밤에 네가 했던 행동을 돌아보면서 마음을 돌려봐. 초록지붕 집에서 살게 되면 착한 아이가 되겠다고 하지 않았니? 그런데 오늘 저녁에는 그런 모습이 보이지 않는구나."

마릴라가 마지막에 한 말은 앤의 가슴에 날카로운 화살이 되어 꽂혔다.

부엌으로 내려온 마릴라의 마음은 몹시 혼란스러웠다. 앤을 꾸짖기는 했지만 자신도 앤만큼이나 화가 났던 것이다. 그런 중에 어이없어하던 린드 부인의 표정이 떠오르면서 웃음이 터져 나올 것 같아 그것을 참느라 입술을 실룩거렸다. 린드 부인의 반응을 보고 웃음을 터트리는 것은 정말 부끄러운 일이기 때문이다.

10

앤이 용서를 빌다

밤이 되었을 때 마릴라는 그날 일어난 일을 매슈에게 말하지 않았다. 하지만 다음 날 아침이 되어서도 앤이 말을 듣지 않고 식탁에 나타나지 않는 통에 린드 부인과 있었던 일을 설명해야 했다. 마릴라는 앤의 행동이 얼마나 심각한지에 대해 이해시키려고 애를 썼다.

하지만 매슈는 위로랍시고 이렇게 늘어놓았다.

"레이첼 린드가 한 방 먹었구면. 이 일 저 일 참견하며 말이나 옮기고 다니는 떠벌이는 그런 일을 당해도 싸."

"아니, 매슈! 정말 사람 놀라게 만드네요. 아이의 행동이 지나쳤는데도 편을 드는 거예요? 이러다간 벌을 줄 필요도 없다고 하겠어요."

발끈하는 마릴라에게 매슈가 떠듬거리며 말했다.

"그건 아니야. 벌을 받긴 해야지. 하지만 마릴라, 너무 심하게 하지는 마. 아이한테 그런 걸 가르쳐줄 사람이 여태껏 없었잖아. 그런데 먹을 건 가져다줄 거지?"

부아가 난 마릴라가 쏘아붙였다.

"내가 뭘 가르친답시고 애를 굶기겠어요? 먹을 건 꼬박꼬박 챙겨서 가져다줄 거니까 걱정 말아요. 하지만 린드 부인한테 용서를 빌겠다고 할 때까지는 방에서 나오지 못하게 할 테니, 그런 줄 알아요!"

끼니때마다 마릴라는 음식을 챙겨 동쪽 다락방으로 날라다 주었으나, 손도 대지 않은 것을 그냥 가져와야 했다. 그때마다 매슈는 아무것도 먹지 않은 앤이 걱정스러웠다.

저녁 무렵 마릴라가 목초지에 풀어놨던 소를 데리러 나가자, 헛간 근처를 어슬렁거리며 눈치를 살피던 매슈는 도둑처럼 살금살금 집으로 들어오더니 슬그머니 계단을 올라갔다. 매슈는 평소에 부엌과 복도 끝 침실만 오가는 게 전부인 사람이었다. 가끔씩 목사가 차를 마시러 들러도 어색하게 응접실이나 거실에 잠시 얼굴을 내밀 뿐이었다. 2층에 올라갔던 것도 남는 방에 도배를 하기 위해 올라간 게 전부였는데, 그것도 벌써 4년 전 일이다.

매슈는 동쪽 다락방 문밖에서 머뭇거리다 마음을 다잡고서 똑똑 문을 두드렸다. 그러고는 문을 열고 살며시 안을 들여다보았다.

창가에 앉아 있는 앤은 우울한 얼굴로 뜰을 내려다보고 있었다. 앤의 모습이 어찌나 작고 안쓰럽던지 매슈는 가슴이 저려왔다.

매슈는 문을 조심스레 닫은 다음 살며시 앤에게 다가갔다. 그리고 낮은 소리로 속삭이듯 말했다.

"앤, 괜찮니?"

"그런 대로요. 이런저런 상상을 많이 했어요. 그러면 시간이 잘 가거든요. 물론 조금 외롭긴 하지만 곧 익숙해질 거예요."

앤은 마치 앞으로도 오랫동안 이렇게 지내야 한다고 생각하고 있는 듯 담담하게 웃어 보였다.

매슈는 시간 끌지 말고 마릴라가 돌아오기 전에 얼른 이야기해야겠다고 생각하고 이렇게 속삭였다.

"앤, 빨리 끝내는 게 낫지 않겠니? 마릴라는 고집쟁이야. 한번 결정한 것은 절대 바꾸지 않아. 그러니까 당장 일을 해치우는 거야."

"린드 아줌마께 용서를 빌라는 말씀이세요?"

매슈가 간절하게 말했다.

"그래, 맞아. 그냥 잘못했다고 하면 돼. 난 네가 그렇게 했으면 좋겠다."

앤은 잠시 생각에 잠긴 듯하다가 대답했다.

"아저씨가 말씀하시니 할 수 있을 것도 같아요. 그리고 지금은 제가 잘못했다는 생각이 들어요. 어젯밤에는 그렇지 않았어요. 밤새도록 풀리지 않았거든요. 하지만 오늘 아침에는 제가 너무했다는 마음이 들면서 부끄러웠어요. 그래도 린드 아줌마한테 가서 용서를 빌 생각은 들지 않았지요. 너무 창피할 것 같기도 하고요. 그래서 차라리 그냥 여기에 갇혀 있는 게 낫다고 생각했어요. 그렇지만 아저씨가 원하신다면 저는 무슨 일이라도 할 거예요. 아저씨가 원하신다면……."

"물론, 네가 그렇게 해주기를 바라고 있지. 네가 안 내려오니까 아래층이 너무 허전하고 쓸쓸해. 그래, 지금 바로 가서 잘 해결하자. 그래야 착한 아이지."

앤이 체념한 듯 대답했다.

"좋아요. 그렇게 하겠어요. 마릴라 아줌마가 돌아오시는 대로 잘못했다고 말할게요."

"그래, 바로 그거야. 그런데 앤, 마릴라 아줌마한테는 내가 이런 말을 했다고 말하면 안 돼. 참견하지 않겠다고 약속했거든. 마릴라는 내가 약속을 어겼다고 생각할지 모르니까."

앤이 진지하게 말했다.

"걱정 마세요. 세상이 두 쪽 나도 지킬게요."

매슈는 린드 부인에게 용서를 빌겠다는 앤의 대답이 믿기지 않는 듯, 앤의 대답을 듣자마자 아래층으로 내려왔다. 그러고는 마릴라가 눈치채지 않도록 목초지의 외진 곳으로 허둥지둥 달려갔다.

마릴라가 집에 돌아오자 계단 난간에 서서 앤이 부르는 소리가 들렸다.

"마릴라 아줌마!"

마릴라가 복도로 들어서며 물었다.

"왜 그러니?"

"제가 화를 내고 예의 없게 말을 막 해서 죄송해요. 린드 아줌마께 가서 용서를 빌겠어요."

마릴라는 놀랍기도 하고 반갑기도 했다. 마릴라도 앤이 끝까지 버티면 도대체 어떻게 해야 할까 하고 걱정하던 참이었다.

"잘 생각했다. 우유 짜고 나서 함께 가자."

우유를 짜는 일을 마친 뒤 두 사람은 오솔길로 나섰다.

마릴라는 꼿꼿하고 의기양양했으나, 앤은 어깨를 늘어뜨린 채 힘없이 걸었다. 하지만 조금 지나자 앤의 걸음걸이가 갑자기 마법에라도 걸린 듯 경쾌해지기 시작했다. 용서를 빌러 가는 아이가 들뜬 듯이 걷는가 하면 해지는 하늘에서 눈을 떼지 못하고 감탄하는 표정을 짓자, 마릴라는 어이가 없었다.

마릴라가 못마땅해 하는 표정으로 날카롭게 물었다.

"앤, 지금 무슨 생각을 하는 거니?"

"린드 아줌마께 뭐라고 말해야 할지 상상하고 있어요."

앤이 명랑한 목소리로 대답했다. 당연히 만족할 만한 대답이었으나, 마릴라는 자신이 정한 벌칙의 결과가 틀어지고 있다는 느낌이 떨쳐지지 않으면서 뭔가가 꺼림칙했다.

앤의 밝은 표정은 부엌 창가에서 뜨개질을 하고 있던 린드 부인 앞에 섰을 때 갑자기 바뀌었다. 어느새 잘못을 뉘우치고 있는 아이가 되어 있었다. 앤은 깜짝 놀라서 아무 말도 못하는 린드 부인 앞에 풀썩 무릎을 꿇고는 떨리는 목소리로 애원하듯 말했다.

"린드 아줌마, 정말 잘못했어요. 저를 용서해 주세요. 왜 그렇게 못된 행동을 했는지 몹시 후회하고 있어요. 저는 착한 아이가 되겠다고 약속한 뒤에 그런 일을 저질러서 얼마나 슬픈지 모르겠어요. 남자아이도 아닌 저를 초록지붕집에 살게 해주신 다정한 매슈 아저씨와 마릴라 아줌마를 망신시켰어요. 저는 벌을 받아야 마땅하고, 훌륭한 분들로부터 영영 버림을 받아도 할 말이 없어요. 아줌마는 있는 그대로 사실만 말씀하셨을 뿐인데 제가 너무 못되게 성질을 부렸어요. 맞아요. 아줌마께선 제가 못생기고 부지깽이처럼 말라빠지고 빨강 머리라고 하셨는데, 그건 모두 사실이에요. 제가 아줌마께 한 말도 사실이긴 하지만, 그래도 그런 말을 해서는 안 되는 거였어요. 그러니 아줌마, 제발 저를 용서해 주세요. 그러지 않으시면 불쌍한 고아인 저는 영원히 슬퍼할 수밖에 없을 거예요. 제가 아무리 못된 아이라고 해도 그러진 않으시겠죠? 아줌마, 제발 용서해 준다고 말씀해 주세요."

앤은 두 손을 모아 쥔 채 고개를 숙이고서 금방 울음이라도 터뜨릴 것 같은 표정으로 앉아 있었다. 말 한 마디 한 마디에서 진심이 묻어났고, 누가 보아도 더 없이 진실하고 정중한 사과였다. 마릴라와 린드 부인도 앤이 진심으로 용서를 빈다는 것을 의심하지 않았다.

하지만 마릴라는 앤이 이 굴욕적인 상황을 즐기고 있다는 낌새를 알아챘다. 마릴라는 자신이 내린 벌칙이 건전한 것이라고 내심 뿌듯해했는데, 도대체 어떻게 된 일인지 당황스러웠다. 앤은 철저하게 자신을 깎아내리는 방식으로 벌을 받는 상황을 유쾌한 놀잇감 정도로 바꿔 버린 것이다.

린드 부인은 생각이 단순하고 통찰력이 뛰어난 편이 아니라 이러한 상황을 눈치채지 못했다. 말이 많고 남의 일에 참견하기를 좋아하는 결점이 있긴 했지만, 선량하고 다감한 린드 부인은 앤이 진심으로 용서를 빌자 그간 쌓인 모든 화를 풀어 버렸다.

린드 부인이 다정한 말투로 말했다.

"그래, 그래. 이제 그만 일어나렴. 용서하고 말고가 어디 있겠니. 실은 나도 너한테 좀 심한 말을 해서 미안했어. 워낙 솔직하게 이야기하는 성격이라서 말이야. 내가 한 말을 너무 마음에 두지 마라. 네 머리가 빨간 것은 사실이지만, 자라면서 변하기도 한단다. 내 친구 하나는 어릴 적에 너보다 더 빨강 머리였는데 나중에 적갈색이 되었어. 네 머리카락이 그렇게 된대도 놀랄 일이 아닐 거야."

린드 부인의 말이 끝나자, 앤이 벌떡 일어나더니 길게 숨을 내쉬며 말했다.

"아, 아줌마! 그게 정말인가요? 아줌마는 저에게 희망을 주셨어요. 저는 아줌마를 항상 은인으로 생각할 거예요. 이다음에 자라서 적갈색이 될 수 있다는 생각만으로도 저는 모든 어려움을 견뎌낼 수 있으니까요. 예쁜 적갈색 머리를 가진다면 착한 사람이 되기가 훨씬 더 쉬울 거예요. 그렇죠? 그럼 이제 두 분이 이야기하시는 동안 저는 뜰로 나가서 사과나무 아래의 벤치에 앉아 있어도 될까요? 거기서는 상상할 거리들이 무척 많을 것 같아요."

"그럼 되고말고. 마음에 들면 모퉁이에 피어 있는 수선화를 한 다발 꺾어도 돼."

앤이 뛰어나가고 문이 닫히자, 린드 부인은 일어나 램프에 불을 켜며 말했다.

"아이가 참 특이하네요. 마릴라, 이 의자에 앉아요. 그게 더 편하니까. 그래요, 애가 좀 별나긴 하지만 어딘지 모르게 사람을 끄는 구석이 있어요. 매슈와 마릴라가 왜 아이를 키우기로 했는지 알 것 같아요. 표현하는 방식이나 말투가 좀 이상하긴 하지만, 그거야 두 분이 가르치면 차츰 나아지겠죠. 그런데 성격이 급하고 좀 들쑥날쑥하네요. 그래도 성격이 불같았다가 얼음 같았다가 하는 사람은 교활하게 굴거나 남을 속여먹지는 않더라고요. 정말이지 교활한 아이는 정말 질색이에요. 마릴라, 어쨌거나 난 저 아이가 그냥저냥 마음에 드네요."

마릴라가 린드 부인의 집에서 나오자, 앤이 향기로운 과수원에서 하얀 수선화 다발을 들고 뛰어나왔다.

앤은 오솔길을 따라 내려오면서 자랑스러워하는 듯한 표정으로 마릴라에게 말했다.

"저 아주 잘했죠? 그렇죠? 어차피 용서를 빌 바에는 제대로 해야 한다고 생각했거든요."

"그래, 제대로 잘했다."

마릴라는 조금 전의 일이 떠오르면서 자꾸 웃음이 터져 나오려는 것을 참느라 짧게 대답했다. 또한 앤이 능청스럽게 사과했다는 이유로 야단치는 것도 웃기는 일이란 생각이 들어, 단단히 일러두는 거로 자신의 양심과 타협했다.

"하지만 다시는 이런 일이 생기지 않도록 해야 한다. 앤, 화를 좀 참도록 해라."

앤이 한숨을 쉬며 말했다.

"못생겼다느니 하는 말만 안 했으면 이런 일은 없었을 거예요. 다른 건 다 참을 수 있지만, 빨강 머리라고 놀리면 부글부글 끓어올라요. 너무 많이 놀림을 당했거든요. 그런데 아줌마! 제가 자라면 머리카락이 예쁜 적갈색으로 정말 바뀔 수 있을까요?”

“앤, 외모가 그렇게 중요하니? 겉모습에 너무 신경 쓰는 것 같아 걱정이다.”

“제가 못생겼다는 걸 잘 알고 있고, 겉모습에 신경 쓴다 해도 달라지는 게 없다는 것도 알아요. 저는 단지 예쁜 것을 좋아하는 것뿐이에요. 그래서 거울을 볼 때마다 못생긴 모습이 나타나는 것이 정말 싫고, 못난 것을 볼 때처럼 슬퍼지거든요. 아름답지 않은 걸 보면 가여워요.”

마릴라는 격언을 인용해서 말했다.

“행동이 아름다우면 모습도 아름다워지는 거야.”

앤은 수선화 향기를 맡으며 믿기 어렵다는 표정으로 말했다.

“그런 말을 들은 적이 있지만 믿진 못하겠어요. 그런데 정말 그럴까요? 아, 꽃향기가 너무 좋아요. 이걸 제게 주신 걸 보면 린드 아줌마도 다정한 분인 것 같아요. 용서받고 나니까 나쁜 감정은 하나도 남아 있지 않아요. 잘못을 인정하고 용서를 받고 나면 마음이 평온해지잖아요. 오늘은 별이 참 반짝거리네요. 아줌마는 별에서 살 수 있다면 어떤 별을 고르실래요? 저는 저기 어두운 언덕 위에 있는 예쁘고 투명한 큰 별을 고르고 싶어요.”

마릴라는 사방으로 통통 튀는 앤의 생각을 따라잡느라 완전히 지쳐 버렸다.

“앤, 그만 좀 떠들어. 힘들지도 않니?”

앤은 집 앞 오솔길로 접어들 때까지 입을 다물고 있었다.

앤과 마릴라가 오솔길로 접어드니, 산들거리는 바람 속에서 싱그러운 풀 냄새가 실려 왔다. 어둠이 내려앉은 나뭇가지 사이로는 초록지붕집 창에서 흘러나온 불빛이 어슴푸레 빛나고 있었다.

앤은 마릴라에게 바짝 다가서더니 살며시 손을 쥐면서 나지막하게 속삭였다.

"집이라는 곳에 갈 수 있다니, 참으로 행복해요. 저는 초록지붕집이 벌써 좋아요. 그전에는 어딘가를 좋아해 본 적이 없었어요. 집이라고 느껴진 곳이 없었으니까요. 아줌마, 전 지금 너무 행복해요. 당장이라도 기도를 할 수 있을 것 같아요. 하나도 어려울 것 같지 않아요."

마릴라는 조그맣고 가느다란 앤의 손 감촉을 감지하는 순간 가슴속에서 따스한 감정이 솟구치는 것을 느꼈다. 마릴라가 지금껏 잊고 지냈던 모성애가 차오르는 것이 아닐까 싶었다. 처음 겪어보는 부드러움에 마릴라는 마음이 어지러웠다. 그래서 평소의 차분함을 되찾기 위해 바쁘게 교훈거리를 찾아냈다.

"앤, 네가 착하게 행동하면 늘 행복할 거다. 그리고 기도하는 걸 어렵다고 생각해선 안 된다."

한참 동안 생각에 잠긴 듯하던 앤이 말했다.

"기도문을 외는 거랑 진짜 제 기도를 하는 거랑은 조금 다르잖아요. 저는 제가 나무 꼭대기를 지나가는 바람이라고 상상해 볼래요. 나무 위가 지루해지면 여기 있는 고사리들한테 가만히 내려앉을래요. 그런 다음 린드 아줌마네 뜰로 날아가서 꽃들을 춤추게 할 거예요. 그리고는 토끼풀 들판으로 날아가 '반짝이는 호수'에 바람을 '후' 하고 불어서 작고 반짝이는 물결을 만들고 싶어요. 바람 하나로도 상상할 것이 너무 많아요! 아줌마, 이제부터 말을 그만할게요."

마릴라가 안도의 숨을 내쉬며 말했다.

"그거 참 고맙구나."

주일학교에 대한 앤의 느낌

"어때? 마음에 드니?"

마릴라가 침대 위에 펼쳐놓은 옷들을 하나하나 바라보고 있는 앤에게 물었다.

한 벌은 지난여름 마을에 온 옷감 장수한테 사두었던 갈색 줄무늬 무명천으로 만들었고, 또 한 벌은 겨울이라 값이 싸졌을 때 산 흑백 체크무늬 새틴 천으로 만든 것이었다. 나머지 한 벌은 얼마전 카모디에 있는 상점에서 산 파란색 날염 천으로 만든 옷이었다.

마릴라가 만든 이 옷들은 모양이 모두 비슷했다. 스커트는 폭이 좁고 밋밋했으며, 블라우스도 별 특징 없이 소박했다. 게다가 소매는 팔이 겨우 들어갈 정도로 통이 좁았다.

앤이 솔직하게 말했다.

"마음에 든다고 상상하면 돼요."

기분이 언짢아진 마릴라가 쏘아붙였다.

"상상할 거 없다. 모두 새 옷감으로 만든 건데, 뭐가 마음에 안

드니? 단정하고 깔끔하잖아."

"그렇죠……."

"그런데 뭐가 마음에 안 드는 거지?"

앤이 머뭇거리며 대답했다.

"그게…… 예쁘지가 않아요."

그러자 마릴라가 코웃음을 치며 말했다.

"예쁘지 않다고? 난 너에게 예쁜 옷을 만들어주려던 게 아니다. 분명히 일러두지만 네 허영심을 채워주고 싶지는 않아. 이 옷들은 프릴이나 쓸데없는 장식도 없이 튼튼하고 편하고 실용적이야. 올여름에 네가 입을 옷은 이 세 벌이다. 갈색 옷과 파란색 옷은 학교에 갈 때 입고, 체크무늬 옷은 교회 주일학교에 갈 때 입도록 해라. 그리고 옷은 늘 깔끔하고 단정하게 입어야 한다. 구멍 나지 않게 조심하고. 나는 네가 입고 있던 꽉 끼는 원피스 말고는 무엇이든 고마워할 줄 알았다."

앤이 고개를 내저으며 재빨리 대답했다.

"아, 정말 감사하게 생각해요. 하지만…… 이 중에 하나만이라도 퍼프소매였다면 훨씬 더 감사한 마음이 들었을 거예요. 동그랗게 부푼 퍼프소매가 요즘 유행이거든요. 퍼프소매가 달린 옷을 입으면 날아갈 것 같을 거예요."

"날아갈 일은 없겠구나. 나는 퍼프소매를 만들려고 옷감을 낭비하고 싶지 않다. 그런 옷은 우스꽝스럽게 보여. 평범하고 편한 옷이 좋은 거다."

"저만 평범하고 편한 옷을 입는 것보다 다른 사람들처럼 우스꽝스런 옷을 입는 것이 더 낫겠어요."

실망감이 사라지지 않은 듯 앤이 뚱한 얼굴로 말했다.

"넌 그럴 것 같구나. 자, 이제 이 옷을 옷장에 잘 걸어두고 주일학교 공부를 해라. 벨 장로님한테서 성경 공부 교재를 받아 왔다. 내일부터는 주일학교에 가야 한다."

마릴라는 언짢아하면서 아래층으로 내려갔다.

앤은 두 손을 모은 채 옷들을 뜯어보며 중얼거렸다.

"한 벌만이라도 퍼프소매가 달린 하얀 드레스이길 바랐는데……. 기도를 하긴 했지만 하느님이 들어주실 거라고는 생각하지 않았어. 그건 전적으로 마릴라 아줌마한테 달렸으니까. 이 중 하나를 사랑스런 레이스 장식과 동그랗게 부푼 세 겹 퍼프소매가 달린 하얀 옷이라고 상상하면 되지, 뭐."

이튿날 아침, 마릴라는 두통이 심해져서 앤을 주일학교에 데려다 줄 수가 없었다.

마릴라가 앤에게 말했다.

"앤, 아래 길로 내려가서 린드 부인네에 들르도록 해. 부인이 주일학교 교실을 알려줄 거다. 예의 바르고 얌전하게 행동해야 한다. 설교 시간이 되면 린드 부인한테 우리 가족석이 어디인지 여쭤봐라. 여기 1센트는 헌금하고, 괜히 사람들을 빤히 쳐다보거나 꼼지락거리지 말고. 집에 돌아오면 오늘 성경 말씀을 나에게 알려줘야 한다."

흑백 체크무늬 새틴 원피스를 단정하게 차려입은 앤은 마릴라의 이야기를 들으면서 자신의 모습을 거울에 비춰보았다. 옷 길이는 알맞았으나 폼이 너무 좁아서인지 깡마른 몸매가 그대로 드러났다. 게다가 번들번들한 새 밀짚모자는 작고 납작했다. 리본이나 꽃 장식이 달린 예쁜 모자를 상상해 왔던 앤은 몹시 실망스러웠다.

집을 나선 앤은 오솔길 중간쯤에서 바람에 흔들리는 화려한 들꽃과 흐드러지게 피어 있는 아름다운 들장미를 발견하고 만세를 불렀다. 앤은 망설임 없이 꽃들을 풍성하게 꺾어서 커다란 화관을 만들어 모자에 둘렀다. 다른 사람의 시선을 신경 쓰지 않는 앤은 노란빛과 분홍빛 꽃들로 꾸민 모자가 마음에 쏙 들었다. 앤은 뿌듯하고 자랑스러운 얼굴로 깡충깡충 뛰듯이 길을 내려갔다.

앤이 린드 부인의 집에 도착했을 때 부인은 이미 나가고 없었다. 앤은 당황하지 않고 씩씩하게 혼자서 교회로 갔다. 교회 현관에는 갖가지 색의 아름다운 옷을 차려입은 여자아이들이 옹기종기 모여 있었다. 아이들은 꽃으로 화려하게 장식한 모자를 쓴 앤이 나타나자 호기심어린 눈빛으로 쳐다보았다.

에이번리에 사는 아이들은 이미 앤에 대한 소문을 들어온 터였다. 린드 부인은 앤의 성질이 괴팍하다고 했고, 초록지붕집에서 일하는 제리 부트는 앤이 정신 나간 것처럼 혼자 중얼거리거나 나무나 꽃들한테도 말을 건다고 했다. 아이들은 앤을 곁눈질하면서 성경 공부 교재로 입을 가린 채 자기들끼리 수군댈 뿐 그 누구도 친절하게 다가오지 않았다.

개회 예배가 끝난 후 앤은 로저스 선생 반으로 가게 되었다. 로저스 선생은 주일학교에서 20년 동안 아이들을 가르쳐온 중년 여성이었는데, 교재에 나오는 질문을 던진 다음 한 아이를 콕 집어서 책 너머로 똑바로 쳐다보면 그 아이가 대답하는 방식으로 수업을 진행했다. 로저스 선생은 앤을 자주 쳐다봤고, 마릴라와 공부를 하고 온 덕에 앤은 바로바로 대답을 할 수 있었다. 하지만 앤이 질문이나 답을 제대로 이해하고 있는지는 모를 일이었다.

앤은 로저스 선생이 별로 마음에 들지 않았다. 답답하기도 했지만, 다른 아이들은 모두 퍼프소매가 달린 드레스를 입고 있는데 자기만 달라붙은 옷을 입고 있어서 초라하게 느껴졌기 때문이다.

퍼프소매가 달린 드레스가 없는 삶은 아무런 가치가 없다는 생각이 들 정도였다.

앤이 집에 돌아오자 마릴라가 궁금해 하며 물었다.

"왔구나. 그래, 주일학교는 어땠니?"

앤이 모자를 벗으며 대답했다.

"정말 별로였어요! 끔찍했는걸요."

집에 돌아오는 길에 이미 시들어 버린 화관을 떼어 버렸기 때문에 마릴라는 꽃 장식을 한 모자에 대해서는 전혀 알지 못했다.

"앤, 이리 와서 이야기해 봐."

마릴라가 매섭게 말하자 앤은 한숨을 쉬며 의자에 털썩 주저앉았다. 그러더니 '보니'의 이파리에 입을 맞추었다. 그리고는 활짝 핀 푸크시아꽃에게 손을 흔들어주고 나서 입을 열었다.

"제가 없는 동안 애들이 외로웠을 거예요. 주일학교는…… 린드 아줌마 집에 들렀더니 이미 떠나신 뒤라, 혼자서 교회로 갔어요. 교회 안으로 들어가니 여자애들이 정말 많았어요. 말씀하신 대로 예의 바르게 얌전히 있었어요. 개회 예배를 하는 동안에는 창가의 구석자리에 앉아 있었는데, 벨 장로님의 기도는 엄청나게 길었어요. 제가 만약 창가에 앉아 있지 않았더라면 지루해서 못 견뎠을 거예요. 그래도 '반짝이는 호수'가 내다보여서 거길 바라보며 여러 가지 멋진 상상을 할 수 있었지요."

"그러면 안 되지. 벨 장로님의 기도를 잘 들었어야지."

마릴라의 말에 앤이 항의하듯이 대답했다.

"장로님이 저한테 말씀하신 게 아니잖아요. 하느님한테 말한 거고, 그분도 기도하는 걸 별로 좋아하는 것 같지 않았어요. 하느님이 너무 멀리 있어서 별 소용없다고 생각하는 것 같던데요. 그래서 전 혼자 짧게 기도를 드렸어요. 호수 위로 하얀 자작나무가 길게 늘어섰고, 햇살이 나무들 사이를 지나 깊은 물속까지 비췄어요. 아줌마, 얼마나 아름다운지 정말 꿈만 같았어요. 가슴이 마구 뛰는 것 같아 '하느님, 감사합니다.' 하고 두세 번 외쳤어요."

그러자 마릴라가 걱정스럽게 물었다.

"크게 소리 내서 한 건 아니겠지?"

"그럼요. 아주 작게 소곤거리듯이 했어요. 벨 장로님의 기도가 끝나자, 사람들이 저더러 로저스 선생님 반으로 가라고 했어요. 그반에는 여자아이들이 아홉 명 있었는데, 그 아이들은 모두 퍼프소매가 달린 드레스를 입고 있었어요. 저도 그런 드레스를 입고 있다고 상상하려고 했지만 잘 되지 않았어요. 동쪽 다락방에 혼자 있을 때는 너무 잘 됐는데, 진짜 퍼프소매 드레스를 입은 애들하고 같이 있으니 도저히 되질 않더라고요."

"주일학교에서 퍼프소매 생각만 하고 있으면 공부가 되겠니? 집중해서 성경 공부를 제대로 했어야지."

"제대로 했어요. 선생님이 질문하신 건 모두 대답했는걸요. 로저스 선생님은 정말 질문을 많이 했어요. 그런데 선생님만 질문을 그렇게 많이 하는 건 불공평한 것 아녜요? 저도 선생님께 질문하고 싶은 것이 많았는데, 저랑 마음이 잘 맞을 것 같지 않아서 그만뒀어요. 그런 다음 아이들 모두가 성경 구절을 암송했어요. 선생님께서 저에게 외우는 성경 구절이 있느냐고 물어보시더라고요. 외우고 있는 성경 구절은 없지만, 선생님이 원하시면 〈주인의 무덤을 지키는 개〉를 외우겠다고 했어요. 그건 3학년 필독 도서 목록에 나오는 시예요. 종교적인 시는 아니지만 종교시처럼 슬프고 애잔하거든요. 선생님은 됐다고 하시면서 다음 주 주일까지 열아홉 번째 성경 구절을 외워오라고 하셨어요. 주일학교가 끝난 다음 읽어봤더니 아주 멋지더라고요. 특히 이 두 줄이 감동적이었어요.

'순식간에 찾아온 미디안 재앙의 날이여,
학살당한 기병대가 우수수 쓰러지는구나.'

'미디안'이 뭔지 '기병대'가 뭔지는 모르지만 아주 비극적으로 들리잖아요. 이걸 암송할 생각을 하니까 다음 일요일이 기다려지지 뭐예요. 이번 주 내내 열심히 외울 거예요. 주일학교가 끝난 다음, 린드 아줌마가 너무 멀리 계셔서 선생님한테 우리 가족석이 어딘지 여쭤봤어요. 설교를 들을 때는 최대한 움직이지 않고 가만히 앉아 있었고요. 오늘 성경 말씀은 요한계시록 3장 2절부터 3절까지였는데, 설교가 얼마나 길었는지 아세요? 흥미로운 얘기가 없어서 집중이 되지 않더라고요. 목사님은 상상력이 전혀 없으신 것 같아요. 그래서 이런저런 상상을 했는데, 어마어마하게 멋진 것들이 떠올라서 정말 신이 났다니까요."

마릴라는 단단히 꾸짖어야 한다고 생각했지만 왠지 기운이 쭉 빠지는 것 같았다. 앤이 말한 몇 가지 — 특히 목사의 설교와 벨 장로의 기도 — 는 마릴라 자신도 문제라고 생각하고 있었지만 차마 입 밖에 내지 못했던 것들이었다. 오랜 세월 비밀처럼 품고 있던 비판적인 생각들이 홀대받으며 살아온 아이의 입을 통해 적나라하게 드러나자, 마릴라는 앤의 생각이 잘못되었다고 단정적으로 말할 수 없어 머뭇거렸다.

12
엄숙한 맹세를 하다

마릴라는 금요일이 되어서야 앤이 모자에다 화관을 두르고서 주일학교에 갔다는 이야기를 전해 들었다. 린드 부인네 집에서 돌아온 마릴라는 앤을 불러 세웠다.

"앤! 린드 부인이 그러던데, 주일날 모자에다 장미랑 들꽃을 잔뜩 달고 우스꽝스러운 몰골로 교회에 갔다면서? 도대체 왜 그런 행동을 하는 거니? 얼마나 좋은 놀림감이 되고 싶어서 그래?"

앤이 입을 열었다.

"아, 그거요? 분홍색과 노란색이 저한테 어울리지 않는다는 건 잘 알아요."

"뭐라고? 색깔이 문제가 아니잖아. 어떤 색이든지 간에 모자에다 꽃을 달고 다니는 것 자체가 남들의 웃음거리가 되는 거야."

앤이 억울하단 듯이 말했다.

"왜 모자에다 꽃을 달면 우스운 거예요? 옷에다 꽃을 단 아이도 많이 있었는데요. 모자에 꽃을 다는 것과 옷에 꽃을 다는 것은 마찬가지잖아요. 뭐가 다른 거예요?"

마릴라는 애매하고 추상적인 이야기로 빠지면 안 될 것 같아, 구체적이고 확실한 이야기만 하기로 했다.

"앤, 그렇게 말대답하지 마. 그건 정말 바보 같은 행동이었어. 다시는 내 귀에 그런 얘기가 들리는 일이 없도록 해라. 린드 부인은 네가 그런 꼴로 나타난 순간 마루 밑으로 숨어 버리고 싶었다고 하더라. 멀리 떨어져 있어서 모자를 벗으라는 말도 미처 하지 못했다면서 말이다. 사람들이 너를 보고 정말 이상한 애라고 수군거렸다고 하더구나. 보나마나 내가 너를 그렇게 꾸며서 교회에 보냈다고 생각하고, 나까지 제정신이 아닌 사람이라며 흉을 봤겠지."

앤이 눈물을 글썽이며 말했다.

"죄송해요. 제가 잘못했어요. 저는 그냥 장미랑 들꽃이 너무 예뻐서 모자에 달면 사랑스러울 거라고 생각했을 뿐이에요. 여자애들은 모자에 조화를 달고 다니잖아요. 그런데 제가 아줌마한테 골칫덩이가 된 것 같아요. 아무래도 저를 보육원으로 돌려보내시는 게 더 나을지 모르겠어요. 너무나 끔찍한 일이긴 하지만요."

앤이 울먹이는 것을 보니 마릴라의 마음이 짠해졌다.

"무슨 말도 안 되는 그런 소리를 하니? 너를 보육원으로 보낼 생각은 없다. 다만 다른 아이들처럼 평범하게 행동하고, 남들한테 우스꽝스럽단 소릴 듣지 않았으면 한다. 그러니 앞으로 엉뚱한 짓 좀 하지 마. 그리고 이제 그만 울어. 너한테 알려줄 소식이 있어. 다이애나 배리가 오늘 돌아왔다더라. 마침 치마 패턴을 빌리러 배리 아줌마한테 가려던 참인데, 너도 같이 가자. 다이애나하고 인사도 하고."

앤은 두 손을 꼭 쥐고서 눈물 자국이 남은 얼굴로 마릴라에게

다가왔다.

"아줌마, 저는 겁이 나요. 만약 그 애가 저를 싫어하면 어떡하죠? 아, 그런 일은 생각만 해도 두려워요. 제 인생에서 가장 비극적이고 실망스런 일이 될 거예요."

"앤, 수선 떨지 말고 침착하게 굴어야지. 그리고 그렇게 거창한 단어로 말하지 않았으면 좋겠어. 어린 여자애가 그러면 우습게 들리기 십상이잖니. 다이애나는 너를 좋아할 거다. 네가 신경 써야 할 사람은 배리 부인이야. 다이애나가 너를 좋아해도 배리 부인이 허락하지 않으면 친구가 될 수 없을 테니까. 그 부인은 무례한 사람을 아주 싫어하는데, 네가 린드 부인에게 버릇없이 굴었던 일이나 모자에 꽃을 달고 교회에 갔던 이야기를 들으면 널 어떻게 생각할지 모르겠다. 정말 공손하고, 착하고, 예의 바르게 행동해야 해. 엉뚱한 소리는 아예 꺼내지도 말고. 앤, 그런데 왜 그래? 얘가 정말 떨고 있잖아!"

몸을 바들바들 떠는 앤의 얼굴은 창백하게 굳어 있었다. 그럼에도 서둘러 모자를 가지러 가며 말했다.

"아줌마, 아줌마도 마음의 친구로 삼고 싶은 여자애를 만나러 가게 되면 저처럼 떨릴 거예요. 게다가 그 애의 어머니가 싫어할지도 모른다는데, 어떻게 떨지 않을 수가 있겠어요."

마릴라는 앤의 이런 모습이 우습기도 하고 귀엽게도 느껴졌다.

마릴라와 앤은 개울물을 건넌 다음 전나무 숲이 있는 언덕을 가로지르는 지름길을 통해 '비탈길 과수원집'으로 갔다. 과수원 길을 걷는 동안에도 앤은 들뜬 목소리로 재잘거렸다.

"마음의 친구가 될지 모를 아이를 만나러 가니까 가슴이 마구 두근거려요. 한편으로는 불안하지만, 모든 걸 운명에 맡기겠어요."

과수원 가운데 있는 회색 집에 도착해 문을 두드리자 배리 부인이 부엌문을 열고 나왔다. 키가 큰 부인은 눈동자와 머리카락이 검은색이었으며, 입매가 무척이나 단호해 보였다. 자녀들에게 엄격하기로 소문난 사람이었다.

"마릴라, 잘 지내셨어요? 이리 들어오시지요. 아, 이 아이가 입양했다는 그 아이군요."

배리 부인이 예의 바르게 인사하자, 마릴라가 대답했다.

"네, 앤 셜리예요."

마릴라의 대답이 끝나기가 무섭게 앤이 재빠르게 덧붙여 말했다.

"철자 끝에 e자가 더 붙은 앤이에요."

한껏 떨리고 긴장된 순간이었지만, 앤은 이렇게 중요한 문제는 제대로 짚고 넘어가야 한다는 생각으로 숨 가쁘게 덧붙였다.

마릴라는 들뜬 가운데서도 그 말만은 잊지 않고 말하는 앤의 행동에 웃음이 나왔다. 배리 부인은 못 들은 건지 아니면 이해를 못한 것인지 분명치 않은 상태에서 악수를 하며 따스하게 인사를 건넸다.

"안녕, 잘 지냈니?"

"네, 머릿속은 뒤죽박죽이지만 몸은 건강합니다. 물어봐 주셔서 감사합니다."

앤은 진지하게 대답했다. 그러고는 마릴라를 바라보며 소곤거리듯이 말했다.

"저 이상한 말 안 했죠? 그렇죠?"

다이애나는 소파에 앉아서 책을 보고 있다가 마릴라와 앤이 들어오자 책을 덮고 일어섰다. 검은 머리와 검은 눈이 배리 부인을 닮았고, 장밋빛으로 물든 뺨에 표정이 아주 밝은 예쁘장한 소녀였다.

배리 부인이 웃으며 소개했다.

"인사하렴. 이 아이가 우리 딸 다이애나란다. 다이애나, 앤을 데리고 정원에 나가서 꽃을 보여줘. 책만 보느라 눈을 피곤하게 하느니 그게 나을 거야."

두 아이가 밖으로 나가고 나자, 배리 부인이 마릴라에게 말했다.

"쟤는 지나치게 책만 읽어서 걱정이에요. 더구나 애 아빠가 책 읽는 걸 칭찬하고 부추기니까 늘 방 안에만 붙어 있지 뭐예요. 친한 친구가 될지도 모르니 잘됐네요. 그러면 좀 더 밖에서 시간을 보내게 되겠죠."

저녁노을 빛이 가득한 정원으로 나온 앤과 다이애나는 나리꽃밭 옆에서 서로를 어색하게 바라보았다. 정원은 온통 아름다운 나무와 꽃으로 가득 차 있었다. 지금처럼 운명을 걱정하는 상황이 아니라면, 앤을 들뜨게 하기에 충분했다.

이 정원은 햇살이 오랫동안 머물고 싶은 듯 서성댔고, 꿀벌이 기분 좋게 윙윙댔으며, 바람이 어슬렁거리다 장난스럽게 바스락대는 곳이었다.

마침내 앤이 두 손을 모아 쥔 채 속삭이듯 작은 목소리로 말했다.

"다이애나, 혹시 나를 조금이라도…… 아니, 마음의 친구가 될 수 있을 만큼 나를 좋아할 수 있겠니?"

다이애나의 입가에 웃음이 번졌다. 다이애나는 말하기 전에 늘 소리 내어 웃곤 했다.

다이애나가 솔직하게 말했다.

"그럴 수 있을 것 같은데. 난 네가 초록지붕집에 와서 정말 기뻐. 같이 놀 친구가 있다면 정말 신날 거야. 우리 집 근처엔 놀 만한 친구들이 없거든."

앤이 진지한 표정으로 물었다.

"그럼 영원히 내 친구가 되겠다고 맹세(swear: 이 단어에는 '욕하다', '맹세하다', '단언하다'의 의미가 있는데, 다이애나는 '욕하다'의 뜻으로 알아들었다.)해 줄래?"

그 말에 다이애나가 깜짝 놀라 말했다.

"무슨 말이야? 욕을 해달라고?"

"아, 나쁜 뜻 말고 다른 뜻도 있잖아."

"나는 한 가지 뜻밖에 몰라."

앤이 설명해 주었다.

"나는 다른 뜻을 말한 거고, 전혀 나쁜 게 아냐. '엄숙하게 약속한다.'는 뜻이 있거든."

다이애나가 마음이 놓인다는 표정으로 말했다.

"그렇구나. 그럼 할 수 있지. 어떻게 하는 건데?"

앤이 진지하게 대답했다.

"먼저 서로의 손을 잡아야 해. 이렇게! 그리고 원래는 흘러가는 물 위에서 하는 거지만, 지금은 이 길을 흘러가는 물이라고 생각하기로 해. 그럼 내가 먼저 맹세할게. '해와 달이 사라지지 않는 한, 나는 다이애나 배리를 내 마음의 신실한 친구로 삼을 것을 맹세합니다.' 이제 너도 내 이름을 넣어서 맹세하면 돼."

다이애나는 수줍게 웃으며 똑같은 말로 맹세했고, 끝내고 나서도 계속 웃었다. 그러더니 이렇게 말했다.

"앤! 소문을 들어서 알고 있었지만, 넌 정말 특이하구나. 하지만 난 네가 정말 좋아질 것 같아."

마릴라와 앤이 집으로 돌아갈 때까지 두 아이는 손을 꼬옥 잡고 있었다. 다이애나는 통나무 다리까지 배웅을 했고, 다음 날 오후에 다시 만나자는 약속을 몇 번이나 하고서야 아쉬운 듯 개울물 앞에서 헤어졌다.

초록지붕집 마당으로 들어서면서 마릴라가 물었다.

"그래, 다이애나가 너랑 마음이 맞는 아이 같니?"

앤은 너무 기쁜 나머지, 마릴라가 살짝 비꼬는 것도 눈치채지 못하고 숨을 깊이 내쉰 다음 말했다.

"그럼요. 아줌마, 지금 이 순간만큼은 제가 프린스에드워드 섬에서 가장 행복한 아이일 거예요. 오늘 밤에는 기쁜 마음으로 기도를 드릴 수 있을 것 같아요. 내일 오후에는 윌리엄 벨 씨의 자작나무 숲에서 만나, 장난감 오두막집을 만들기로 했어요. 장작 창고에 있는 깨진 도자기 조각들을 가져가도 돼요? 다이애나의 생일은 2월 이래요. 저는 3월인데요. 우연치곤 진짜 신기하지요? 다이애나가 책도 빌려준다고 했어요. 굉장히 감동적이고 흥미진진하대요. 숲 뒤편에서 야생 나리꽃이 자라는데, 그곳도 알려준댔어요. 다이애나의 눈은 감정이 참으로 풍부해 보여요. 저도 그런 눈을 가졌으면 얼마나 좋을까 생각했어요. 다이애나는 저에게 〈개암나무 골짜기의 넬리〉라는 노래도 가르쳐준다고 했어요. 그리고 그림도 주겠대요. 제 방에다 걸어두래요. 옅은 파란색 드레스를 입은 사랑스런 여자를 그린 것인데, 굉장히 아름답대요. 재봉틀 상점에서 얻었대요. 저도 다이애나한테 무언가 줄 게 있으면 좋겠어요. 제가 다이애나보다 3센티미터 정도 크지만 다이애나가 훨씬 통통해요. 다이애나는 마른 몸이 더 우아하게 보인다며 살을 빼고 싶다고 했는데, 그건 저를 위로하려고 하는 말 같았어요. 나중에는 조개껍데기를 주우러 바닷가도 갈 거예요. 통나무 다리 아래에 있는 샘은 '드라이어드 샘'이라고 부르기로 했어요. 이름이 정말 우아하지 않나요? 그런 이름을 가진 샘 이야기를 읽은 적이 있거든요. 드라이어드는 나무의 요정이 아닌가 싶어요."

끝도 없이 지껄여대는 앤의 이야기를 듣고 있던 마릴라가 앤이 잠 깐 말을 끊자 입을 열었다.

"언제까지 다이애나 이야기를 할 참이니? 다이애나 앞에서 지나치 게 떠들어선 안 된다. 그리고 이거 하나는 명심해라. 무슨 계획을 짜든 간에 온종일 놀기만 해서는 안 된다. 너는 해야 할 일이 있고, 그 일을 먼저 끝내야 하니까."

그러나 앤의 마음은 이미 행복으로 가득 찬 잔처럼 찰랑거렸고, 매슈가 그 잔을 넘쳐흐르게 했다.

매슈는 카모디에 갔다가 돌아오는 길에 앤에게 줄 선물을 샀다. 그리고는 마릴라의 눈치를 보며 주머니에서 무엇인가를 꺼내더니, 앤에게 건네며 말했다.

"네가 초콜릿 캔디를 좋아한다고 해서 조금 샀다."

그러자 마릴라가 콧방귀를 뀌듯 말했다.

"쯧! 못 말린다니까, 정말. 그걸 먹으면 이도 상하고 배도 아플 것을. 하지만 그렇게 울상 지을 거 없다. 이왕 아저씨가 사 왔으니 먹어야지. 한꺼번에 다 먹고 배탈 나지 않도록 조심하고."

앤이 기뻐서 어쩔 줄 몰라 하며 대답했다.

"절대로 한꺼번에 다 먹지 않을 거예요. 오늘 밤에는 하나만 먹을 게요. 그런데 다이애나에게 반을 줘도 될까요? 반을 다이애나에게 준다고 생각하면 나머지 반이 두 배는 더 맛있을 거예요. 다이애나에 게 뭔가를 줄 수 있어서 정말 기뻐요."

앤이 다락방으로 올라가고 나자 마릴라가 말했다.

"저 아인 마음이 좁지 않아요. 인색하게 구는 아이들은 참을 수 없거든요. 그런데 참 이상해요. 저 아이가 온 지 2주일 남짓한데 꼭 오래전부터 함께 살아온 것 같아요. 앤이 없는 집은 상상이 잘 안 되네요. 매슈! '그러게 내가 뭐랬니?' 하는 표정으로 그렇게 바라보지 말아요. 여자가 그렇게 바라보는 것도 싫은데, 남자가 그러는 건 정말 못 봐주니까. 솔직히 말하면, 앤을 데리고 있기로 한 건 참 잘한 거 같아요. 저 애한테 자꾸 정이 가는 것도 인정해요. 하지만 매슈 커스버트, 나도 잘 알고 있으니까 자꾸 들먹이면서 놀릴 생각은 하지 말아요. 부탁이에요!"

기대하는 즐거움

"앤이 바느질을 하러 들어올 때가 되었는데."

마릴라는 시계를 흘깃 쳐다본 다음 밖을 내다보았다. 뜨거운 8월
의 열기에 모든 게 졸린 것처럼 늘어진 오후의 풍경이 눈에 들어왔다.

마릴라가 혼잣말처럼 중얼거렸다.

'약속 시간보다 30분이나 더 다이애나랑 놀다 오고선 이젠 또
장작더미에 올라앉아 매슈한테 쉼 없이 종알대고 있잖아. 할 일이
있다는 걸 빤히 알면서도, 실없는 사람처럼 저 애 말을 멍하니 듣고
앉아 있는 매슈는 또 뭐야. 애한테 저렇게 홀딱 빠지는 남자는 처음
보겠네. 앤이 종알거리면서 엉뚱한 소리를 할 수 있도록 티를 내며
좋아하는 꼴이라니……'

그러더니 마릴라가 서쪽 창문을 연달아 톡톡 두드리며 소리쳤다.

"앤 셜리, 당장 들어와! 내 말 안 들리니?"

앤이 눈을 반짝이며 뛰어 들어왔다. 뺨은 연분홍빛으로 달아올랐
고, 풀어헤친 머리카락이 등 뒤에서 눈부시게 휘날렸다.

앤이 숨을 가쁘게 몰아쉬며 외치듯 말했다.

"아줌마, 주일학교에서 다음 주 수요일에 소풍을 간대요. 앤드루스 씨네 넓은 들판으로요. '반짝이는 호수'랑도 가까워요. 벨 아줌마와 린드 아줌마가 아이스크림을 만들어주실 거래요. 상상이 가세요, 아줌마? 아이스크림이라니까요! 그런데 저도 가도 되나요?"

"앤, 지금이 몇 시니? 몇 시까지 오라고 했지?"

"두 시까지였어요. 그런데 소풍 이야기가 신나지 않으세요? 저는 한 번도 소풍을 가본 적이 없어요. 꿈에서는 가봤지만……."

"그래, 내가 두 시까지 돌아오라고 했지. 그런데 지금은 3시 15분 전이야. 왜 말을 안 듣는 거지, 앤?"

"시간 맞춰 오려고 했어요. 하지만 '한적한 들판'이 얼마나 아름다운지 시간 가는 줄을 몰랐어요. 그리고 매슈 아저씨께도 소풍 이야기를 해드려야 했고요. 아저씨는 즐겁게 이야기를 들어주시거든요. 그런데 저도 소풍 가도 되나요?"

"재미있는 일이 있어도 시간은 정확하게 지켜야 한다. 그리고 너는 아름다움의 유혹을 참는 법도 배워야겠다. 게다가 네 말이라면 다 들어주는 사람이라고 해서 도중에 들러 떠들다 오는 것도 좋은 일이 아니다. 그리고 너는 주일학교 학생이니까 소풍은 당연히 가야지. 다들 가는데, 너만 못 가게 할 리가 없잖니."

앤이 머뭇거리며 말했다.

"그런데…… 다이애나가 그러는데…… 바구니에 먹을 것을 담아 가지고 가야 한대요. 하지만 저는 요리를 못 하잖아요. 퍼프소매 옷을 안 입고 가는 것은 그렇다 쳐도, 바구니가 없이 가면 몹시 창피할 거 같아요. 다이애나 얘기를 듣고 나서부터 그게 계속 걱정이 돼요."

"걱정할 필요 없다. 먹을 것은 내가 만들어줄 테니까."

"와! 아줌마, 정말 고마워요. 이렇게 잘해 주시다니! 정말 감사해요, 와!"

앤은 감탄사를 마구 연발하며 마릴라의 팔에 와락 안겼다. 그러고는 마릴라의 야윈 뺨에 마구 입을 맞춰대는 것이 아닌가. 어린아이가 달려와 안기면서 입술을 대는 건 처음 있는 일이라, 놀랍고도 달콤한 감정에 마릴라의 가슴이 마구 요동쳤다.

마릴라는 앤이 난데없이 퍼부은 기습 뽀뽀에 마음이 따뜻해지면서 너무나 기뻤지만 짐짓 엄한 말투로 말했다.

"자, 그만! 그런 일로 이렇게 입을 맞추면서 난리 부릴 것 없다. 이제부터 내가 시킨 일을 얼마나 잘해내는지 지켜볼 거다. 음식 만드는 것도 너에게 차차 가르쳐줄 참인데, 네가 너무 덤벙대니까 차분해질 때까지 기다려야 할 것 같다. 음식 만들 때는 딴 생각하지 말고 정신을 바짝 차려야 하거든. 특히 불 앞에서는 엉뚱한 생각을 하면 안 된다. 이제 조각보를 가져와. 차 마시기 전까지 한 조각은 만들어봐야지."

앤은 반짇고리를 가져다 헝겊을 꺼내놓고 시무룩한 표정으로 앉으며 한숨을 내쉬었다. 하얗고 빨간 마름모 모양의 작은 헝겊들이 수북했다.

"재미있게 할 수 있는 바느질도 있지만, 조각보 만드는 건 별로예요. 조각보를 만들 때는 상상할 수 있는 것이 거의 없거든요. 천을 이어 붙이며 손끝만 움직이는 건 정말 지루해요. 물론 딴 곳에 살면서 아무것도 하지 않고 놀기만 하는 앤보다는 초록지붕집에서 살면서 조각보를 만드는 앤이 훨씬 낫기는 하지만요. 조각보 만들 때도 다이애나랑 놀 때만큼 시간이 빨리 지나갔으면 좋겠어요. 아줌마,

우린 정말 재밌는 시간을 보냈어요. 상상해서 꾸며야 하는 일이 많았는데, 그건 원래 제가 잘하는 거잖아요. 다른 건 다이애나가 정말 잘해요. 우리 농장이랑 다이애나네 농장 사이로 흐르는 개울을 건너면 작은 땅이 있잖아요. 거기가 윌리엄 벨 아저씨네 마당인데, 구석진 곳으로 가면 하얀 자작나무들이 둥글게 둘러싸인 공간이 있어요. 그곳은 정말 아늑하고 로맨틱했어요. 다이애나랑 저는 그곳에다 장난감 집을 짓고 그곳을 '한적한 들판'이라고 부르기로 했어요. 그 이름을 생각해 내느라 밤늦도록 고민했는데, 막 잠이 들려는 순간 반짝 떠오르지 뭐예요. 제가 지은 이름을 얘기해 줬더니 다이애나도 팔짝 뛰면서 좋아했어요. 우리는 집을 아주 우아하게 꾸몄어요. 아줌마도 꼭 오셔서 보면 좋겠어요. 이끼 낀 돌로 의자를 꾸몄고, 나뭇가지에 널빤지를 얹어서 선반을 만들었어요. 접시를 얹어두려고요. 모두 깨지고 금이 가긴 했지만 새 접시라고 상상하면 돼요. 거실에는 '요정의 거울'도 있어요. 다이애나가 닭장 뒤 숲에서 발견했는데 무지갯빛이에요. 벽걸이 램프에서 떨어진 장식이라고 다이애나 어머니가 알려주셨대요. 우리는 그걸 요정이 무도회에서 잃어버리고 간 거울이라고 상상하면 더 멋있을 것 같아서 '요정의 거울'이라고 부르기로 했어요. 참, 매슈 아저씨가 장난감 집에 식탁을 만들어주신다고 했어요. 얼마나 좋은지 몰라요. 아, 그리고 배리 씨네 목초지 너머 작은 연못은 '버드나무 연못'이라고 이름을 붙였어요. 다이애나가 빌려준 책 속에서 따온 이름인데, 그 책은 진짜 흥미진진해요. 여자 주인공에게 남자 친구가 다섯 명이나 있더라고요. 하나만 있어도 되지 않을까요? 그 여자는 매우 아름답지만 엄청난 시련을 겪었어요. 툭 하면 기절을 해요. 저도 기절해 보고 싶은데, 아줌마는 안 그러세요? 로맨틱하잖아요. 하지만 저는 이렇게 말했으면서도 무척 튼튼하거든요. 그래도 요즘은 살이 좀 찌는 것 같긴 해요. 좀 그래 보이지 않나요? 매일 아침 일어나서 팔꿈치에 보조개가 생겼나 살펴봐요. 다이애나는 소매가 팔꿈치까지 오는 새 드레스를 장만했는데, 소풍갈 때 입을 거예요. 아, 다음 주 수요일에 날씨가 좋아야 할 텐데! 날씨가 좋지 않거나 무슨 일이 생겨서 소풍을 가지 못하면 정말 속상할 거예요. 소풍을 못 간다고 죽지야 않겠지만, 그래도 평생의 슬픔으로 남을 것 같아요. 앞으로 백 번쯤 소풍을 간다고 해도, 이번에 못 간 소풍을 대신할 순 없을 테니까요. '반짝이는 호수'에서 배도 탄대요. 아이스크림 얘긴 제가 했죠? 저는 한 번도 아이스크림을 먹어본 적이 없어요. 다이애나가 아이스크림 맛을 아무리 설명해 줘도 그것만은 상상이 되지 않아요. 상상으로는 느낄 수 없는 건가 봐요."

"앤, 너 지금 10분 이상을 쉬지 않고 떠들어댄 거 알고 있니? 자, 이번엔 그 시간만큼 입을 다물고 있을 수 있는지도 한번 보자."

앤은 그 시간만큼 입을 다물고 있었다. 하지만 일주일 내내 소풍 이야기를 하고 소풍 생각만 하면서 지냈으며, 소풍 가는 꿈까지 꿨다. 토요일에 비가 내렸다. 그러자 앤은 수요일까지도 비가 그치지 않으면 어쩌나 하고 법석을 떨면서 안절부절못했다. 그래서 앤의 마음을 진정시키려고 마릴라는 조각보 바느질을 더 많이 시키기까지 했다.

주일날 교회에서 돌아온 후, 앤은 목사님께서 소풍 간다는 이야기를 하실 때 너무 좋아서 온몸이 오싹해지는 것 같았다고 마릴라에게 털어놓았다.

"아줌마, 짜릿한 게 위로 쑥 올라오더니 등을 타고 쭉 내려가는 거 있죠. 목사님이 발표하시기 전까진 소풍을 간다는 사실이 믿기

어려웠었나 봐요. 상상만으로 끝나는 게 아닐까 하고 겁이 났거든
요. 하지만 목사님이 설교 시간에 말씀하시는 건 믿어도 되는 거잖아
요. 아줌마, 그렇지 않아요?"

마릴라가 한숨을 쉬며 말했다.

"앤, 넌 모든 일에 너무 열을 내며 기대하는 것 같아. 그러다보면
앞으로 실망할 일도 많이 생길 텐데 걱정이다."

앤은 그래도 신이 나는 듯 씩씩하게 말했다.

"아줌마, 무언가를 기대한다는 건 그 기쁨의 절반을 미리 누린다
는 뜻이잖아요. 혹시 이루어지지 못한다 해도 기대하는 동안의 즐거
움은 아무도 빼앗아 가지 못할 거예요. 전 실망하는 것보다 아무것
도 기대하지 않는 게 더 불행한 것 같아요."

마릴라는 그날 교회에 갈 때도 평소처럼 가슴에 자수정 브로치를
달고 갔다. 브로치를 달지 않으면 성경책이나 헌금 봉투를 잊고 교회
에 가는 것만큼이나 큰 죄라고 여기는 것 같았다. 그것은 마릴라가
가장 소중히 여기는 장신구였다. 선원이었던 삼촌이 마릴라의 어머니
에게 선물한 것을, 다시 마릴라가 물려받은 것이었다. 테두리에 정교
한 자수정이 박힌 타원형으로, 안에는 어머니의 머리카락 타래가
들어 있었다. 마릴라는 보석에 대해서 별로 아는 게 없었기 때문에
자수정이 얼마나 값진 것인지는 알지 못했지만 무척이나 아름답다
고 생각했다. 고급 갈색 새틴 드레스에다 꽂으면 자신이 볼 수는
없어도 목덜미에서 은은하게 반짝이고 있을 거란 생각에 언제나 흡
족하게 여겨졌다.

앤은 그 브로치를 처음 보았을 때 반짝임에 매료되어 탄성을 내질
렀다.

"와, 어쩌면 이렇게 아름답죠? 아줌마, 정말 우아한 브로치예요!

이걸 옷에 달고서 어떻게 설교나 기도에 집중할 수 있어요? 저 같으면 가만히 있을 수가 없을 거예요. 자수정이 이렇게 예쁜 줄 몰랐어요. 오래전에 다이아몬드에 관한 책을 읽으면서 어떻게 생겼을까를 상상했는데, 아주 사랑스럽게 반짝이는 보랏빛 보석일 거라고 생각했어요. 그러다가 어떤 부인이 낀 진짜 다이아몬드 반지를 보고서 어찌나 실망했던지 눈물이 다 나더라고요. 그것도 예쁘긴 했지만 제가 생각했던 것과 너무나 달랐거든요. 브로치를 잠깐 만져 봐도 될까요? 자수정은 착한 제비꽃의 영혼이 아닐까요?"

14
사라진 브로치 사건

소풍을 이틀 앞둔 월요일 저녁, 마릴라는 근심스런 얼굴로 방에서 내려왔다. 앤은 먼지 하나 없는 식탁에서 완두콩 깍지를 벗기며 다이애나가 가르쳐준 〈개암나무 골짜기의 넬리〉를 흥얼대고 있었다.

"앤! 혹시 자수정 브로치 못 봤니? 어제 오후 교회에 다녀온 후 바늘겨레에 꽂아둔 것 같은데 아무리 찾아봐도 없네."

앤이 느릿느릿 대답했다.

"저기…… 아까 봉사 모임에 가셨을 때 봤는데요. 방문 앞을 지나는데, 바늘겨레에 꽂혀 있는 게 보여서 들어가서 봤어요."

마릴라가 화난 표정으로 물었다.

"그걸 만졌니?"

앤이 고개를 끄덕였다.

"네에……. 얼마나 예쁜가 하고 가슴에 달아보았어요."

"그런 행동은 하는 게 아냐. 남의 물건에 함부로 손을 대는 건 아주 잘못된 행동이다. 허락 없이 내 방에 들어간 것도 나빠. 그래,

브로치는 어디다 뒀니?"

"제자리에 두고 나왔어요. 그냥 아주 잠깐 달아본 것뿐이에요. 처음부터 손댈 생각은 아니었어요. 나쁜 일인 걸 알았으니까, 다시는 그러지 않을게요. 같은 잘못을 두 번은 하지 않는 것이 저의 장점 중 하나이니까요."

"너는 그걸 제자리에 두지 않았어. 브로치가 거기에 없단 말이야. 밖으로 들고 나가지는 않았니?"

"바늘겨레에 다시 꽂지 않았다면 그 옆에 있는 도자기 접시 위에 올려놨을 거예요. 기억이 잘 나지 않지만, 그 방에 두고 나온 건 확실해요."

마릴라는 다급하게 대답하는 앤의 말투가 버릇없이 구는 것처럼 느껴져 거슬렸다. 하지만 애써 참으면서 브로치 문제를 분명히 해둬야겠다는 생각으로 말했다.

"다시 찾아볼게. 네가 제자리에 놓았다면 거기에 그대로 있겠지. 만약 없다면 네가 제자리에 놓지 않은 거다!"

마릴라는 방으로 올라가 꼼꼼히 살펴보았다. 바늘겨레나 도자기 접시 위는 물론이고 브로치가 있을 만한 곳을 샅샅이 뒤져봤지만 어디에서도 보이지 않았다.

마릴라는 다시 부엌으로 내려왔다.

"앤, 브로치는 없어. 네가 말한 대로 브로치를 마지막으로 만진 사람은 너야. 어떻게 했니? 사실대로 정직하게 말해. 밖에 가지고 나가서 잃어버렸니?"

앤은 화가 난 마릴라를 응시하며, 또다시 분명하게 부인했다.

"아니에요. 절대로 그런 일은 없었어요. 아줌마 방에서 브로치를 절대 가지고 나오지 않았고, 단두대로 끌려간다 해도 그게 사실이요. 단두대가 뭔지 잘은 모르지만요. 그게 다예요.”

앤이 ‘그게 다예요.’라고 말한 건 자신의 주장이 옳다고 강조하기 위한 것이었지만, 마릴라는 반항을 하는 것이라고 받아들였다.

마릴라가 날카롭게 말했다.

“앤, 거짓말하지 마. 난 다 알고 있다. 사실대로 말할 생각이 아니라면 더 이상 아무 말도 하지 말거라. 털어놓을 준비가 될 때까지 네 방에 가 있어.”

앤이 풀 죽은 소리로 말했다.

“콩을 가져가서 깔까요?”

“놔둬. 나머지는 내가 깔 테니. 넌 시키는 대로나 해.”

앤이 방으로 올라가고 나자 마릴라는 착잡한 마음으로 저녁을 차리기 시작했다. 애지중지하던 브로치가 계속 눈앞에 어른거렸다. 앤이 잃어버렸으면 어떡하지? 누가 봐도 제가 한 짓이 뻔한데, 그렇게 딱 잡아떼다니! 못돼 먹었어, 정말! 게다가 저렇게 천진난만한 얼굴로 말이야!

마릴라는 신경질적으로 콩깍지를 까면서 생각에 잠겼다.

‘이런 일이 생길 수도 있다고 왜 예상하지 못했을까? 처음부터 브로치를 훔치거나 그럴 생각은 아니었겠지. 그냥 가지고 놀다가 상상이니 뭐니 하면서 들고 나갔던 걸 거야. 하여튼 앤이 가지고 간 것은 분명해. 앤이 방에 들어갔다 나온 뒤로는 아무도 들어가지 않았으니까. 그걸 잃어버리고 나서 야단맞을까 봐 털어놓지 못하는 거야. 그렇다고 거짓말을 하다니! 그건 무섭게 성질을 부리는 것보다 훨씬 더 나빠! 더 끔찍해. 믿을 수 없는 애를 집 안에 들인다는 게 이토록 무거운 짐을 짊어지는 일인 것을……. 교활하게 거짓말을 하는 것은 그냥 내버려두면 안 돼. 그런 버릇은 싹부터 잘라줘야 해. 앤이 사실대로 말했더라면 이렇게까지 마음이 힘들진 않을 텐데……. 브로치를 잃어버린 것보다 그게 더 속상해.'

그날 밤 마릴라는 방 안 구석구석을 다시 살펴보았지만 허사였다. 잠들기 전에 다시 한 번 앤에게 물어봤지만 답은 똑같았다. 시간이 흐를수록 앤이 그랬을 거라는 확신만 굳어져 갔다.

다음 날 아침, 마릴라는 매슈에게 브로치 이야기를 했다. 매슈는 당황해서 어쩔 줄 몰라 하며 난처한 표정을 지었다. 앤에 대한 믿음이 사라진 건 아니었지만, 상황이 앤에게 불리하다는 건 매슈도 인정할 수밖에 없었다.

"화장대 뒤로 빠진 건 아닐까?"

"화장대를 들어내고 서랍까지 다 뒤져봤어요. 구석구석 몽땅요. 브로치는 확실히 없어졌고, 앤이 거짓말을 하고 있는 게 분명하다고요. 가슴 아프지만 그게 사실이에요. 매슈, 우리가 인정하고 받아들이는 게 나아요."

"그럼 어떻게 할 생각이냐?"

매슈가 기운 없는 목소리로 물었다. 그는 이 문제를 처리할 사람이 자신이 아니라 마릴라라는 사실에 내심 안도하면서 자기는 이 일에 끼어들지 않아야겠다고 마음먹었다.

마릴라는 지난번에 일을 처리했던 방법을 떠올리며 대답했다.

"사실대로 털어놓을 때까지는 방에서 나오지 못하게 할 거예요. 그러면 조만간 털어놓겠죠. 앤이 브로치를 어디로 들고 나갔는지를 말해 주면 찾을 수 있을지도 몰라요. 어쨌거나 앤은 이번에 아주 혼이 나야 해요."

매슈가 모자를 집어 들며 말했다.

"그래야겠지. 나는 끼어들지 않을 테니, 네가 알아서 해라. 네가 나더러 참견하지 말라고 했으니까."

매슈가 나가고 나자 마릴라는 머리가 혼란스러워졌다. 왠지 모두에게 버려진 기분이 들었다. 그렇다고 이런 일로 린드 부인에게 조언을 들으러 가는 것도 내키지가 않았다. 마릴라는 다시 한 번 동쪽 다락방으로 올라갔지만 마음만 더 심란해져서 내려오고 말았다. 앤은 털어놓을 게 없다면서, 브로치를 가져가지 않았다는 말만 되풀이할 뿐이었다.

앤은 울고 있었던 것 같았다. 마릴라는 앤이 가엾게 느껴졌지만 마음을 단단히 먹고 냉정하게 말했다.

"앤, 사실대로 말할 때까지 이 방에서 나올 수 없어. 잘 생각해."

그러자 앤이 울부짖듯이 소리쳤다.

"하지만 내일은 소풍날이잖아요! 소풍도 못 가게 하려는 건 아니시죠? 늦게라도 가게 해주세요. 그 뒤에는 언제까지라도 방에 있을게요. 소풍만은 꼭 가고 싶어요."

"앤, 네가 사실대로 말하기 전에는 소풍이고 뭐고 없어."

"아줌마……."

앤의 슬픈 목소리를 뒤로 한 채 마릴라는 냉정하게 방문을 닫고 나와 버렸다.

이튿날은 소풍을 가기 위해 특별히 준비된 날처럼 화창했다. 초록지붕집 앞뒤 숲에서는 새들이 고운 소리로 지저귀고, 뜰에 핀 백합꽃 향기가 바람에 실려와 집안을 달콤하게 채워주고 있었다. 언덕배기의 자작나무들이 앤을 기다리고 있다는 듯 쉴 새 없이 손을 흔들어댔다. 하지만 앤의 모습은 창가에 나타나지 않았다.

마릴라가 아침 식사를 챙겨서 다락방으로 올라갔다. 앤은 침대에 얌전히 앉아 있었는데, 무언가 결심한 듯 입을 꽉 다물고 있었다.

얼굴은 창백했지만 눈은 반짝거렸다.

마침내 앤이 입을 열었다.

"아줌마, 사실대로 모두 말씀드릴게요."

마릴라는 쟁반을 내려놓으며 자신이 선택한 방식이 이번에도 맞아들었다고 생각했다. 그러나 기분은 씁쓸했다.

"그래, 어디 네 말을 좀 들어보자."

앤은 공부한 내용을 확인시켜 주는 아이처럼 막힘없이 술술 말하기 시작했다.

"아줌마가 말씀하신 대로 제가 브로치를 가져갔어요. 처음부터 그러려고 한 건 아니에요. 그런데 가슴에 달아보니 너무나 예쁘더라고요. 그걸 가슴에 달고 '한적한 들판'에 가서 코델리아 피츠제럴드 공주 놀이를 하면 완벽할 거라고 상상했어요. 진짜 자수정 브로치를 꽂으면 코델리아 공주라고 상상하는 것이 훨씬 더 쉬울 테니까요. 다이애나랑 같이 로즈베리꽃으로 목걸이를 만든 적이 있었는데, 자수정 브로치는 그것과는 비교할 수 없을 정도로 아름다워서 나도 모르게 가져간 거예요. 아줌마가 돌아오시기 전에 갖다 두면 된다고 생각했거든요. 조금이라도 더 오랫동안 갖고 놀고 싶어서 브로치를 가슴에 달고서 여기저기 돌아다니다가 '반짝이는 호수' 쪽으로 갔어요. 그곳에서 다리를 건너는 중에 다시 한 번 보려고 브로치를 빼서 손바닥 위에 올려놨어요. 그런데 햇빛을 받고 눈부시게 반짝이는 것이 얼마나 예쁘던지…… 잠깐 동안 제정신이 아니었던 것 같아요. 그러다가 다리 위에서 몸을 숙이는데 브로치가 손에서 미끄러져…… 그만 호수 속으로 가라앉고 만 거예요. 보랏빛으로 반짝이던 그 예쁜 브로치가요. 아줌마, 이것이 제가 할 수 있는 최선의 자백이에요."

마릴라는 앤의 말을 듣고 나자 다시 화가 치밀어 올랐다. 그녀가 애지중지하는 브로치를 잃어버리고서도 미안해하거나 뉘우치는 기색 없이 조목조목 이야기를 하는 앤의 태도가 정말이지 못마땅했다. 마릴라는 침착해지려 애쓰면서 말했다.

"정말 어처구니가 없네. 앤, 너 참 못됐구나!"

앤이 조용하게 대답했다.

"네, 그런 거 같아요. 벌 받을 만한 짓을 했으니, 당연히 벌을 받아야지요. 하지만 지금 내 마음속엔 온통 소풍 생각밖에 없어서……. 아줌마, 지금 당장 벌을 주시면 안 될까요?"

"세상에! 소풍을 가겠다고? 안 된다. 그게 네가 받아야 할 벌이야. 네 잘못에 비하면 너무 가볍지만."

앤이 벌떡 일어나 마릴라의 손을 잡으며 울먹였다.

"소풍을 못 간다고요? 보내주신다고 하셨잖아요. 아줌마, 허락해 주세요. 그래서 고백도 했잖아요. 다른 벌은 무엇이든 받겠어요. 가게 해주세요, 제발! 아이스크림은 어떻게 해요! 다시는 아이스크림을 못 먹게 될지도 몰라요."

마릴라는 앤이 잡은 손을 차갑게 뿌리치며 말했다.

"절대로 안 된다! 떼쓴다고 내 결정이 바뀌지는 않아."

마릴라가 마음을 바꾸지 않으리란 걸 알아챈 앤은 주먹을 불끈 쥔 채 침대에 쓰러지더니 절망과 좌절로 몸부림치며 울부짖었다.

당황한 마릴라는 황급히 아래층으로 내려왔다.

"세상에! 정말 이상한 아이야. 머리가 어떻게 된 거 아냐? 제대로 된 아이라면 어떻게 저럴 수 있어? 제정신으로 저러는 거라면 더 나쁜 거지. 애초에 린드 부인의 말을 들었어야 했나? 하지만 이왕 시작한 일을 어떻게 해. 돌이킬 수도 없잖아."

분위기가 무거운 아침이었다. 마릴라는 심란한 마음을 추스르려고 닥치는 대로 일을 했다. 현관 바닥을 닦고, 더 할 일이 없어지자 선반까지 닦았다. 선반도 현관도 굳이 청소할 필요가 없었지만 그러지 않으면 견딜 수 없을 것 같았다. 선반을 닦은 후에는 마당으로 나가 갈퀴로 낙엽들을 긁어모았다.

점심 식사 준비를 하고 나서 마릴라는 계단을 올라가 앤을 불렀다. 앤은 눈물로 얼룩진 얼굴을 계단 난간 사이로 내밀었다.

"앤, 내려와서 점심 먹어라."

앤은 다시 흐느껴 울면서 말했다.

"먹고 싶지 않아요. 슬퍼서 가슴이 아파서 아무것도 넘어가지 않아요. 아줌마도 저를 슬프게 한 걸 언젠가 후회하실 거예요. 그래도 용서해 드릴게요. 그날이 오면 제가 용서해 드렸다는 걸 기억해 주세요. 그리고 제발 지금 뭘 먹으라고 하지 마세요. 마음 아픈 사람이 뭘 먹는다는 건 전혀 로맨틱하지 않으니까요. 삶은 돼지고기랑 채소는 특히요."

마릴라는 화를 억누르면서 부엌으로 돌아와 매슈에게 불평을 잔뜩 쏟아냈다.

매슈 또한 기분이 울적하면서, 어떻게 해야 할지 몰라 난감해 했다. 잘못했으면 벌을 받는 것이 마땅하지만 앤이 너무 안쓰러웠기 때문이다.

"거짓말을 한다거나 브로치를 가져가는 일이 나쁘다는 걸 모를 리 없을 텐데⋯⋯. 그래도 아직 어린애고 유달리 호기심이 많지 않니. 그렇게 소풍을 가고 싶어 하는데, 못 가게 하는 건 너무 심한 거 아닐까?"

매슈가 혼자 중얼거리듯이 말하고는 접시에 담긴 음식을 뒤적거렸다. 이렇게 마음이 복잡할 땐 앤의 말처럼 돼지고기와 삶은 채소는 어울리지 않는 것 같았다.

마릴라가 기가 막힌다는 투로 매슈의 말에 대꾸했다.

"무슨 말씀이세요! 오히려 벌이 너무 가볍다고 생각하고 있는데 요. 저 아인 자기가 얼마나 버릇없고 못된 행동을 했는지 전혀 모르고 있다고요! 내가 걱정하는 건 바로 그 점이에요. 앤이 진심으로 반성했다면 내가 이렇게까지 힘들진 않을 거예요. 그런데 잘못된 건 매슈도 마찬가지예요! 늘 아이 편에 서서 변명을 늘어놓으며 싸고돌려고 하잖아요. 내 눈엔 훤히 다 보인다고요."

매슈는 머뭇거리면서 같은 말만 되풀이했다.

"그거야, 아직 어린애니까……. 마릴라, 이번엔 좀 넘어가 주면 안 될까? 알잖아, 저 아이는 가정교육이란 것을 제대로 받아본 적이 없잖니. 그러니……."

"네, 그래요. 그래서 지금 가르치고 있는 거잖아요!"

마릴라가 빈정대며 쏘아붙이자, 매슈는 입을 다물었다. 그렇다고 마릴라의 생각에 동의하는 것은 아니었다.

점심 식사를 하는 식탁에 무겁고 우울한 공기만 감돌았다. 매슈를 도와주러 온 제리 부트만 식사를 하면서 신나게 까불어댔는데, 마릴라는 제리의 행동마저 자기를 놀리는 것처럼 보여 부아가 치밀었다.

설거지를 하고 빵을 반죽한 다음 닭에게 모이를 주고 나자, 마릴라는 수선할 게 있다는 것이 떠올랐다. 월요일 오후에 봉사 모임에서 돌아와 옷을 갈아입을 때, 검정 레이스 숄에 작은 구멍이 나 있는 것을 봤기 때문이다.

마릴라는 수선을 하려고 방으로 올라갔다. 숄은 트렁크 속 상자에 보관해 두었다. 마릴라가 상자 뚜껑을 열어 숄을 들어 올렸는데, 거기에 매달려 있던 무언가가 창밖의 무성한 포도 덩굴 사이로 비쳐 든 햇빛에 얼핏 반짝였다. 마릴라는 순간 숨을 멈춘 채 그걸 낚아챘다. 레이스 올에 걸려 있는 것은 보랏빛으로 반짝이는 자수정 브로치였다!

마릴라는 얼이 빠진 듯한 목소리로 중얼거렸다.

"세상에……! 도대체 어떻게 된 거야? 배리 연못에 가라앉았다던 브로치가 멀쩡하게 여기에 있다니……. 아니, 그런데 왜 이걸 가지고 나가서 잃어버렸다고 한 거야? 초록지붕집이 마법에 걸린 것이 아니고서야……. 그리고 보니 월요일 오후에 외출했다가 돌아왔을 때 이 숄을 벗은 다음 화장대 위에 잠깐 올려놓았던 것 같아. 그때 브로치가 숄에 걸려서……."

마릴라는 브로치를 들고 동쪽 다락방으로 올라갔다. 앤은 울다 지쳤는지 시무룩하게 창가에 앉아 있었다.

마릴라가 진지한 목소리로 말했다.

"앤! 지금 막 브로치를 찾았다. 내 검은 레이스 숄에 걸려 있었어! 그런데 오늘 아침에 왜 그렇게 말도 안 되는 소리를 했는지 얘기해 볼래?"

앤이 힘없이 대답했다.

"아줌마, 내가 고백하지 않으면 이 방에서 나가지 못하게 한다고 하셨잖아요? 저는 너무나 소풍을 가고 싶었어요. 그래서 그렇게 고백하기로 결심했어요. 어젯밤에 침대 속에서 어떻게 고백할까를 고민하다가, 최대한 그럴듯하게 만들려고 애를 썼어요. 그리고 잊어버리지 않으려고 연습도 여러 번 했고요. 하지만 결국 소풍을 보내주지 않으셔서 모두 물거품이 되고 말았어요."

마릴라는 자꾸만 터져 나오려는 웃음을 참느라 안간힘을 써야 했다. 하지만 마음 한구석으로는 너무 심한 행동을 했다는 가책이 느껴졌다.

"앤! 너를 누가 말리겠니? 너는 도무지 어떻게 해볼 수가 없구나. 내가 잘못했다. 이제 알겠어. 하긴 여태껏 네가 한 번도 거짓말을 한 적은 없었으니 내가 네 말을 믿어야만 했는데 말이야. 하지만 그렇게 거짓 고백을 하는 것도 나쁜 짓이란 걸 알아야 해. 그건 거짓 말과 다름없는 일이다. 이번에는 내가 그렇게 만든 것이니……. 네가 나를 용서해 주겠다면 나도 너를 용서할게. 그리고 어서 준비해라. 소풍을 가야지."

앤이 폴짝 뛰며 퉁기듯이 일어섰다.

"오오, 아줌마! 정말이지요? 아, 하지만 너무 늦은 게 아닐까요?"

"아니다. 이제 두 시니까, 아직 다 모이지 않았을 거야. 간식 먹을 시간까진 한 시간이나 남았어. 어서 세수하고 머리를 빗자. 옷은 체크무늬 원피스를 입어. 과자는 많이 구워놓았으니까 바구니에 담 아놓을게. 그리고 제리한테 마차로 거기까지 데려다주라고 일러놓 으마."

"오오, 아줌마!"

앤은 소리를 지르며 세면대로 달려갔다.

"5분 전까지만 해도 제가 차라리 이 세상에 태어나지 않으면 좋았을 거라고 생각했어요. 지금은 천사가 되게 해준다고 해도 거절 할 거예요."

그날 밤 앤은 기진맥진한 상태이긴 했지만, 말로 다 할 수 없는 큰 축복을 받은 듯한 표정으로 초록지붕집으로 돌아왔다.

"아줌마, 오늘은 기가 막히게 재미있었어요. '기가 막히다.'는 단어를 오늘 새로 알게 되었어요. 메리 앨리스 벨이 그렇게 말하더라고요. 멋진 표현이죠? 모든 게 다 멋졌어요. 향기로운 차를 마신 다음에 해먼드 앤드루스 아저씨가 '반짝이는 호수'에서 한 번에 여섯 명씩 배를 태워주셨어요. 그런데 제인 앤드루스는 자칫하면 물에 빠질 뻔했어요. 연꽃을 꺾으려다가요. 앤드루스 아저씨가 재빨리 잡아주지 않았으면 제인은 '반짝이는 호수'에 빠져 죽었을지도 몰라요. 제가 그런 일을 겪었다면 얼마나 좋았을까요. 물에 빠져 죽을 뻔했다는 건 참으로 로맨틱하잖아요. 흥미진진한 얘깃거리도 되고요. 아, 그리고 아이스크림……! 모두 모여서 아이스크림을 먹었는데, 아이스크림 맛은 말로 표현할 수가 없어요. 아줌마, 정말이지 상상할 수 없을 정도로 신비했어요."

그날 밤, 마릴라는 양말 바구니를 정리하면서 매슈에게 그간 있었던 이야기를 들려주었다.

마릴라는 웃으면서 자신의 속마음을 솔직하게 말했다.

"제가 잘못했다는 걸 기꺼이 인정해요. 그래도 배운 게 있어요. 저 아이의 고백을 떠올리면 지금도 웃음이 나요. 그건 분명 거짓말이니까 웃으면 안 된다는 걸 알면서도요. 다른 거짓말처럼 나쁜 짓이라고 여겨지지 않고, 오히려 깜찍하게 여겨져서 그런가 봐요. 어쨌거나 이번 일엔 제 책임이 커요. 저 아인 이해하기 힘든 구석이 있긴 하지만, 지금까지 하는 걸 보면 잘 자라줄 거라는 믿음이 생기네요. 한 가지 분명한 건, 저 아이가 있는 한 우리 집은 절대로 심심하거나 지루하지 않을 거예요."

15
시끌벅적한 학교생활

앤이 숨을 크게 들이마시며 말했다.

"아, 정말 눈부시도록 아름다운 날이야. 이런 날은 살아 있다는 것만으로도 행복하지 않니? 세상에 아직 태어나지 않아서 이런 날을 맞이하지 못하는 사람들은 정말 안됐어. 물론 그들도 좋은 날들을 맞겠지만 오늘같이 눈부신 날은 다시없을 테니까. 게다가 이렇게 아름다운 길을 따라서 학교에 간다는 것도 얼마나 즐거운지 몰라."

"큰길로 가는 것보다 훨씬 즐겁지. 큰길로 가면 먼지도 많이 나고 덥잖아."

다이애나는 점심 바구니를 살짝 들여다보면서 눈에 보이는 대로만 말했다. 촉촉하고 먹음직스러운 라즈베리 타르트 세 개를 열 명이 나눠 먹으려면 어떻게 나눠야 할까 하고 속으로 계산하던 중이었다.

에이번리 학교의 여자아이들은 점심을 늘 같이 먹기 때문에 라즈베리 타르트 세 개를 혼자 다 먹어 버리거나 제일 친한 친구하고만 나눠 먹는다면 영영 치사한 아이로 낙인찍히고 말 게 분명했다. 그렇다고 그걸 열 조각으로 나눈다면 무척 감질날 것이었다.

앤과 다이애나가 학교로 가는 길은 참으로 아름다웠다. 앤은 이 등굣길이 상상 속에서도 이보다 더 멋지진 않을 것 같다고 생각했다. 큰길로 돌아가는 길은 별로였지만 '사랑의 오솔길', '버드나무 연못', '제비꽃 골짜기', '자작나무 길'은 큰길과는 달리 무척이나 로맨틱했다.

'사랑의 오솔길'은 초록지붕집 과수원 밑에서 시작해 커스버트 농장의 끝에 있는 숲까지 쭉 이어졌다. 이 길을 따라 소 떼를 몰고 목초지로 가기도 하고 겨울이면 장작 무더기를 운반해 오기도 했다. 앤은 초록지붕집에 온 지 한 달이 되지 않았을 때 이 길에 '사랑의 오솔길'이라는 이름을 붙여주었다.

앤은 마릴라에게 이렇게 설명해 줬다.

"사랑하는 사람들이 진짜로 그 길을 걷는다는 뜻은 아니에요. 요즘 다이애나와 함께 읽고 있는 책에 '사랑의 오솔길'이 나와요. 이름이 사랑스럽지요? 그래서 우리도 그런 길을 하나 갖고 싶었던 거예요. 그 길을 걷고 있는 사랑하는 사람들의 모습이 눈에 그려져요. 그리고 큰 소리로 막 떠들어도 이상한 애라고 손가락질할 사람이 없어서 그 오솔길이 너무 좋아요."

앤은 아침이면 혼자서 집을 나와 '사랑의 오솔길'을 지나 개울까지 내려갔다. 그곳에서 기다리고 있는 다이애나를 만나면, 두 사람은 터널을 이룰 만큼 이파리가 무성한 단풍나무 숲을 지나 통나무 다리까지 함께 걸었다.

앤이 말했다.

"단풍나무들은 참 다정해. 언제나 바스락거리면서 사람들한테 귓속말을 하잖아."

다리를 건너 오솔길을 벗어난 두 사람은 배리 씨네 텃밭을 거쳐 '버드나무 연못'을 지났다. '버드나무 연못' 너머로 가면 '제비꽃 골짜기'가 이어졌다. '제비꽃 골짜기'는 앤드루스 벨 씨네 커다란 숲 아래에 있는 작은 풀밭이었다.

앤은 마릴라에게 이렇게 말했다.

"물론 지금은 제비꽃이 없지만 봄이 되면 제비꽃이 어마어마하게 핀다고 다이애나가 말해 줬어요. 아줌마, 상상만 해도 너무 아름다워서 입이 다물어지지가 않아요. 그래서 거기를 '제비꽃 골짜기'라고 이름 붙였지요. 다이애나는 저만큼 이름을 기발하게 잘 짓는 사람은 본 적이 없대요. 뭐든 잘하는 게 있다는 건 좋은 거죠? 하지만 '자작나무 길'이란 이름은 다이애나가 지었어요. 좀 밋밋하고 평범한 것 같은데, 그렇게 하고 싶대서 그러라고 했어요. 좀 더 시적인 이름을 지을 수도 있었는데……. 그 이름은 누구라도 생각할 수 있잖아요. 그래도 '자작나무 길'은 세상에서 가장 아름다운 곳 중 하나예요."

그건 그랬다. 앤이 아닌 누구라도 그 길을 걸어본 사람은 그렇게 생각할 것이었다. 그 길은 가느다랗고 길게 굽은 언덕을 넘어 벨 씨네 숲까지 이어졌는데, 장막처럼 둘러진 에메랄드빛 나무들 사이로 스며들어 온 햇빛이 티 없이 맑은 다이아몬드처럼 영롱하게 빛났다. 길가에 즐비하게 서 있는 싱그러운 자작나무 아래로는 고사리와 별꽃, 그리고 나리꽃 등이 지천으로 피어 있었다. 숲속은 언제나 향기로운 냄새가 가득 차 있고, 새들의 노랫소리에 섞여 머리 위 나뭇가지를 흔드는 바람의 속삭임과 웃음소리가 들려왔다. 숨을 죽이고 가만가만 걸어가면 길을 가로질러 뛰어가는 토끼도 종종 볼 수 있었다. 앤과 다이애나는 좀처럼 보지 못했지만 말이다. 골짜기 아래로 내려가면 큰길이 나왔고, 거기서 가문비나무 언덕을 조금 올라가면 에이번리 학교에 이르렀다.

에이번리 학교는 처마가 낮고 큼지막한 창문이 난 회벽 건물이었다. 교실에는 여닫이 뚜껑이 달린 편안하고 견고한 구식 책상이 있고, 책상 뚜껑 한쪽 면에는 3대에 걸친 학생들의 이름 첫 글자와 알아볼 수 없는 낙서들이 잔뜩 새겨져 있었다. 학교 건물은 길에서 멀찍이 떨어져 있었는데, 그 뒤로는 어둑어둑한 전나무 숲이 서 있었으며 주변으로 개울이 흘렀다. 아이들은 아침마다 이 개울물에 각자의 우유병을 담가서 시원하게 보관했다.

9월의 첫째 날, 마릴라는 내심 불안한 마음으로 앤이 학교에 가는 것을 지켜보았다. 저렇게 유별난 아이가 다른 아이들과 잘 지내게 되는지, 공부 시간에는 떠들지 않고 얌전하게 있을지…… 등 걱정이 많았다.

그러나 마릴라의 우려와는 달리, 그날 오후에 앤은 활기 찬 모습으로 집에 돌아와 이렇게 말했다.

"학교가 좋아질 거 같아요. 선생님은 좀 별로였지만요. 하루 종일 콧수염을 비틀면서 프리시 앤드루스만 야릇한 눈길로 쳐다봤어요. 프리시는 어른이나 마찬가지예요. 열여섯 살인데, 내년에 샬럿타운에 있는 퀸스 아카데미에 입학하려고 준비하고 있대요. 틸리 볼터가 그러는데, 선생님이 프리시를 좋아해서 그런대요. 프리시는 예쁘장한 얼굴에 피부도 곱고, 갈색 곱슬머리를 우아하게 틀어 올렸어요. 프리시는 교실 뒤에 있는 긴 의자에 앉아 있는데, 선생님은 자꾸 그쪽으로 가세요. 설명해 줄 게 있다면서요. 하지만 선생님이 프리시의 석판(石板: 점토가 굳어서 된 납작한 판 모양의 검정색 점판암(粘板岩)

을 나무틀에 끼워서 만든 일종의 노트 대용품으로, 그 위에 석판용 분필로 글씨도 쓰고 그림도 그릴 수 있었다. 종이와 펜을 절약할 수 있었기 때문에 20세기 초까지 널리 사용되었다.)에다 뭐라고 쓰니까, 그걸 읽은 프리시의 얼굴이 새빨개지더니 킥킥 웃더래요. 루비 길리스가 봤는데, 그건 공부와는 상관없는 거라고 그랬어요."

마릴라가 엄하게 말했다.

"앤, 선생님에 대해 그렇게 이야기하면 안 된다. 선생님 흉을 보기 위해 네가 학교에 가는 게 아니야. 너는 선생님께서 가르쳐주시는 것을 열심히 배우기만 하면 된다. 집에 와서 선생님 험담을 해서는 안 된다. 그건 나쁜 거다. 물론 학교에선 착하게 행동했겠지?"

앤이 자신 있게 대답했다.

"그건 아줌마가 걱정하시는 것만큼 어렵지 않았어요. 저는 다이애나 옆자리에 앉았는데, 창가라서 '반짝이는 호수'가 보였어요. 그리고 친절한 여자애들이 많아서, 점심시간에 아주 재미있게 놀았어요. 함께 놀 여자애들이 많아서 정말 좋아요. 그래도 저는 다이애나가 제일 좋고, 앞으로도 쭉 그럴 거예요. 그런데 저는 다른 아이들보다 진도가 많이 뒤처져 있어요. 다른 아이들은 5학년 과정을 공부하는데 저는 4학년 과정이거든요. 그래서 좀 부끄러웠어요. 하지만 저처럼 상상력이 뛰어난 애는 없단 걸 단박에 알아챘어요. 오늘은 읽기랑 지리, 그리고 캐나다 역사와 받아쓰기를 공부했어요. 그런데 필립스 선생님께서는 제가 받아쓰기 한 것이 틀렸다며 잔뜩 고쳐놓고 나서, 석판을 번쩍 들어 올리더니 아이들한테 보여주셨어요. 너무나 창피해서 쥐구멍이라도 있으면 들어가고 싶었어요. 아줌마, 신입생한테는 좀 더 친절하게 대해 줘야 하는 거 아닌가요? 그래도 루비 길리스는 저한테 사과를 줬고요, 소피아 슬론은 '집에 잘 들어갔나요?'라고 쓰인 예쁜 분홍색 카드를 빌려줬어요. 내일 돌려줘야 해요. 또 틸리 볼터는 구슬 반지를 오후 내내 끼고 있게 해줬어요. 아줌마, 다락방에 있는 낡은 바늘꽂이에서 진주 구슬을 몇 개 빼서 반지를 만들어도 돼요? 아, 그리고 제인 앤드루스가 저한테 말해 준 게 있어요. 프리시 앤드루스가 사라 길리스한테 제 코가 무척 예쁘다고 말하는 걸 미니 맥퍼슨이 들어서 자기한테 말해 줬대요. 아줌마, 이건 제가 태어나서 처음 들어본 칭찬이에요. 그 말을 듣고 기분이 이상했어요. 아줌마, 제 코가 진짜 예뻐요? 솔직하게 말해 주세요."

"그만하면 괜찮지."

마릴라는 짧게 대답했지만, 속으로는 앤의 코가 빼어나게 예쁘다고 생각했다. 하지만 앤에게 그렇게 말해줄 생각은 없었다.

그 뒤로 3주일이 별 탈 없이 지나갔다.

상쾌한 9월의 어느 아침, 앤과 다이애나는 에이번리에서 가장 행복한 얼굴로 '자작나무 길'을 가벼운 발걸음으로 걸어 학교에 가고 있었다.

다이애나가 말했다.

"오늘은 길버트 블라이스가 학교에 온대. 여름 내내 뉴브런즈윅에 있는 사촌 집에 가 있다가 지난 토요일 밤에 돌아왔나 봐. 앤, 그 앤 엄청나게 잘생겼어. 하지만 짓궂어서 여자아이들을 심하게 괴롭혀. 정말 살기 싫어질 정도로!"

말은 그렇게 해도, 다이애나는 길버트를 은근히 마음에 들어 하는 것 같았다.

앤이 물었다.

"길버트 블라이스라고? 출입문 바깥벽에 줄리아 벨과 나란히 적혀 있는 그 이름 아냐? 그 위에 커다랗게 '주목'이라고 쓰여 있고 말이야."

다이애나가 고개를 흔들면서 대답했다.

"맞아. 하지만 길버트는 줄리아 벨을 별로 좋아하는 것 같지 않아. 언젠가 길버트가 줄리아의 주근깨를 세면서 구구단을 외웠다며 떠들고 다녔거든."

앤이 말했다.

"어휴! 내 앞에서는 주근깨 이야기를 꺼내지 말아줘. 내가 주근깨가 많다 보니까 예민하거든. 그런데 출입문 벽에 남자아이와 여자아이 이름을 나란히 써놓는다든지 '주목'이라는 등으로 이것저것 써놓는 것은 한심한 짓 같아. 누가 내 이름을 남자아이 이름과 같이 써놓기만 해봐, 가만있지 않을 거야."

말을 마친 앤이 황급히 덧붙였다.

"물론 그럴 일은 없겠지만."

앤은 한숨을 쉬었다. 이름이 적히는 것은 싫지만 그럴 만한 일도 없다는 것 또한 속상한 일이었기 때문이다.

다이애나가 고개를 저으며 말했다.

"말도 안 돼. 왜 그럴 일이 없다는 거니? 애들이 그냥 하는 장난일 뿐이지만, 네 이름이 쓰일 리 없다고 그렇게 확신하지 않는 게 좋을 거야. 찰리 슬론이 너한테 완전히 빠졌으니까. 걔가 자기 엄마한테 우리 학교에서 네가 가장 똑똑하다고 했대. 예쁘다는 말보다 더 좋은 말이잖아."

앤은 누가 뭐래도 여성스러운 것을 좋아했다.

"그건 아냐. 난 똑똑한 것보다 예쁜 게 좋아. 그리고 난 찰리 슬론이 싫어. 남자애가 커다란 눈을 개구리같이 굴리는 것은 정말 못 봐주겠더라고. 누군가가 찰리랑 내 이름으로 낙서를 한다면 절대 가만두지 않을 거야. 하지만 반에서 1등을 하니까 기분이 되게 좋더라."

다이애나가 말했다.

"앤, 다음 시간부터는 길버트가 너하고 같은 4학년 반에 들어갈 거야. 그동안은 길버트가 그 반에서 1등이었어. 나이는 열네 살인데 아직까지 4학년 교과서로 공부하지만 말이야. 4년 전에 걔네 아버지가 편찮으셔서 앨버타로 요양하러 가셨는데, 길버트도 같이 갔었거든. 거기에 3년이나 있었는데 다시 돌아올 때까지 학교를 거의 못 다녔나 봐. 이제 너도 1등을 계속하는 게 그리 쉽진 않을 거야."

앤이 재빨리 대답했다.

"잘됐네. 아홉 살이나 열 살 먹은 어린애들이랑 듣는 수업에서 1등을 하는 건 그다지 자랑스럽지 않거든. 참, 어제 받아쓰기에선 '분출(ebullition: 돌발, 분출)'이라는 철자 시험을 봤어. 그런데 조시 파이가 책을 슬쩍 들여다보지 뭐야. 필립스 선생님은 그 애를 못 봤어. 프리시 앤드루스만 쳐다보고 있었으니까. 하지만 난 봤거든. 그래서 내가 파이를 경멸스럽다는 표정으로 차갑게 째려봤더니, 얼굴이 홍당무처럼 새빨개져서는 결국 철자도 틀려 버리더라고."

큰길 울타리를 넘으면서 다이애나가 화를 내며 말했다.

"파이네 집 애들은 늘 그런 식이라니까. 거티 파이는 어제 자기 우유병을 개울물 내 자리에다 담가놓고 가더라고. 그 애랑 말해 봤니? 난 이제 걔랑 말도 안 해."

필립스 선생이 교실 뒤에서 프리시의 라틴어를 듣고 있을 때 다이애나가 앤에게 속삭였다.

"네 자리에서 통로 건너편에 앉아 있는 아이가 길버트 블라이스야. 앤, 얼마나 잘생겼는지 한번 봐."

그 말에 앤은 길버트를 쳐다보았다. 그때 길버트는 자기 앞에 앉은 루비 길리스의 양 갈래머리를 의자 등받이에 핀으로 몰래 고정시켜놓는데 정신이 팔려 있어서, 앤이 대놓고 쳐다보기에 딱 좋았다. 갈색 곱슬머리의 길버트는 키가 컸고, 연갈색 눈동자에는 장난기가 가득했다. 그는 친구를 놀려먹는 것이 재미있는지 입술을 삐죽이고 있었다. 잠시 후, 수학 문제 답안지를 내려고 자리에서 일어서려던 루비 길리스가 한 줄기 비명을 지르고는 뒤로 주저앉아 버렸다. 모두들 깜짝 놀라서 루비를 쳐다보았다. 필립스 선생이 무서운 얼굴을 하고 쳐다보자 루비는 울음을 터뜨리고 말았다.

길버트는 재빨리 핀을 감추고는 시치미를 떼고 역사 공부를 하는 척했다. 얼마 후 소란이 잦아들자 길버트는 앤을 바라보며 못 본 척해 달라는 듯 눈을 찡긋해 보였다.

앤이 다이애나에게 솔직히 말했다.

"길버트는 네 말대로 정말 잘생긴 건 맞아. 그렇지만 너무 뻔뻔스러워. 처음 보는 여자아이한테 눈을 찡긋거리고 말이야. 그건 예의가 없는 거잖아."

그런데 정말로 큰 소동은 그날 오후에 벌어졌다.

필립스 선생은 뒤편에서 프리시에게 수학 문제를 설명하고 있었고, 나머지 학생들은 각자 하고 싶은 대로 풋사과를 먹거나 잡담을 하고 있었다. 혹은 석판에 낙서를 하거나 귀뚜라미를 실로 묶어서는 통로 사이를 왔다 갔다 하게 만들기도 했다. 길버트 블라이스는 앤의 시선을 끌려고 애를 썼지만 뜻대로 되지 않았다. 그때 앤은 두 손으로 턱을 받치고 '반짝이는 호수'를 바라보며 한없는 상상을 하고 있었던 터라 길버트가 거기에 앉아 있다는 사실은커녕 에이번리에 있는 어떤 학생도 안중에 없었다. 환상의 꿈나라를 멀리 떠도느라 자신의 머릿속 세상 외에는 아무것도 들리지 않았고 보이지도 않았던 것이다.

길버트는 여태껏 자기가 마음만 먹으면 어떤 여자아이라도 자기를 쳐다보게 할 수가 있었다. 이번처럼 여자애의 시선을 끄는 데 실패한 적은 거의 없었다.

'무슨 일이 있어도 저 애가 나를 쳐다보도록 하고 말 거야. 뾰족한 턱에다 에이번리의 여느 여자아이들과는 판이하게 다른, 커다란 눈의 빨강 머리. 너도 나를 쳐다봐야 해, 앤 셜리!'

길버트는 통로로 손을 쭉 뻗어서 앤의 긴 빨강 갈래머리를 집어 올렸다. 그러고는 확실히 들리도록 낮은 목소리로 불렀다.

"홍당무! 홍당무!"

순간, 머리끝까지 화가 치민 앤이 길버트를 노려보았다. 그냥 노려보기만 한 것이 아니라 튕기듯이 자리에서 벌떡 일어섰다. 황홀했던 상상의 세계가 산산조각 나 버렸기 때문이다. 앤은 너무나 화가 난 나머지 눈물까지 그렁그렁해진 눈으로 길버트를 쏘아보며 소리쳤다.

"이 비겁하고 나쁜 놈! 어떻게 그딴 소릴 해!"

그러고는 석판을 들어 길버트의 머리를 우당탕 내리쳤다. 머리가 아니라, 석판이 깔끔하게 둘로 쪼개져 버렸다.

그러지 않아도 늘 구경거리를 찾아다니는 에이번리의 학생들이 무슨 일인가 하고 호기심이 가득한 눈으로 우르르 몰려들었다.

필립스 선생이 단숨에 달려와 앤의 어깨를 움켜쥐며 화가 난 목소리로 다그쳐 물었다.

"앤 셜리! 이게 뭐하는 짓이지?"

앤은 잠자코 있었다. '홍당무'라고 놀려댔다는 이야기를 아이들

앞에서 차마 할 수가 없었다. 용기 내어 입을 연 건 길버트였다.

"선생님, 제가 잘못했어요. 제가 앤을 놀렸어요."

하지만 필립스 선생은 길버트의 말을 못 들은 척하며 말했다.

"내가 가르치는 학생 중에 이렇게 폭력적인 학생이 있다니, 참으로 안타깝구나. 앤, 오후 수업을 마칠 때까지 칠판 앞 교단에 꼼짝 말고 서 있어라."

자신의 학생이라면, 미미하고 불완전한 마음속에 있는 악한 감정을 모조리 뿌리 뽑아줘야 한다는 듯한 말투였다.

마음이 여린 앤은 마치 채찍으로 맞은 것처럼 온몸을 바르르 떨면서 칠판 앞으로 나갔다. 필립스 선생은 분필을 들더니 칠판 위에다 이렇게 썼다.

'앤 셜리는 성질이 고약합니다. 앤 셜리는 화를 참는 법을 배워야 합니다.'

그리고 필립스 선생은 글자를 읽을 줄 모르는 어린 학생들도 알아들을 수 있도록 소리 내어 읽어주었다.

앤은 오후 수업을 마칠 때까지 그 글자가 씌어 있는 칠판 앞에서 있었다. 울지도 않고 고개를 숙이지도 않았다. 너무나 분통이 터져 수치심 따위는 느낄 겨를도 없었다. 두 눈에는 분노가 가득 차 있었고, 뺨은 울분으로 붉게 달아올라 있었다.

다이애나는 안됐다는 듯 동정하는 시선을 보냈고, 찰리 슬론은 힘내라는 듯이 고개를 끄덕였으며, 조시 파이는 고소하다는 듯 짓궂은 표정을 지으며 웃고 있었다. 앤은 화난 얼굴로 아이들을 빤히 바라보았지만 길버트만은 아예 거들떠보지도 않으면서 속으로 다짐했다.

'절대로 길버트를 쳐다보지 않을 거고, 절대로 말도 섞지 않을

거야!'

수업을 마치자 앤은 빨강 머리를 꼿꼿이 들고 쏜살같이 밖으로 나갔다. 길버트가 다급하게 좇아와 현관에서 앤을 막아섰다. 그리고는 뉘우치는 목소리로 말했다.

"앤, 네 머리카락 색깔을 갖고 놀려서 정말 미안해. 잘못했어. 진심이야. 이제 그만 화를 풀어줘."

그러나 앤은 본 척도 들은 척도 않고 무시하듯이 휑하니 지나쳐 버렸다.

큰길로 접어들자 다이애나가 반은 질책하듯, 반은 이해하기 힘들다는 듯 나직하게 말했다.

"앤, 왜 그렇게 냉정하게 구는 거야?"

다이애나는 자기라면 길버트의 사과를 그렇게까지 뿌리칠 수 없을 거라고 생각했다.

앤이 단호하게 말했다.

"다이애나, 나는 절대로 길버트를 용서하지 않을 거야. 필립스 선생님도 마찬가지고. 내 이름에 'e'자를 빼먹고 썼거든. 내 가슴에 쇳덩이가 내려앉은 기분이야."

다이애나는 앤이 무슨 말을 하는지 정확히 이해하지 못했지만 화가 몹시 나 있는 것만은 틀림없다고 생각했다.

다이애나는 앤을 달래려고 애를 썼다.

"길버트가 네 머리카락을 가지고 놀린 건 신경 쓰지 마. 걘 여자애라면 누구나 다 놀리니까. 내 머리카락이 까맣다고도 놀리는걸. 나한테 까마귀라고 부르면서 깔깔거린 것이 열 번도 넘어. 그렇지만 길버트가 누구한테 사과하는 건 처음 봤어."

앤이 정색을 하며 차갑게 말했다.

"다이애나, 까마귀라고 놀리는 거와 홍당무라고 놀리는 건 아주 달라. 길버트 블라이스는 내 마음을 갈가리 찢어놨다고!"

만일 그 뒤로 아무런 일도 일어나지 않았다면 앤은 이 일을 그냥 넘겼을 수도 있다. 하지만 한번 벌어진 일은 꼬리에 꼬리를 물고 다른 일이 일어나기 마련이다.

에이번리 학생들은 점심시간이면 종종 언덕 너머에 있는 벨 씨네 가문비나무 숲과 드넓은 들판에서 고무 진을 뽑아 씹고는 했다. 거기서는 필립스 선생이 하숙하고 있는 이븐 라이트 씨네 집이 잘 보였다. 아이들은 신나게 놀다가 필립스 선생이 하숙을 나서는 모습이 보이면 그제야 모두 학교를 향해 내달리곤 했다. 하지만 필립스 선생이 하숙에서 학교로 오는 거리보다 아이들이 뛰어야 하는 거리가 세 배는 더 멀었다. 그래서 아이들은 숨을 헐떡거리며 학교에 도착하기 일쑤였고, 그중 몇몇은 3분가량 지각을 했다.

다음 날 점심시간이 되었을 때, 난데없이 반 분위기를 다잡아야겠다고 마음먹은 필립스 선생은 자신이 돌아올 때까지 모두 자리에 앉아 있으라고 말한 다음 점심을 먹으러 하숙집으로 갔다. 누구든 늦으면 벌을 줄 거라는 엄포도 잊지 않았다.

남자아이들 전부와 여자아이들 몇몇은 딱 한 번 씹을 만큼만 고무 진을 뽑을 요량으로 여느 때처럼 벨 씨네 가문비나무 숲으로 갔다. 그러나 가문비나무 숲에는 놀 거리가 많았고 노란 고무 진 조각을 모으는 일도 너무 재미있다 보니 시간 가는 줄 모르고 숲을 돌아다녔다.

늘 그렇듯이, 지미 글로버가 제일 높은 가문비나무 꼭대기에서 '선생님 오신다!'고 소리쳤을 때야 점심시간이 끝나간다는 것을 퍼뜩 깨달았다.

나무 밑에 있던 여자아이들은 '선생님 오신다!'는 말을 듣자마자 학교를 향해 먼저 뛰기 시작해서 간신히 시간 안에 도착했다. 그러나 나무에 올라가 있던 남자아이들은 허둥지둥 기어 내려와서 뛰다 보니 그보다 늦고 말았다. 그런데 남자아이들보다도 더 늦게 출발한 아이가 있었다. 고무 진에는 전혀 관심도 없이 숲 언저리에서 허리까지 올라오는 기다란 고사리 덤불 사이를 돌아다니던 앤이었다. 앤은 마치 자신이 숲의 여신이라도 되는 양 참나리꽃 화관을 머리에 두르고서 흥얼거리다가 뒤늦게 뛰기 시작한 것이다.

하지만 사슴처럼 몸이 가벼운 앤은 꼬마 도깨비같이 날쌔게 뛰어 남자아이들을 문 앞에서 따라잡았고, 필립스 선생이 모자를 벽에 거는 순간 남자아이들 사이에 섞여 교실로 쓸려 들어왔다.

반 분위기를 바꿔보겠다는 필립스 선생의 의지는 이미 사그라지고 없었다. 게다가 늦게 온 아이들이 너무 많아서 벌을 주는 것도 약간 성가시게 느껴졌다. 그렇지만 말을 꺼내놓은 것이니 무언가는 해야 해서, 어떻게 할까 하고 아이들을 둘러보았다. 그러다가 참나리꽃 화관을 헝클어진 머리에 비뚤게 걸고서 숨을 헐떡거리며 앉아 있는 앤이 눈에 들어왔다. 앤은 급하게 달려오느라 화관이 머리에 걸려 있는 것을 깜빡 잊고 있었던 것이다.

필립스 선생이 심술궂은 표정으로 냉랭하게 말했다.

"앤 셜리! 너는 남자아이들과 노는 걸 꽤나 좋아하는 것 같은데, 오늘 오후에는 네가 좋아하는 것을 하게 해주겠다. 머리에 꽂은 꽃들을 떼어내고 길버트 블라이스 옆에 가서 앉아라."

다른 남자아이들이 킥킥거렸다. 안쓰러운 마음에 다이애나가 하얗게 질려서는 머리에서 꽃을 떼어준 다음 앤의 손을 꼭 잡았다. 앤은 돌처럼 굳어진 채 선생을 빤히 쳐다보았다.

"내 말이 안 들리니?"

필립스 선생이 다그치듯이 물었다.

"들었습니다. 선생님! 그러나 저는 농담으로 하신 말씀이라고 생각했습니다."

앤이 침착하게 대답했다.

"농담 아니다. 지금 당장 시킨 대로 해."

필립스 선생이 비꼬는 말투로 말했다.

모든 아이들이 싫어하는, 특히나 앤이 싫어하는 말투였다. 앤은 아픈 데를 또 찔린 기분이었다.

잠시 동안, 앤은 움직이지 않았다. 하지만 이내 어쩔 도리가 없다는 걸 깨달았는지 건방진 태도로 벌떡 일어나 통로를 건너 길버트 블라이스 옆자리로 갔다. 그리고 의자에 앉아 책상 위에 두 팔을 얹고 얼굴을 파묻어 버렸다.

옆에서 앤을 곁눈질하던 루비 길리스는 집으로 가는 길에 다른 아이들에게 이렇게 말했다.

"그런 얼굴은 정말이지 처음 봤어. 새하얀 얼굴에 작고 빨간 점들이 얼마나 많던지."

앤은 모든 것이 다 끝났다고 생각했다. 똑같이 늦게 들어온 열두 명 중에서 자신만 벌을 받는 것도 참을 수 없는데, 벌칙이란 것이 남자아이 옆에 앉는 거라니! 게다가 그 남자애는 자신에게 말할 수 없는 상처를 입힌 길버트 블라이스 아닌가. 앤은 도무지 견딜 수가 없었다. 아무리 참으려고 애를 써도 온몸이 수치와 분노 그리고 모욕감으로 부글부글 끓었다.

처음에는 아이들이 재미있어 하면서 소곤거리는가 하면 앤의 팔꿈치를 툭툭 찔러댔다. 앤이 계속해서 고개를 들지 않고 길버트도 아무렇지도 않은 듯 분수 문제를 푸는 데 열중하자, 아이들도 이내 자신들의 일로 돌아갔고 앤에게 신경 쓰지 않았다.

필립스 선생이 역사 수업을 시작한다고 했을 때 앤은 자리에서 일어나야 했지만 옴짝달싹도 하지 않았다. 필립스 선생은 수업을 시작하기 전부터 <프리실라에게>라는 시를 쓰고 있었는데 까다로운 운율을 고민하느라 앤은 안중에도 없었다. 그런데 아무도 보지 않을 때 길버트가 책상에서 분홍색 하트 모양 사탕을 꺼내더니 앤의 팔 밑으로 슬쩍 밀어 넣었다. 사탕 위에는 금색으로 '사랑스러운 아이'라고 장식되어 있었다. 그러나 앤은 고개를 들고서 손가락으로 사탕을 조심스럽게 밀어 바닥으로 떨어뜨린 다음 가루가 될 때까지 신발로 짓이겨 버렸다. 그러고는 길버트에게 눈길 한번 주지 않고서 도로 엎드렸다.

수업이 다 끝나자 앤은 자기 책상으로 걸어가더니, 그 안에서 모든 책과 필기판, 펜과 잉크, 성경 등을 다 꺼낸 다음 깨진 석판 위에다 가지런히 챙겨놓았다.

교실 안에서는 물어볼 용기가 나지 않았던 다이애나가 밖으로 나오자마자 물었다.

"앤, 왜 그걸 왜 집으로 가져가는 거니?"

앤이 무표정하게 말했다.

"나 앞으로는 학교에 다니지 않을 거야."

깜짝 놀란 다이애나가 침을 한번 꿀꺽 삼키고 나서 앤을 쳐다보며 물었다.

"아줌마가 그렇게 하도록 하실까?"

앤은 다시 한 번 냉랭하게 말했다.

"그러서야 해. 난 절대로 필립스 선생님이 있는 학교에는 다니지 않을 거야."

다이애나는 울음이 터질 것 같은 얼굴로 말했다.

"어머나, 앤! 그럼 나는 어떻게 해? 필립스 선생님은 아마도 내가 싫어하는 거티 파이를 내 옆에 앉힐 거야. 틀림없다고! 걘 지금 혼자 앉아 있잖아. 앤, 제발 그러지 마! 그냥 학교에 나와, 응?"

앤이 슬픈 목소리로 말했다.

"너를 위해서라면 다른 일은 뭐든 할 수 있어. 하지만 이것만은 안 돼. 그런 부탁은 하지 마. 내가 너무 힘들어."

다이애나가 울먹였다.

"그렇지만 생각해 봐. 앞으로 학교에서 아주 재미있는 일이 많을 거야. 우리는 개울 아래에다 예쁜 소꿉놀이 집을 짓기로 했잖아. 그리고 다음 주에는 공놀이도 할 거잖아. 공놀이 해본 적 없다면서? 앤, 정말 재미있어. 그리고 새로운 노래도 배울 거고, 앨리스가 다음 주에 새 시집을 가져온다고 그랬어. 우리 모두 개울에 앉아 시를 한 편씩 큰 소리로 읽는 거야. 너는 큰 소리로 책 읽는 걸 누구보다도 좋아하잖아……."

뭐라고 해도 앤의 마음은 움직이지 않았다. 이미 마음을 굳힌 후였다. 필립스 선생이 있는 학교는 다시는 가지 않겠다고 단단히 결심했다.

집으로 돌아온 앤은 마릴라에게 학교를 그만 다녀야겠다고 말했다. 마릴라가 어이없다는 표정으로 말했다.

"말도 안 되는 소리 하지도 마."

앤은 진지한 표정으로 마릴라에게 설명하려 했다.

"말도 안 되는 소리가 아니에요. 제 마음을 모르셔서 그래요. 저는 모욕을 당했다고요."

"모욕을 당했다고? 쓸데없는 소리 그만해. 내일 평소대로 학교에 가야 한다."

앤이 굳은 표정으로 나지막하게 말했다.

"아줌마, 저는 학교에 가지 않을 거예요. 집에서 공부할 거고. 최대한 착한 아이가 되도록 애쓸게요. 말도 많이 하지 않을게요. 하지만 학교는 절대로 가지 않을래요."

마릴라는 앤의 얼굴에서 절대로 양보하지 않겠다는 비장함을 읽었다. 이대로 밀어붙였다가는 일이 도리어 커질 것 같다고 생각했다. 그래서 지금 당장은 아무 말도 하지 않는 것이 더 나을 거라는 결론을 내렸다.

'오늘 밤에 레이첼을 찾아가봐야겠어. 지금 앤이랑 실랑이를 해 봐야 소용없을 것 같아. 화가 머리끝까지 난데다 마음을 이미 굳게 먹어서 고집을 꺾을 것 같지 않으니……. 앤이 말하는 걸 들어보니 필립스 선생이 조금은 지나쳤던 것 같아. 어쨌든 레이첼은 아이를 많이 길러보았으니 좋은 해결책을 알고 있을 거야. 하긴 지금쯤이면 레이첼도 앤에 대한 소문을 들어서 알고 있겠지.'

마릴라가 찾아가자 린드 부인은 평소처럼 창가에서 뜨개질을 하고 있었다.

마릴라가 쑥스러워하며 이야기를 꺼냈다.

"제가 왜 왔는지 아시죠?"

린드 부인이 말했다.

"앤이 오늘 학교에서 일으킨 소동 때문이겠지. 조금 전에 틸리 볼 터가 집에 가는 길에 들러서 얘기해 주더라고요."

마릴라가 말했다.

"저 아일 어떻게 해야 좋을지 모르겠어요. 다시는 학교에 가지 않겠대요. 아이가 별난 구석이 있어서 학교에서 무슨 일을 일으키지 않을까 걱정했지만 그동안은 줄곧 잘 지냈거든요. 지금 아이가 무척 예민해져 있어요. 그런데 어쩌면 좋을까요?"

린드 부인은 누군가가 자신에게 조언을 구하는 걸 워낙 좋아했으므로 친절하게 대답했다.

"내 조언이 필요하다니까 하는 말인데요, 나 같으면 일단 아이를 좀 달래겠어요. 우리끼리 하는 이야기이지만 필립스 선생도 잘못하셨더라고요. 물론 아이한테 그렇게 말하면 안 되지만요. 다른 아이들은 앤과 똑같이 벌을 주지 않은데다가 남자아이와 함께 앉는 벌을 주었다니, 적절하지 못했어요. 틸리 볼터도 화를 내면서 앤의 편을 들더군요. 아이들도 모두 앤의 마음을 이해한다고 해요. 어쨌거나 앤이 아이들 사이에서 인기가 좋은 모양이에요. 저는 앤이 애들하고 그렇게 잘 지낼 줄 몰랐어요."

마릴라가 놀라서 물었다.

"그러면 앤을 그냥 집에 두는 게 낫다는 말씀이세요?"

"그렇죠. 나라면 아이가 스스로 학교에 가겠다고 할 때까지 학교 얘길 꺼내지 않겠어요. 마릴라, 그래봐야 일주일 정도 지나면 아이도 털어 버리고 다시 학교에 가겠다고 할 거예요. 오히려 지금 억지로 학교에 보내려고 하면 나중에 또 어떤 변덕이나 말썽을 부릴지 누가 알겠어요? 제 생각엔 단순하게 생각하는 것이 좋을 것 같아요. 학교에 좀 안 나간다고 해서 놓치는 것이 그리 많지도 않을 거예요. 그나저나 필립스 선생은 교사로서는 자격 미달이에요. 교육 방식을 두고 말들이 많아요. 어린 학생들은 무시하고 퀸스 아카데미에 갈 만한 큰 학생들한테만 신경을 쓴다니까요. 그 사람 삼촌이 학교 이사만 아니었다면 학교에 계속 있지도 못했을 거예요. 그 이사라는 사람이 다른 이사들 두 명을 쥐고 흔든다잖아요. 정말이지 우리 섬의 교육이 어떻게 돌아가는 건지 걱정이에요."

린드 부인은 자신이 교육 책임자라면 훨씬 더 잘 꾸려갈 수 있다는 듯이 말하면서 고개를 절레절레 흔들었다.

마릴라는 린드 부인의 충고를 받아들여서 앤에게 학교에 가라는 말을 일절 하지 않았다. 앤은 집에서 공부도 하고 집안일도 했으며, 저녁이면 서늘한 보랏빛 땅거미 속에서 다이애나와 함께 놀기도 했다. 그러나 앤은 길에서나 교회에서 길버트 블라이스를 마주치면 차갑게 무시하는 표정으로 지나쳐 버렸다. 길버트가 앤의 마음을 풀어주려고 눈물겹게 노력했지만 앤은 아랑곳하지 않았다. 다이애나도 가운데 서서 둘을 화해시켜보려고 애를 썼으나 헛수고로 끝나고 말았다. 앤은 죽을 때까지 길버트 블라이스를 용서하지 않으려고 마음먹은 것 같았다.

사랑하는 일과 미워하는 일에 똑같이 격정적인 앤은 길버트를 미워하는 만큼이나 다이애나에게 마음을 쏟았다.

어느 날 저녁, 과수원에서 사과를 한 바구니 따가지고 돌아온 마릴라는 앤이 동쪽 창가에 앉아 슬프게 울고 있는 것을 보았다.

마릴라가 물었다.

"앤, 왜 그래? 무슨 일 있니?"

앤이 슬프게 흐느꼈다.

"다이애나 때문에요. 아줌마, 저는 다이애나를 매우 좋아해요. 다이애나 없이는 살 수 없을 거 같아요. 그런데 다이애나는 커서 결혼을 하고, 먼 데로 떠나겠지요? 그러면 저는 혼자 남을 거고요. 저는 다이애나의 남편이 될 사람이 정말 미워요. 결혼식이며 모든 걸 상상해 봤거든요. 다이애나는 눈처럼 하얀 드레스를 입고 베일을 썼어요. 여왕처럼 아름답고 우아해 보여요. 신부 들러리를 서는 저도 예쁜 드레스를 입었어요. 퍼프소매가 달린 옷이에요. 겉으로는 웃고 있지만 속이 갈기갈기 찢어져요. 그리고 다이애나에게 작별 인사를 해요. '안녕…….' 하고 말예요."

앤의 얼굴은 또다시 일그러졌고, 더 큰 소리로 엉엉 울기 시작했다.

마릴라는 웃음이 나오는 것을 참으려고 입을 꼭 다물었으나 아무 소용이 없었다. 옆에 놓여 있는 의자에 주저앉아 그녀답지 않게 배를 쥐고 큰 소리로 웃기 시작했다. 뜰을 거닐던 매슈가 너무나 오랜만에 들어보는 마릴라의 커다란 웃음소리에 깜짝 놀라 잠깐 멈춰 섰다가 이내 빙긋이 웃음 지었다. 마릴라가 언제 저렇게 크게 웃은 적이 있었던가?

겨우 웃음을 가라앉힌 마릴라가 말했다.

"먼 훗날에 있을 일 때문에 지금 울고 있다니……. 앤, 그렇게 걱정할 게 없으면 집안일이나 살펴보지 그러니? 아무튼 네 상상력은 아무도 못 말릴 정도로 놀라워, 정말 대단해!"

16

다이애나를 초대하여 벌어진 일

에이번리의 10월은 정말 아름다웠다. 자작나무 숲이 황금빛으로 물들어 가고, 언덕 뒤편으로는 붉은색 옷을 입은 단풍나무가 온갖 가을꽃들 속에 파묻혀 불타는 듯 보였다. 오솔길을 따라 늘어선 벗나무들은 검붉은 빛과 청동 빛으로 옷을 갈아입었으며, 가을걷이가 끝난 들판은 햇볕을 쬐고 있었다.

앤은 주위를 둘러싼 아름다운 풍경과 화려한 색깔들 속에서 하루하루를 꿈처럼 보내고 있었다.

어느 토요일 아침이었다. 앤은 곱게 물든 단풍나무 가지를 한 아름 안고서 춤을 추듯이 걸어와 말했다.

"아줌마, 이 세상에 10월이라는 달이 있는 것이 얼마나 좋은지 몰라요. 이 아름다운 달을 두고 9월에서 11월로 건너뛴다면 생활이 얼마나 지루하겠어요. 이 단풍나무 가지들 좀 보세요. 온몸에 전율이 느껴질 정도로 곱지 않나요? 정말 감동적이에요! 이걸로 제 방을 꾸밀 거예요."

딱히 미적 감각이라는 것이 없는 마릴라가 질색하는 듯한 표정으로 말했다.

"밖에서 주워온 것들로 방을 어지럽히겠다고! 지저분해지기만 하니, 아무거나 방에 들여놓지 않도록 해라. 앤, 그건 좋은 버릇이 아니다. 침실은 잠을 자는 곳이야."

"네, 알아요. 그렇지만 꿈을 꾸는 곳이기도 하잖아요. 아줌마, 침실을 아름답게 꾸며놓으면 아름다운 꿈을 꿀 수 있지 않을까요? 이 나뭇가지들을 오래된 파란색 항아리에다 꽂아서 탁자 위에 올려놓을래요."

"아무튼 방을 어지럽히는 건 좋지 않다. 계단 여기저기에 나뭇잎을 흘리지 않도록 조심하고. 그리고 나는 오늘 봉사 모임이 있어서 카모디에 다녀와야 해. 좀 늦을 것 같으니까 네가 매슈랑 제리의 저녁을 차려줘야겠다. 지난번처럼 까먹지 말고, 식탁에 앉기 전에 차부터 우려야 한다."

앤이 미안해하며 말했다.

"네, 그땐 '제비꽃 골짜기'의 이름을 생각하느라 까먹고 말았어요. 저도 제 건방증이 정말 한심해 죽겠어요. 그래도 매슈 아저씨가 많이 도와주셨어요. 혼내지도 않으시고요. 차를 손수 끓이시면서 우려지는 동안 잠깐 기다리면 된다고 하셨어요. 그래서 기다리는 동안 제가 귀여운 요정 이야기를 해드렸어요. 그랬더니 기다리는 것이 하나도 지루하지 않으셨대요. 정말 사랑스런 요정 얘기였는데, 결말을 잊어버려서 끝부분은 제가 마음대로 지어냈어요. 그런데 아저씨는 어디서부터가 지어낸 얘기인지 모르겠다고 하셨어요."

"앤, 매슈는 다 괜찮다고 할 거다. 네가 한밤중에 점심을 차리겠다고 해도 말이다. 그래도 이번에는 정신 똑바로 차리고 해. 그리고 내가 지금 이 말을 하는 게 맞는 건지 모르겠는데…… 아무래도 네가 더 허둥댈까 걱정이 돼서……. 어쨌거나 이따 오후에 다이애나를 집으로 초대해서 차를 마셔도 좋다."

앤이 그 자리에서 뛰어오르며 들뜬 목소리로 말했다.

"아, 아줌마! 그걸 어떻게 상상하셨어요? 제가 그토록 바라온 일을 알아내신 거예요! 손님을 초대해서 차를 마시면서 이야기를 나눈다는 건 생각만 해도 신나요. 뭔가 우쭐하고, 근사해지는 기분이에요. 손님이 있으니까 차 끓이는 일은 까먹지 않겠죠? 그런데…… 저 장미꽃 무늬가 있는 찻잔 세트를 써도 될까요?"

"뭐라고? 그건 절대 안 된다. 다음엔 또 뭘 해달라고 하려고? 그 찻잔 세트는 목사님이나 봉사 모임 때만 쓰는 거야. 늘 쓰는 갈색 찻잔을 쓰도록 해. 하지만 노란색 작은 항아리에 든 체리 잼은 맛이 들 때가 되었으니까 먹어도 된다. 과일 케이크도 잘라서 먹고, 쿠키랑 생강 과자도 꺼내 먹어."

앤이 황홀한 듯 지그시 눈을 감고 말했다.

"식탁에서 차를 따르는 제 모습이 상상돼요. 다이애나는 설탕을 넣지 않는다는 걸 알고 있지만 그래도 설탕을 넣겠냐고 물어볼 거예요. 그리고 나서 과일 케이크랑 쿠키를 더 먹으라고 권할 거예요. 아, 생각만 해도 가슴이 떨려요. 다이애나가 오면 손님방에 데리고 가서 모자를 거기에 벗어놓으라고 해도 될까요? 그다음에는 응접실로……."

"안 된다. 응접실은 어른들이 사용하는 곳이야. 하지만 지난밤에 교회 손님들한테 대접하고 남은 라즈베리 코디얼(cordial: 과일과 설탕이 들어간 농축 음료)이 반 병쯤 있을 거다. 거실 두 번째 선반에. 그걸 쿠키에 곁들여서 마시면 맛있을 거야. 매슈는 감자를 운반하러 갔으니까 식사하러 늦게 올 거고."

앤은 다이애나를 초대하기 위해 골짜기를 쏜살같이 내려가, '드라이어드 샘'을 지나서 '비탈길 과수원집'으로 가는 가문비나무 길을 올라갔다. 숨을 헐떡이며 과수원 비탈길에 도착한 앤은 다이애나에게 차를 마시러 오라며 초대의 말을 전했다.

마릴라가 마차를 타고 카모디로 떠나자마자 다이애나가 파티에 초대받은 사람답게 두 번째로 좋은 드레스를 입고 초록지붕집에 도착했다. 다른 때 같았으면 노크도 하지 않고 부엌문으로 그냥 들어왔겠지만 오늘은 현관에 서서 얌전하게 노크를 했다. 앤도 두 번째로 예쁜 옷으로 갈아입고 있다가 다소곳하게 문을 열어주었다. 두 어린 소녀는 마치 처음 만나는 사이인 것처럼 진지한 태도로 악수를 나누었다.

다이애나가 동쪽 다락방에 가서 모자를 벗어놓은 다음 거실로 와서 차분히 발을 모으고 새침한 표정으로 앉아 있었는데, 그렇게 십여 분의 시간이 지나는 동안에도 두 사람은 어색하지만 진지한 대화를 계속 이어갔다.

"어머니께서는 안녕하신가요?"

앤은 조금 전 과수원에서 활기 있게 사과를 따는 배리 아줌마를 보았지만, 마치 본 적이 없었던 것처럼 정중하게 안부를 물었다.

"네, 덕분에 건강하십니다. 커스버트 씨는 오늘 오후에 감자를 운반하러 릴리샌즈에 가신다면서요?"

그날 아침에 매슈의 마차를 얻어 타고 해먼드 앤드루스 씨 댁에 다녀온 다이애나가 어른들의 말투를 흉내 내며 앤에게 물었다.

"네, 올해는 감자 농사가 정말 잘됐어요. 다이애나의 아버님 농사도 잘되셨겠지요?"

"우리도 수확이 아주 좋아요. 고마워요. 사과는 많이 땄나요?"

어른 흉내를 내던 앤이 갑자기 점잖은 말투를 잊어버린 듯 발딱 일어나며 말했다.

"그럼, 아주 많이 땄지. 다이애나, 우리 과수원에 가서 사과를 따오자. 나무에 남아 있는 건 마음대로 따먹으라고 아줌마가 그러 셨어. 진짜 좋은 분이시지? 차를 마시면서 과일 케이크랑 체리 잼도 함께 먹으라고 하셨고. 아참, 손님에게 대접할 음식을 먼저 말하는 것은 실례인데. 그래도 뭘 마실 건지는 지금 말하지 않을래. 그건 '라'로 시작하고, 색깔이 빨갛다는 것만 말해줄게. 나는 빨간색 음료가 좋아. 너는? 다른 색깔들보다 두 배는 맛있잖아."

두 어린 소녀는 사과가 너무 많이 열려 활 모양으로 휜 나뭇가지들 이 가득한 과수원에서 오후 시간의 대부분을 신나게 보냈다. 아직 서리를 맞지 않은 초록빛 풀밭 위에 앉으니 가을 햇살이 따스하게 내리쬤고, 앤과 다이애나는 사과를 먹으면서 한껏 수다를 떨었다.

다이애나는 앤에게 알려주고 싶은 학교 소식이 너무나 많았다. 다이애나는 거티 파이와 짝이 되어서 속상하다고 하면서, 거티가 연필로 찍찍거리는 소리를 자주 내서 소름이 끼친다고 했다. 루비 길리스는 크리크에 사는 메리 조 할머니가 준 마법의 조약돌 덕분에 사마귀가 다 없어졌는데, 정말 신기하다고 했다. 할머니가 준 조약 돌로 사마귀를 문지른 다음 초승달이 뜬 날 왼쪽 어깨 너머로 던지 면 사마귀가 사라진다는 것이었다. 그리고 찰리 슬론과 엠 화이트의 이름이 현관 벽에 나란히 쓰여 두 사람 다 엄청나게 화를 냈는데, 특히 엠 화이트는 까무러칠 지경이라고! 샘 볼터는 수업 시간에 필립 스 선생한테 건방지게 말대꾸를 했다가 회초리를 맞았는데, 샘의 아버지가 학교에 찾아와서 다시는 아이들에게 손대지 말라고 으름

장을 놓았다고 했다. 그리고 매티 앤드루스는 새로 산 빨간 모자에 술이 달린 파란 망토를 입고 와서 어찌나 잘난 척을 하는지 정말 꼴불견이라면서 다이애나가 몹시 흥분했다. 또 마미 윌슨의 언니가 리지 라이트의 언니 남자 친구를 가로채서, 리지 라이트와 마미 윌슨도 말을 하지 않을 정도로 사이가 나빠졌다고 했다. 그리고 모두들 앤을 많이 보고 싶어 하고, 앤이 다시 학교에 오길 기다린다고 했다. 그리고 길버트 블라이스는……

그리고 나서 다이애나가 길버트 이야기를 하려 했다. 하지만 앤은 길버트 이야기는 듣고 싶지 않다는 듯 벌떡 일어서더니, 들어가서 라즈베리 코디얼을 마시자고 했다.

앤은 거실의 두 번째 선반을 살펴보았지만 라즈베리 코디얼 병이 보이지 않았다. 한참을 찾아보니 선반 맨 위쪽 구석에 있는 병이 눈에 들어왔다. 앤은 그 병을 잔 두 개와 함께 쟁반에 담아 식탁으로 가져왔다.

앤이 손님에게 하듯 정중하게 말했다.

"다이애나, 얼른 마셔봐. 나는 지금은 못 마시겠어. 사과를 많이 먹었더니 배가 너무 불러서."

다이애나는 잔에 코디얼을 가득 따른 다음 놀라는 눈빛으로 그 빨간빛을 한참동안 바라보았다. 그리고 나서 우아하게 한 모금 마시고 나서 말했다.

"이건 진짜 맛있는 라즈베리 코디얼인데. 앤, 라즈베리 코디얼이 이렇게 맛있는 건 줄 몰랐어."

"맛있다니 고마워. 얼마든지 더 마셔도 돼. 난 잠깐 부엌에 가서 불 좀 보고 올게. 집안일은 신경 쓸 게 정말 많아. 그렇지 않니?"

앤이 부엌에서 돌아왔을 때 다이애나는 코디얼을 두 잔째 마시고 있는 중이었다. 앤이 또 권하자 이번에도 사양하지 않고 세 번째 잔을 비웠다. 그렇게 많이 마시는 걸 보니 라즈베리 코디얼이 확실히 맛있긴 한 모양이었다.

다이애나는 정말 맛있다고 하며 계속 칭찬했다.

"내가 마셔본 것 중에서 최고로 맛있어. 린드 아줌마가 그렇게 자랑하는 코디얼보다 이게 훨씬 나은데. 맛이 완전히 달라!"

"그럴 거야. 마릴라 아줌마는 진짜 요리를 잘하시거든. 나한테도 가르쳐주겠다고 하셨지만 나는 요리에는 소질이 없는 것 같아. 몇 번씩이나 가르쳐주셔도 할 때마다 실수를 해. 요리를 하다 말고 상상에 빠져 버리니까. 지난번에는 케이크를 만들었는데, 밀가루 넣는 걸 깜빡했어. 그때 나는 너랑 나에 대한 그지없이 아름답고 사랑스러운 이야기를 생각하고 있었거든. 네가 천연두에 걸려 아주 위독해지자 사람들이 모두 너를 떠나 버렸어. 하지만 나는 용감하게 건강이 회복될 때까지 너를 간호했어. 그런데 이번에는 내가 천연두에 걸려 죽은 거야. 난 저기에 있는 포플러 나무 아래에 묻혔는데, 너는 내 무덤가에 장미나무를 심고, 흐르는 너의 눈물로 물을 줬어. 그리고 너는 너를 위해 목숨을 바친 어린 시절의 친구를 영영 잊지 못하지. 다이애나, 이야기가 너무 슬프지 않니? 케이크 반죽을 젓는데 눈물이 줄줄 흐르더라니까. 그러다가 밀가루 넣는 걸 깜빡해서 케이크를 망쳐 버린 거야. 밀가루가 안 들어간 케이크라니, 말이 안 되잖아. 마릴라 아줌마가 엄청 화를 내셨는데, 그럴 만도 하지. 내가 아줌마 골치를 아프게 할 때가 많거든. 그것뿐인 줄 아니? 지난주엔 푸딩 소스 때문에 또 아줌마를 정말 곤란하게 만들었어. 화요일 점심때 우린 자두 푸딩을 먹었는데, 푸딩은 반쯤 남고 소스도 한 주전자가 남았어. 아줌마는 다음 날 점심때에도 먹을 수 있겠다면서 나더러 뚜껑을 덮어서 식품 저장실에 있는 찬장 선반에 올려두라고 하셨지. 나도 그러려고 했어. 그런데 그걸 들고 가면서 내가 수녀라는 상상을 한 거야. 상처받은 가슴을 안고 베일을 쓴 채 수녀원에서 은둔 생활을 하는 수녀 말이야. 나는 개신교 신자이긴 하지만 상상 속에서는 가톨릭이었어. 그러다가 푸딩 소스에 뚜껑 덮는 걸 깜빡한 거야. 다음 날 아침에야 생각이 나서 식품 저장실로 뛰어갔지. 다이애나! 푸딩 소스 안에 빠져 있는 쥐를 보고 내가 얼마나 자지러졌을지 상상이 가니? 숟가락으로 쥐를 건져 올려서 마당에다 던져 버린 다음에 숟가락을 물로 세 번이나 씻었어. 그때 마릴라 아줌마는 우유를 짜러 나가셨는데, 아줌마가 돌아오시면 소스를 돼지에게 줘도 되느냐고 물어볼 작정이었지. 하지만 아줌마가 돌아왔을 때쯤 나는 또 '얼음 요정'이 되어 숲을 돌아다니면서 나무들이 원하는 대로 빨갛고 노랗게 색을 바꿔준다는 상상을 하고 있었지 뭐니. 그래서 푸딩 소스 이야기를 한다는 걸 잊어버렸는데, 마침 아줌마가 나에게 사과를 따오라고 심부름을 보내신 거야. 그리고 그날 아침에 스펜서베일에서 체스터 로스 부부가 우리 집에 오신 거야. 너도 알지? 굉장히 세련되고 점잖은 분들이잖아. 특히 로스 부인 말이야. 마릴라 아줌마가 불러서 가보니 점심 식사가 다 차려져 있었고 모두들 식탁 앞에 앉아 있더라고. 그래서 난 최대한 예의 바르게 행동하려고 했지. 로스 부인에게 별로 예쁘진 않아도 다소곳한 아이라는 인상을 주고 싶었거든. 아줌마가 한 손에 자두 푸딩을 들고 또 다른 한 손에 따뜻하게 데운 푸딩 소스 주전자를 들고 나오기 전까지만 해도 모든 것은 잘 돌아갔어. 그런데 다이애나! 정말 끔찍한 순간이었어. 나는 그제야 모든 게 다 생각나서 그만 자리에서 일어나 비명을 지르고 만 거야. '아줌마, 그 푸딩 소스는 안 돼요. 쥐가 빠졌었단 말예요. 말씀드린다는 걸 깜빡 잊었어요!' 아아, 다이애나! 내가 백 살까지 산다 해도 그 무시무시한 순간을 절대 잊지 못할 거야. 로스 부인이 나를 가만히 쳐다보는데 어찌나 부끄럽던지 마루 밑으로라도 기어 들어가고 싶은 심정이었어. 로스 부인은 완벽한 주부라는데 우리를 어떻게 생각하겠어. 마릴라 아줌마는 얼굴이 벌겋게 달아올랐지만 한마디도 하지 않더라고. 그냥 소스랑 푸딩을 들고 나가시더니 딸기 잼을 갖고 오셨어. 나한테도 덜어줬지만 한 입도 삼킬 수가 없었지. 머리 꼭대기에서 불이 활활 타오르는 것 같더라니까. 나중에 로스 부인이 돌아가고 난 다음에 엄청나게 혼났어. 어, 다이애나! 왜 그러는 거야?"

다이애나가 비틀거리며 일어서다가 다시 두 손으로 머리를 감싸쥐며 주저앉아 버렸다.

"아, 이상해. 속이 안 좋아."

다이애나의 발음이 약간씩 엉겼다.

"나…… 너무 아파. 이제 집으로 가야겠어."

앤은 실망스러워하는 말투로 말했다.

"아직 차도 마시지 않았어. 말도 안 돼. 지금 바로 준비할게. 차를 얼른 끓이면 돼."

다이애나는 어눌한 목소리로 같은 말만 되풀이했다.

"나…… 집으로 가야겠어."

"잠깐만! 간식 얼른 내올게. 과일 케이크랑, 쿠키랑……. 소파에 잠깐 누워 있으면 나아질 거야. 어디가 아픈 거야?"

앤이 아무리 붙잡아도 다이애나는 같은 말만 계속했다.

"나…… 집에 가야겠어."

앤이 따져 물었다.

"손님이 차도 마시지 않고 가는 법이 어디 있어? 다이애나, 네가 진짜 천연두에 걸렸다고 생각하는 거야? 그렇다면 내가 널 간호해 줄게. 날 믿어도 돼. 나는 절대로 네 곁을 떠나지 않을 거야. 그래도 차를 마실 때까지는 같이 있어줬으면 좋겠는데. 어디가 안 좋은데?"

다이애나는 비틀대며 다시 일어섰다.

"어지러워서 그래. 집에 가야겠어."

앤은 몹시 실망했지만 다이애나의 모자를 챙겨준 다음 배리 씨네 마당 울타리까지 데려다주었다. 그리고 초록지붕집으로 돌아오면서 내내 훌쩍거렸다.

앤은 울적해진 얼굴로 남은 라즈베리 코디얼을 찬장에다 가져다 놓고 매슈와 제리가 마실 차를 준비했다.

다음 날은 일요일이었고, 새벽부터 종일 비가 줄기차게 내려 앤은 집에서 꼼짝도 할 수가 없었다. 월요일 오후에는 마릴라가 앤에게 린드 부인 댁에 다녀오라는 심부름을 시켰다. 그런데 잠시 후에 앤이 눈물을 펑펑 쏟으며 오솔길을 달려왔다. 그리고 부엌으로 뛰어 들어오더니 소파에 얼굴을 파묻고는 몸을 떨며 흐느꼈다.

마릴라는 걱정 섞인 목소리로 물었다.

"앤, 무슨 일로 그러는 거야? 린드 부인에게 성질부리고 못되게 행동한 건 아니지?"

앤은 대답도 없이 점점 더 격렬하게 울기만 했다.

"앤, 물으면 대답을 해야지. 얼른 똑바로 앉아서 왜 우는지 이야기 해 보거라."

앤은 똑바로 앉아서 흐느끼며 말했다.

"린드 아줌마가 조금 전에 배리 아줌마 댁에 다녀오셨는데, 배리 아줌마가 엄청 화가 나셨더래요. 배리 아줌마는 토요일에 제가 다이애나에게 술을 먹여서 취하게 만들었다고 하셨대요. 그러면서 제가 행실이 나쁘고 못된 아이라 더 이상 다이애나하고 놀지 못하게 하겠다고 말씀하셨대요. 아줌마, 전 어떻게 해요? 너무나 슬퍼서 죽을 것만 같아요."

마릴라는 어리둥절한 얼굴로 앤에게 물었다.

"다이애나를 취하게 만들었다고……? 그게 무슨 말이니? 다이애나에게 무얼 마시게 한 거야?"

앤은 여전히 흐느꼈다.

"라즈베리 코디얼밖에 안 줬어요. 라즈베리 코디얼을 마시고 취하게 될 줄은 몰랐어요. 다이애나가 큰 잔으로 석 잔을 마시기는 했지만요. 정말…… 토머스 씨 같았어요. 다이애나를 취하게 만들 생각은 조금도 없었다고요."

"취하다니, 말이 안 되는데! 이상한 일도 다 있네."

마릴라는 중얼거리며 거실로 가서 선반 위를 살펴보았다. 그런데 선반 위에는 3년 전에 담근 포도주 병이 놓여 있는 것이 아닌가! 마릴라의 포도주 담그는 솜씨는 에이번리에서 소문이 자자할 정도로 뛰어났다. 하지만 마을에는 포도주 담그는 것을 좋지 않게 생각하는 사람들이 있었는데, 배리 부인도 그들 중 하나였다. 마릴라는 그제야 자기가 라즈베리 코디얼을 거실 선반이 아니라 지하실에 두었다는 것을 떠올렸다.

마릴라는 포도주 병을 가지고 부엌으로 돌아오면서 웃음이 터져 나오는 것을 간신히 참았다.

"앤, 너는 일을 저지르는 데는 천재적이구나. 네가 다이애나에게 준 건 라즈베리 코디얼이 아니라 포도주였어. 코디얼이랑은 맛이 다르지 않더냐?"

앤이 대답했다.

"저는 마시지 않았거든요. 라즈베리 코디얼인 줄로만 알았어요. 저는 진짜…… 잘 대접하고 싶었어요. 다이애나는 너무 아프다면서 집에 가야 한다고 했어요. 다이애나가 곤드레만드레가 되어 돌아왔다고 배리 아줌마가 린드 아줌마한테 말씀하셨대요. 무슨 일이냐고 물으니까 실실 웃다가 자기 방으로 가서 곯아떨어졌다나 봐요. 숨 쉴 때 냄새가 나서 술에 취한 걸 알게 되셨대요. 다이애나는 어제 온종일 머리가 아프다며 누워 있었고 배리 아줌마는 무지하게 화가 나셨나 봐요. 배리 아줌마는 제가 일부러 그런 것이 아니라고 해도 안 믿어주실 것 같아요."

마릴라가 퉁명스럽게 말했다.

"다이애나도 참! 그렇게 욕심을 부려서 석 잔씩이나 마시다니 ……. 나 같았으면 큰 잔으로 석 잔씩이나 마시는 다이애나를 혼내 주었을 거다. 아무리 코디얼이었다고 해도 그렇게 큰 잔으로 석 잔을 마시면 속이 좋지 않을 거다. 그나저나 그동안 포도주 담그는 것을 못마땅하게 생각하던 사람들 입에 꽤나 오르내리겠구나. 목사님이 별로 안 내켜하신다는 걸 알고서 3년 동안이나 포도주를 담그지 않았는데……. 그건 약으로 쓸까 해서 한 병 보관해 둔 거였다. 이제 그만 울어라. 일이 이렇게 된 건 안타깝지만 네 잘못은 아니다."

앤이 말했다.

"하지만 울지 않을 수가 없어요. 운명의 별이 저와 다이애나를 헤어지게 만들었나 봐요. 우리가 처음 만나서 우정을 맹세했을 땐 이런 일이 일어날 거라고는 상상도 하지 못했어요."

"앤, 바보 같은 소리 좀 그만해. 배리 부인도 네가 일부러 그런 게 아니란 걸 알게 되면 오해를 푸실 거야. 배리 부인은 아마도 네가 짓궂게 장난을 쳤다고 생각하고 화가 나셨을 거다. 오늘 저녁에 가서 사실대로 말씀드리면 되잖니?"

앤이 한숨을 쉬며 말했다.

"화가 잔뜩 나셨을 텐데, 배리 아줌마를 마주할 용기가 나지 않아요. 아줌마, 저 대신 가주시면 안 될까요? 저보다 훨씬 위엄이 있으시잖아요. 제 얘기보단 아줌마 말을 훨씬 더 잘 들어주실 것 같아요."

마릴라도 그게 낫겠다는 생각이 들었다.

"그게 좋겠다. 그래, 내가 다녀오마. 앤, 이젠 그만 울고 얼굴을 닦아. 잘될 거다."

하지만 '비탈길 과수원집'에서 돌아오며, 마릴라는 자기가 이번 일을 너무나 가볍게 생각했다는 것을 깨달았다.

앤은 문밖에서 마릴라가 돌아오는 것을 기다리다가 쏜살같이 뛰어나와 기운 없는 목소리로 말했다.

"아, 아줌마의 얼굴에 일이 잘 안 되었다고 쓰여 있네요. 배리 아줌마가 저를 용서하지 못한다고 하셨나요?"

마릴라는 딱딱한 말투로 말했다.

"배리 부인도 참! 아무리 이야기를 해도 알아듣지를 못하더구나. 이제까지 만난 사람 중에 최악이었다. 네가 일부러 그런 게 아니라고 해도 소용없었다. 오히려 내가 포도주를 담가두었다고 트집을 잡지 않겠니? 그래서 나도 포도주는 그렇게 큰 잔으로 석 잔씩이나 마시는 게 아니라고 말해 줬다. 내 아이가 그렇게 욕심을 부렸다면 정신이 번쩍 들 만큼 혼쭐을 내줬을 거라고도 했다."

마릴라가 화가 나서 앤을 문밖에 세워둔 채 부엌으로 들어가 버리자, 현관에는 한없이 상심한 어린 영혼만 덜렁 남게 되었다.

잠시 후에 앤은 마음을 단단히 먹고서 모자도 쓰지 않은 채 가을 땅거미가 내린 숲길을 걸어갔다. 시든 토끼풀 들판을 지나고 통나무 다리를 건너 가문비나무 숲을 지나는 동안 서쪽 숲에 낮게 걸린 창백하고 작은 달이 앤을 비춰주었다. 마침내 배리 씨네 집 문 앞에 이르렀다. 문을 두드리는 소리를 듣고 나온 배리 부인은 창백한 얼굴에 애절한 눈빛으로 서 있는 앤을 보았다.

배리 부인의 표정이 굳어졌다. 배리 부인은 편견이 심하고 호불호가 분명해서, 일단 화가 나면 냉정하기 짝이 없었다. 더욱이 부인은 앤이 일부러 다이애나를 취하게 했다고 믿었으므로 이런 못된 아이와 어울리게 해서는 안 되겠다고 굳게 마음먹었던 것이다.

"무슨 일이니?"

배리 부인이 차갑게 물었다.

앤은 두 손을 모아 쥐고 애원하듯이 말했다.

"배리 아줌마, 저를 용서해 주세요. 저는 정말 다이애나에게 술을 마시게 할 생각이 전혀 없었어요. 제가 어떻게 그러겠어요? 만일 아줌마가 어느 친절한 사람에게 맡겨진 고아이고, 그 고아가 세상에서 제일 마음에 맞는 친구를 사귀었다고 생각해 보세요. 일부러 그 친구를 취하게 하시겠어요? 저는 그것이 라즈베리 코디얼인 줄로만 알았어요. 배리 아줌마, 다이애나와 놀지 말라는 말씀은 하지 말아 주세요. 만일 그렇게 하신다면 제 마음은 슬픔으로 가득 차 숨도 제대로 쉬지 못할 거예요."

린드 부인이 이런 말을 들었으면 금세 마음이 풀렸을 테지만 배리 부인에게는 짜증만 돋웠을 뿐 아무런 효과가 없었다. 오히려 거창한 단어와 과장된 몸짓이 거슬렸고, 자신을 놀리는 것만 같았다. 그래서 배리 부인은 딱 잘라서 아주 차갑게 말했다.

"그만둬라. 나는 네가 다이애나와 어울리기에 적합하지 않다고 생각한다. 앞으론 행동 똑바로 하고, 얼른 집으로 돌아가거라."

앤의 입술이 떨렸다.

"다이애나를 한 번만 만나게 해주세요. 작별 인사라도 하고 싶어서요."

"다이애나는 아버지를 따라 카모디에 갔다."

배리 부인은 말을 마치고는 안으로 들어가 문을 쾅 닫아 버렸다. 앤은 절망에 빠졌지만 도리어 침착하게 초록지붕집으로 돌아왔다.

앤이 마릴라에게 말했다.

"마지막 희망마저 사라졌어요. 저는 배리 아줌마께 사과하러 갔어요. 하지만 용서해 주시지는 않고 모욕만 주셨어요. 아줌마, 배리 아줌마는 좋은 분이 아닌 것 같아요. 이젠 기도를 하는 수밖에 없겠지요. 하지만 기도를 해도 별 소용이 없을 거예요. 그렇게 고집이 센 부인은 하느님도 어쩔 도리가 없을 것 같아요."

"앤, 말을 함부로 하면 안 돼!"

마릴라는 앤을 꾸짖기는 했지만 속으로는 웃음이 나와 참는 것이 힘들었다.

그날 밤에 마릴라는 매슈에게 사건의 자초지종을 들려주고 나서 결국 웃음을 터트리고 말았다.

하지만 마릴라는 잠자리에 들기 전에 위층으로 살며시 올라갔다. 울다가 지쳐 잠이 든 앤의 얼굴을 바라보는 마릴라의 얼굴에 평소에 잘 짓지 않던 부드러운 표정이 떠올랐다. 마릴라는 눈물 자국이 남은 얼굴에 흩어져 있는 머리카락을 손으로 쓸어주고는 앤의 뺨에 대고 살짝 입을 맞추었다. 그러면서 나지막하게 중얼거렸다.

"가엾은 것……."

7
새로운 즐거움이 생기다

다음 날 오후에 창가에서 조각보를 만들고 있던 앤이 무심코 창밖을 내다보았다. 그런데 '드라이어드 샘' 옆에서 다이애나가 손짓을 하고 있는 것이 아닌가. 앤은 튀어 오르듯 일어나 단숨에 골짜기 밑으로 달려갔다. 앤의 눈에는 놀라움과 희망이 뒤섞여 있었지만, 다이애나의 기운 없는 얼굴을 보는 순간 모든 기대가 사그라지고 말았다.

앤이 숨을 헐떡이며 말했다.

"엄마가 아직도 화를 안 푸셨어?"

다이애나가 슬픈 얼굴로 고개를 끄덕거렸다.

"그래, 엄마는 너하고 다시는 놀지 말래. 내가 울면서 네가 잘못한 게 아니라고 계속 말씀드려도 아무 소용이 없어. 그러면 작별 인사를 할 수 있는 시간이라도 달라고 조르고 졸라 겨우 허락받았는데, 시간이 10분밖에 안 돼. 아마 지금 시간을 재고 있을 거야."

앤의 눈에 눈물이 그렁그렁해졌다.

"10분 안에 영원한 작별 인사를 해야 한다고……? 어떻게 그럴 수가 있어? ……다이애나, 더 좋은 친구가 생기더라도 어린 날의 친구인 나를 잊지 않겠다고 약속해 줄래?"

다이애나가 울먹였다.

"그래, 그럴 거야. 정말이야. 나에게 진실한 친구는 너밖에 없어. 다른 친구는 사귀고 싶지도 않아. 누구라도 너만큼 사랑하지는 못할 거야."

앤이 두 손을 모은 채 울음을 터트렸다.

"아, 다이애나! 정말 나를 사랑하니?"

"당연히 사랑하지. 그걸 몰랐단 말이야?"

앤이 긴 숨을 내쉰 다음 말했다.

"물론…… 네가 나를 좋아한다는 건 알았지만 사랑까지 하는 줄은 몰랐어. 다이애나, 내가 누군가에게 사랑받게 될 줄은 몰랐어. 난 지금까지 사랑받아 본 기억이 없거든. 아, 나는 지금 너무 행복해. 다이애나, 사랑받는다는 건 이렇게 멋진 거구나! 이 사랑은 암흑 같은 세상을 비춰주는 영원한 등불이 될 거야. 다이애나, 한 번 더 그 말을 해주겠니?"

다이애나가 다시 한 번 분명히 말했다.

"앤, 너를 진심으로 사랑해. 그리고 앞으로도 내 사랑은 변하지 않을 거야. 믿어줘."

앤이 진지한 표정으로 한 손을 뻗고서 엄숙하게 말했다.

"다이애나, 나도 그대를 영원히 사랑할 것이오. 그대와 함께한 기억은 우리가 책에서 읽었던 것처럼, 외로운 내 인생에서 별처럼 반짝일 거요. 다이애나, 영원히 간직할 수 있도록 그대의 검은 머리칼을 조금 잘라줄 수 있겠소?"

짐짓 꾸며낸 듯한 말투로 사랑을 약속하는 앤의 말을 듣고서 눈물을 흘리고 있던 다이애나가 현실로 돌아왔는지, 눈물을 닦으며 물었다.

"그런데 머리카락을 어떻게 자르지?"

"마침 내 앞치마 주머니에 가위가 있어. 조금 전에 조각보를 만들고 있었거든."

앤은 다이애나의 곱슬머리를 조심스럽게 한 줌 자르고 나서, 마지막 맹세를 하듯 읊조렸다.

"내 사랑하는 친구, 잘 가요. 앞으로 우리는 곁에 있더라도 서로 모르는 사람처럼 지내야 하오. 하지만 나는 영원히 변치 않고 그대에게 충실할 거요. 친구여, 안녕……."

앤은 그 자리에 서서 점점 멀어져 가는 다이애나의 모습을 하염없이 바라보며, 다이애나가 뒤를 돌아볼 때마다 애처롭게 손을 흔들었다. 앤은 짧은 시간이었지만 그래도 로맨틱한 이별을 했다고 생각하며 마음을 달랬다.

초록지붕집으로 돌아온 앤이 마릴라에게 말했다.

"다 끝났어요. 앞으로는 절대로 친구를 사귀지 않을 거예요. 진실한 친구와 이별하고 나니 예전보다 훨씬 더 외롭고 비참해요. 지금은 케이트 모리스도 비올레타도 없으니까요. 혹시 있다 해도 예전 같진 않을 거예요. 진짜 친구를 사귀고 나니까 상상 속의 친구들로는 만족할 수가 없어요. 다이애나와 저는 샘물가에서 정말이지 가슴 아픈 작별 인사를 나눴어요. 그 모습은 제 기억 속에 영원히 남을 거예요. 제가 생각할 수 있는 가장 슬픈 단어들을 썼고 '그대'라는 표현도 썼어요. '너'라는 말보다 '그대'라는 말이 훨씬 더 로맨틱하잖아요. 다이애나는 저한테 머리카락을 조금 주었어요. 저는 그걸 작은 주머니에 넣어서 꿰맨 다음 평생 동안 목에 걸고 다닐 거예요. 아줌마, 제가 죽으면 함께 무덤에 넣어 주세요. 저는 오래 살지 못할 것 같거든요. 제가 죽어서 싸늘하게 누워 있는 걸 보면 배리 아줌마도 모욕적으로 대한 걸 후회하지 않을까요? 그리고 다이애나를 제 장례식장에 보내줄지도 모르고요……."

마릴라가 어이없어하며 말했다.

"네가 그렇게 떠드는 걸 보니 죽을 걱정은 안 해도 될 것 같다."

다음 주 월요일 아침, 앤이 책을 넣은 바구니를 옆구리에 끼고 입을 꼭 다문 채 방에서 내려와 마릴라를 깜짝 놀라게 했다. 놀란 마릴라 앞에서 앤이 선언하듯이 말했다.

"오늘부터 다시 학교에 갈래요. 이제는 할 수 없잖아요. 진실한 친구와 작별했으니, 저한테 남은 건 학교뿐이네요. 학교에 가면 다이애나를 볼 수 있고, 우리의 추억을 떠올리면서 상상도 할 수 있을 테니까요."

마릴라는 속으로 다행이라고 생각했지만 겉으로는 전혀 내색하지 않은 채 따끔하게 말했다.

"앤, 학교 공부나 수학 생각을 하는 편이 낫지 않니? 그리고 학교에 가서 또 친구 머리를 석판으로 내리친다든가 하는 말썽은 부리지 않겠지? 행동 조심하고, 선생님 말씀 잘 들어야 한다."

앤이 울적한 얼굴로 고개를 끄덕였다.

"모범생이 되도록 노력할게요. 재미는 없겠지만요. 필립스 선생님은 미니 앤드루스가 모범생이라고 했지만, 미니는 상상력이나 반짝이는 아이디어가 부족해요. 따분하고 지루한데다 시시할 뿐이에요. 하지만 저도 지금은 우울하니까 모범생이 되는 게 쉬울지도 모르겠네요. 그리고 큰길로 돌아서 학교에 가려고요. '자작나무 길'을 혼자서 걸을 순 없을 것 같아요. 그랬다간 펑펑 울고 말 테니까요."

앤이 학교에 가자 친구들이 크게 환영해 주었다. 아이들은 게임을 할 땐 앤의 상상력을 아쉬워했고, 노래를 할 땐 낭랑한 앤의 목소리를 떠올렸으며, 점심시간에 책을 소리 내어 읽을 때는 앤의 연극적인 몸짓과 말투를 그리워했던 것이다.

루비 길리스는 성경 공부 시간에 앤에게 자두 세 개를 살그머니 건네주었고, 엘라 메이 맥퍼슨은 아이들에게 한창 인기였던 식물 카탈로그 표지에서 오려낸 노란 팬지꽃을 책상 장식으로 주었다. 소피아 슬론은 앞치마 가장자리에 어울릴 만한 우아한 레이스 뜨개 패턴을 새로 가르쳐주겠다고 나섰다. 케이트 볼터는 석판 글씨를 지우는 데 쓰는 물을 담으라고 향수병을 주었고, 줄리아 벨은 모서리를 물결 모양으로 오린 연분홍색 종이에 정성껏 베껴 쓴 시를 주었다.

앤에게

황혼이 커튼을 드리우며
별 하나를 반짝일 때
그대의 친구를 기억하라
그가 비록 방황의 길을 걸을지라도.

앤은 생각지도 못했던 환영을 받고서 좋아서 어쩔 줄 몰라 했다. 그날 밤, 앤은 너무나 기쁜 나머지 마릴라한테 마구 떠들어댔다.
"인정받는다는 건 정말 근사한 일이에요. 친구들이 환영해 주니까 얼마나 좋은지 모르겠어요."

여자아이들만 앤을 환영해 준 것이 아니었다. 점심시간이 끝난 다음, 앤은 필립스 선생이 짝으로 정해준 모범생 미니 앤드루스 옆자리로 가서 앉았다. 그런데 책상 위에 크고 탐스러운 스트로베리 사과(Strawberry apple: 19세기 뉴욕 원산의 북미 종으로 좀 큰 빨간색 사과이고 현대에는 생산되지 않고 개량종이 가끔 재배된다.) 한 개가 놓여 있는 것이 아닌가. 앤은 사과를 집어 들어 한 입 베어 먹으려 했는데, 순간 에이번리에서 스트로베리 사과를 재배하는 곳은 '반짝이는 호수' 저편에 있는 길버트 블라이스 댁 과수원밖에 없음을 깨달았다. 앤은 마치 불에 덴 것처럼 사과를 다급하게 내려놓고는 보란 듯이 손수건으로 손을 문질러 닦았다. 다음 날 아침까지 사과는 그 자리에 그대로 놓여 있었고, 결국 학교 청소를 하고 난로를 피우는 꼬마 티모시 앤드루스가 웬 떡이냐는 듯 날름 가져가 버렸다.

다음 날 점심시간이 끝나고 난 후에는 찰리 슬론이 석판 분필을 빨간색과 노란색이 섞인 줄무늬 종이로 포장하여 선물했다. 보통 분필은 1센트인 데 비해 2센트나 하는 비싼 것이었다. 앤은 그것을 정중히 받아 들고서 답례로 환한 미소를 지어 보였다. 그렇지 않아도 앤에게 마음을 빼앗기고 있던 찰리 슬론은 그 미소에 푹 빠지는 바람에 받아쓰기를 엉망으로 망치고 말았다. 그래서 찰리 슬론은 방과 후에 남아 시험을 다시 치르는 벌을 받아야만 했다. 하지만 앤의 속마음은 다른 쪽을 향해 있었다.

시저의 화려한 날들은 브루투스의 일격에 스러져 버리고
로마는 오로지 로마 최고의 아들만을 기억할 뿐이로다.

이 시구(영국 시인 바이런의 시 <차일드 해럴드의 순례>에서 인용한 구절처럼 거티 파이의 옆에 앉아 있는 다이애나에게만은 어떤 선물이나 환영 인사도 받지 못했기 때문에 앤의 기쁨은 그저 반쪽짜리에 지나지 않았다.

그날 밤 집에 돌아온 앤은 학교에서 아이들로부터 환영받았던 이야기를 마릴라에게 하다가, 갑자기 우울해진 목소리로 말했다.

"아줌마, 다이애나 말이에요……. 그래도 저를 보고 한 번쯤은 웃었을지도 몰라요. 그렇죠……?"

하지만 다음 날 아침, 꼬깃꼬깃 접은 쪽지와 작은 꾸러미 하나가 앤에게 전해졌다.

앤에게

엄마는 학교에서도 너랑 놀거나 얘기하면 안 된다고 하셨어. 그러니까 내가 못 본 척한다고 섭섭해 하지 않았으면 해. 나는 여전히 널 사랑하고 있으니까. 내 마음은 절대 변하지 않아. 내 모든 비밀을 털어놓을 수 있는 네가 너무 그리워. 그리고 거티 파이는 정말이지 마음에 안 들어.

너한테 주려고 빨간 종이로 새 책갈피를 만들었어. 이게 요즘 학교에서 굉장히 인기가 많은데, 이걸 만들 줄 아는 사람은 딱 세 명뿐이야. 이걸 볼 때마다 날 기억해 줘.

너의 진정한 친구,
다이애나 배리

앤은 쪽지를 읽고 나서 쪽지에 입을 맞추었다. 그리고 곧 바로 답장을 써서 건너편에 앉은 다이애나에게 보냈다.

내 사랑, 다이애나에게

물론 난 너를 원망하거나 섭섭해 하지 아나. 넌 어머니 말씀을 따라야 하니까. 그래도 우리는 마음을 나눌 수 있자나.

네가 준 예쁜 선물은 영원히 간직할게. 미니 앤드루스는 상상력은 업지만 착하고 조은 아이야. 그래도 너와 진실한 우정을 나눈 내가 미니의 단짝 친구가 될 순 업서. 마니 나아지긴 했다지만 아직 내 철자법이 엉망이지? 이해해 줘.

죽음이 우리를 갈라노을 때까지
그대의 앤, 또는 코델리아 셜리

추신: 네 편지를 오늘 밤에 베개 미테 놓고 잘 거야.

A. 혹은 C. S.

앤이 다시 학교에 나가자 마릴라는 또 무슨 일이 생기지 않을까 걱정했다. 그러나 모범생인 미니와 짝이 되어서 그런지 그 뒤로는 별일 없이 학교생활을 잘해 나가는 것처럼 보였다. 이후로는 필립스 선생과도 아주 잘 지냈다.

앤은 무슨 과목이든 길버트 블라이스에게 지지 않겠다고 결심하고 공부에 매달렸다. 그러다 보니 둘의 경쟁이 다른 사람들의 눈에도 띄게 되었다. 그것을 선의의 경쟁이라 생각하는 길버트에게는 잘된 일이었지만, 안타깝게도 앤에게는 그렇게 잘된 일이 아니었다. 길버트에 대한 앙금이 사라지지 않았기 때문이다. 앤은 누군가를 사랑할 때 한없이 마음이 커지는 만큼, 미워하는 마음 또한 남다르게 격렬했다.

앤은 길버트와 학교 성적으로 경쟁하고 있다는 사실을 절대로 인정하지 않으려 했다. 그렇게 되면 자신이 끈질기게 무시하고 있는 길버트의 존재를 스스로 인정하는 꼴이 되기 때문이다. 하지만 분명히 둘은 불꽃 튀는 경쟁을 벌였고 엎치락뒤치락하면서 1등자리를 주고받았다. 길버트가 철자 시험에서 1등을 하면, 다음 시험에서는 앤이 길게 땋아 내린 빨강 머리를 획 젖히며 길버트에게 패배를 안겼다. 어떤 날 아침에 길버트가 수학 시험에서 만점을 받아 칠판에 이름이 적히면, 다음 날 아침에는 소수점 연산과 밤새 씨름한 앤이 1등을 차지했다. 동점으로 둘의 이름이 나란히 칠판에 적히는 끔찍한 날도 있었다. 그건 아이들이 놀린답시고 출입문 벽에 '주목'이라는 글씨와 함께 이름을 써놓는 것만큼이나 최악이었고, 길버트가 뿌듯해하는 하는 만큼 앤에게는 치욕스러운 일이었다.

매달 말에 월말고사를 볼 때면, 교실 안에 감도는 긴장감이 말로 표현 못 할 정도로 팽팽했다. 첫 달에는 길버트가 3점을 앞서 1등을 했고, 다음 달에는 앤이 5점 차이로 1등을 거머쥐었다. 하지만 길버트가 다른 아이들이 다 있는 자리에서 진심으로 축하해 주는 바람에 우쭐해져 있던 앤의 기분을 망쳐 버리고 말았다. 길버트가 약이 오른 모습이었다면 기분이 훨씬 좋았을 텐데 하고 앤은 생각했다.

필립스 선생은 그리 훌륭한 교사가 아니었지만, 앤처럼 배우려는 의지가 강한 학생이라면 어떤 선생을 만나더라도 성적이 좋을 수밖에 없을 것이다.

학기 말이 되어 앤과 길버트는 둘 다 5학년으로 올라갔고 라틴어와 프랑스어, 그리고 기하와 대수 같은 기초 교양과목을 배우게 되었다. 앤은 기하를 공부하면서 인생의 쓴맛을 보았다.

앤은 투덜거리면서 마릴라에게 하소연했다.

"기하는 너무나 골치 아픈 과목이에요. 뭐가 뭔지 하나도 모르겠어요. 기하에는 상상할 거라곤 전혀 없어요. 필립스 선생님이 가르쳤던 학생 중 제가 최악의 열등생이래요. 그런데 길버…… 아니, 어떤 애들은 아주 잘해요. 정말 창피해 죽겠어요. 아줌마, 다이애나도 저보다 잘한다니까요. 물론 다이애나에게 지는 건 괜찮지만요. 지금은 서로 말도 하지 않고 모르는 척하고 지내지만, 꺼지지 않는 불꽃처럼 여전히 사랑하고 있으니까요. 아, 다이애나를 생각하면 정말 슬퍼져요. 아줌마! 그래도요…… 이렇게 재밌는 세상에서 너무 오래 슬퍼하면 안 되는 거잖아요? 그렇죠?"

18

앤이 아픈 아이를 구하다

큰 사건은 사소한 일에서 비롯되는 경우가 적지 않다.

캐나다의 총리가 프린스에드워드 섬에 와서 연설을 하게 된 것은 얼핏 생각하기에 초록지붕집의 앤과는 아무런 관계가 없는 일이었다. 그러나 그 일은 앤에게 또 다른 변화를 가져다주는 계기가 되었다.

총리가 프린스에드워드 섬을 방문한 것은 1월이었다. 샬럿타운에서 열린 대규모 집회에는 열렬히 지지하는 후원자는 물론이고 격렬히 반대하는 사람들까지 모여들어 인산인해를 이루었다. 특히 에이번리 사람들 대부분은 총리의 정당을 지지했으므로 집회가 있던 날 밤에 거의 모든 남자들과 상당수의 여자들이 50킬로미터나 떨어진 샬럿타운으로 몰려갔다.

린드 부인도 물론 빠지지 않았다. 부인은 총리가 속한 정당을 지지하지는 않았지만 어쨌든 정치에 큰 관심을 가지고 있었으므로 집회에 참석하는 것을 너무나 당연하게 생각했다. 그래서 말을 돌봐야 하는 남편과 함께 가기로 했으며, 마릴라 커스버트에게도 같이 가지 않겠느냐고 제안했다. 마릴라도 은근히 정치에 관심이 있는데다 총리를 직접 볼 수 있는 기회라는 생각이 들어, 린드 부인의 제안에 흔쾌히 응했다. 그래서 마릴라는 앤과 매슈에게 다음 날까지 집을 잘 부탁한다면서 샬럿타운으로 향했다.

마릴라와 린드 부인이 집회에서 시간을 보내는 동안 앤과 매슈는 초록지붕집의 부엌에서 시간을 보내고 있었다. 오래된 벽난로에서는 빨간 불꽃이 타올랐고 유리창에는 하얀 성에가 끼어 수정처럼 반짝였다. 매슈는 소파에 앉아 〈농민의 대변자〉라는 잡지를 읽다가 꾸벅꾸벅 졸고 있었고, 앤은 공부에 집중하기 위해 식탁에 앉아 있었다. 앤의 마음 한구석에서는 그날 제인 앤드루스가 빌려준 새 책을 읽고 싶은 마음이 굴뚝같았다. 더군다나 제인 앤드루스가 책을 빌려주면서 긴장감이 있는데다 감동까지 주는 책이라고 큰소리를 친 터라, 앤은 공부하던 것을 멈추고 책을 집고 싶어서 손이 덜덜 떨릴 지경이었다. 하지만 그랬다가는 내일 1등을 길버트에게 빼앗길 것이 뻔했기 때문에 마음을 다잡고서 빌린 책을 올려놓은 시계 선반을 보지 않으려고 아예 등을 지고 앉았다. 그리고는 그곳에 책이 없다고 상상하려고 애를 썼다.

"아저씨도 학교 다닐 때 기하 공부를 하셨나요?"

꾸벅꾸벅 졸던 매슈가 설핏 깨어서 대답했다.

"아, 아니. 배운 적이 없단다."

앤은 한숨을 쉬었다.

"하셨더라면 좋았을 텐데……. 그러면 제 마음이 어떤지 아셨을 거예요. 기하 공부를 해본 적이 없다면 잘 모르실 수도 있거든요. 기하 공부는 너무나 어려워서 제 생활의 즐거움을 빼앗아 가요. 제 인생에 드리워진 먹구름 같아요. 기하 공부를 하다 보면 제가 돌대가리는 생각이 들어요."

매슈가 앤을 달래듯이 말했다.

"글쎄다. 하지만 너는 무엇이든 다 잘하지 않니? 지난주에 카모디에 갔다가 블레어 상점에서 필립스 선생을 만났는데, 네가 아주 영특한데다 하루가 다르게 실력이 쑥쑥 늘고 있다고 칭찬하시더라. '쑥쑥 늘고 있다.'는 말은 선생이 한 말 그대로야. 테디 필립스 선생이 교사로서 시원찮다고 수군대는 사람들이 많지만, 내가 보기엔 괜찮은 것 같았어."

매슈는 앤을 칭찬하는 사람이라면 누구라도 괜찮은 사람이라고 생각할 것이 뻔했다.

매슈의 말에 앤이 불만을 쏟아냈다.

"선생님이 기호만 바꿔 쓰지 않아도 기하 공부를 조금은 더 잘할 수 있을 거예요. 명제를 기껏 외웠는데 선생님이 책에 나온 거랑 다른 기호를 칠판에 쓰면 완전히 헷갈려 버려요. 선생님이라도 그렇게 마음대로 하면 안 되는 거 아닌가요? 참, 요즘은 농업도 배우는데요, 에이번리의 길이 왜 빨갛게 보이는지 그 이유를 드디어 알게 되었어요. (프린스에드워드 섬의 토양에 철이 많이 함유되어, 산화작용으로 인해 붉은 녹색을 띤다고 한다.) 알고 나니 정말 기분이 좋더라고요. 아저씨, 마릴라 아줌마와 린드 아줌마는 재밌게 보내고 계실까요? 린드 아줌마가 그러는데요, 지금 오타와에서 돌아가는 꼴을 보면 캐나다는 망해 가고 있는 거래요. 유권자들이 그걸 심각한 경고로 받아들여야 한다고 하셨어요. 여자들에게도 투표권이 생기면 세상이 더 빨리 좋아질 거라고도 하셨고요. 아저씨는 어느 당을 지지하세요?"

매슈는 망설이지도 않고 짧게 대답했다.

"보수당이지."

보수당에 투표하는 건 매슈에게 있어 종교와도 같았다.

그러자 앤도 단호하게 말했다.

"그럼 저도 보수당 할래요. 잘됐네요. 왜냐하면 길버…… 아니, 학교에서 몇몇 남자애들이 자유당 쪽이라고 했거든요. 필립스 선생님도 아마 자유당일 거예요. 프리시 앤드루스의 아버지가 자유당이니까요. 루비 길리스가 그러는데요, 남자가 결혼을 하려면 종교는 여자 쪽 어머니를 따르고 정치는 여자 쪽 아버지를 따르는 것이 좋대요. 아저씨, 그 말이 정말인가요?"

매슈가 대답했다.

"글쎄다, 나는 잘 모르겠는데."

앤이 매슈에게 물었다.

"아저씨도 여자한테 프러포즈를 해본 적 있으세요?"

매슈는 살면서 그런 생각을 해본 적이 한 번도 없었다.

"글쎄다……. 아니, 없는 것 같아."

앤은 두 손으로 턱을 괸 채 생각에 잠겼다.

"아저씨, 꽤 흥미진진할 것 같지 않나요? 프러포즈 말이에요. 루비 길리스는요, 나중에 크면 남자 친구들을 잔뜩 사귄 다음 마음대로 휘둘러서 전부 자기한테 홀딱 빠지게 할 거래요. 하지만 그러면 너무 정신없을 것 같지 않나요? 제 생각에는 그냥 올바른 사람 한 명만 있으면 될 것 같은데 말이에요. 루비 길리스는 언니들이 많아서 그런지 이런 문제엔 모르는 게 없어요. 린드 아줌마 말로는 길리스 씨네 딸들은 남자들이 바로바로 데려간대요. 필립스 선생님은 공부를 도와준다는 핑계로 저녁마다 프리시 앤드루스를 만나러 가요. 하지만 미란다 슬론도 퀸스 아카데미에 가려고 준비 중이라 도움이 필요할 거예요. 그런데도 선생님은 미란다를 만나러 가진 않아요. 미란다가 프리시보다 훨씬 더 공부를 못하는데 말이에요. 아저씨, 정말이지 세상에는 제가 이해할 수 없는 일들이 너무 많아요."

매슈가 말했다.

"그러게. 나도 이해가 다 되지는 않아."

"아무튼 전 하던 공부를 마저 끝내야겠어요. 공부를 다 끝낼 때까지 제인이 빌려준 저 새 책을 절대 펼치지 않을 거예요. 하지만 정말 참기 힘든 유혹이긴 해요. 아저씨, 책을 등지고 앉았는데도 자꾸 눈앞에 어른거린다니까요. 제인은 저 책을 읽고 펑펑 울었대요. 저는 다 읽고 나면 눈물이 나는 책이 정말 좋아요. 아무래도 저 책을 거실 찬장에 넣어놓고 잠가야겠어요. 아저씨께 열쇠를 맡길게요. 그러니 제가 공부를 다 끝낼 때까지 저한테 열쇠를 주시면 안 돼요. 제가 무릎 꿇고 빌더라도 절대 주지 마세요. 혼자서 유혹을 이겨낸다는 게, 말처럼 쉽지가 않아서요. 그래도 제 손에 열쇠가 없으면 아무래도 더 쉽게 유혹을 뿌리칠 수 있을 것 같아요. 아저씨, 지하 창고에 가서 러셋 사과(Russet apple: 갈색의 거친 껍질을 가지고 있으며 보관이 쉽다.) 좀 가져올까요?"

"글쎄…… 좀 먹어볼까?"

사실 매슈는 평소에 러셋 사과를 입에도 대지 않았다. 그렇지만 앤이 좋아한다는 걸 알기에 한 말이었다.

앤이 사과를 가득 담은 접시를 가지고 지하실에서 올라오는데, 밖에서 누군가가 얼어붙은 길을 다급하게 달려오는 소리가 들렸다. 그러더니 이내 부엌문이 발칵 열렸다. 앤이 문 쪽을 바라보니, 하얗게 질린 다이애나가 뛰어 들어오는 것이 아닌가. 숨이 턱까지 차오른 다이애나는 머리에 아무렇게나 숄을 두른 채였다.

앤은 화들짝 놀라 사과 접시와 촛불을 바닥에 떨어뜨렸다. 초와 사과를 담은 접시는 지하 계단으로 나동그라졌다. 이튿날 마릴라는 지하실 바닥을 청소하면서 찐득찐득하게 녹아 있는 기름 속에 박힌 사과와 깨진 접시 조각, 초 등을 발견하고는 집에 불이 나지 않은 게 천만다행이라며 가슴을 쓸어내렸다.

앤이 다이애나를 향해 외쳤다.

"웬일이니, 다이애나? 어머니가 화를 푸셨니?"

다이애나는 발을 동동 굴러가며 말했다.

"아니야! 앤, 나를 좀 도와줘! 미니 메이가 많이 아파. 메리 조 언니 말로는 후두염이래. 엄마랑 아빠는 샬럿타운에 가서서 의사를 부르러 갈 사람이 없어. 미니 메이는 너무 아픈데, 메리 조는 어떻게 해야 좋을지 모르겠다고 해. 앤, 어떻게 해야 해? 난 너무 무서워!"

매슈는 말없이 모자와 외투를 집어 들고는 다이애나를 지나쳐 어두운 뜰로 나갔다.

앤이 서둘러서 모자와 외투를 챙기며 말했다.

"매슈 아저씨가 카모디에 가서 의사 선생님을 모셔 오려고 마차를 묶으러 가시는 거야. 아무 말 하지 않아도 난 알 수 있어. 매슈 아저씨와 나는 마음이 통하기 때문에 서로의 생각을 읽을 수 있거든."

다이애나가 울먹이며 말했다.

"카모디에도 의사 선생님이 안 계실 거야. 블레어 선생님과 스펜서 선생님은 샬럿타운에 가셨어. 메리 조 언니는 아무것도 모른다고 하고, 린드 아줌마도 안 계시잖아. 앤, 이제 어떻게 해야 하지?"

앤은 다이애나를 위로하며 씩씩하게 말했다.

"울지 마, 다이애나! 후두 기관지염에 걸렸을 때 어떻게 해야 하는지, 내가 잘 알고 있어. 내가 전에 해먼드 아줌마 댁에서 쌍둥이 세 쌍을 돌보아주었다고 얘기한 적 있지? 그때 아기들 병이 어떻다는 것을 알았거든. 아이들을 돌보다 보면 경험이 쌓이니까. 잠깐 기다려 봐. 이페칵(ipecac: 토근제, 설사약 종류) 병을 가져갈게. 너희 집에는 없을지도 모르니까. 자, 이제 가자."

두 사람은 손을 꼭 잡고 '사랑의 오솔길'을 지나 얼어붙은 들판을 달렸다. 숲속 지름길은 눈이 너무 쌓여 갈 수가 없었다. 진심으로 미니 메이가 걱정되긴 했지만 앤은 이 상황이 몹시 로맨틱하게 느껴졌고, 다시 한 번 친구와 추억을 나눌 수 있다는 것이 무척 달콤했다.

그날 밤은 세상이 온통 흰 눈으로 덮여 있었다. 칠흑 같은 어둠 속에서 비탈진 언덕이 은빛으로 반짝이고 있었다. 커다란 별들이 고요한 들판을 비추었고, 마른 나뭇가지 사이로 매서운 바람이 윙윙 소리를 내며 지나갔다. 앤은 오랫동안 만나지 못했던 마음의 친구와 이 신비롭고 사랑스러운 풍경 속을 지나가는 것이 너무 기뻐서 가슴이 콩콩거렸다.

세 살배기 미니 메이는 상태가 몹시 좋지 않았다. 불덩이 같은 몸으로 부엌 소파에 누워 숨을 헐떡이고 있었다. 미니 메이의 거친 숨소리가 집 안 전체를 울렸다.

크리크 출신의 메리 조는 통통하고 얼굴이 동그란 프랑스계 아가씨였다. 배리 부인이 집에 없을 때 아이들을 돌보기 위해 고용되었는데, 너무나 당황한 나머지 무엇을 해야 할지 몰라 쩔쩔 매면서 허둥지둥하기만 했다. 아마도 이런 일에는 경험이 없는 것 같았다.

앤이 익숙하게 움직이기 시작했다.

"미니 메이는 후두 기관지염에 걸린 게 맞아. 상태가 좋지 않지만, 난 더 심한 경우도 본 적이 있어. 우선 물을 끓여줘. 다이애나, 주전자에 물이 한 컵 정도밖에 없어. 자, 내가 채웠어. 그리고 메리 조 언니는 난로에 장작을 더 넣어주세요. 기분 나쁘게 할 생각은 없지만 이 정도는 미리 해뒀어야죠. 다이애나! 난 이제 미니 메이의 옷을 벗기고 침대에 눕힐 테니까, 넌 부드러운 플란넬 천을 좀 찾아다 줘. 그리고 우선 이페칵을 먹여야 해."

미니 메이는 이페칵을 잘 받아먹으려 하지 않았지만, 쌍둥이를 세 쌍이나 돌본 경험이 있는 앤에게 그런 일은 아무것도 아니었다. 그날 밤 여러 차례에 걸쳐 이페칵을 먹이며 두 소녀는 아파하는 미니 메이를 정성껏 돌보았다. 메리 조도 걱정스러운 얼굴로 내내 불을 지폈고, 후두염 환자 병동에서 다 쓰고도 남을 만큼의 물을 데우는 등 최선을 다했다.

매슈가 의사와 함께 도착한 것은 새벽 3시가 넘어서였다. 의사를 찾으러 스펜서베일까지 가야 했던 것이다. 그러나 의사가 도착했을 때는 위험한 고비를 넘긴 뒤였다. 미니 메이는 편안한 숨을 쉬면서 깊이 잠들어 있었다.

"미니 메이가 점점 숨이 가빠졌을 때 금방 숨이 넘어가는 줄 알았어요. 질식사할지도 모른다는 생각이 들어서 병에 든 이페칵을 모두 먹였어요. 마지막 한 방울까지 탈탈 털어서 먹이고 나니 더 이상 할 게 없더라고요. 다이애나나 메리 조 언니한텐 걱정할까 봐 말도 못하고, 제 마음을 다잡기 위해서 속으로 이렇게 말했어요. '이게 마지막 남은 희망인데, 헛되이 끝날까 두렵구나.' 그런데 3분 정도 지나니까 기침을 하면서 가래를 토해내더니 조금씩 좋아지기 시작하는 거예요. 그때서야 조금 마음이 놓였어요. 선생님, 그때의 기분은 어떻게도 표현할 수가 없네요. 세상엔 말로 설명할 수 없는 일들도 있잖아요."

앤을 바라보고 있던 의사가 고개를 끄덕이며 말했다.

"그럼 알고 있지."

의사는 앤에게서 말로 표현할 수 없는 어떤 감정을 느낀 것 같았다. 나중에 배리 부부가 돌아왔을 때 의사는 이렇게 이야기했다.

"커스버트 씨네 그 빨강 머리 아이 말이에요, 굉장히 영리하더군요. 그 아이가 미니 메이를 살린 거예요. 저는 너무 늦게 도착했거든요. 그 아이가 아니었다면 정말이지 어떤 변을 당했을지 몰라요. 나이도 어린 아이가 어떻게 그처럼 침착하게 응급처치를 했는지 정말이지 깜짝 놀랐어요. 저한테 상황을 설명하는데, 눈빛이 예사롭지 않더라고요."

하얗게 서리가 내려 반짝이는 새벽에 밤을 샌 앤은 집으로 돌아왔다. 한숨도 자지 못해 눈꺼풀이 무거웠지만 하얀 들판을 건너고, 단풍나무로 뒤덮여 마치 동화의 한 장면처럼 반짝이는 '사랑의 오솔길'을 지나갈 때는 여전히 매슈에게 쉼 없이 재잘거렸다.

"아저씨, 멋진 아침이지요? 하느님은 아름다운 작품을 만드시는 것 같아요. 그렇죠? 저 나무들은요, '후!' 하고 입김을 불면 날아가 버릴 것 같아요. 흰 눈이 내리는 세상에 살고 있어서 정말 좋아요. 그렇지 않으세요? 그리고 이 세상에서 겪는 일은 모두 좋은 일인 것 같아요. 해먼드 아줌마 댁에서 쌍둥이를 돌봐준 적이 없었다면 저는 미니 메이를 어떻게 돌봐야 할지 몰랐을 테니까요. 지금 생각하니, 해먼드 아줌마한테 또 쌍둥이를 낳았다고 신경질을 부렸던 게 정말 죄송하네요. 그런데 아저씨! 저 너무 졸려서 학교에 못 갈 것 같아요. 눈도 못 뜨고 멍청하게 있을 것 같아서요. 하지만 제가 결석하면 길버…… 아니, 다른 아이가 1등을 차지해 버릴 거고, 다시 따라잡는 것이 힘들 거예요. 물론 힘들게 따라잡을수록 만족감은 더 커지지만요."

매슈가 앤의 하얗고 자그마한 얼굴과 눈 밑의 짙은 그림자를 바라보며 대답했다.

"그래도 넌 잘할 거야. 걱정하지 말고 푹 자도록 해. 집안일은 내가 알아서 할 테니까."

앤은 집에 돌아오자마자 잠이 들었는데, 얼마나 곤히 잤는지 눈을 떴을 때는 하얀 땅 위로 장밋빛 햇살이 비추는 오후였다.

앤이 부엌으로 내려오니, 그새 집에 돌아온 마릴라가 뜨개질을 하고 있었다.

"아줌마! 잘 다녀오셨어요? 총리는 보셨어요? 어떻게 생겼어요?"

마릴라가 말했다.

"글쎄, 생김새는 그저 그렇더라. 코가 어찌나 이상하게 생겼든지! 하지만 연설은 참 잘하더라. 내가 보수당을 지지하는 게 자랑스러웠다. 물론 자유당을 지지하는 린드 부인은 별로 좋아하지 않았지만. 앤, 점심을 오븐 안에 넣어두었어. 찬장에 보면 설탕에 잰 자두도 있고. 배고프겠다. 어서 꺼내먹으렴. 어젯밤 일을 매슈에게 들었다. 네가 아기를 어떻게 돌보는지 알고 있었으니, 다행이었지. 나도 후두 기관지염에 걸린 사람을 본 적이 없어서 허둥거렸을 텐데. 자, 일단 점심부터 먹고 이야기하자. 하고 싶은 말이 많다고 네 얼굴에 쓰여 있는데, 참아보도록 해."

실은 마릴라도 앤에게 해주고 싶은 이야기가 있었다. 그러나 밥 먹기 전에 이야기하면 앤이 흥분하여 제대로 먹지 못할 것이 뻔해서 꾹 참았다.

이윽고 앤이 설탕에 잰 자두까지 먹고 나자 마릴라가 입을 열었다.

"앤, 아까 배리 부인이 오셨었다. 너를 만나러 오셨는데 내가 깨우지 않았어. 배리 부인은 네가 미니 메이를 살려준 것에 대해 정말 고마워하셨어. 지난번 포도주 사건도 미안하다고 하셨고. 네가 일부러 다이애나를 취하게 한 게 아니라는 걸 알았다며 용서해 달라고 하시더라. 그리고 다시 다이애나와 사이좋게 지냈으면 좋겠다고 하시더구나. 나는 너만 좋다면 오늘 그 댁으로 너를 보내주겠다고 했지. 다이애나는 어젯밤 일로 감기에 걸려 밖엘 나가지 못한다고 하니, 보고 싶으면 네가 저녁에 가보도록 해. 앤, 제발 그렇게 흥분하지 말고."

하지만 마릴라의 주의는 하나마나였다. 감격한 앤은 당장 하늘로 날아오를 것처럼 자리에서 벌떡 일어나더니, 불꽃처럼 활활 타오르는 것 같은 얼굴로 외치듯이 말했다.

"아, 아줌마! 지금 당장 갔다 와야겠어요. 설거지는 이따가 할게요. 이렇게 가슴 벅찬 순간에 전혀 로맨틱하지 않은 설거지 같은 일에 저를 묶어둘 순 없어요."

마릴라는 기꺼이 허락했다.

"그래, 어서 다녀와. 어, 저런! 앤, 너 제정신이니? 모자도 안 쓰고 외투도 안 입고 나가면 어떻게 해? 세상에! 바람처럼 과수원을 가로질러 가는 것 좀 봐. 머리도 온통 풀어헤치고선. 감기나 걸리지 않으면 다행이겠네."

그날 저녁, 앤은 눈 덮인 들판을 지나 보랏빛 겨울 노을을 등에 지고 춤을 추듯이 돌아왔다. 멀리 남서쪽 저녁 하늘 위로 커다란 별이 진주처럼 영롱하게 반짝였다. 눈 쌓인 언덕 사이로 차가운 공기를 가로지르며 들려오는 썰매의 방울 소리가 마치 장난꾸러기 요정의 종소리 같았다. 하지만 그 소리도 앤의 마음과 입술에서 새어나오는 노랫소리보다 달콤하지는 못했다.

앤이 들뜬 표정으로 말했다.

"아줌마, 저는 지금 더할 나위 없이 행복해요. 정말 완벽해요.

물론 머리카락이 빨간 색이기는 하지만, 지금 이 순간만큼은 그런 건 전혀 문제가 되지 않아요. 배리 아줌마가 저에게 입을 맞추면서 우셨어요. 정말 미안하다면서 어떻게 갚아야 할지 모르겠다고 하셨어요. 저는 어떻게 해야 좋을지 몰라 당황스러웠지만 아주 공손하게 대답했어요. '배리 아줌마, 전 섭섭한 거 없어요. 제가 일부러 다이애나를 취하게 한 게 아니란 것만 다시 한 번 말씀드리고 싶어요. 그리고 지난 일들은 모두 망각의 망토로 덮어 버리겠어요.' 라고요. 아줌마, 이 정도면 꽤 품위 있게 말한 거 맞죠? 꼭 원수를 은혜로 갚아준 느낌이었어요. 그리고 저는 다이애나와 진짜 재밌게 놀았어요. 다이애나는 카모디의 이모님한테 배운 거라면서 세련된 모양으로 코바늘 뜨는 방법을 알려줬어요. 에이번리에서 그 방법을 아는 사람은 저희 둘밖에 없어요. 아무한테도 가르쳐주지 말자고 약속했어요. 그리고 장미 화환이 그려진 예쁜 카드도 줬는데요, 이런 시가 적혀 있어요.

내가 그대를 사랑하는 만큼 그대도 나를 사랑한다면
죽음 외에는 그 무엇도 우리를 갈라놓을 수 없으리.

아줌마, 이 말은 진짜 맞는 것 같아요. 그리고 학교에 가면 필립스 선생님한테 우릴 같이 앉게 해달라고 부탁드리고 싶어요. 거티 파이는 미니 앤드루스랑 앉으면 되거든요. 그리고 우리는 차를 우아하게 마셨어요. 배리 아줌마는 저에게 손님용 찻잔에다 차를 주셨어요. 아주 비싸 보이는 잔이었어요. 그런 대접을 받은 건 처음이었는데, 제가 진짜 손님이 된 것 같아 감동적이었어요. 그리고 과일을 넣어서 만든 파운드케이크랑 도넛도 먹고 잼도 두 가지나 먹었어요. 배리 아줌마는 저에게 '차를 더 따를까?' 하고 물으신 다음, '여보, 앤에게 비스킷 좀 주실래요?'라고 하셨어요. 어른인 양 대접 받는 것만으로도 이렇게 기분이 좋은데, 정말 어른이 된다면 얼마나 멋지고 근사할까요?"

마릴라가 짧게 한숨을 쉬며 말했다.

"그건 잘 모르겠다."

앤은 이어서 계속 조잘댔다.

"아줌마, 아무튼 제가 어른이 되면 어린 여자아이들한테도 어른 대접을 해줄 거예요. 그리고 과장해서 말한다 해도 절대 비웃지 않을 거예요. 비웃음을 당하면 얼마나 가슴 아픈지 겪어봐서 잘 알거든요. 차를 마신 다음에 다이애나랑 태피(taffy: 설탕을 녹여 만든 무른 사탕)를 만들었어요. 그런데 망쳤어요. 저희 둘 다 만들어본 적이 없어서 그랬던 것 같아요. 다이애나가 접시에 버터를 바르는 동안 제가 태피를 저었어야 했는데 깜빡 잊어서 홀랑 태워 버린 데다 태피를 식히려고 펼쳐둔 접시를 고양이가 밟아 버려서 모두 다 버려야만 했어요. 하지만 태피를 만드는 건 아주 재미있었어요. 그리고 제가 돌아올 때 배리 아줌마는 가능한 자주 놀러 오라고 말씀하셨고, 다이애나는 제가 '사랑의 오솔길'을 걸어오는 내내 창가에 서서 키스를 날려주었어요. 마릴라 아줌마, 오늘 밤은 기도를 정말 잘할 수 있을 거 같아요. 오늘 있었던 일들에 감사하면서, 아주 특별하고 새로운 기도문을 생각해 놔야겠어요."

19

발표회도 가고, 조세핀 할머니도 만나고

2월의 어느 날 저녁, 앤이 동쪽 다락방에서 허겁지겁 달려 내려와 말했다.

"아줌마, 저 다이애나한테 잠깐 갔다 와도 될까요?"

마릴라가 못마땅하단 투로 무뚝뚝하게 말했다.

"날이 어두워졌는데 왜 또 나가려고 해? 다이애나랑 매일 학교에서 같이 오고, 오늘도 눈 속에 서서 30분도 넘게 재잘거렸잖아. 그런데도 또 무슨 할 이야기가 남은 거야?"

앤이 말했다.

"하지만 다이애나가 저를 만나 할 얘기가 있대요. 중요한 일이 있나 봐요."

"그걸 어떻게 아니?"

"창가에서 방금 신호를 보내왔어요. 우리는 촛불과 마분지를 가지고 보내는 신호를 정해 두었거든요. 창가에 촛불을 세워두고 그 앞을 종이로 가렸다 떼었다 하는 거예요. 그러면 불이 깜빡거리게

194 빨강 머리 앤

되잖아요. 촛불이 깜빡이는 횟수에 따라 뜻이 달라지는데, 많이 깜빡거리면 그만큼 중요하단 신호예요. 아줌마, 제가 생각해 낸 아이디어예요."

마릴라가 화가 난 듯한 목소리로 말했다.

"당연히 그렇겠지. 그러다가 커튼에 불이라도 붙으면 어떡하려고 그렇게 말도 안 되는 짓을 하는 거야?"

"우리가 얼마나 조심하는데요. 아줌마, 이 촛불 신호 정말 재미있어요. 두 번 깜빡이면 '너 보고 있니?' 라는 뜻이고, 세 번 깜빡이면 '응.' 이라는 뜻이에요. 그리고 네 번은 '아니.' 라는 뜻이고, 다섯 번은 '중요하게 할 이야기가 있으니까 최대한 빨리 와줘.' 라는 뜻이에요. 그런데 방금 전에 다이애나가 다섯 번 깜빡였거든요. 그러니까 무슨 일인지 궁금해서 죽을 것 같단 말이에요."

마릴라가 비꼬듯이 말했다.

"죽을 것 같다는데, 다녀와야지 어떡하겠니. 하지만 십 분 안에 돌아와야 한다. 알겠지?"

앤은 잊지 않고 약속 시간을 지켰다. 중요한 이야기를 십 분 안에 듣고서 돌아오기 위해 앤이 얼마나 고생했는지는 아무도 알지 못할 것이다. 하지만 적어도 중요한 말은 다 듣고 왔다.

앤이 흥분한 말투로 말했다.

"아줌마, 무슨 이야기인지 아세요? 글쎄, 내일이 다이애나의 생일이래요. 그런데 다이애나의 어머니가 저더러 내일 학교에서 돌아오면 다이애나랑 같이 놀다가 집에서 자고 가라고 초대하셨다지 뭐예요. 게다가 내일은 다이애나의 사촌들이 내일 밤에 열리는 토론 클럽의 발표회에 참가하러 뉴브리지에서 커다란 썰매를 타고 온대요. 그런데 다이애나와 저도 데려가 주겠대요. 물론 아줌마가 허락하시면요.

아줌마, 허락해 주실 거죠? 아, 너무 기대되어 생각만 해도 가슴이
두근거려요."

마릴라가 앤의 말에 대꾸했다.

"기대할 것 없다. 너는 못 가니까. 잠은 집에서 자야 해. 그리고
토론 클럽의 발표회에 가는 걸 나는 반대한다. 어린 여자애들은
그런 곳엘 가는 게 아니야."

"토론 클럽은 훌륭하고 점잖은 모임이래요."

"토론 클럽이 나쁘다는 게 아니다. 하지만 밤늦게까지 돌아다니
는 게 좋지 않다는 거다. 어린 여자애들에게 좋지 않은 영향을 주니
까. 배리 부인도 참, 그런 곳에 다이애나를 보내려 한다니 이해할
수 없구나."

앤이 금방이라도 울음을 터트릴 것 같은 얼굴로 말했다.

"하지만 이런 일이 자주 있는 건 아니잖아요. 일 년에 한 번, 그것도
다이애나의 생일이잖아요. 프로그램도 모두 다 유익한 것뿐이래요.
프리시 앤드루스는 〈오늘 밤에는 통행금지 종을 울리지 마세요〉를
낭송한대요. 정말 교훈적인 작품이라서 배울 게 많을 거 같아요.
합창단은 찬송가처럼 아름답고 순수한 노래를 네 곡이나 부른대
요. 아줌마, 그리고 목사님도 오신다고 했어요. 정말이에요. 목사님
이 연설을 하실 거래요. 목사님 연설은 설교 말씀이나 마찬가지잖아
요. 아줌마, 제발 가게 해주세요."

"내 말 안 들리니? 어서 올라가 자거라. 벌써 여덟 시가 넘었다."

앤은 최후의 수단이란 듯 이렇게 말했다.

"아줌마, 한 가지 더 있어요. 다이애나가 그랬는데, 배리 아줌마가
우리를 손님 침대에서 자도 좋다고 하셨대요. 아직 어린 제가 손님
침대에서 자는 거라고요. 아줌마의 귀여운 앤이 손님방에서 자는

영광을 누린다고 생각해 보세요."

"그런 일로 영광스러워 할 거 없다. 손님방 말고 네 방에서 자는 게 더 영광이야. 앤, 이제 더 이상 말하지 말고 올라가서 자!"

앤이 눈물을 줄줄 흘리면서 계단을 올라가자, 그들이 이야기를 하는 동안 의자에 깊숙이 기대앉아 잠이 든 것 같던 매슈가 눈을 뜨고 단호하게 말했다.

"마릴라, 앤을 보내주는 게 어때?"

그 말에 마릴라가 화를 내며 쏘아붙였다.

"안 돼요! 도대체 저 아이를 누가 키운다고 생각하세요? 매슈예요, 저예요?"

매슈가 인정했다.

"그거야 물론 네가 키우는 거지."

"그러면 간섭하지 마세요."

"간섭하려는 게 아니다. 내 생각을 말하는 거지. 내 생각으론 앤을 보내주는 게 좋을 것 같아."

마릴라가 기세 좋게 말했다.

"앤이 원하기만 하면 달나라라도 보내고 싶으시죠? 뻔하죠, 뭐. 다이애나네 집에서 하룻밤 자는 것은 허락할 수도 있어요. 그렇지만 발표회에 가는 건 안 돼요. 거기에 갔다가 감기에 걸릴지도 모르고, 머릿속에 엉뚱한 것들이 차서는 공연히 쓸데없는 생각이나 할 거라고요. 더구나 흥분을 잘하는 저 아이는 적어도 일주일은 붕 떠서 지낼 게 뻔해요. 저 아이의 기질이 어떤지, 그리고 저 아이를 위하는 일이 무엇인지는 매슈보다 내가 더 잘 안다고요."

그러나 매슈는 끈질기게 할 말을 했다.

"나는 네가 앤을 보내줘야 한다고 생각해."

매슈는 논쟁을 잘하는 것은 아니지만 고집만큼은 대단해서 자신의 의견을 말하면 쉽게 꺾으려 하지 않았다. 그런 성질을 아는지라 마릴라는 한숨만 쉬며 입을 다물어 버렸다.

이튿날 아침, 앤이 설거지를 하고 있을 때 매슈는 헛간으로 나가려다 말고 잠깐 멈춰서더니 마릴라에게 다시 말했다.

"마릴라, 앤을 가게 해줘."

기가 막혀서 할 말을 잃어버린 마릴라는 당황한 나머지 해서는 안 될 말을 순간적으로 뱉고 말았다.

"그래요, 앤을 보낼게요. 그래야 마음이 편하시다면."

그러자 앤은 기름이 뚝뚝 떨어지는 행주를 쥔 채로 부엌에서 달려 나왔다.

"아줌마, 아줌마! 다시 한 번만 말씀해 주세요."

"한 번 말한 걸로 충분하다. 하지만 명심해. 이건 매슈가 결정한 일이니, 나는 무슨 일이 일어나도 책임지지 않을 거다. 네가 남의 침대에서 잠을 자고 오밤중까지 야단법석으로 놀다가 감기에 걸려도 내 탓은 하지 마라. 그건 매슈 책임이니까. 앤, 마룻바닥에 온통 기름 물을 떨어뜨리고 있잖니. 어휴, 너처럼 조심성 없는 애는 처음 본다. 그만 좀 덜렁거려!"

앤이 재빨리 사과했다.

"죄송해요, 아줌마. 제가 아줌마에게 골칫거리라는 거 알아요. 실수를 너무 많이 하니까요. 그렇지만 실수할 만했는데도 하지 않은 실수들도 있었잖아요. 마룻바닥은 학교에 가기 전에 모래를 뿌려서 깨끗하게 닦아놓을게요. 아줌마, 마음이 벌써 발표회에 가 있어요. 저는 아직 한 번도 발표회에 가본 적이 없어서 다른 여자애들이 그 얘길 하면 소외당하는 느낌이었거든요. 그때 제가 어떤 마음이었는지 아줌마는 모르셨죠? 하지만 아저씨는 아시는 것 같아요. 아저씨가 이렇게 저를 잘 이해해 주시다니…… 제 마음을 알아주는 분이 있어서 정말 행복해요."

앤은 그날 정신이 완전히 딴 데 가 있어서 수업에 전혀 집중하질 못했다. 철자 시험은 물론이고 암산 시험에서도 길버트가 1등을 했지만 앤한테는 문제가 되지 않았다. 앤은 발표회에 간다는 것과 손님방에서 잔다는 생각만으로 들떠 있어서 평소와 달리 굴욕감조차 느끼지 않았다.

앤과 다이애나는 온종일 발표회에 대한 이야길 하면서 잠시도 입을 다물고 있지 않았다. 필립스 선생이 좀 더 엄하게 아이들을 훈육했다면 그날 두 아이는 크게 혼이 났을 것이었다.

그날은 대부분의 아이들이 발표회 이야기만 했기 때문에 앤이 만약 발표회에 가지 못하게 되었더라면 정말이지 견디기 힘들었을 것이다. 에이번리의 토론 클럽은 겨울 동안 2주에 한 번씩 간단하게 모임을 여는데, 그동안은 무료로 소소한 공연을 해왔다. 그런데 이번에는 도서관을 후원하는 큰 행사여서 10센트의 입장료를 내야 했다. 에이번리에 사는 젊은이들은 몇 주 동안이나 발표회 준비를 했고, 학생들은 자신의 언니나 오빠들이 참가했기 때문에 특별히 관심이 많았다. 캐리 슬론만 빼고 아홉 살이 넘는 아이들은 모두 참석할 참이었다. 캐리 슬론의 아버지는 마릴라처럼 어린 여자애들이 밤에 열리는 행사에 가는 걸 내켜하지 않아 허락하지 않았다. 캐리 슬론은 오후 내내 문법책에 얼굴을 파묻고 더 이상 살 이유가 없다면서 울먹였다.

학교 수업이 끝나자 앤은 본격적으로 흥분하기 시작했다. 흥분이 점점 더 심해져 발표회 시간이 코앞으로 다가왔을 때는 그야말로 최고조에 이르렀다.

학교에서 바로 다이애나의 집으로 초대된 앤은 차 대접을 받은 다음, 2층 다이애나 방에서 옷을 차려입기 시작했다. 다이애나는 앤의 앞머리를 볼록하게 뒤로 넘기는 스타일로 바꿔주었고, 앤은 자신만 알고 있는 특별한 방법으로 다이애나의 리본을 묶어주었다. 그리고 뒷머리를 어떻게 할까 고민하며 못해도 예닐곱 번은 다르게 묶어보기도 했다. 드디어 준비를 마쳤을 때 두 아이의 뺨은 진홍색으로 물들었고, 눈망울은 기대에 부풀어 반짝였다.

앤은 장식 없는 검은 모자와 소매가 좁은 회색 외투를 입은 자신의 모습을 거울에 비춰보다가 멋진 털모자와 깜찍한 반코트를 입은 다이애나의 모습을 물끄러미 바라보았다. 앤은 볼품없는 자신의 모습에 가슴이 쓰렸지만 풍부한 상상력을 활용하면 된다고 스스로를 다독였다.

얼마 후, 다이애나의 사촌들이 썰매를 타고 도착했다. 말이 끄는 커다란 썰매 안에 짚이 깔려 있었는데, 일행은 짚 위에 앉아 털 담요를 덮고 옹기종기 모여 있었다.

토론 클럽 발표회에 가는 길은 정말 즐거웠다. 비단 같은 눈길을 썰매가 부드럽게 달릴 때 앤은 은빛으로 빛나는 세계를 바라보며 아름다움에 빠져들었다. 해가 지는 광경은 가슴 벅차도록 장엄했고, 눈 덮인 언덕과 세인트로렌스 만의 짙푸른 바다는 진주와 사파이어로 된 큼직한 술잔에 와인과 불꽃을 가득 채워놓은 것처럼 황홀했다. 썰매 방울이 짤랑거리는 소리와 경쾌한 웃음소리가 숲속 요정들이 들려주는 유쾌한 이야기처럼 여기저기서 들려왔다.

앤은 털 담요 아래로 털장갑을 낀 다이애나의 손을 꼬옥 잡으며 숨을 길게 내쉬었다.

"다이애나, 이 모든 것이 아름다운 꿈같지 않니? 내가 평소랑 똑같이 보여? 모든 게 어찌나 달라 보이는지 왠지 내 얼굴도 달라졌을 것만 같아."

방금 사촌에게서 칭찬을 들은 다이애나는 자기도 누군가에게 칭찬을 해줘야 할 것만 같아서 이렇게 말했다.

"너 오늘 정말 예뻐. 얼굴빛이 너무나 사랑스러워."

그날 밤의 프로그램은 적어도 한 명의 청중에게는 감동의 연속이었다. 분홍색 실크 블라우스를 입은 프리시 앤드루스는 매끄럽고 하얀 목에 진주 목걸이를 걸고 머리에 카네이션 생화를 꽂고서 시를 낭송했다. 사람들은 필립스 선생이 프리시를 위해 시내까지 가서 꽃을 구해 왔다고 수군거렸다. 프리시가 불빛 한 점 없는 어둠 속에서 미끈거리는 계단을 올라왔을 때 앤은 주체할 수 없는 감동이 밀려와 가볍게 몸을 떨었다. 합창단이 <저 데이지 꽃밭 너머의 위로>를 노래하자 앤은 천장에 천사들을 그려놓은 프레스코화가 있기라도 한 듯 고개를 들어 올려다보았다. 그리고 샘 슬론이 <소커리는 어떻게 암탉이 알을 품게 했을까>를 그림을 그려가며 설명할 때 앤이 큰 소리로 웃어대자 곁에 앉은 사람들까지도 웃음을 터트렸다. 에이번리에서도 이미 다 알려진 내용이라 재밌어서 웃었다기보다는 앤을 보고 덩달아서 웃은 사람들이 더 많았다. 필립스 선생은 시저의 주검 앞에서 마르쿠스 안토니우스가 했던 연설문을 비통한 어조로 읽었다. 그는 한 문장이 끝날 때마다 프리시 앤드루스를 쳐다보았다. 앤은 필립스 선생의 심금을 울리는 목소리에, 단 한 사람의 로마 시민이라도 앞장만 서준다면 당장이라도 가담할 것 같은 기분이 들었다.

앤의 관심을 끌지 못한 단 하나의 프로그램이 있었는데, 길버트 블라이스가 〈라인 강의 빙겐〉을 낭송한 것이었다. 앤은 길버트의 낭송이 다 끝날 때까지 로다 머레이가 도서관에서 빌려온 책을 읽으면서, 다이애나가 손바닥이 얼얼해지도록 박수를 쳐대도 꼼짝 않고 뻣뻣하게 앉아 있었다.

앤과 다이애나가 집에 돌아온 건 밤 열한 시가 되어서였다. 둘 다 적잖게 피곤했지만, 아직 남아 있는 밤 시간을 보낼 궁리를 하느라 신나게 떠들어댔다. 모두가 잠든 듯했고 집 안은 어둡고 조용했다. 앤과 다이애나는 발끝을 들고 살금살금 걸어서 손님방으로 갔다. 손님방은 따뜻하고 아늑했으며, 타다 남은 장작불이 벽난로 안에서 희미하게 빛을 뿜고 있었다.

다이애나가 말했다.

"여기서 옷을 갈아입자. 따뜻하고 좋아."

앤이 행복한 한숨을 내쉬었다.

"정말 재밌지 않았어? 무대에 올라가 시를 낭송하면 진짜 근사한 기분이 들 거야. 다이애나, 우리한테도 그런 기회가 올까?"

"물론이지. 우리도 언젠가는 하게 될 거야. 고학년이 되면 늘 낭송하라고 하거든. 길버트 블라이스도 우리보다 고작 두 살밖에 많지 않은데 자주 하잖아. 그런데 길버트가 시를 낭송할 때 너는 왜 안 듣는 척했어? 걔가 '누이가 아닌 다른 사람이 있다.' 하는 대목을 낭송할 때 너를 똑바로 쳐다보던데……."

앤이 단호한 어조로 말했다.

"다이애나, 너는 내 진실한 친구야. 그래도 내 앞에서 그 애 이야기를 하는 건 싫어. 자, 옷을 갈아입었으면 우리 누가 먼저 침대로 뛰어가는지 내기할까?"

앤의 제안에 다이애나도 찬성했다. 그래서 하얀 잠옷을 입은 두 아이는 안쪽에 있는 침대로 달려가, 동시에 껑충 뛰어올랐다. 그런데 그때 무엇인가가 침대에서 꿈틀거리더니, 숨을 몰아쉬는 소리와 함께 비명 소리가 새어 나왔다.

"아이고 아파! 이게 무슨 짓이야?"

앤과 다이애나는 너무나 놀란 나머지 침대에서 어떻게 내려와 방을 나왔는지 기억도 못 할 지경이었다. 정신을 차려보니 달달 떨면서 2층으로 가는 계단을 살금살금 올라가고 있는 중이었다.

앤이 춥고 무서워서 이빨을 딱딱 부딪치며 속삭였다.

"세상에! 누구였니? 아니, 그게 뭐였지?"

다이애나가 배를 움켜쥐고 웃으며 말했다.

"조세핀 할머니인가 봐."

이렇게 말한 다이애나가 웃음을 멈추더니 걱정스러운 듯한 목소리로 덧붙였다.

"그런데 왜 그 침대에 계시는지 모르겠어. 엄청나게 화를 내실 텐데 어쩌면 좋지? 무척 엄하고 괴팍하신 분이거든. 그래도 정말 너무 웃기지 않니, 앤?"

앤이 물었다.

"조세핀 할머니가 누구신데?"

"조세핀 할머니는 아빠의 숙모인데, 샬럿타운에 사셔. 일흔이 넘으셨어. 할머니한테도 소녀 시절이 있었을까 싶게 무서운 분이셔. 조만간 할머니가 오신다는 얘긴 들었지만 오늘 밤에 오시는 건 줄은 몰랐어. 어마어마하게 예의를 따지는 분이라서, 아마 내일 아침이 되면 몹시 혼내실 거야. 하는 수 없지, 뭐. 오늘은 미니 메이 방에서 함께 자야겠다. 걔가 얼마나 잠버릇이 나쁜지 넌 짐작도 못 할걸."

다음 날 아침, 조세핀 할머니는 식탁에 모습을 드러내지 않으셨다. 배리 부인은 두 아이에게 다정하게 웃어보였다.

"어젯밤엔 즐거웠니? 조세핀 할머니가 오셔서, 너희들은 2층에서 자야 한단 얘길 하려고 올 때까지 기다릴 참이었는데, 너무 피곤해서 그만 잠들었지 뭐야. 다이애나, 할머니를 귀찮게 하진 않았겠지?"

다이애나는 입을 다물고 있었지만, 아찔했던 사건을 떠올리며 식탁 너머로 앤과 은밀한 웃음을 주고받았다.

앤은 아침 식사를 한 후 서둘러 집으로 돌아왔다. 그래서 저녁때 마릴라의 심부름으로 린드 부인의 집에 들르기 전까지는 배리 씨네 집에서 어떤 일이 일어났는지를 까맣게 모르고 있었다.

린드 부인이 눈을 반짝이며 심각한 목소리로 물었다.

"어젯밤에 너와 다이애나가 가여운 조세핀 할머니를 죽을 만큼 놀라게 했다지? 배리 부인이 조금 전에 카모디에 가는 길이라며 들렀는데, 걱정이 이만저만 아니었어. 조세핀 할머니가 오늘 아침에 일어나서서 크게 화를 내셨다더구나. 내가 아는데, 조세핀 할머니의 성격이 보통이 아니거든. 화가 나서 다이애나를 쳐다보지도 않으신다는구나."

앤이 자신의 행동을 후회하며 말했다.

"다이애나 잘못이 아니에요. 제가 그런 거예요. 누가 먼저 침대로 가는지 내기를 하자고 한 건 저였거든요."

린드 부인은 자기 예상이 맞았다는 듯 의기양양하게 말했다.

"역시 그랬겠지. 그 생각이 네 머리에서 나왔다는 걸 내가 진즉 알았지. 어쨌든 일이 커진 모양이야. 한 달 동안 머물 예정이셨는데, 단 하루도 더 있고 싶지 않다며 내일 당장 샬럿타운으로 돌아가겠다고 하셨다는구나. 배리 부부가 오늘 모셔다드릴 수 있었다면 오늘이라도 가셨을 거야. 더구나 할머니가 다이애나의 사분기 음악 레슨비를 내주겠다고 약속하셨지만, 말괄량이에게는 한 푼도 대줄 수 없다고 하셨대. 어휴, 그 사단이 났으니 오늘 아침에 그 집 분위기가 엉망이었겠지. 조세핀 할머니가 부자라서 다들 잘 보이려고 애를 써왔는데, 이런 일이 생겼으니 얼마나 속이 쓰렸을까. 물론 배리 부인이 나한테 그런 말까지는 하지 않았지만 세상사가 다 그런 거니까. 아무튼 무례한 짓을 하면 안 되었는데, 일이 그리 되어 버려서 아주 곤란해진 모양이더라."

앤이 힘없이 말했다.

"저는 정말 운이 없나 봐요. 그럴 마음이 있었던 것도 아닌데 늘 문제를 일으키고, 제일 친한 친구까지 곤란하게 만들잖아요. 심장이라도 떼어줄 수 있을 만큼 소중한 사람들인데 말이에요. 린드 아줌마, 정말 왜 그런 걸까요?"

"그건 네가 부주의한데다 충동적이니까 그렇지. 잠깐이라도 멈춰서 찬찬히 생각하지 않고, 그냥 머리에 떠오르는 족족 말해 버리거나 저질러 버리잖아."

그러나 앤이 지지 않고 반박했다.

"하지만 그게 제일 좋은 방법이라고요. 어떤 재밌는 생각이 머릿속에 퍼뜩 떠오르면 바로 행동으로 옮겨야죠. 그냥 생각만 하다 보면 다 망칠 수도 있어요. 린드 아줌마는 그래본 적 없으세요?"

그래본 적이 한 번도 없는 린드 부인은 점잔을 빼며 고개를 흔들더니 앤의 말에 대꾸했다.

"그래본 적 없단다. 앤, 너는 심사숙고하는 법을 배워야 해. 이런 속담도 있잖니. '뛰기 전엔 발밑을 봐라.' 특히 손님방의 침대로 뛰어들기 전에 말이다."

린드 부인은 자신이 던진 가벼운 농담이 맘에 드는지 웃음을 터트렸다. 하지만 앤의 마음은 착잡하기만 해서, 도저히 맘 편히 웃을 수가 없었다.

린드 부인 집에서 나온 앤은 얼어붙은 들판을 지나 비탈길 과수원 집으로 향했다. 다이애나가 부엌문에서 앤을 맞았다.

앤이 닫혀 있는 거실 문을 슬쩍 보고는 속삭였다.

"어젯밤 일 때문에 조세핀 할머니가 많이 화나셨다며?"

다이애나가 닫혀 있는 거실 문을 불안하게 흘깃거리더니 키득키득 웃으며 말했다.

"응, 화가 머리끝까지 나서 노발대발하셨어. 어찌나 혼을 내시던 지……. 나같이 막돼먹은 여자앤 처음 보셨대. 그리고 엄마 아빠께 나를 이렇게 키워놨으니 창피한 줄 알라고 하셨어. 할머니는 우리 집에 더 있고 싶지 않다고 하시는데, 나야 상관없지 뭐. 하지만 엄마 아빠는 죄송스러워하시는 것 같아."

앤이 다그치듯이 물었다.

"다이애나, 네 잘못이 아니라고 왜 말 안 했어? 나 때문에 그랬다 고 얘기했어야지."

다이애나가 뾰로통해져서 말했다.

"너는 내가 고자질이나 하는 비겁한 친구인 줄 알았니? 앤, 어쨌거 나 나도 같이 잘못한 거잖아."

앤이 단호하게 말했다.

"아무래도 내가 직접 말씀드려야겠어."

앤의 말에 다이애나의 눈이 동그래졌다.

"앤, 정말 그렇게 하려는 건 아니지? 할머니는 아마 너를 산 채로 먹어 버릴 거야."

앤이 간청했다.

"안 그래도 겁나는데 너까지 그런 말을 하면 어떻게 해. 무서워. 차라리 대포 구멍으로 걸어 들어가는 게 나을 것 같아. 다이애나, 그래도 해야 해. 내 잘못이라고 털어놓아야지. 다행히 이런 연습은 그동안 내가 참 많이 했잖아."

다이애나가 말했다.

"휴, 네가 그렇게 하길 원하면 말리지는 않을래. 할머니는 거실에 계셔. 하지만 나는 함께 가지 않을 거야. 그래봐야 쓸데없는 일일 텐데 뭘."

다이애나의 말을 들으니 호랑이 굴을 향해 들어가는 심정이 되었지만, 앤은 거실 문 앞까지 걸어갔다.

앤이 문을 살짝 두드리자 무뚝뚝하면서도 날카로운 대답 소리가 들려왔다.

"들어와!"

마른 몸매에 엄한 표정을 하고 있는 조세핀 할머니는 난로 곁에서 뜨개질을 하고 있었다. 노여움이 가라앉지 않은 듯한 눈빛이 금테 안경 속에서 차갑게 빛나고 있었다.

다이애나인 줄 알고 의자를 돌려 문을 바라본 할머니는 거기에 한 여자아이가 커다란 눈에 두려움과 용기를 함께 담고 창백한 모습으로 서 있는 것을 보았다.

조세핀 할머니는 언짢은 표정으로 다짜고짜 물었다.

"넌 누구냐?"

앤은 두 손을 마주잡은 채 떨리는 목소리로 대답했다.

"저는 초록지붕집에 사는 앤이라고 합니다. 혹시 괜찮으시다면, 고백할 게 있어서 왔어요."

"나에게 고백을 한다고? 뭘 고백한다는 거냐?"

"어젯밤에 할머니께서 주무시던 침대에 뛰어든 건 전부 제 잘못입니다. 제가 그렇게 하자고 했던 거예요. 다이애나는 그런 짓을 할 생각을 절대 하지 않아요. 다이애나는 정말 얌전하거든요. 조세핀 할머니, 다이애나가 이 일로 혼나는 건 몹시 부당하단 걸 알아주셨으면 합니다."

"부당하다고? 다이애나도 함께 뛰지 않았니? 그러니 다이애나에게도 책임이 있다고 본다. 이 점잖은 집에서 그런 행동을 하다니 ……."

앤이 설득하듯 말했다.

"저희는 그저 재미로 그런 거예요. 할머니, 진심으로 사과드립니다. 저희를 용서해 주세요. 그리고 다이애나를 너그럽게 봐주시고, 음악 레슨을 받을 수 있게 도와주세요. 다이애나는 음악을 정말 좋아합니다. 조세핀 할머니, 간절하게 원하는 일이 있는데 그걸 하지 못하게 되었을 때의 마음이 어떤 건지 저는 아주 잘 압니다. 다이애나는 음악 공부를 계속할 수 없게 되면 무척 슬퍼할 거예요. 화가 나시면 저를 혼내 주세요. 저는 어려서부터 어른들께 꾸중을 많이 들어서 잘 견디거든요."

그런데 어느 순간 앤의 이야기를 듣고 있는 할머니의 눈에서 차갑게 반짝이던 노여움이 점차 사라지고 흥미로워하는 기색이 차오르기 시작했다. 하지만 목소리는 여전히 엄하고 싸늘했다.

"그저 재미로 그랬다는 건 변명이 안 돼. 내가 어렸을 땐 여자애들이 그따위 장난질을 재미있다고 생각하진 않았어. 길고 힘든 여행을 한 후에 곤하게 자고 있는데, 다 큰 여자애 둘이 위에서 밟아 누르는 통에 잠을 깬다는 게 어떤 건지 알기나 하니?"

앤이 공손하게 말했다.

"잘은 모릅니다. 하지만 상상할 순 있습니다. 몹시 놀라시고 언짢으셨을 겁니다. 하지만 저희 입장도 있잖아요. 조세핀 할머니, 한 번 상상해 보시면 안 될까요? 저희의 기분이 어땠을지 한 번만 생각해 주세요. 저희는 침대에 누군가가 누워 있을 줄은 꿈에도 몰랐어요. 그래서 너무나 놀란 나머지 까무러칠 뻔했다고요. 정말 끔찍한 기분이었어요. 더구나 저희들은 손님방에서 자도록 허락을 받아 잔뜩 기대하고 있었는데, 손님방에서 잘 수도 없었어요. 할머니는 손님방에서 주무신 적이 많으시죠? 하지만 한 번 상상해 보세요. 한 번도 손님방에서 자는 영광을 누려보지 못했던 고아 여자애가 어떤 기분이었을지 말이에요."

이제 조세핀 배리의 노여움은 말끔히 사라진 것 같았다. 앤의 말을 다 듣고 나더니 오히려 크게 웃음을 터트렸다. 다이애나는 문밖에서 꼼짝도 않고 초조하게 서 있다가 조세핀 할머니의 웃음소리가 들리자 '휴~' 하고 한숨을 내쉬었다.

"유감스럽게도 내 상상력이 녹슨 것 같구나. 써먹어본 지 너무 오래됐거든. 네 입장을 생각해 달라는 그 말이 내가 느낀 노여움만큼이나 강하게 내 마음을 두드리는구나. 모든 건 보기에 따라 달라지는 법이지. 이리 와서 좀 앉아라. 네 이야기를 더 듣고 싶어."

앤이 단호하게 말했다.

"조세핀 할머니, 죄송하지만 그럴 수 없습니다. 저도 그렇게 하고 싶긴 하지만 지금은 곤란해요. 할머니는 겉으로는 안 그러신 것 같아도 저희들과 마음이 잘 맞는 분이라는 생각이 듭니다. 하지만 지금은 미스 마릴라 커스버트가 있는 집으로 빨리 가야 합니다. 미스 마릴라 커스버트는 저를 입양하셨고, 제가 올바르게 자랄 수 있도록 애써 주시는 인자한 분이에요. 성의를 다하시지만, 제가 워낙 말썽을 부려서 실망을 안겨드릴 때가 많아요. 그러니까 제가 침대에 뛰어들었다고 해서 마릴라 아줌마를 흉보진 말아 주세요. 그리고 제가 집에 가기 전에 다이애나를 용서해 주실 건지, 그리고 처음 마음먹은 대로 에이번리에서 충분히 지내다 가실 건지에 대해 말씀해 주셨으면 좋겠습니다."

조세핀 배리가 대답했다.

"네가 종종 들러서 말동무가 되어준다면 그렇게 할 것 같구나."

그날 밤 조세핀 할머니는 다이애나에게 은팔찌를 선물했고, 여행 가방을 다시 풀었다.

조세핀 할머니는 다이애나의 아빠와 엄마에게 솔직하게 말했다.

"앤이라는 아이랑 친해지고 싶어서 마음을 바꾼 거야. 재미있는 아이더구나. 내 나이쯤 되면 웬만한 일로는 즐거워하지 않는데, 그 아이를 보고 있으니 나도 모르게 자꾸만 웃음이 나더라."

이 이야기의 전후 사정을 듣고 나서 마릴라와 매슈는 기뻐했다. 하지만 마릴라가 그냥 지나가지 않고 딱 한 마디 했다.

"그러게 내가 뭐랬어요?"

기어이 발표회에 보내주라고 하던 매슈에게 들으라고 일부러 한 말이었다.

조세핀 할머니는 한 달도 넘게 머물렀다. 다른 때 같으면 아주 까다로운 손님이었지만 이번에는 그렇지 않았다. 앤이 자주 들러 할머니를 즐겁게 해드렸기 때문이다.

조세핀 할머니와 앤은 무척 다정한 사이가 되었다. 조세핀 할머니는 떠날 때 앤에게 이렇게 말했다.

"샬럿타운에 올 기회가 있으면 꼭 우리 집에 들러야 한다. 가장 좋은 손님방을 내줄 테니까."

앤은 마릴라에게 이렇게 털어놓았다.

"조세핀 할머니와 저는 마음이 통하는 사이가 되었어요. 겉으로는 그렇게 안 보일 수도 있지만 따뜻하고 좋은 분이세요. 처음에는 잘 몰라요. 하지만 지내다 보면 알게 되는, 그런 분인 거죠. 매슈 아저씨처럼요. 아저씨도 그랬거든요. 이 세상에 마음이 통하는 사람이 별로 없는 줄 알았는데, 좋은 사람이 이렇게 많다는 걸 알게 되어 얼마나 기쁘고 감사한지 몰라요."

20

멋진 상상력은 엉뚱한 방향으로 날아가고

초록지붕집에 봄이 다시 찾아왔다. 올 듯 말 듯 변덕을 부리며 다가온 아름다운 봄은 4월과 5월 내내 맑고 상쾌하면서도 서늘했으며, 분홍빛 저녁노을 속에서 부활과 성장의 경이로움이 계속 피어났다.

'사랑의 오솔길'을 따라 단풍나무들은 붉은 꽃눈을 틔웠고 작고 꼬불꼬불한 고사리들은 '드라이어드 샘' 주변으로 쑥쑥 자라 올라왔다. 멀리 사일러스 슬론 씨네 농지 뒤쪽의 척박한 땅을 지나면 산사나무(신성한 노동을 상징하는 꽃으로 영어 이름은 '메이플라워(mayflower)', 즉 오월의 꽃이다.)의 갈색 이파리 아래로 분홍색, 흰색의 달콤한 별 모양 꽃들이 활짝 피어 있었다. 학교 아이들은 누구랄 것 없이 꽃들을 따면서 신나는 오후를 보냈고, 해 질 녘 땅거미가 지면 꽃으로 가득 찬 바구니를 전리품처럼 부여안고서 집으로 돌아갔다.

앤이 말했다.

"산사나무도 없는 곳에 사는 사람들이 참 안됐어요. 다이애나 말로는 그 사람들에겐 더 좋은 것이 있을지도 모른다지만, 산사나무보다 좋은 게 뭐가 있겠어요? 아줌마, 없겠죠? 다이애나는 또, 애초에 산사나무가 뭔지 모를 테니까 뭐가 없는지도 모를 거래요. 하지만 전 그게 세상에서 제일 슬픈 일인 것 같아요. 산사나무가 뭔지도 모르고 그런 나무가 있다는 것조차 모른다면, 그게 비극 아닌가요? 아줌마, 제가 산사나무를 뭐라고 생각하는 줄 아세요? 산사나무는 지난여름에 죽은 꽃들의 영혼이라고 확신해요. 그리고 이곳은 그 죽은 꽃들의 천국이고요. 아줌마, 그래도 오늘 진짜 재밌게 놀았어요. 오래된 우물 쪽에 이끼가 잔뜩 덮인 우묵하고 평평한 공간이 있더라고요. 그곳에서 점심을 먹었는데, 정말 로맨틱하더라고요. 찰리 슬론은 아티 길리스한테 거길 뛰어넘어보라고 부추겼어요. 그런데 아티가 뛰어넘은 거예요. 아티는 못 하겠다는 말은 절대 안 하니까요. 다른 애들도 마찬가지예요. 요즘 학교에선 위험한 일인데도 한번 해보라고 부추기는 게 엄청 유행이거든요. 필립스 선생님은 자기가 딴 산사나무 꽃을 몽땅 프리시 앤드루스한테 줬는데요, 그것을 주면서 '아리따운 아가씨에게 아리따운 꽃을(sweets to the sweet: 윌리엄 셰익스피어의 희곡 《햄릿》에서 왕비 거트루드가 죽은 오필리아에게 꽃을 바치며 하는 말.)'이라고 말하는 걸 제가 들었어요. 그건 어떤 책에 나오는 문장이에요. 그리고 보면 선생님도 상상력이 좀 있기는 한가 봐요. 저한테도 산사나무를 주려던 애가 있었는데요, 제가 코웃음을 치며 거절했어요. 그 애가 누구인지는 말씀드릴 수 없어요. 다시는 그 이름을 제 입에 올리지 않겠다고 맹세했거든요. 우린 산사나무로 화관을 만들어서 모자에 얹어 쓰기도 했어요. 집에 올 땐 두 명씩 짝지어서 큰길을 따라 걸어왔어요. 꽃다발을 들고 화관도 얹고 〈언덕 위의 우리 집(My Home on the Hill)〉 노래도 부르면서요. 아줌마, 정말이지 몸에 전율이 쫙 일었어요. 사일러스 슬론네 가족들이 우리를 보러 달려 나왔고, 길을 걷던 사람들도 모조리 멈춰 서서 쳐다봤다니까요. 우린 정말 화젯거리가 됐어요."

마릴라가 대꾸했다.

"놀랄 일은 아니지. 늘 그런 한심한 짓을 하고 다니니까!"

산사나무 꽃이 지자 제비꽃이 피었다. '제비꽃 골짜기'는 온통 보랏빛으로 물들었다. 앤은 이곳을 지나 학교에 갈 때면 마치 성스러운 땅을 밟는 것처럼 경건한 걸음과 숭배하는 눈빛으로 걸었다.

앤이 다이애나에게 말했다.

"왜 그런지는 모르겠지만, 여길 지나갈 때면 길버…… 아니, 누가 나보다 공부를 잘하건 말건 아무 상관없을 것 같은 기분이 들어. 하지만 학교에 도착하면 완전히 달라져서 또다시 등수에 민감해진다니까. 내 안엔 여러 모습의 내가 있는 것 같아. 그래서 내가 이렇게 말썽꾸러기인가 싶기도 해. 내 안에 내가 딱 하나라면 훨씬 편했을 텐데. 하지만 재미는 반으로 줄어들 거야."

6월의 어느 날 저녁, 앤은 다락방 창가에 앉아 있었다. 다시 분홍빛 꽃들이 피어나고 '반짝이는 호수' 주변의 늪지에서는 개구리들이 은방울 굴러가듯 맑은 소리로 울어댔다. 또한 들판을 뒤덮은 토끼풀 향기와 전나무 숲의 발삼 향기가 공기 중에 가득했다. 앤은 공부를 하던 중이었지만 밖이 너무 어두워지자 더 이상 책을 읽을 수가 없었다. 앤은 눈을 멍하게 뜬 채 '눈의 여왕' 가지 사이로 활짝 핀 꽃을 바라보면서 공상에 잠겼다.

사실 앤의 작은 다락방은 변한 것이 없었다. 벽은 여전히 하얬고 바늘꽂이도 여전히 빵빵했으며 노란색 의자도 예전과 다를 바 없이 딱딱했다. 하지만 방의 분위기는 완전히 달라져 있었다. 그곳에는 새로운 활기와 통통 튀는 개성이 스며 있었다. 여학생의 책, 드레스와 리본 때문에 그런 것은 아니었다. 탁자 위에 사과꽃을 가득 꽂은 파란 항아리를 놓아서도 아니었다. 생기발랄한 이 방의 주인이 밤낮없이 꾸는 모든 꿈들이 무지개와 달빛으로 짠 아름답고 하늘하늘한 천으로 휑한 방을 장식하고 있는 느낌이었다. 그 꿈들은 손으로 만질 수는 없어도 눈에는 보이는 것들이었다.

그때 마릴라가 방금 다리미질을 한, 앤이 학교에서 두를 앞치마를 들고 성큼 들어섰다. 마릴라는 의자 위에 앞치마들을 걸쳐두고는 짧은 한숨을 쉬며 앉았다. 그날 오후 마릴라는 두통으로 애를 먹은 참이었다. 두통은 가셨지만 기운이 없었고, 마릴라의 표현을 빌리자면 '지칠 대로 지친' 기분이었다. 앤은 그런 마릴라가 걱정되어 초롱초롱한 눈망울로 바라보았다.

"정말 대신 아파드리고 싶어요. 아줌마를 위해서라면 아픈 것도 즐겁게 이겨낼 수 있을 거 같아요."

마릴라가 말했다.

"네가 일을 제대로 해내서 내가 쉴 수 있으니 넌 할 만큼 했다. 요즘은 일도 능숙해졌고, 예전에 비하면 실수도 적게 하더구나. 물론 매슈의 손수건에 풀을 먹일 필요까진 없었지만 말이다! 그리고 만들어둔 파이는 오븐에다 따뜻하게 뒀다가 점심때 꺼내 먹는 거지, 마냥 뜨거운 데 놔뒀다가 다 태워먹는 게 아니다. 그걸 잊지 않고 다 기억한다면 네가 아닐 테지만."

마릴라는 두통이 있을 때면 다소 쌀쌀맞게 굴었다.

앤이 반성하는 투로 말했다.

"아줌마, 정말 죄송해요. 파이를 오븐에 넣고는 지금까지 까먹고 있었어요. 어쩐지 점심 식탁에서 뭔가 빠진 것 같단 생각이 들긴 했어요. 오늘 아침에 저한테 파이를 챙기라고 하셨을 땐 절대 상상 따위에 빠지지 않겠다고, 일에만 집중하겠다고 결심했었는데……. 파이를 오븐에 넣을 때까지만 해도 기억했었어요. 그런데 그만, 제가 외로운 성에 갇힌 공주란 상상을 하게 된 거예요. 칠흑같이 검은 말을 탄 잘생긴 기사가 저를 구하러 온다고요. 정말 헤어 나올 수 없는 유혹이었어요. 그래서 파이를 까맣게 잊고 말았던 거예요. 저도 제가 손수건에 풀을 먹였는지 몰랐어요. 다림질을 하는 내내 다이애나랑 개울물에서 새로 발견한 섬 이름을 짓느라 끙끙대고 있었거든요. 아줌마, 거긴 정말 엄청나게 아름다운 곳이에요. 단풍나무 두 그루가 있고요, 바로 옆으로 개울물이 흘러요. 결국 '빅토리아 섬'이라고 부르면 좋겠다고 생각했어요. 빅토리아 여왕 탄신일에 발견했거든요. 다이애나랑 저는 왕실에 충성하는 편이거든요. 그래도 파이랑 손수건은 죄송해요. 그래도 오늘은 기념일이라서 특별히 잘하고 싶었는데……. 아줌마! 작년 오늘, 무슨 일이 있었는지 기억하세요?"

"무슨 특별한 일이 있었는지 생각나지 않는다."

"아, 아줌마! 제가 초록지붕집에 온 날이잖아요. 전 절대 잊을 수 없을 거예요. 제 인생이 완전히 바뀐 날이니까요. 물론 아줌마한텐 그리 중요한 날이 아니겠지만요. 여기에 온 지 벌써 일 년이 됐고, 그동안 정말 행복했어요. 물론 힘든 일도 있었지만, 힘든 일은 지나가게 마련이니까요. 아줌마, 저를 키우기로 한 걸 후회하시나요?"

마릴라는 가끔, 앤이 초록지붕집에 오기 전엔 어떻게 살았나 싶을 때가 있었다.

"아니다, 후회하지 않는다. 앤! 공부 다 했으면, 배리 부인 댁에 가서 다이애나의 앞치마 패턴을 빌려주실 수 있는지 여쭤봐라."

앤이 갑자기 겁에 질린 듯이 말했다.

"아, 지금…… 지금은…… 너무 어둡잖아요."

"너무 어둡다고? 이제 겨우 어스름인데, 무슨. 깜깜할 때도 그 집에 잘만 들락거리더니 무슨 소리냐?"

앤이 간곡하게 말했다.

"아침 일찍 다녀올게요. 아줌마, 해 뜨자마자 바로 갈게요."

"앤, 도대체 왜 그러는 거니? 오늘 저녁에 앞치마를 만들려면 패턴이 필요해. 정신 차리고 얼른 다녀와."

앤이 마지못해 모자를 집어 들며 말했다.

"그럼 큰길로 돌아서 다녀올게요."

"큰길로 돌아서 간다고? 30분은 더 걸리는데! 앤, 도대체 무슨 꿍꿍이니?"

앤은 절망스럽다는 표정으로 외쳤다.

"아줌마, '유령의 숲'을 지나갈 순 없단 말이에요."

마릴라가 앤을 빤히 쳐다보았다.

"앤! '유령의 숲'이라고 했니? 너 제정신이니? 도대체 어디가 '유령의 숲'이라는 거니?"

앤이 속삭이듯 말했다.

"개울물 건너 가문비나무 숲이요."

"말도 안 되는 소리! '유령의 숲' 같은 건 어디에도 없어. 누가 그런 얘길 하디?"

앤이 고백하듯 말했다.

"아무도 안 그랬어요. 다이애나랑 저랑 둘이서 그 숲에 유령이 있다고 상상한 거예요. 이 근처의 모든 곳들은 다 그냥저냥 평범하잖아요. 우리끼리 재밌자고 만들어낸 거예요. 4월부터 그렇게 불렀어요. 아줌마, '유령의 숲'은 정말 로맨틱해요. 가문비나무 숲을 고른 건 거기가 정말 음산해 보이기 때문이에요 우린 정말 무서운 얘기들을 상상했어요. 딱 이 시간 무렵이면요, 하얀 옷을 입은 여자 가 개울물을 따라 걸어요. 두 손을 꼭 쥐고 흐느끼면서요. 가족들의 죽음을 귀띔해 주려고 나타나는 거예요. '한적한 들판' 모퉁이에는 어두운 데서 살해된 아이의 영혼도 있어요. 그 꼬마 유령이 지나가는 사람 뒤에서 살금살금 나타나 차가운 손가락으로 손을 잡아요. 이렇게요. 으, 아줌마! 생각만으로도 몸이 막 떨려요. 길을 오르락 내리락하는 목 없는 남자 유령도 있고요. 나뭇가지 사이로 해골들이 노려보고 있어요. 아, 아줌마! 이젠 무슨 일이 있어도 깜깜해진 후엔 '유령의 숲'을 못 지나겠어요. 나무 뒤에서 하얀 옷의 유령들이 튀어 나와 저를 붙잡을 것 같단 말예요."

마릴라는 기가 막혀 한동안 말을 잇지 못하다가 소리를 질렀다.

"정말 혼자 듣기 아까울 소리구나! 앤! 넌 지금 그 말도 안 되는 상상을 믿고 있다는 거니?"

앤이 머뭇거렸다.

"꼭 그런 건 아니에요. 적어도 낮엔 안 믿거든요. 아줌마, 하지만 깜깜해진 다음에는 얘기가 달라져요. 유령들이 돌아다닐 시간이란 말예요."

"앤, 유령 따윈 없어!"

앤이 절박한 듯 외쳤다.

"아녜요, 있어요. 아줌마, 유령을 본 사람들이 많다니까요. 찰리 슬론이 그러는데요, 걔네 할머니는 어느 날 밤에 할아버지가 소를 몰고 집으로 오는 걸 봤대요. 할아버지는 일 년 전에 돌아가셨는데 말예요. 아줌마도 아시잖아요. 찰리 슬론네 할머니가 거짓말을 하실 분이 아니란 걸요. 아주 신앙심이 깊으신 분이잖아요. 그리고 토머스 아줌마네 아버지가 그랬는데, 잘린 머리가 가죽에 간신히 매달려 있던 양 하나가 온몸에 불이 붙은 채 집까지 쫓아왔대요. 그분 말로는 그 양이 죽은 형의 영혼인데, 토머스 아줌마의 아버지가 9일 이내에 죽는다는 걸 경고하러 왔다는 거예요. 9일 안에 돌아가신 건 아니지만, 2년 후에 돌아가셨으니까 그 말은 진짜인 거잖아요. 그리고 루비 길리스는요……."

마릴라가 엄격한 말소리로 앤의 말을 잘랐다.

"앤! 이런 얘긴 더 듣고 싶지 않다. 네 상상력이 영 마뜩찮았다만, 이게 네가 상상한 결과라면 절대 용서하지 않겠다. 당장 배리 씨네 집에 갔다 와라. 그리고 가문비나무 숲으로 가는 거야. 정신을 차리려면 그 수밖에 없겠다. 그리고 다신 '유령의 숲'이니 뭐니 하는 말은 한마디도 하지 마라."

앤은 너무 무서웠다. 마릴라에게 울면서 애원하고 싶었다. 그래서 그렇게 하고 말았다. 앤의 상상력은 날개를 달고 저만치 앞서 달려가 어둠이 내린 무시무시한 가문비나무 숲으로 앤을 데려다 놓았다. 하지만 마릴라는 아랑곳하지 않았다. 마릴라는 유령을 볼 수 있다는 앤을 샘물까지 데려간 다음, 다리를 지나 울부짖는 유령과 머리 없는 유령이 숨어 있는 으슥한 숲으로 곧장 들어가라고 명령했다.

앤이 눈물을 줄줄 흘리며 말했다.

"아줌마, 어쩜 이렇게 잔인하세요? 하얀 옷을 입은 유령이 나를 붙잡아서 어디론가 데려가 버리면 어쩌시려고요?"

마릴라가 무심한 듯 말했다.

"어디 한번 보자꾸나. 내가 말을 허투루 하는 사람이 아니란 건 너도 잘 알 거다. 네 속에 들어앉아 있는 유령들을 모조리 없애주마.

자, 출발해라."

앤은 출발하지 않을 수 없었다. 그러니까 다리에서 발을 헛디뎌 넘어지는가 하면 무시무시한 길을 파르르 떨면서 계속 걸었다. 앤은 어두운 길을 걸었던 그날 밤을 절대 잊지 못할 것이었다. 그러면서 앤은 자기가 왜 그런 상상을 했던가 하고 절절하게 후회했다. 상상 속 유령들은 모든 그림자 속에 도사리고 있었고, 차갑고 야윈 손을 뻗어 겁에 질린 작은 소녀를 잡으려고 했다. 골짜기에서 날아온 하얀 자작나무 껍질이 갈색 수풀 바닥에 떨어져 있는 것을 보고 앤은 심장이 멎을 뻔했다. 오래된 나뭇가지 두 개가 서로 부딪히며 길게 울부짖는 듯한 소리를 냈을 때는 이마에 식은땀이 줄줄 흘렀다. 어둠 속에서 앤의 머리 위를 스쳐 날아가는 박쥐들도 무시무시한 괴물의 날갯짓인 것만 같았다. 윌리엄 벨 씨네 들판에 이르자 앤은 하얀 옷의 유령들이 쫓아오는 것 같아 전속력으로 달려 배리 씨네 집 부엌문 앞에 도착했다. 어찌나 숨이 차던지 앞치마 패턴을 빌려 달란 말조차 나오지 않을 지경이었다. 하필 다이애나도 집에 없었기 때문에 쉬었다 갈 핑계도 댈 수 없었다. 그래서 무서운 길을 통과해 다시 돌아가야만 했다. 앤은 눈을 질끈 감고 걸었다. 하얀 옷의 유령과 맞닥뜨리느니 차라리 나뭇가지에 부딪혀 머리가 깨지는 게 낫다고 생각한 것이었다. 마침내 비틀거리며 통나무 다리를 다 건넜을 때 앤은 안도의 한숨을 길게 쉬며 몸을 파르르 떨었다.

마릴라는 전혀 동정적이지 않은 말투로 차갑게 말했다.

"이런! 그래, 뭐가 널 붙잡더냐?"

앤이 이빨을 딱딱 부딪치며 말했다.

"아…… 아줌마. 이…… 이젠…… 심심한 거에 마, 만족할래요."

21

기묘한 맛의 케이크를 만들다

6월 마지막 날, 학교에서 돌아온 앤이 석판과 책을 부엌 식탁에 내려놓고 나서 손수건으로 빨개진 눈물을 닦으며 훌쩍거렸다.

"만남은 이별의 시작이라고 하셨던 린드 아줌마의 말씀이 무슨 뜻인지 알겠어요. 어쩐지 오늘은 손수건을 한 장 더 가지고 가고 싶었어요. 그러길 잘했어요."

마릴라가 말했다.

"필립스 선생이 떠나는 게 그렇게 슬프니? 손수건을 두 장이나 쓸 만큼 네가 그 선생을 좋아하고 있었다는 걸 몰랐구나."

"선생님을 엄청나게 좋아해서 운 게 아니에요. 아이들이 모두 울어서 따라 운 것뿐이에요. 맨 처음에 루비 길리스가 울기 시작했어요. 항상 필립스 선생님이 너무 싫다고 노래를 부르더니 선생님께서 작별 인사를 하려고 일어서자마자 울음을 터트리더라고요. 그러니까 여자애들이 모두 따라서 울기 시작했어요. 저는 필립스 선생님께서 저를 길버…… 아니, 어떤 남자아이 옆에 앉게 한 거나, 제 이름 철자 끝에

e자를 붙이지 않고 칠판에 쓴 거, 받아쓰기를 못했다고 망신을 주셨던 거, 기하 시간에 저더러 최악이라고 했던 것들을 떠올리며 울지 않으려고 했어요. 그동안 선생님은 저를 차갑게 대했고, 제가 쓴 글의 철자를 보고 비웃으며 비꼬는 말들도 많이 하셨거든요. 그런데 저도 모르게 눈물이 마구 흐르는 거예요. 제인 앤드루스는 한 달 내내 필립스 선생님이 떠나는 게 좋아 죽겠다며 절대 울지 않을 거라고 큰소리를 쳤는데, 우리보다 훨씬 더 많이 울어서 자기 오빠한테 손수건까지 빌렸다니까요. 제인은 필요 없을 줄 알고 손수건을 안 가져왔거든요. 물론 남자애들은 당연히 울지 않았지만, 저는 진짜 가슴이 미어지는 것 같았어요. 필립스 선생님께서 '이제 우리가 헤어질 시간이 왔습니다.'라고 하시며 절절하게 작별 인사를 하셨는데, 정말 감동적이었어요. 선생님도 눈물이 그렁그렁했어요. 아줌마! 수업 시간에 떠들고, 석판에다 선생님 얼굴을 그리고, 또 선생님이랑 프리시를 놀려댔던 일들이 후회되고 너무나 죄송스러웠어요. 저도 미니 앤드루스처럼 모범생이었다면 얼마나 좋았을까요. 걔는 양심에 거리낄 일이 하나도 없을 거예요. 여자아이들은 집으로 돌아오면서도 내내 울었는데, 기분이 좀 나아질 만하면 캐리 슬론이 '이제 우리가 헤어질 시간이 왔습니다.'라고 흉내 내는 바람에 우리는 또 엉엉 울어 버렸어요. 슬프지만…… 이제 곧 두 달 동안의 방학이 코앞인데 언제까지나 절망의 구렁텅이에 빠져 있을 순 없잖아요. 아줌마, 그렇죠? 참, 역에서부터 마차를 타고 오시던 새 목사님 부부랑 마주쳤어요. 필립스 선생님이 떠나서 슬픈 와중에도 새로 오신 목사님에게 관심이 가더라고요. 사모님은 아름다운 분이셨어요. 물론 여왕처럼 화려하지는 않았지만요. 물론 목사님한테 너무 화려한 아내가 있는 것도 좋게 보이진 않을 거예요. 린드 아줌마가 그러시는데, 뉴브리지의

목사 사모님이 한창 유행하는 옷을 자주 입어서 좋은 본보기가 되지 못했대요. 새로 오신 목사님 사모님은 퍼프소매가 달린 하늘색 모슬린 원피스에다 장미꽃 장식이 달린 모자를 쓰고 있었어요. 제인 앤드루스는 퍼프소매가 달린 옷은 목사 사모님이 입기엔 적합하지 않은 것 같다며 못마땅해 했어요. 세속적으로 보인대요. 하지만 저는 그렇게 냉정하게 말하지 않았어요. 퍼프소매가 달린 옷을 입고 싶어 하는 마음이 어떤 건지 잘 아니까요. 게다가 사모님이 된 지도 얼마 되지 않았으니까 예외로 봐줘야 한다고 생각했어요. 두 분은 목사관의 수리가 끝날 때까지 린드 아줌마 집에서 지내실 거래요."

그날 저녁에 마릴라는 린드 부인네 집으로 갔다. 지난겨울에 빌린 퀼트 틀을 돌려주러 간다고 했지만, 에이번리 사람이라면 다들 그러고도 남을 귀여운 호기심 때문이었다. 마릴라만 그런 것은 아니었다. 그날 밤 린드 부인네 집에는 오래전에 물건을 빌려간 사람들이 물건을 돌려준다는 핑계로 하나둘 몰려들어, 돌려받을 거라고 기대도 하지 않았던 숱한 물건들이 되돌아왔다. 물론 그것은 새로 부임한 목사 부부에 대한 호기심 때문이었다. 화젯거리랄 것도 없는 이 작고 조용한 마을에서 새로 부임한 목사란, 그것도 아내와 함께 나타난 목사는 호기심의 대상이 될 수밖에 없었던 것이다.

상상력이 부족하다고 앤이 투덜댔던 늙은 벤틀리 목사는 18년 동안 독신으로 지내며 에이번리에서 목회를 했다. 벤틀리 목사는 에이번리에 처음 부임할 때부터 독신이었는데, 해마다 이런저런 여성과 결혼할지도 모른다는 소문이 돌았지만 끝내 결혼하지 않았다. 그리고 지난 2월, 신도들의 아쉬움을 뒤로하고 목사직에서 물러났다. 설교를 잘하는 편은 아니었지만 에이번리 사람들은 오랜 세월을 함께해 온 착한 목사에게 애정이 깊었다.

그 이후로 목사 후보들이 주일마다 에이번리 교회에 와서 시범 설교를 했는데, 각양각색의 설교 덕분에 교회가 들썩거렸다. 어떤 목사를 선택할지는 교회 장로들이 결정했지만, 커스버트 씨네 오래된 가족석에 온순하게 앉은 빨강 머리 어린 소녀에게도 나름의 의견이 있어서 매슈와 열띤 토론을 벌이기도 했다. 그 모습을 옆에서 지켜보고 있던 마릴라는 어떤 방식으로든 목사를 비판하는 것은 안 된다고 못 박았다.

앤이 마지막으로 정리를 했다.

"매슈 아저씨, 스미스 목사님은 안 될 거 같아요. 린드 아줌마는 설교 전달력이 약하다고 하셨지만, 그분의 가장 큰 결점은 벤틀리 목사님처럼 상상력이 부족한 거라고 봐요. 반대로 테리 목사님은 상상력이 지나쳐요. 제가 '유령의 숲'을 상상했던 것처럼 너무 멀리 가시더라고요. 린드 아줌마는 그분은 신학적 이론이 탄탄해 보이지 않는다고도 했어요. 그레섬 목사님은 정말 좋은 분인데다 신앙심도 독실해 보이지만, 농담을 너무 많이 하다 보니 위엄이 없어 보여요. 아저씨, 목사님이라면 위엄이 좀 있어야 하는 거 아녜요? 마셜 목사님은 무척 매력적인데, 린드 아줌마가 알아보니 결혼을 안 하셨대요. 약혼을 한 것도 아니고요. 린드 아줌마는 그렇게 젊은 총각 목사님은 절대 모실 수 없다고 하셨어요. 신도와 결혼할 수도 있는데, 그러면 문제가 생길 수 있다고 말이에요. 린드 아줌마는 정말 멀리까지 내다보시는 것 같아요. 아저씨, 그렇죠? 저는 앨런 목사님이 오셔서 진짜 기뻐요. 설교도 흥미롭고요. 기도할 때도 습관처럼 그냥 하시는 게 아니라 진심으로 하고 싶어서 하시는 것 같거든요. 린드 아줌마 말로는, 앨런 목사님이 완벽한 건 아니지만 연봉 750달러에 완벽한 목사님을 모셔오는 건 힘들다고 하셨어요. 어쨌든 앨런 목사님은 신앙의 뿌리가 깊대요. 린드 아줌마가 교리를 콕콕 짚어가며 꼬치꼬치 물어보셨나 봐요. 그리고 사모님의 친척들도 아는데요, 다들 존경받는 분들이면서 훌륭한 주부들이라고 하셨어요. 그러면서 정통 신학자인 남편과 훌륭한 주부인 아내가 목사 부부의 가장 이상적인 조합이라고 하시더라고요."

신혼 초인 젊은 목사 부부는 인상이 좋았다. 그리고 목사는 본인이 선택한 평생 직업에 대해 선하고 아름다운 열정으로 가득했다. 에이번리 사람들은 처음부터 두 사람을 따뜻하게 맞이했다. 높은 이상을 가진 솔직하고 명랑한 목사와 목사관의 안주인인 밝고 우아한 젊은 부인을 남녀노소 가릴 것 없이 모두들 좋아했다.

앤은 이내 앨런 부인에게 깊이 빠져들었다. 마음을 나눌 수 있는 또 한 사람을 발견한 것이다.

일요일 오후에 앤이 큰 목소리로 말했다.

"앨런 사모님은 정말 멋진 분이세요. 주일학교에서 우리 반을 맡으셨는데, 수업을 시작하자마자 선생님만 질문하는 건 공평하지 않다고 하시더라고요. 아줌마, 아시죠? 그건 제가 늘 하던 말이잖아요. 뭐든지 질문해도 좋다고 하셔서 이것저것 여러 가지를 여쭤봤어요. 저는 알고 싶은 게 너무 많거든요."

마릴라가 톡 쏘듯이 단호하게 말했다.

"알다 뿐이냐? 어련했을라고."

"질문을 한 건 저 말고 루비 길리스뿐이었는데, 이번 여름에도 주일학교 소풍을 가느냐고 질문하더라고요. 그건 수업 내용과는 아무런 관련이 없으니 적절한 질문이 아니잖아요. 오늘 수업은 사자굴에 갇힌 다니엘에 관한 거였거든요. 하지만 앨런 사모님은 그냥 웃으면서 소풍을 갈 거 같다고 대답해 주셨어요. 앨런 사모님은 웃는 얼굴이 참 아름다우세요. 특히 볼에 있는 보조개가요. 저도 볼에 그런 보조개가 있었으면 좋겠어요. 아줌마, 제가 처음 여기 올 때보다 많이 통통해졌는데도 아직 보조개가 안 생겨요. 보조개가 생긴다면 사람들한테 보다 선한 영향력을 줄 수도 있을 텐데 말이에요. 앨런 사모님은 우리가 다른 사람들에게 선한 영향력을 주려고 항상 애써야 한다고 말씀하셨어요. 앨런 사모님은 좋은 말씀을 진짜 많이 해주세요. 지금까지는 종교가 이렇게 즐거운 건지 몰랐어요. 음울한 거라고 생각했는데, 지금은 그렇지 않아요. 앨런 사모님 덕분이에요. 그분처럼 될 수 있다면 저도 독실한 믿음을 가지고 싶어요. 벨 장로님같이 되기는 싫지만요."

마릴라가 따끔하게 꾸짖었다.

"앤! 벨 장로님을 그런 식으로 말하다니, 참 못됐구나. 벨 장로님은 좋은 분이시다."

앤도 동의했다.

"물론 좋은 분이시죠. 그런데 우리가 좋은 분이라고 생각하는 게 그분 마음엔 별 위안이 되지 않는지 행복해 보이지 않잖아요. 전 좋은 사람이 될 수 있다면, 너무나 행복하고 신이 나서 하루 종일 춤추고 노래할 것 같은데 말예요. 앨런 사모님은 춤추고 노래하기엔 좀 나이가 많고, 목사 사모님의 위엄도 지켜야 함에도 불구하고 크리스천인 걸 마냥 기뻐하시는 것 같잖아요."

마릴라가 문득 생각난 듯 말했다.

"앨런 목사님 내외분을 초대해야겠어. 우리 집 빼고 거의 다니신 것 같던데. 이번 주 수요일이 좋을 것 같구나. 하지만 매슈 아저씨께는 아무 말도 하지 말거라. 두 분이 오신다는 걸 알게 되면 어떤 핑계를 대서라도 도망갈 테니까. 벤틀리 목사님은 익숙해져서 괜찮

앗지만, 새로운 목사님과 친해지는 걸 힘들어 할 테고 더구나 사모
님까지 오신다면 까무러칠 거다.”

앤이 힘주어 말했다.

“네, 비밀을 무덤까지 갖고 갈게요. 그런데요 아줌마, 그날 케이크
를 제가 만들어도 될까요? 앨런 사모님을 위해 뭔가 하고 싶어요.
이젠 저도 케이크를 제법 잘 만들 줄 알잖아요.”

마릴라가 허락해 주었다.

“그래, 레이어 케이크를 만들어 보거라.”

월요일과 화요일 내내 초록지붕집은 손님 맞을 준비로 분주했다.
목사 부부를 초대하는 것은 굉장히 중요하고 의미 있는 일이었기
때문에 마릴라는 겉으로 내색하진 않았지만 에이번리의 어느 집보다
도 훌륭하게 대접하고 싶어 했다. 앤도 흥분과 설렘으로 들떠 준비
에 열중했다.

화요일 저녁 어스름이 내려앉을 무렵, 앤은 '드라이어드 샘' 옆의
붉고 커다란 돌 위에 앉아 전나무 진액이 묻은 작은 나뭇가지로
샘물 위에 무지개를 그리며 다이애나와 한참 수다를 떨었다.

“다이애나, 모든 준비가 끝났어. 내일 아침에 내가 케이크를 만들
고, 마릴라 아줌마가 비스킷만 구우면 돼. 아줌마랑 내가 정말이지
이틀 동안 얼마나 바빴는지 몰라. 목사님 부부를 식사에 초대하는
데 정말 할 일이 많더라. 난 이런 일이 처음이거든. 네가 우리 부엌을
봤으면 볼만해서 놀랐을 거야. 젤리 치킨(닭을 조리하여 잘게 찢은
후 젤라틴을 넣어 요리하면 모양과 식감이 젤리와 비슷하다.)하고 차가
운 소 혓바닥 요리를 준비했어. 젤리는 빨간색과 노란색 두 종류이
고, 생크림이랑 레몬 파이, 체리 파이도 있어. 쿠키는 세 종류고,
과일 케이크도 준비했어. 마릴라 아줌마가 제일 잘 만드는 노란

자두 잼은 목사님 부부를 위해서 특별히 준비한 거야. 거기에다 파운드케이크랑 레이어 케이크, 아까 말한 비스킷까지. 목사님이 소화력이 약해 새로 구운 빵을 못 드실 수도 있으니까 며칠 묵힌 빵이랑 갓 구운 빵을 모두 준비했지. 린드 아줌마가 그러셨는데, 목사님들은 소화불량인 경우가 많대. 하지만 앨런 목사님은 목사가 된 지얼마 안 됐으니까 그렇진 않을 것 같아. 그런데 레이어 케이크를 만들 생각만 하면 가슴이 마구 쿵쾅거려. 다이애나, 만약 케이크가잘 안 되면 어떡하지. 어젯밤 꿈엔 머리 대신 커다란 케이크가 달린 무시무시한 도깨비한테 쫓기기까지 했어."

늘 그렇듯이 다이애나가 앤을 안심시켰다.

"다 잘 될 거야. 걱정하지 마. 2주 전에 '한적한 들판'에서 점심으로 먹었던 케이크도 네가 만들었잖아. 정말 기막히게 맛있었어."

앤은 전나무 향이 잘 밴 나뭇가지를 물에 띄우며 한숨을 쉬었다.

"그랬지. 하지만 케이크란 녀석은 희한하게도, 특별히 신경 써서 만들려고 하면 망치게 되더라니까. 하지만 어쩔 수 없어. 그저 하느님의 선한 뜻을 믿고, 밀가루를 넣을 때 조심해야지. 다이애나, 저기봐봐! 정말 예쁜 무지개야! 우리가 떠난 다음에 드라이어드가 나타나서 스카프로 쓸 것 같지 않아?"

수요일 아침이 밝았다. 흥분으로 잠을 이루지 못했던 앤은 해가뜨자마자 일어났다. 전날 저녁 샘물가에서 물장난을 했기 때문인지 감기에 걸린 듯 머리가 무겁고 열이 났다. 하지만 폐렴이 아닌 이상앤은 그날 아침 케이크를 만들겠다는 계획을 포기할 수 없었다. 아침식사가 끝나자마자 케이크를 만들기 시작한 앤은 오븐 뚜껑을 닫고나서야 긴 숨을 내쉬었다.

"아줌마, 이번에는 빠트린 것 없이 재료를 다 넣었어요. 어휴, 케이크가 잘 부풀까요? 새 깡통을 따긴 했지만, 베이킹파우더의 질이 나쁜 거면 어쩌죠? 린드 아줌마가 그랬거든요. 요즘 베이킹파우더는 하도 불순물이 많이 섞여서 믿을 수가 없다고요. 정부가 이 문제를 조사해야 하는데, 보수당이 집권하고 있는 한 그런 날은 절대 오지 않을 거래요. 아줌마, 케이크가 안 부풀면 어쩌죠?"

마릴라가 무심하게 말했다.

"레이어 케이크 말고 다른 것들도 많잖니."

케이크는 잘 만들어졌다. 황금빛 거품처럼 가볍고 푹신푹신하게 구워졌다. 앤은 기뻐서 팔짝팔짝 뛰면서 빨간 잼을 켜켜이 발랐다. 그러면서 케이크를 맛본 앨런 부인이 한 조각 더 달라고 청하는 모습을 떠올려보기도 했다.

앤이 물었다.

"아줌마, 당연히 제일 좋은 찻잔 세트를 쓰실 거죠? 그리고 고사리와 들장미로 식탁을 장식해도 될까요?"

마릴라가 코웃음을 치며 말했다.

"그런 건 쓸데없는 짓 같더라. 중요한 건 음식이지. 겉치레는 중요하지 않아."

앤은 꾀를 부리는 뱀처럼 교묘하게 배리 부인의 식탁을 들먹였다.

"배리 아줌마는 꽃으로 식탁을 예쁘게 꾸몄는데, 목사님이 우아하다면서 '입뿐만 아니라 눈까지 즐겁군요.'라고 칭찬하셨대요."

마릴라는 배리 부인뿐만 아니라 그 누구에게도 지지 않겠다고 마음먹고서 목사 부부의 초대를 준비했던 터라 이렇게 말했다.

"그렇게 하고 싶으면 해보든가. 다만 음식 접시 놓을 자리는 넉넉히 남겨둬야 한다."

앤은 배리 부인은 엄두도 내지 못할 정도로 갖은 솜씨를 부려 식탁을 아름답게 꾸몄다.

시간이 되어 이윽고 앨런 목사 부부가 방문했는데, 두 분은 자리에 앉자마자 식탁 장식이 아름답다며 칭찬을 아끼지 않았다.

마릴라가 짤막하게 말했다.

"앤의 솜씨랍니다."

앨런 부인이 앤에게 미소를 보내주자 앤은 날아오를 것같이 기뻤다. 마치 세상에서 가장 행복한 사람이 된 기분이었다.

매슈도 식사 자리에 함께 앉았는데, 수줍음 많고 고집 센 매슈의 마음을 움직인 것은 앤이었다. 앤이 어떻게 설득했는지 모르지만, 매슈도 가장 좋은 슈트에 흰 깃을 달고 식탁에 얌전히 앉아 목사와 그냥저냥 이야기를 나누었다. 물론 앨런 부인과는 한마디도 나누지 않았는데, 그건 어차피 기대조차 하지 않은 일이었다.

명랑한 분위기에서 덕담을 주고받으며 식사를 한 후, 앤이 만든 레이어 케이크가 나왔다. 앨런 부인은 갖가지 음식들을 대접받아 배가 불렀기 때문에 정중하게 사양했다. 하지만 실망감에 휩싸인 앤의 표정을 본 마릴라가 미소를 지으며 말했다.

"앨런 사모님, 이건 앤이 특별히 사모님을 위해 직접 만든 거예요. 그러니······."

앨런 부인이 웃으며 말했다.

"아, 그렇다면 먹어봐야죠."

앨런 부인은 도톰한 조각 하나를 집어 접시에 담았다. 그리고 나서 한 입 베어 물었는데 그 순간 얼굴 표정이 이상해졌다. 하지만 아무 말도 하지 않고 케이크를 다 먹었다.

마릴라는 이상해진 앨런 부인의 표정을 재빠르게 읽고서 자기도 한쪽을 입에 넣고 맛을 보았다.

마릴라가 부르짖듯이 말했다.

"앤! 케이크 속에 무얼 넣은 거니?"

앤이 당황해하며 물었다.

"레시피에 있는 재료 말고는 아무것도 안 넣었어요. 아줌마, 뭐가 잘못되었어요?"

"잘못됐냐고? 이걸 어째. 앨런 사모님, 드시지 마세요. 앤, 네가 맛 좀 봐라. 무슨 향을 쓴 거니?"

한 입 먹어본 앤은 너무나 창피해서 얼굴이 새빨개졌다.

"바닐라 시럽이요. 바닐라만 넣었어요. 아줌마! 베이킹파우더 때문인 것 같아요. 그 베이킹파우더가 어쩐지…….."

"베이킹파우더가 이상하다니……. 말도 안 되는 소리야. 네가 썼다던 바닐라 시럽을 가져와 봐."

앤은 서둘러 부엌으로 가서 작은 갈색 병을 가져왔다. '최고급 바닐라 시럽'이라고 쓴 상표가 붙어 있었다.

마릴라가 코르크 마개를 열고 냄새를 맡아보고는 기겁을 했다.

"세상에나! 앤, 이건 진통제야. 이걸 케이크에 넣다니……. 저번에 약병이 깨져서 빈 바닐라 시럽 병에 부어놨었는데……. 내 잘못도 있다. 너한테 미리 말해줬어야 했는데 말이다. 아무리 그렇다 해도, 넌 냄새를 안 맡아봤니?"

앤은 부끄러움이 밀려와 울음을 터트렸다.

"맡을 수 없었어요. 감기에 걸렸거든요…….."

앤은 이렇게 대답한 다음 도망치듯 자기 방으로 달려 올라가 침대에 쓰러져 흐느껴 울기 시작했다.

잠시 후 누군가가 발자국 소리를 내며 계단을 올라오더니 방으로 들어왔다. 앤은 얼굴을 들지도 않고 엎드린 채 말했다.

"아줌마! 전 구제불능인가 봐요. 이제 부끄러워서 어떻게 살아요? 이걸 만회할 수도 없잖아요. 곧 소문이 다 퍼질 거예요. 에이번리에는 비밀이라고는 없잖아요. 다이애나는 케이크에 대해 물어볼 거고, 저는 사실대로 말할 수밖에 없어요. 케이크에 진통제를 넣은 아이라고 어디서든 놀림 받을 게 뻔해요. 길버…… 아니, 학교의 남자애들도 비웃을 거고요. 아줌마, 크리스천으로서 조금이라도 동정심이 있다면 지금 당장 내려가서 설거지를 하라고는 하지 마세요. 목사님과 사모님이 돌아가시고 나면 그때 할게요. 이제 다시는 앨런 사모님을 뵙지 못할 거예요. 아마 괘씸하게 생각하실 지도 몰라요. 린드 아줌마는 자기를 입양한 사람을 독살하려 했던 고아 여자애를 아신다고 했어요. 하지만 진통제에 해로운 독이 들어 있는 건 아니죠? 진통제는 고통을 줄여주는 거잖아요. 비록 케이크에 넣어서 먹진 않지만요. 앨런 사모님께 그걸 잘 말씀드려 주시면 안 돼요?"

"일어나서 네가 직접 말해 보면 어떻겠니?"

앤은 상냥한 목소리에 벌떡 일어났다. 앨런 부인이 침대 옆에서 빙긋이 웃으며 앤을 바라보고 서 있었다.

앨런 부인은 엉망이 된 앤의 얼굴을 보고 진심으로 안타까워했다.

"사랑스런 꼬마 아가씨, 이제 그만 울어. 이건 누구나 할 수 있는 재미난 실수일 뿐이야."

앤이 시무룩하게 말했다.

"아니에요, 이런 실수는 저 같은 바보들만 할 거예요. 앨런 사모님, 정말 맛있는 케이크를 만들어드리고 싶었어요……."

"알아, 앤. 나는 오늘 멋있게 완성된 케이크를 받고, 너의 정성과 친절한 마음에 감동했어. 정말 고마워. 이제 그만 울고, 나랑 내려가서 꽃밭을 보자. 미스 커스버트께서 네가 꾸며놓은 작은 꽃밭이 있다고 하셨어. 내가 꽃에 관심이 많거든."

앤은 아래층으로 내려가면서 앨런 부인이 자신과 마음이 통한다고 생각하며 위안을 받았다. 그리고 그날은 진통제 케이크에 관한 이야기가 더 이상 나오지 않았다.

손님들이 돌아가고 나자, 앤은 비록 뜻하지 않게 끔찍한 사건이 생기긴 했지만 기대했던 것보다 그날 저녁 시간을 훨씬 즐겁게 보냈다고 생각했다.

그럼에도 불구하고 앤이 한숨을 길게 내쉬며 말했다.

"아줌마! 내일은 새로운 날이고, 아직 실수를 하지 않은 채로 남아 있다는 게 참으로 다행스러워요. 그렇죠?"

마릴라가 그 말에 대꾸했다.

"앤, 내일도 실수를 할 거다. 넌 실수를 안 하고는 못 배기잖니."

앤이 우울한 표정으로 말했다.

"네, 저도 알아요. 하지만 긍정적인 점도 있다는 거, 아줌마도 아시죠? 저는 같은 실수를 두 번은 안 하잖아요."

"글쎄다, 그게 긍정적인 것인지 모르겠다. 늘 새로운 실수를 저지르니……."

"아줌마, 이렇게 생각해 보면 어떨까요? 한 사람이 저지를 수 있는 실수에는 분명 한계가 있다고요. 제가 그 한계점에 닿고 나면 더 이상 실수를 안 할 거 아니에요. 이렇게 생각하니까 마음이 다소 놓이네요."

"글쎄다……. 그나저나 케이크는 돼지에게 주고 오는 것이 좋을 것 같다. 사람이 먹을 만하지는 않아. 아무리 가리지 않고 잘 먹는 제리 부트라 해도 말이야."

22

앤, 파티에 초대받다

"이번엔 또 무슨 일로 그렇게 눈이 똥그래졌니? 또 마음이 통하는 사람을 발견이라도 한 거니?"

우체국에 심부름을 갔다가 헐레벌떡 돌아온 앤에게 마릴라가 물었다.

8월 저녁의 부드러운 햇살과 나른한 그림자가 어른거리는 오솔길을 장난꾸러기 요정처럼 춤을 추듯 달려온 앤은 온몸에 불이 붙은 것 같은 흥분에 휩싸여 눈을 반짝거렸다.

"아니에요, 아줌마. 하지만 이건 아줌마도 깜짝 놀라실 거예요. 내일 오후에 목사관에서 열리는 티 파티에 초대를 받았어요. 앨런 사모님이 우체국에다 저에게 보내는 편지를 남기셨더라고요. 이것 좀 보세요. '초록지붕집의 미스 앤 셜리에게'. '미스'라고 불린 건 난생처음이에요. 너무너무 설레요! 이건 제 보물로 영원히 간직할 거예요."

마릴라는 이렇게 멋진 일 앞에서도 동요하는 기색 없이 말했다.

"앨런 부인이 주일학교 학생들을 차례로 초대한 계획이라고 하더구나. 그러니 그렇게 수선 떨 거 없다. 너는 뭐든 좀 차분하게 받아들이는 법을 배워야 한다."

앤에게 차분하게 받아들이라고 하는 건 타고난 천성을 바꾸라는 말이나 다름없었다. 생기발랄함, 자유로움, 사랑스러움을 천성으로 지닌 앤은 삶의 기쁨과 고통을 보통 사람보다 세 배는 강하게 느낄 만큼 감수성이 예민했다. 뿐만 아니라 충동적이면서 너무 쉽게 흔들리는 기질까지 더해져 세상에서 일어나는 좋은 일이나 나쁜 일을 조용히 받아들이질 못했다. 이러한 앤의 특성을 누구보다도 빨리 간파한 마릴라는 무슨 일이든 차분하게 받아들일 수 있도록 연습시키는 것이 자신의 임무라고 생각했다. 하지만 그것은 얕은 개울물 위에서 춤추는 한 줄기 햇살을 붙들어 매는 것만큼이나 부질없는 짓이기도 했다.

마릴라는 아무리 기쁜 일이라도 그만큼의 대가를 치러야 한다는 사실을 앤이 이해하지 못하는 것 같아 막연한 불안감이 들곤 했다. 하지만 마릴라의 안타까운 마음에도 불구하고 앤은 별로 달라지지 않았다. 앤은 간절히 소망했던 일이나 계획이 깨지면 절망의 구렁텅이로 빠져 들어갔고, 반대로 그것이 실현되면 황홀경에 빠져 기쁨의 세계로 날아올랐다. 이 천방지축 말괄량이를 얌전하고 단정한 모범생으로 키울 수 있을 것인가에 대해 생각하면 마릴라는 기운이 쭉 빠지곤 했다.

그날 밤 앤은 말을 한마디도 하지 않고 조용히 침대에 누웠다. 북동풍이 부는 것을 보니 내일 비가 올지도 모른다는 매슈의 말을 듣고 속이 상할 대로 상해 있었기 때문이다. 초록지붕집을 둘러싸고 있는 포플러 이파리들의 바스락거림도 마치 빗방울 떨어지는 소리처럼 들려 앤은 마음을 졸였다. 저 멀리 세인트로렌스 만에서 들려오는 파도 소리도 평소에는 신비한 리듬을 자아낸다고 기분 좋게 귀 기울 였지만, 내일 날씨가 화창하기만을 바라는 이 꼬마 아가씨에게 이 모든 소리는 폭풍과 재난을 예고하는 것처럼 들릴 뿐이었다. 아침은 영원히 오지 않을 것만 같았다.

하지만 모든 일은 끝이 있기 마련이다. 목사관 티 파티에 초대받은 전날 밤이라 할지라도 말이다. 매슈의 예측과는 달리 아침은 화창 했고, 앤의 기분은 하늘 높이 날아갈 것만 같았다.

앤은 아침 설거지를 하면서 큰 소리로 재잘거렸다.

"아줌마, 얼마나 기분이 좋은지 몰라요! 날마다 티 파티에 초대받 는다면 모범생도 될 수 있을 것 같아요. 아줌마, 티 파티는 엄숙한 자리죠? 실수라도 할까 봐 걱정이 돼요. 한 번도 목사관에서 차를 마셔본 적이 없어서 예의범절이니 규칙이니 하는 것들을 하나도 모르 거든요. 물론 초록지붕집에 온 이후로 〈패밀리 헤럴드〉 잡지에 실린 예의범절 상식을 모조리 읽었지만요. 한심한 행동을 한다든가, 꼭 해야 할 일을 잊어버릴까 봐 걱정이 돼요. 정말 맛있는 음식이 나오면 한 접시 더 먹겠다고 해도 괜찮겠죠?"

"앤, 문제는 너다. 너는 너 자신에 대해서만 생각한다는 거 아니? 앨런 부인이 어떤 걸 좋아할지, 어떻게 행동하면 기뻐할지를 생각하 면 된다."

마릴라는 핵심을 찌르는 충고를 해주었고, 앤은 즉시 그 말뜻을 알아들었다.

"맞아요, 아줌마. 제 생각만 하지 않도록 노력할게요."

앤이 석양빛을 받으며 행복한 얼굴로 돌아온 걸 보면, 예의범절에 크게 어긋나지 않고 실수 없이 잘 다녀온 게 분명해 보였다. 집에 도착한 앤은 적잖게 피곤했지만 부엌문 앞에 놓인 커다란 붉은 사암 판자 위에 걸터앉아, 마릴라의 무릎에 곱슬머리를 기대고서 오늘 있었던 이런저런 일들을 풀어놓았다.

서쪽 언덕의 전나무 숲에서부터 불어오던 시원한 바람이 추수를 마친 들판 위를 지나, 포플러나무 사이를 스치며 휘파람 소리를 냈다. 과수원 위로 빛나는 별 하나가 걸렸고, '사랑의 오솔길'에서는 반딧불이들이 고사리와 흔들리는 나뭇가지들을 넘나들며 빠르게 날아다녔다. 앤은 마릴라와 이야기를 나누면서, 바람과 별과 반딧불이들이 한데 어우러진 풍경이 말로 표현할 수 없이 사랑스럽고 매력적이라고 느꼈다.

"아줌마, 정말 환상적인 시간이었어요. 제가 지금까지 헛되게 살아온 건 아닌 것 같았어요. 다시는 목사관에 초대받지 못한다고 해도 제 생각은 변하지 않을 거예요. 목사관에 도착했더니, 앨런 사모님이 문에서부터 맞아주셨어요. 사모님은 풍성한 주름에다 소매가 팔꿈치까지 오는, 아주 사랑스러운 연분홍빛 모슬린 드레스를 입고 계셨어요. 정말이지 천사 같았어요. 저도 이담에 크면 목사 부인이 되어야겠다고 결심했어요. 목사라면 세속적인 것들에는 관심이 없을 테니까, 머리카락이 빨갛든 말든 신경도 안 쓸 거예요. 하지만 목사 부인이 되려면 천성이 착해야 할 텐데, 저는 그렇지 않으니까 생각해 봐야 소용없는 일일 거예요. 어떤 사람들은 타고난 성정이 착하잖아요. 또 어떤 사람들은 아니고요. 저는 아닌 쪽이죠. 린드 아줌마가 그러시는데, 저는 원죄가 가득하대요. 그러니 제가 아무리 선해지려고 노력해도 착하게 태어난 사람들처럼 되진 못할 거예요. 제가 기하를 못하는 것처럼 말예요. 그래도 열심히 노력하면 뭔가 효과가 있어야 하는 거 아녜요? 앨런 사모님은 천성적으로 선한 분이세요. 전 앨런 사모님을 온 마음으로 사랑해요. 매슈 아저씨나 앨런 사모님처럼 그냥 단박에 좋아지는 사람들이 있거든요. 그리고 린드 아줌마처럼 사랑하기 위해 정말 애써야 되는 사람도 있고요. 아는 것도 아주 많고 교회에서 봉사도 열심히 하시니까 사랑해야 하는데, 그 사실을 계속해서 되뇌지 않으면 자꾸 잊어버려요. 참, 목사관에 화이트샌즈 주일학교에서 온 다른 여자애도 있었어요. 이름은 로레타 브래들리이고, 마음이 통하는 것은 아니었지만 그래도 괜찮은 아이였어요. 우린 우아하게 차를 마셨고, 전 예의범절을 나름 잘 지켰어요. 차를 마신 다음에는 앨런 사모님이 피아노를 치면서 노래를 불렀고, 로레타와 저에게도 노래를 시키셨어요. 그런데 사모님이 저더러 목소리가 예쁘다면서 주일학교 성가대에 들어오라고 하신 거 있죠. 성가대에 들어간다는 생각만으로도 얼마나 설렜는지 몰라요. 예전부터 저도 다이애나처럼 성가대에서 노래하고 싶었지만, 그건 제가 감히 넘볼 수 없는 일이라고 생각했거든요. 로레타는 오늘 밤 화이트샌즈 호텔에서 열리는 발표회에 참석해야 해서 일찍 집에 갔어요. 언니가 낭송을 하나 봐요. 로레타가 그러는데, 미국인들이 샬럿타운 병원을 후원하기 위해 호텔에서 격주로 발표회를 연대요. 그래서 화이트샌즈 사람들이 거기에 많이 출연하는데, 로레타도 언젠가 무대에 서게 될 것 같대요. 저는 너무 부러워서 그냥 쳐다보기만 했어요. 로레타가 가고 난 다음 앨런 사모님과 마음의 대화를 나눴어요. 저는 모든 걸 털어놓았어요. 토머스 부인과 쌍둥이들 얘기, 케이트 모리스랑 비올레타 얘기도 했고요. 초록지붕집에 오게 된 얘기도, 기하 때문에 골머리를 썩는 얘기도요. 아줌마, 그런데 믿어지세요? 앨런 사모님도 기하엔 완전 열등생이었대요. 그 말이 저한텐 얼마나 위로가 됐는지 몰라요. 아줌마, 그리고 제가 목사관을 나오기 직전에 린드 아줌마가 오셨어요. 그런데 무슨 얘길 들었는지 아세요? 학교 이사장들이 새 선생님을 뽑았는데 여자분이시래요. 이름이 뮤리엘 스테이시인데, 정말 로맨틱하지 않나요? 린드 아줌마 말로는 에이번리에 여자 선생님이 오신 건 처음이래요. 너무 파격적이라서 걱정스럽다고 하셨어요. 하지만 여자 선생님이 오신다니 너무 기대돼요. 개학까지 2주나 남았는데, 그때까지 어떻게 기다리죠? 선생님을 빨리 만나고 싶어서 가슴이 막 두근두근해요."

23
앤, 무모한 도전으로 부상당하다

앤은 새로 온 선생을 만나기까지 2주보다 더 긴 시간을 기다려야
만 했다. 진통제 케이크 사건이 일어난 지 거의 한 달이 지났으니까
뭔가 새로운 실수를 저지를 만한 때가 됐던 참이었다. 물론 그간
사소한 실수들이 없었던 건 아니었다. 이를테면 멍하니 있다가 돼지
먹이통에 부어야 하는 저지방 우유를 부엌에 있는 털실 바구니에
부어 버린 것이라든지, 공상에 잠긴 채 통나무 다리 끝을 걷다가
개울에 풍덩 빠진다든지 하는 일들은 셀 수 없이 많아서 굳이 실수라
고 말하기도 어려울 정도였다.

목사관에서 티 파티가 있은 지 일주일이 지났을 때, 다이애나 배리
가 파티를 열었다.

앤이 자랑스러운 듯이 말했다.

"아줌마, 몇 명만 초대받은 거예요. 우리 반 여자애들로만요."

아이들은 모여서 즐거운 시간을 보냈고, 차를 마신 후에도 그다지
특별한 일은 일어나지 않았다. 그러나 배리 씨네 정원으로 나간 아이

들은 이미 했던 놀이들이 전부 시들해지자 짓궂은 장난을 치고 싶어 했다. 그리하여 '위험한 도전' 게임을 시작했다.

이 게임은 에이번리 아이들 사이에서 한창 유행 중이었다. 남자아이들이 먼저 시작했지만 여자아이들에게도 곧 퍼져 나가서, 올여름 동안 에이번리에서 아이들이 벌인 엉뚱한 도전을 전부 다 기록한다면 책 한 권이 되고도 남을 터였다.

먼저 캐리 슬론이 루비 길리스에게 앞마당에 있는 커다랗고 오래된 버드나무의 어느 지점까지 올라가 보라고 했다. 루비 길리스는 버드나무에 징그러운 초록색 애벌레가 우글우글할 거라는 두려움과 새 모슬린 드레스가 찢어지기라도 한다면 엄마에게 혼날 일이 걱정되었지만 잽싸게 나무에 올라갔다. 그래서 도전을 제안했던 캐리 슬론을 완패시켰다. 그러자 조시 파이가 제인 앤드루스에게 오른발을 땅에 대지 말고, 왼발로만 멈추지 않고 정원을 한 바퀴 돌아보라고 제안했다. 제인 앤드루스는 투지를 불태우며 출발했지만 세 번째 모퉁이에서 다리에 힘이 빠져 포기하고, 패배를 인정할 수밖에 없었다.

게임에서 이긴 조시 파이가 의기양양하며 잘난 척을 해댔다. 그러자 앤 셜리가 조시 파이에게 정원 동쪽에 둘러진 널빤지 울타리 위를 걸을 수 있느냐고 했다. 한 번도 안 해본 사람은 모르겠지만, 사실 널빤지 울타리 위를 걷는 일은 생각보다 기술이 필요했고 머리와 발뒤꿈치의 균형 감각도 요구되었다. 하지만 조시 파이는 인기를 얻는 자질은 부족했어도 울타리 위를 걷는 데는 타고난 재능이 있었고, 적절하게 단련도 되어 있었다. 조시는 그 정도는 도전할 거리도 못 된다는 듯 무심한 태도로 울타리 위를 척척 걸었다. 울타리 걷기를 수도 없이 시도해 보았던 여자애들은 조시가 보란 듯 해내는 것을 보고 마지못해 박수를 치며 도전의 성공을 인정했다.

승리감에 빠진 조시 파이는 발갛게 상기된 얼굴로 울타리에서 내려왔다. 그리고는 거만한 표정으로 앤을 쏘아보았다.

앤이 빨강 갈래머리를 뒤로 홱 넘기며 말했다.

"그렇게 낮은 울타리를 걷는 건 대단한 성공이라고 생각하지 않아. 메리스빌에 사는 어떤 여자애는 지붕 들보 위도 걸었다는데, 뭐."

그러자 조시 파이가 딱 잘라 말했다.

"난 안 믿어. 지붕 들보를 걷다니, 말도 안 돼. 그건 너도 못 할걸."

앤이 발끈 화를 내며 무모하게 맞받아쳤다.

"뭐? 내가 못한다고?"

조시가 앤을 정면으로 바라보며 말했다.

"그렇다면 네가 도전해 봐. 저기로 올라가서 배리 씨네 부엌 지붕 들보를 걸어보라고!"

앤은 얼굴이 새하얗게 질렸다. 하지만 이 도전을 반드시 해내야 했다. 앤은 사다리가 걸쳐져 있는 부엌 지붕 쪽으로 성큼성큼 걸어갔다. 여자애들은 흥분하는 동시에 소스라치게 놀라 "아아!" 하며 소리를 질렀다.

다이애나가 나서서 말렸다.

"앤, 하지 마! 잘못해서 떨어지면 큰일 나. 조시 파이는 신경 쓰지 마. 이렇게 위험한 짓을 시키는 건 말이 안 돼!"

앤이 진지하게 말했다.

"다이애나, 난 해야 해! 이건 내 자존심이 걸린 일이니까. 지붕 들보를 성공적으로 걷든지 아니면 시도하다 실패하든지 둘 중 하나야. 혹시 내가 죽으면 내 진주 구슬 반지는 네가 가져."

모두가 숨죽이고 바라보는 가운데, 앤은 사다리를 올라 들보에

다다랐다. 몸을 세워 균형을 잡고 서 있었지만, 높은 곳에 올라오니 눈앞이 아찔하면서 머리가 어지러웠다. 들보 위를 걷는 일에 상상력은 도움이 되지 않았다. 그럼에도 불구하고 앤은 대여섯 걸음을 비틀비틀 걸었고, 그 순간 재앙이 닥쳤다. 몸이 주춤하는 것 같더니 이내 균형이 무너져 휘청거렸다. 발을 헛디딘 앤은 결국 햇빛에 달아오른 지붕 위로 주르륵 미끄러졌고 아메리카 담쟁이덩굴이 엉겨 있는 바닥으로 우당탕탕 곤두박질치고 말았다. 지붕 아래에 모여 있던 아이들은 겁에 질려 동시에 비명을 내질렀다.

만약 앤이 사다리를 타고 올라갔던 쪽으로 떨어졌다면 다이애나는 그 자리에서 진주 구슬 반지를 물려받았을 것이다. 하지만 다행히도 지붕이 현관 위까지 길게 연장된 쪽으로 떨어졌고, 그곳은 현관 바닥과 가까운 편이라 그나마 충격이 덜했다.

다이애나와 다른 여자애들은 발이 땅바닥에 붙은 듯 멍하니 서 있다가 다들 정신 나간 사람처럼 집을 빙 돌아 허겁지겁 뛰어갔다. 앤은 쑥대밭이 된 아메리카 담쟁이덩굴 속에 핏기도 없이 축 늘어져 있었다. 루비 길리스는 정신이 나가다시피 해서 앤에게 뛰어오지도 못하고 땅에 붙박여 버렸다.

다이애나는 비명을 지르며 앤 옆에 풀썩 주저앉았다.

"앤, 너 죽었니? 아아, 앤! 한마디만 해줘. 네가 죽지 않았다고 말해 봐."

앤이 비틀거리며 일어나 앉더니 힘겹게 중얼거렸다.

"다이애나, 나 안 죽었어. 하지만 감각이 없어."

앤의 말에 아이들은 겨우 마음을 놓는 것 같았다. 특히 조시 파이는 앤 셜리를 죽음으로 몰아넣은 아이로 낙인찍힐지도 모른다는 끔찍한 상상에 사로잡혀 있던 터라, 그제야 마음이 놓인다는 듯 누구보다도 크게 안도의 숨을 내쉬었다.

캐리 슬론이 흐느꼈다.

"앤! 어디가, 어디가 아픈 거야?"

그러나 앤이 대답하기도 전에 배리 부인이 달려왔다. 앤은 배리 부인을 보고 몸을 일으키려 했지만 날카로운 비명을 지르며 도로 주저앉았다.

배리 부인이 물었다.

"무슨 일이야? 어디 다친 거니?"

앤이 숨을 몰아쉰 다음 우물쭈물 말했다.

"발목을 다쳤어요. 다이애나, 미안한데 너희 아버지께 날 집으로 데려다 달라고 해줄래? 집까지 못 걸어갈 것 같아. 제인은 한 발로 정원 한 바퀴도 못 돌았는데, 내가 한 발로 집까지 가는 것은 어려울 것 같아."

마릴라는 과수원에서 여름 사과를 소쿠리가 가득 찰 만큼 따고 있다가, 통나무 다리를 건너 비탈길을 올라오는 배리 씨를 보았다. 게다가 배리 씨 옆에는 배리 부인이 있었고, 같은 반 여자아이들이 줄줄이 따라오고 있었다. 무슨 일이지……? 그런데 배리 씨의 두 팔에 안겨 어깨 위로 머리를 힘없이 기대고 있는 건 앤이 아닌가!

그 순간, 마릴라는 깨달았다. 저릿한 고통이 심장을 관통하며, 앤이 자신에게 어떤 의미인지 절절하게 다가온 것이다. 마릴라는 자신이 앤을 얼마나 좋아하는지, 아니 얼마나 깊이 사랑하고 있는지는 이미 인정하고 있던 터였다. 하지만 정신없이 비탈길을 뛰어 내려가며, 앤이 자신에게 있어 세상 그 누구보다도 소중한 존재라는 걸 새삼 깨달았다.

오랜 세월 늘 침착하고 분별력 있게 행동해 온 마릴라는 하얗게 질린 얼굴로 덜덜 떨면서 숨도 제대로 쉬지 못했다.

"배리 씨, 앤이 왜 이런 거죠?"

앤이 고개를 들고 대답했다.

"아줌마, 너무 놀라지 마세요. 지붕 들보 위를 걷다가 떨어진 거예요. 발목을 삐었나 봐요. 하지만 목이 안 부러진 게 어디예요. 좋은 쪽으로 생각할래요."

마릴라는 그제야 한시름 놓으면서 앤을 꾸짖었다.

"네가 파티에 간다고 나설 때부터 이런 사달이 일어날 줄 알았다. 배리 씨, 앤을 안에다 좀 뉘어 주세요. 세상에! 애가 기절을 했어요!"

정말이었다. 통증을 견디지 못하고 기절한 앤은 그렇게 소원 하나를 이뤘다. 진짜로 기절하고 말았으니까!

들판에서 추수하고 있던 매슈가 급히 불려와, 곧장 의사를 부르러 갔다. 잠시 후 의사가 도착했다. 부상은 보기보다 훨씬 심각했다. 발목이 부러진 것이다.

그날 밤, 마릴라가 동쪽 다락방으로 올라갔을 때 앤은 창백한 얼굴로 침대에 누워 있었다. 마릴라가 들어서자 일어난 앤이 애처로운 목소리로 말했다.

"아줌마, 제가 너무 불쌍하죠?"

마릴라가 커튼을 내리고 촛불을 켜면서 말했다.

"모두 다 네 잘못이다."

앤이 말했다.

"그래도 제가 안됐다고 생각해 주세요. 모든 게 다 제 잘못이라서 힘들단 말예요. 누굴 탓할 수 있다면 기분이 훨씬 나을 거예요. 만약 지붕 들보 위를 걸어보라는 도전을 받았다면, 아줌마는 어떻게 하시겠어요?"

"나 같으면 땅에 턱 버티고 서서, 너나 해보라고 그랬을 거다. 어떻게 그런 말도 안 되는 짓을 하니?"

마릴라의 대답에 앤이 한숨을 쉬며 말했다.

"아줌마는 정신력이 참 강하신 거예요. 저는 그렇지 못하거든요. 조시 파이가 비웃는 걸 도무지 참을 수가 없었어요. 걘 평생 동안 절 보면서 으스댔을 거라고요. 그리고 저는 지금 충분히 벌을 받고 있으니까 화내지 마세요. 아줌마, 그나저나 기절하는 건 좀 별로였어요. 의사 선생님이 제 발목을 맞출 때도 엄청 아팠어요. 6주에서 7주 정도는 못 걸을 거라고 하시는데, 그럼 새로 오신 선생님도 못 만나는 거잖아요. 제가 다시 학교에 갈 때쯤이면 더는 새 선생님도 아니고요. 그리고 길버…… 아니, 다른 애들이 반에서 1등을 해 버릴 거예요. 아아, 그런 것들을 생각하면 정말 괴로워요. 하지만 아줌마가 화만 내지 않으신다면, 이 모든 걸 씩씩하게 견뎌낼게요."

"앤, 난 화나지 않았다. 그나저나 넌 참 운이 없구나. 그건 확실한 거 같다. 하지만 네 말대로 충분히 벌을 받으면서 고생깨나 할 거 같다. 자, 이제 저녁을 좀 먹어야지."

앤이 말했다.

"그래도 저한테 상상력이 있어서 다행이죠? 상상력 덕분에 이 시간을 무난히 잘 넘길 테니까요. 아줌마, 상상력이 없는 사람들은 뼈가 부러졌을 때 뭘 할까요?"

앤은 그 후 지루하게 7주를 버티면서 자신의 상상력에 몇 번이나 고마워했다. 그렇다고 늘 상상력에만 의존했던 건 아니었다. 많은 사람들이 앤의 방으로 줄줄이 병문안을 왔기 때문이다. 학교 친구들이 하루도 거르지 않고 꽃과 책을 가져왔고, 에이번리 아이들의 세계에서 일어난 일들을 미주알고주알 이야기해 주었다.

절뚝거리긴 했지만 드디어 마루를 걷게 된 날, 앤은 행복한 듯 한숨을 내쉬며 말했다.

"아줌마, 모든 사람이 참 친절했어요. 누워 있는 게 좋은 일은 아니지만 그래도 괜찮은 점도 있었어요. 저한테 친구가 얼마나 많은지 알게 되었잖아요. 벨 장로님까지 오시다니……. 장로님은 정말 좋은 분이세요. 물론 마음이 통하는 분은 아니지만요. 그래도 장로님을 좋아하게 되었어요. 장로님이 기도를 지루하게 한다고 투덜거린 것도 진짜 미안하고요. 이젠 그 기도가 장로님의 진심이란 걸 알 것 같아요. 다만 장로님은 진심이 아닌 것처럼 기도하는 습관이 있는 것뿐이었어요. 조금만 노력하면 고치실 수 있을 거예요. 제가 힌트도 살짝 드렸어요. 제가 혼자 기도를 할 때 재밌게 하려고 얼마나 애쓰고 있는지 말씀드렸거든요. 참, 장로님이 어렸을 때 발목이 부러졌던 경험을 자세히 말씀해 주셨어요. 벨 장로님도 꼬마 시절이 있었다는 게 정말 이상했지만요. 제 상상력을 몽땅 동원해도 잘 그려지지가 않았어요. 꼬마였던 벨 장로님을 상상했는데도, 회색 콧수염이랑 안경을 쓴 작은 아이가 떠오르는 거예요. 주일학교에서 보는 그 모습 그대로에다 크기만 작아진 거죠. 하지만 앨런 사모님의 꼬마 시절을 상상해 보는 건 아주 쉬워요. 사모님은 저를 보러 열네 번이나 오셨어요. 아줌마, 그건 자랑해도 될 만한 일 아닐까요? 목사 사모님이라면 할 일이 얼마나 많겠어요! 게다가 오실 때마다 정말 즐겁게 해주세요. '이건 다 네 잘못이니까, 이번 일을 계기로 더 나은 아이가 되길 바란다.'는 식의 말씀은 하신 적이 한 번도 없으세요. 린드 아줌마는 오실 때마다 그러셨거든요. 제가 더 나은 아이가 되길 바란다고 말씀하셨지만, 실제로는 제가 그렇게 될 리가 없다는 투로요. 조시 파이도 왔어요. 저는 최대한 반갑게 맞아줬어요. 저

한테 지붕 들보 위를 걸어보라고 시킨 게 얼마나 미안하겠어요. 만약
제가 죽었다면 걘 평생 무거운 죄책감을 갖고 살았을 거예요. 다이애
나는 참으로 든든한 친구예요. 제가 외로워할까 봐 매일같이 와서
제 옆에 있어 줬어요. 하지만 하루빨리 학교에 가고 싶어요. 새로
오신 선생님에 대한 흥미로운 말을 너무 많이 들었거든요. 여자애들
은 전부 선생님이 무척 다정한 분이래요. 다이애나 말로는, 정말
예쁜 금빛 곱슬머리에다 눈이 무척 매력적이래요. 옷도 예쁘게 입으
시는데, 퍼프소매는 에이번리에서 제일 볼록하대요. 격주로 금요일
오후엔 발표 수업을 하는데, 모두가 시를 한 편씩 낭송하거나 연극
에 참여해야 한대요. 아, 생각만 해도 정말 멋져요! 조시 파이는
상상력이 없어서 그런지 그게 너무 싫대요. 다이애나랑 루비 길리스,
또 제인 앤드루스는 다음 주 금요일에 발표할 〈아침의 방문〉이라는
연극을 연습하는 중이래요. 그리고 발표 수업이 없는 금요일 오후엔
스테이시 선생님이 아이들을 데리고 숲으로 나가 고사리며 꽃이며
새들에 대해 배우는 자연 학습을 한대요. 아, 참. 매일 오전과 오후
엔 체력 단련 체조를 하고요. 린드 아줌마는 그런 수업 방식에 대해
이제껏 들어본 적이 없는 거라면서, 여자 선생님을 들여서 이런 일이
생겼다고 하셨대요. 하지만 제 생각에는 너무 재미있을 것 같고,
스테이시 선생님과도 마음이 잘 통할 것 같아요."

앤이 쉬지 않고 떠들어대는 것을 무심한 듯 듣고 있던 마릴라가
말했다.

"앤, 한 가지 확실한 게 있긴 하구나. 네가 배리 씨네 지붕에서
떨어졌어도, 입은 전혀 다치지 않았던 것 말이다."

24

발표회를 준비하다

다시 10월이 왔을 때 앤은 학교로 돌아갈 수 있을 만큼 나아 있었다.

10월은 눈부신 햇살을 받아 모든 세상이 붉은빛과 황금빛으로 빛나는 계절이었다. 그윽한 아침이면 가을 요정들이 부어놓은 것 같은 은은한 안개가 골짜기를 온통 뒤덮었다. 이슬방울들이 송송 맺힌 들판은 은빛 천을 깔아놓은 것처럼 반짝였고, 숲속 길은 숱한 나뭇가지에서 떨어진 잎들이 수북이 쌓여 지나갈 때마다 바스락거렸다. '자작나무 길'은 노란 장막을 드리운 것 같았고, 그 길을 따라 난 고사리들은 시들어 갈색으로 변해 있었다.

공기 중에 퍼져 있는 톡 쏘는 향기에 설렌 여자아이들이 학교로 향하는 발걸음은 빠르고 경쾌했다.

오랜만에 다이애나의 옆자리 작은 갈색 책상에 나란히 앉자, 앤의 마음은 진한 감동으로 차올랐다. 루비 길리스는 통로 반대편에서 앤을 향해 고개를 까딱해 보였고, 캐리 슬론은 쪽지를 건넸다. 뒷자리의 줄리아 벨은 껌을 주었다. 앤은 연필을 깎고 그림 카드를 정리해서 책상 안에 넣은 다음 행복한 마음으로 긴 숨을 내쉬었다. 역시 산다는 건 무척이나 흥미롭고 즐거운 일이라고 생각했다.

얘긴 많이 들었지만, 앤이 처음 만난 젊은 여선생은 진실하고 다정한 친구가 되어 줄 것 같았다. 활기차고 밝은 성격의 스테이시 선생은 한 사람 한 사람에게 친절하고 따뜻하게 대해 주어 모든 아이들이 좋아했다. 뿐만 아니라 아이들의 잠재된 재능이 정신적으로나 도덕적으로 발휘될 수 있도록 이끌어주는 능력이 매우 뛰어났다.

앤은 훌륭한 선생의 영향을 받으며 꽃처럼 활짝 피어났고, 집으로 돌아와서는 무엇이든지 감탄하며 들어 주는 매슈와 냉철하게 비판하는 마릴라에게 학교에서 있었던 일들과 자신의 목표에 대해 신이 나서 떠들곤 했다.

"아줌마, 저는 스테이시 선생님을 온 마음으로 사랑해요. 선생님은 상냥하고 목소리도 고울 뿐 아니라, 품위도 있어요. 제 이름을 부를 때도 e자를 붙여서 부른다는 걸 바로 느낄 수 있었어요. 오늘 오후에는 발표 수업이 있었는데, 제가 시를 낭송했어요. 제가 〈스코틀랜드의 여왕, 메리〉를 낭송하는 걸 두 분이 들으셨으면 좋았을 텐데⋯⋯. 정말 진심을 다해 낭송했거든요. 집에 오는 길에 루비 길리스는, 제가 '내 아버지를 위해, 이제 나의 여성성과 작별하리라.' 는 대목을 읽을 때 자기 피가 마르는 줄 알았다고 말했어요."

매슈가 말했다.

"그래, 나도 언제 한번 헛간에서 네 낭송을 들어보고 싶은데 ⋯⋯."

앤이 바로 대답했다.

"물론 해드릴게요. 하지만 학교에서 하는 것처럼 잘할 수 있을지는 모르겠어요. 많은 아이들 앞에서 하는 것만큼 심장이 두근거리진 않을 테니까, 피가 마를 정도는 아닐 거예요."

마릴라가 말했다.

"린드 부인이 그러는데, 지난 금요일에 남자애들이 벨 씨네 언덕 커다란 나무 꼭대기에 올라간 걸 보고 자기 피가 마르는 줄 알았다고 하더구나. 스테이시 선생님이 부추긴 거 아니냐?"

앤이 설명했다.

"자연 학습 때문에 까마귀 둥지가 필요했거든요. 그날 오후는 야외로 나가는 날이었어요. 아줌마, 오후에 하는 자연 학습은 정말 재밌어요. 스테이시 선생은 모든 걸 알기 쉽게 잘 설명해 주세요. 저희는 그날 들판에 앉아 글짓기도 했는데, 제가 제일 잘 썼어요."

"앤, 너무 자만하는 거 아니니? 그런 칭찬은 선생님이나 하시는 거지."

"아줌마, 선생님도 그러셨어요. 자만한 게 아니에요. 또 기하를 그렇게 못하는데, 어떻게 자만할 수 있겠어요? 요즘 들어 조금 나아지긴 했어요. 스테이시 선생님이 차근차근 설명해 주시거든요. 그렇다곤 해도 기하를 잘하게 될 순 없을 거 같아요. 이 말은 분명 겸손한 말이죠? 하지만 글을 쓰는 건 좋아해요. 보통 때는 스테이시 선생님이 주제를 마음대로 고르라고 하시는데, 다음 주에는 위인에 관한 글을 쓰라고 정해 주셨어요. 그 많은 위인 중에 한 명만 고르는 건 어려워요. 훌륭하게 살다가 죽은 뒤에, 사람들이 자기에 대한 얘기를 글로 써준다면 진짜 근사하겠죠? 저도 훌륭한 사람이 되고 싶어요. 나중에 크면 간호사가 될까 봐요. 적십자에 들어간 다음 전쟁터로 나가 아픈 사람을 돌보고 싶어요. 정말 그래야겠네요. 선교사가 되어 외국으로 나가지 않는다면 말이에요. 매우 로맨틱한 일이긴 하지만, 선교사가 되려면 아주 착한 사람이어야 할 텐데 그게 고민이에요. 그리고 우린 날마다 체력 단련 체조도 해요. 체조를 하면 몸도 예뻐지고 소화도 잘 된대요.”

마릴라는 다 터무니없는 짓이라는 생각이 들어, 이렇게 말했다.

“소화라니, 말도 안 되는 소리!”

하지만 야외 수업이며 금요일의 발표 수업, 그리고 체력 단련 체조는 11월에 스테이시 선생이 계획한 일 때문에 빛을 잃었다. 에이번리의 학생들이 크리스마스 밤에 강당에서 발표회를 연다는 계획을 세웠는데, 목적은 학교에 교기를 달 비용을 모금하기 위해서였다. 학생들은 이 계획에 흔쾌히 찬성했고 즉시 프로그램을 준비하기 시작했다. 무대 위에서 발표할 학생들 중 가장 들뜬 건 누가 뭐래도 앤 셜리였다. 마릴라는 탐탁지 않게 여겼지만, 앤은 발표회 준비에 몸과 마음을 다 바칠 정도로 열심이었다.

마릴라는 그 모든 것이 한심한 짓이라며 못마땅해 했다.

“말도 안 되는 일에 정신을 뺏기고 있으니, 공부는 언제 하려는 거냐? 애들이 발표회 연습이니 뭐니 하며 몰려다니는 것이 마음에 들지 않는다. 헛바람만 잔뜩 들어서, 주제넘게 촐랑대기만 하니, 원…….”

앤이 간곡하게 말했다.

“하지만 뜻깊은 일이잖아요. 교기를 달면 애교심이 커질 거예요.”

“말도 안 되는 소리! 너희 중에 누가 애교심 따윌 생각하겠니? 그저 재밌게 놀자고 하는 거잖아.”

“그러면 애교심이랑 재미를 같이 느낄 수 있다고 생각하면 되잖아요. 그럼 괜찮지 않나요? 발표회를 준비하는 건 정말 멋지거든요. 합창을 여섯 곡이나 부를 거고, 다이애나는 독창을 할 거예요. 저는 연극 두 편에 출연하는데, <소문을 금지하는 사회>랑 <요정 여왕>이에요. 남자애들도 연극을 할 거예요. 그리고 저는 시 두 편을 낭송해요. 아줌마! 생각만 해도 떨리지만, 그래도 기분 좋게 떨리는 거니까 괜찮아요. 그리고 마지막에는 <믿음, 소망, 사랑>이라는 타블로(tableau: 극에서 움직이던 배우가 멈추거나 정적인 상태로 표현되면서, 다른 상황을 환기하는 기법.)도 할 거예요. 다이애나랑 루비랑 제가 하는데, 셋 다 긴 흰색 옷을 입고 머리도 길게 늘어뜨리기로 했어요. 저는 '소망'이라서 두 손을 간절히 모으고 눈은 위를 바라보는 거예요. 다락방에서 이제 낭송 연습을 할 거예요. 아줌마, 신음 소리가 나도 놀라지 마세요. 제가 극 중에서 아주 가슴 아프게 괴로워하는 부분이 나오거든요. 그런데 신음 소리를 예술적으로 멋지게 내는 건 정말 어려워요. 그리고 조시 파이는 연극에서 자기가 하고 싶었던 배역을 못 맡아서 삐졌어요. 요정 여왕을 하고 싶어 했는데, 그건 아닌 것 같아요. 조시처럼 뚱뚱한 요정 여왕은 말이 안 되잖아요. 그런 여왕이 어디 있겠어요. 요정 여왕은 분명 날씬할 거예요. 그래서 제인 앤드루스가 여왕이 됐고, 저는 시녀 중 한 명이에요. 조시 파이는 빨강 머리 요정도 뚱뚱한 요정처럼 말이 안 된다고 했지만, 조시가 뭐라 하건 신경 쓰지 않기로 했어요. 머리에는 하얀 장미 화관을 쓸 거예요. 그리고 신발은 슬리퍼를 신기로 했는데, 저는 슬리퍼가 없어서 루비 길리스가 빌려주기로 했어요. 요정이 부츠를 신으면 이상할 것 같잖아요. 더군다나 앞코에 구리를 댄 부츠는요. 우린 가문비나무와 전나무를 잘라다가 강당을 장식하고, 분홍색 종이로 장미꽃을 만들어서 사이사이에 놓기로 했어요. 그리고 관객이 다 자리에 앉으면, 엠마 화이트가 오르간으로 연주하는 행진곡에 맞춰 둘씩 짝을 지어 입장할 거예요. 아줌마! 아줌마는 이 발표회가 별로이겠지만, 그래도 아줌마의 귀여운 앤이 돋보인다면 좋지 않으세요?"

"내가 바라는 건 네가 행동을 제대로 하는 거다. 이 호들갑이 끝나고 네 마음이 차분해진다면, 그땐 진심으로 기쁠 거 같다. 지금 네 머릿속에는 연극이니 신음 소리니 타블로니 하는 한심하고 쓸모 없는 것들로 꽉 들어차 있으니 말이다. 그리고 네 혀는, 그렇게 많이 사용하는데도 닳아 없어지지도 않으니 그저 놀라울 뿐이다."

앤은 한숨을 쉬며 뒤뜰로 나갔다. 밝은 황록색으로 물든 서쪽 하늘에 걸린 가녀린 초승달이 잎 떨어진 포플러 나뭇가지 사이로 얼굴을 내밀고 있었다. 거기서 매슈가 장작을 패고 있었다. 앤은 적어도 매슈 아저씨라면 자기 말을 귀담아 듣고 공감해 줄 거라고 생각했다. 그래서 장작더미에 앉아 발표회에 대해 재잘거리기 시작했다.

매슈는 앤의 작고 생기발랄한 얼굴을 바라보며 미소 지었다.

"그래, 정말 대단한 발표회가 될 거 같구나. 너라면 맡은 역할을 잘 해낼 거다."

앤도 매슈를 따라 환하게 웃었다.

두 사람은 가장 가까운 친구였다. 매슈는 그동안 앤을 키우는 방식에 참견하지 않아도 되니 다행이라고 여길 때가 종종 있었다. 그건 전적으로 마릴라의 몫이었다. 만약 매슈가 앤의 양육을 담당했다면 아이가 가진 특유의 성향과 자신의 의무감 사이에서 갈등하며 걱정할 일이 허다했을 것이다. 하지만 매슈는 그런 것에서 자유로웠기 때문에 앤에게 하고 싶은 대로 마음껏 할 수 있었다. 마릴라는 매슈가 앤을 그런 식으로 다 망쳐놓았다고 불평했지만 말이다. 하지만 그게 그렇게 나쁜 것만은 아니었다. 때로는 작은 칭찬이 세상의 모든 훌륭한 양육만큼이나 훌륭한 교육이 되기도 하기 때문이다.

25
퍼프소매가 달린 드레스

　매슈는 불편하고 어정쩡한 자세로 10분 가까이 괴로운 시간을 보내고 있는 중이었다. 춥고 을씨년스러운 12월의 저녁 무렵, 매슈는 부엌으로 들어와 무거운 부츠를 벗으려고 장작통 한 귀퉁이에 걸터앉았다. 거실에서는 앤과 반 친구들이 〈요정 여왕〉을 연습하는 중이었지만 매슈는 이 사실을 모르고 있었다. 하지만 이내 여자애들이 왁자지껄 떠들며 복도를 지나 부엌으로 몰려왔다. 여자애들은 매슈를 미처 보지 못했다. 아이들과 만나는 것을 성가시게 여긴 매슈가 한손에 부츠를, 다른 손엔 구둣주걱을 든 채 장작통 뒤 어두컴컴한 곳으로 급히 몸을 감췄기 때문이다. 그래서 매슈는 아이들이 모자를 쓰고 외투를 챙기면서 연극과 발표회에 관해 떠드는 모습을 10분 이상 몰래 지켜볼 수밖에 없었던 것이다.

　앤은 여느 아이들과 마찬가지로 생기 있는 눈으로 활달하게 아이들 사이에 서 있었다. 하지만 매슈는 문득 앤이 다른 아이들과는 뭔가 다르다는 걸 느꼈다. 그런 차이점이 있어서는 안 될 것 같아 매슈는 걱정스러웠다. 앤은 친구들보다 더 밝은 얼굴에, 눈은 더 크고 반짝였으며, 이목구비도 또렷한 아이였다. 숫기 없고 관찰력이 부족한 매슈라도 이런 점은 쉽게 알아챌 수 있었다. 하지만 매슈의 마음을 불편하게 하는 차이점이란 건 그런 게 아니었다.

'뭐가 다른 거 같은데, 뭐가 다른 거지?'

아이들이 팔짱을 끼고 꽁꽁 언 오솔길을 내려가고 앤이 책 속에 푹 빠진 이후까지도 매슈의 머릿속에서 그 의문이 사라지질 않았다. 그렇다고 마릴라에게 물어볼 수도 없는 노릇이었다. 앤과 다른 애들의 차이점은, 다른 아이들은 가끔씩이나마 입을 다물지만 앤은 절대 그러지 않는다는 것뿐이라며 콧방귀를 뀔 것이 뻔했기 때문에 물어 봐야 소용없는 일이었다.

마릴라가 질색을 하는데도 매슈는 저녁 내내 파이프 담배를 피우며 과연 뭐가 달랐던 건지 골똘히 생각했다. 두 시간 동안 열심히 궁리한 끝에 매슈는 답을 찾아낼 수 있었다. 아이들과 달랐던 건 바로 앤의 옷차림이었던 것이다!

생각하면 할수록 그랬다. 앤이 초록지붕집에 온 이후로 다른 애들과 비슷한 옷을 입은 적이 한 번도 없었던 것이다. 마릴라는 그동안 앤에게 수수하고 어두운 천으로 만든 똑같은 모양의 원피스만 입혔다. 옷에도 유행이라는 것이 있다는 것을 알았다 해도 매슈가 할 수 있는 일은 없었을 것이다. 하지만 앤이 입고 있던 원피스의 소매가 다른 애들 것과는 분명히 달랐다. 그는 그날 저녁 부엌에 옹기종기 모여 있던 아이들을 다시 떠올려보았다. 다들 밝고 예쁜 색깔에 커다랗게 부풀린 소매를 달고 있었던 것이 생각났다. 그런데 마릴라는 왜 앤에게 그렇게 밋밋하고 수수한 옷만 입혔던 걸까.

물론 그래도 괜찮을 것이다. 마릴라는 앤에게 무엇이 가장 좋은 것인지, 앤을 어떻게 키워야 하는지 알고 있으니까, 아마도 이해하기 힘든 어떤 현명한 이유가 있을 것이었다. 하지만 다이애나 배리가 늘 입는 예쁜 드레스를 앤에게 한 번쯤 입히는 것도 나쁠 건 없어 보였다. 매슈는 앤에게 예쁜 드레스를 한 벌 선물하기로 마음먹었다. 마릴라가 쓸데없는 참견을 한다며 말리는 일이 없을 만큼 시기적절했다. 마침 2주 후면 크리스마스였기 때문이다. 매슈는 마릴라가 문이란 문은 모조리 다 열고 담배 연기를 내보내는 동안 혼자 마음이 뿌듯해져서 만족의 한숨을 내쉬며 파이프를 치우고 침대로 갔다.

다음 날 저녁, 매슈는 드레스를 사러 카모디로 갔다. 생각한 김에 해결해야겠다는 마음에서였다. 그러나 매슈는 자기가 그 일을 제대로 할 수 있을지 걱정이었다. 매슈가 살 줄 아는 물건은 몇 개 되지 않았고, 스스로도 잘 알고 있듯 흥정을 잘하는 사람이 아니었다. 그래도 여자아이의 드레스를 사려면 점원의 도움을 받아야 할 것 같았다.

매슈는 한참을 고민한 끝에 윌리엄 블레어 상점 대신 새뮤얼 로슨 상점으로 가기로 했다. 분명히 말해 두자면 커스버트 가족은 윌리엄 블레어 상점의 오랜 단골이었다. 그건 장로교회에 나가고 보수당에 투표하는 것만큼이나 당연한 일이었다. 하지만 윌리엄 블레어의 두 딸이 손님을 맞았기 때문에 매슈는 그게 너무나도 불편했다. 살 것이 분명해 손가락으로 가리키기만 하면 될 때에는 두 딸에게 어떻게든 물건을 살 수 있었을 것이다. 하지만 이번 경우에는 설명도 듣고 상의도 해야 할 것 같아서, 매슈는 남자 점원이 있는 곳으로 가야겠다고 생각했다. 그래서 새뮤얼이나 그의 아들이 맞아줄 새뮤얼 로슨 상점으로 발걸음을 옮겼다.

하지만 이런! 매슈는 최근에 새뮤얼이 사업을 확장하느라 여자

점원을 고용했다는 사실을 모르고 있었다. 점원은 로슨 부인의 조카로 아주 젊고 매력적인 여성이었다. 그녀는 머리를 풍성하게 뒤로 넘겼고, 왕방울처럼 커다란 갈색 눈을 이리저리 굴리면서 당혹스러울 정도로 활짝 웃었다. 아주 세련된 옷차림에 팔찌도 여러 개 찼는데, 그녀가 손목을 움직일 때마다 번쩍거리면서 소리가 났다. 매슈는 계산대 뒤에 여자 점원이 서 있는 걸 보고 어찌해야 할 바를 몰랐다. 팔찌가 한 번만 달그락거려도 분별력이 산산이 깨질 판이었다.

"커스버트 씨, 무엇을 찾으세요?"

루실라 해리스가 상냥하게 물었다.

"에, 저어…… 정원용 가, 갈퀴가 있습니까?"

매슈가 더듬거리며 말했다.

해리스는 속으로 조금 놀랐다. 12월 중순에 정원용 갈퀴를 찾는 사람은 거의 없었기 때문이다.

"두어 개 남아 있을 거예요. 하지만 2층 창고에 있으니 찾아다 드릴게요."

해리스가 갈퀴를 찾으러 간 동안 매슈는 정신을 가다듬으려고 애썼다.

해리스가 갈퀴를 가져다주며 활기차게 다시 물었다.

"더 필요하신 것은 없나요?"

매슈는 용기를 내어 대답했다.

"음, 그러니까…… 저, 건초 씨앗을 좀……"

해리스는 매슈가 좀 특이한 사람이라는 말을 들은 적이 있었지만 이렇게까지 이상한 줄은 몰랐다. 그래서 이렇게 대답했다.

"씨앗은 봄에만 팔아요. 지금은 취급하지 않아요."

"그, 그렇군요. 물론 그럴 거예요."

매슈는 말을 더듬으며 갈퀴를 들고 문 쪽으로 나서다가 아직 계산을 하지 않았음을 깨닫고 되돌아섰다.

해리스가 거스름돈을 세는 동안 매슈는 남은 힘을 끌어 모아 물었다.

"저…… 미안하지만, 그게 뭐냐, 그 설탕을 좀 보여주시겠어요?"

"흰 설탕 말인가요? 아니면 흑설탕?"

매슈는 자꾸만 엉뚱한 말이 튀어나왔다.

"네, 그러니까…… 흐, 흑설탕이요."

해리스가 팔찌를 달그락거리며 말했다.

"저기 한 통이 있어요. 지금은 그것밖에 없네요."

매슈는 또다시 생각과는 다른 말을 하고 말았다.

"어…… 그러면…… 9킬로그램 하겠습니다."

매슈의 이마에 땀방울이 송골송골 맺혔다.

매슈는 집에 절반쯤 와서야 겨우 정신을 차렸다. 섬뜩한 경험이었지만 단골집을 두고 낯선 상점에 갔으니 당할 만도 했다는 생각이 들었다.

집에 도착한 후, 갈퀴는 도구 창고에 숨겼지만 흑설탕은 마릴라에게 갖고 갈 수밖에 없었다.

마릴라가 소리를 질렀다.

"웬 흑설탕이에요! 무슨 생각으로 그렇게 많이 산 거예요? 일꾼들에게 줄 오트밀을 쑤거나 검은 과일 케이크를 만들 때를 제외하곤 흑설탕을 쓸 일이 없다는 거 알잖아요. 이제 제리 부트도 가 버렸고, 케이크는 이미 오래전에 만들었다고요. 그리고 이건 질도 나쁘네요. 거칠고 색이 짙어요. 윌리엄 블레어 상점에서는 이런 설탕은 잘 안 파는데……"

"그게…… 언젠가는 쓸 일이 있을 거라 생각했지."

매슈는 가까스로 위기를 모면했다.

매슈는 계속 고민한 끝에 아무래도 이런 일은 여자의 도움이 필요하다는 결론을 내렸다. 하지만 마릴라에게 이야기하면 그 자리에서 반대할 것이 뻔했다. 그러면 남은 건 린드 부인뿐이었다. 에이번리에서 린드 부인 말고는 매슈가 부탁할 만한 사람이 없었다. 그래서 매슈는 린드 부인을 찾아갔고, 그녀는 매슈의 말을 금방 알아듣고 말했다.

"그러니까 앤의 드레스를 골라 달라는 거죠? 물론 해드려야죠. 마침 내일 카모디에 갈 일이 있으니까 골라볼게요. 혹시 특별히 생각해 둔 게 있으세요? 없으신가요? 그렇다면 그냥 제가 알아서 할게요. 앤한테는 진한 갈색이 어울릴 거예요. 윌리엄 블레어 상점에 아주 예쁜 공단이 새로 들어왔더라고요. 제가 만드는 것이 좋겠죠? 마릴라가 만들면 앤이 금방 눈치채서 깜짝 선물이 안 될 테니까요. 미안해하지 마세요. 제가 바느질하는 걸 좋아하니까요. 치수는 제 조카 제니 길리스한테 맞추면 될 거예요. 앤하고 제니는 한 콩깍지에 든 콩알처럼 체격이 꼭 같거든요."

매슈가 더듬거리며 말했다.

"정말 고맙습니다. 저, 그런데…… 저기 뭐랄까, 옷소매 말입니다. 요즘 소매는 모양이 예전과 좀 다른 것 같던데…… 귀찮지 않다면 요즘 소매들처럼 새로운 모양으로 해줬으면 합니다."

린드 부인이 매슈를 안심시켰다.

"아, 퍼프소매요? 그렇게 해드릴게요. 걱정 마세요, 아주 최신 유행으로 만들어 드릴 테니까요."

매슈가 돌아가자 린드 부인이 혼잣말로 중얼거렸다.

"좋은 일을 하는 거야. 가엾은 아이한테 한 번이라도 제대로 된 옷을 입힌다니 좋은 일이야. 마릴라가 애한테 입히는 옷은 정말 어처구니가 없지. 몇 번이나 이야기해 주고 싶어서 입이 근질거렸지만, 마릴라가 충고해 주는 걸 원체 싫어하니까 입을 꾹 다물고 있을 수밖에. 그리고 경험은 없어도 자기가 아이 키우는 방법을 가장 잘 안다고 생각하거든. 아이를 키워본 사람들은 알지. 모든 아이들에게 딱 들어맞는 강력하고 빠른 대처법 따윈 세상에 없다는 걸 말이야. 하지만 키워보지도 않은 사람들은 무슨 수학 공식처럼 대입만 하면 답이 딱 나온다고 생각을 하지. 하지만 사람을 어찌 수학 공식처럼 키우겠어. 마릴라 커스버트는 그걸 모르는 거고. 그런 옷을 입히면 앤이 겸손해지는 줄 아나 본데 공연히 질투심과 불만만 키우는 꼴이지. 앤이라고 자기 옷하고 다른 애들 옷이 다르다는 걸 왜 모르겠어? 그런데 매슈가 그걸 알아채리라고는 상상도 못했어. 매슈는 마치 60년 동안이나 잠을 자다가 이제 눈을 뜬 사람 같아."

그 후 2주 동안 마릴라는 분명히 매슈에게 무슨 꿍꿍이가 있다는 것을 눈치챘지만, 그 사실을 안 것은 크리스마스이브가 되어서였다.

그날 저녁 린드 부인이 다 지은 앤의 드레스를 가져와서는 마릴라가 만들면 앤이 눈치챌까 봐 매슈가 자기에게 부탁했던 거라고 변명을 하자, 마릴라는 아무렇지도 않다는 듯 말했다.

"그러니까 이것이 2주 동안 매슈가 수상하게 굴면서 혼자 피식피식 웃던 이유였군요? 뭔가 말도 안 되는 일을 꾸미고 있는 중이라는 건 알았어요. 그런데 난 앤한테 옷이 더 필요하다고 생각하지 않아요. 이번 가을만 해도 따뜻하고 두루두루 입을 수 있는 원피스를 세 벌이나 만들어 준걸요. 그 이상은 순전히 낭비일 뿐이에요. 그리고 소매에 달린 천만으로 블라우스 한 벌은 만들고도 남겠어요.

이건 매슈가 앤의 허영심을 부채질한 거밖에 안 돼요. 그렇지 않아도 공작새처럼 뽐내길 좋아하는데…… 어쨌거나 앤이 마음에 들어 했으면 좋겠네요. 처음에 한 번 퍼프소매 얘길 꺼낸 이후로 더 입 밖에 내지는 않았지만, 그 쓸데없는 소매가 유행한 뒤로 그렇게도 입고 싶어 했으니까요. 저 소매는 날이 갈수록 점점 더 커지고 우스꽝스러워지더니, 이젠 아주 풍선 같아졌네요. 내년쯤이면 저걸 입은 사람들은 아예 옆으로 서서 문을 지나다녀야 할 것 같아요."

드디어 은빛 세상이 펼쳐진 크리스마스 아침이 밝았다. 그해 12월은 대체로 푸근한 날씨였기에 사람들은 눈이 오지 않는 그린 크리스마스(green Christmas: 눈이 오지 않는 크리스마스)가 될 거라고 예상했다. 하지만 밤중에 소복하게 내린 눈은 에이번리의 풍경을 완전히 바꾸어놓았다. 앤은 기쁜 눈빛으로 창밖을 내다보았다. 숲을 메운 전나무 가지들은 하얀 깃털로 뒤덮인 듯 아름다웠고, 자작나무와 벚나무들도 진주 테두리를 두른 것 같았다. 쟁기질을 끝낸 들판은 하얀 잔물결 모양이 아롱졌으며, 공기 속엔 알싸한 기운이 황홀하게 감돌았다.

앤은 계단을 내려가며 초록지붕집이 쩌렁쩌렁 울릴 정도로 목청껏 소리를 질렀다.

"마릴라 아줌마, 메리 크리스마스! 매슈 아저씨, 메리 크리스마스! 정말 멋진 크리스마스지요? 온 세상이 은빛으로 빛나고 있어서 더욱 아름다워요. 다른 크리스마스는 진짜 같지가 않잖아요. 그렇지 않나요? 그린 크리스마스는 싫어요. 게다가 진짜 그린도 아니잖아요. 그냥 우중충한 갈색에다 회색빛들인걸요. 그런데 사람들은 왜 그걸 그린 크리스마스라고 하는 걸까요? 어머나! 어…… 어……! 와, 아저씨! 이것을 저에게 주시는 거예요?"

매슈는 앤 앞에서 우물쭈물하며 종이 포장지를 벗겨 드레스를 펼쳤다. 마릴라는 관심 없는 척 찻주전자에 물을 채우고 있었지만 호기심을 감추지 못하고 곁눈질로 그 모습을 훔쳐보고 있었다.

옷을 받아든 앤은 마치 정신이 나간 사람처럼 한동안 꼼짝도 않고 그것을 들여다보고만 있었다. 매끄러운 진한 갈색의 공단, 주름이 풍성한 치마와 섬세한 레이스로 장식한 목둘레, 더욱이 잔뜩 부풀린 소매! 이것이야말로 앤이 꿈꾸어 왔던 아름다운 공주님의 옷이었다.

매슈가 느릿한 말투로 수줍어하며 말했다.

"앤, 네…… 네 크리스마스 선물이다. 앤, 왜 그러니? 마음에 들지 않는구나! 그래, 그럴 수도 있어."

앤의 눈에 눈물이 가득 고였기 때문이다.

앤은 드레스를 의자 위에 걸어놓고 매슈의 두 손을 꼭 잡았다.

"아, 아저씨! 그게 아니에요! 마음에 쏙 들어요. 정말이지 너무 아름다운 드레스예요! 아저씨, 어떻게 감사드려야 하죠? 이 볼록한 소매 좀 보세요. 아, 지금 행복한 꿈을 꾸고 있는 게 아닐까요?"

마릴라가 앤의 감격을 그쯤에서 그치게 하려는 듯이 말했다.

"자, 이제 식탁에 앉자. 앤, 나는 너한테 이런 옷이 필요하다고 생각하지 않는다. 하지만 아저씨가 너를 위해 준비한 거니까 잘 입도록 해라. 그리고 린드 부인이 너에게 주라고 머리 리본도 두고 가셨다. 갈색이니까 드레스랑 잘 어울릴 거다. 자, 얼른 와서 앉아. 아침 먹자."

앤은 너무 기뻐서 제정신이 아니었다.

"아침이 넘어갈지 모르겠어요. 옷을 바라보고만 있어도 배가 불러요. 아직도 퍼프소매가 유행이라 다행이에요. 퍼프소매를 입어보기 전에 유행이 지나가 버렸다면 저는 정말 슬펐을 거예요. 이렇게 만족스런 기분은 처음 느껴 봐요. 린드 아줌마도 정말 고마운 분이세요. 이렇게 예쁜 리본까지 챙겨주시고, 지금부터는 정말 착한 아이가 되어야겠단 생각이 들어요. 이렇게 기쁜 일이 생길 때마다 제가 모범생이 아니란 게 속상해요. 모범생이 되겠다고 늘 결심하지만, 뿌리칠 수 없는 유혹이 생기면 결심을 지켜가기가 힘들어요. 그래도 이젠 더더욱 애쓸래요."

밋밋한 아침 식사가 끝날 무렵, 빨간 외투를 입은 다이애나가 하얀 통나무 다리를 신나게 달려오는 것이 보였다. 앤은 다이애나를 보러 쏜살같이 비탈길을 내려갔다.

"다이애나, 메리 크리스마스! 너한테 보여줄 게 있어. 정말 근사한 거야. 매슈 아저씨가 나한테 퍼프소매가 달린 진짜 멋진 드레스를 선물로 주셨어. 정말이지 상상할 수도 없을 정도야."

다이애나가 숨을 몰아쉬며 말했다.

"나도 너한테 줄 게 있어. 이 상자를 열어 봐. 조세핀 할머니가 우리한테 커다란 선물 상자를 보내주셨어. 상자 속에 여러 가지가 들어 있었는데, 이건 너한테 보내주신 거야. 어젯밤에 깜깜할 때 도착해서 지금 가져온 거야."

앤은 상자를 열어보았다. 먼저 '앤 소녀에게, 메리 크리스마스!'라고 씌어 있는 카드가 나왔다. 그다음에는 발끝에 구슬이 달리고, 새틴 리본 장식에 반짝이는 버클이 달린 깜찍한 슬리퍼 한 켤레가 들어 있었다.

앤이 소리쳤다.

"다이애나! 이건 너무나 큰 선물인데. 지금 꿈을 꾸는 것 같아."

다이애나가 말했다.

"하느님께 감사드릴 일이야. 이제 루비에게 슬리퍼를 빌리지 않아도 되었으니 말이야. 두 사이즈나 큰 걸 빌려 신어야 했는데. 요정이 슬리퍼를 질질 끄는 소릴 낸다면 참 듣기 싫을 거야. 조시 파이가 얼마나 좋아했겠어. 그리고 어젯밤 연습 끝난 다음에 롭 라이트가 거티 파이랑 같이 집에 갔대. 이런 얘길 너도 들었니?"

그날 에이번리의 학생들은 강당 실내를 장식하고 마지막 리허설을 하느라 하루 종일 들떠 있었다. 발표회는 저녁에 열렸고, 성공적으로 치러졌다. 작은 강당에는 관중들로 꽉 들어찼고, 학생들은 각자 자기 역할을 잘 해냈다. 그중에서도 누구보다 돋보인 건 단연 앤이었다. 질투의 화신인 조시 파이조차 고개를 끄덕일 정도였다.

발표회를 마치고 다이애나와 앤은 초롱초롱 빛나는 밤하늘의 별을 바라보며 함께 걸어갔다.

앤은 감격에 겨워하며 한숨을 내쉬었다.

"아, 정말 아름다운 밤이었어."

다이애나는 현실적으로 말했다.

"그래, 모든 일이 잘 끝났어. 10달러는 모았을 거야. 그리고 말이야, 앨런 목사님이 샬럿타운 신문에 우리가 발표회를 해서 돈을 모았다는 글을 보내실 거래."

"와, 우리 이름이 신문에 나오는 거야? 생각만 해도 떨려. 다이애나, 네가 한 독창은 정말 좋았어. 앙코르 박수를 받을 땐 얼마나 자랑스러웠는지 몰라. 나도 모르게 '저렇게 노래를 잘 부르는 아이가 바로 내 마음의 친구야.'라고 중얼거렸다니까."

"아휴, 앤! 네가 시를 낭송했을 때 사람들이 강당이 떠나가라 환호성을 지르며 박수 친 거 알지? 애절한 그 시는 정말 좋았어."

"다이애나, 얼마나 긴장했는지 몰라. 앨런 목사님이 내 이름을 불렀을 때 어떻게 무대로 올라갔는지도 기억이 안 날 정도야. 수백 개의 눈들이 나만 뚫어져라 쳐다보는 것 같아서 어찌나 무섭던지, 과연 시작이나 할 수 있을까 싶더라고. 그래서 내 퍼프소매를 떠올리며 용기를 냈어. 퍼프소매에 부끄럽지 않게 행동해야 하니까. 그래서 시작했는데, 내 목소리가 아주 먼 데서 들려오는 것 같았어. 앵무새가 된 기분이더라고. 다락방을 들락거리며 낭송 연습을 해둔 것이 크게 도움이 되었지. 안 그랬다면 절대 해내지 못했을 거야. 내가 낸 신음 소린 괜찮았니?"

다이애나가 자신 있게 말했다.

"그럼. 신음 소리, 정말 멋졌어!"

"자리에 앉으면서 보니까 슬론 할머니가 눈물을 훔치시는 거야. 순간 내가 누군가의 마음을 건드렸다고 생각하니 진짜 감격스럽더라. 발표회에 참가하는 건 정말 로맨틱하지 않니? 아아, 진짜 잊지 못할 것 같아."

"남자애들 연극도 근사했지? 길버트 블라이스가 정말 잘하더라. 앤! 그런데 아무리 생각해도 네가 길버트한테 너무 심하게 하는 거 같아. <요정 여왕>을 마치고 무대에서 내려올 때 네 화관에서 장미꽃 하나가 떨어졌어. 그걸 길버트가 얼른 주워서 자기 가슴 주머니에 꽂더라고. 얼마나 멋지니? 너는 굉장히 로맨틱하니까 이걸 기뻐해야 하는 거 아니니?"

하지만 앤은 차갑게 말했다.

"그 애가 뭘 하든 나랑 아무 상관없어. 그 애를 생각하는 데 내 힘을 낭비하진 않을 거야."

그날 밤 20년 만에 처음으로 발표회에 다녀온 매슈와 마릴라는 앤이 자기 방으로 올라간 뒤 한참 동안 부엌 난롯가에 앉아 있었다.

매슈가 자랑스러운 듯 말했다.

"난 말이야, 우리 앤이 애들 중에서 제일 잘하는 것 같더라고."

마릴라도 고개를 끄덕였다.

"네, 그랬어요. 똑똑한 아이예요. 모습도 예뻤고요. 저는 발표회를 그다지 좋게 생각하지 않았는데 그런 대로 괜찮았어요. 아무튼 오늘 밤엔 앤이 자랑스러웠어요. 물론 앤이 듣는 데서 그렇다고 말하진 않을 테지만요."

매슈가 덧붙여 말했다.

"나도 그렇게 생각한다. 그런데 난 앤이 너무 자랑스러워서 2층으로 가기 전에 정말 자랑스러웠다고 말해 줬어. 앞으로 우리가 앤을 위해서 무엇을 해줄 수 있을지 생각해 봐야지 않겠어? 마릴라, 에이번리 학교 공부만으로는 부족할 것 같아."

마릴라가 대답했다.

"생각할 시간은 아직 많아요. 내년 3월에 겨우 열세 살이 되는걸요. 하긴 오늘 밤에는 앤이 언제 저렇게 컸나 하고 놀라긴 했어요. 린드 부인이 만든 옷이 좀 길어서 그런지 키도 크게 보이더라고요. 앤은 뭐든 빨리 배우는 아이니까 나중에 퀸스 아카데미에 보내는 게 제일 낫긴 할 거예요. 하지만 1, 2년 안엔 그 얘길 할 필요가 없긴 하지요."

매슈가 말했다.

"그런가. 미리미리 생각해 놓는 것도 나쁘지 않을 거다. 이런 일은 생각을 많이 하면 할수록 더 나은 법이니까."

26
이야기 클럽을 만들다

에이번리의 아이들은 이전의 따분한 일상으로 돌아오는 것이 쉽지 않았다. 특히나 몇 주 동안 흥분의 도가니에 빠져 있던 앤으로서는 모든 것이 끔찍하게 밋밋하고 시시하고 무의미하기만 했다. 발표회 이전의 옛날처럼, 자잘한 일에 감사하면서 기뻐할 수 있을까? 앤이 다이애나에게 말했듯 처음에는 거의 불가능해 보였다.

앤은 마치 50년 전의 일을 이야기하듯 서글프게 말했다.

"다이애나, 틀림없어. 다신 예전처럼 살 수는 없을 거야. 시간이 지나면 좀 나아지겠지만, 발표회 때문에 아이들의 일상이 엉망이 되었어. 그래서 마릴라 아줌마가 발표회를 싫어하셨나 봐. 마릴라 아줌마는 정말 분별력 있는 분인 거 같아. 분별력이 있다는 건 분명 좋은 일이지만, 그래도 난 분별력 있는 사람이 되고 싶진 않아. 별로 로맨틱하지 않거든. 린드 아줌마는 내가 분별력 있는 사람이 될 일은 없다고 하셨지만, 그건 모르는 일이잖아. 지금 같아선 나도 자라면 분별력 있는 사람이 될 것 같거든. 물론 지쳐서 잠깐 그런 건지도 모르지만. 어젯밤엔 잠을 설쳤어. 그냥 멍하니 누워서 발표회를 생각하고 또 생각하고 그랬다니까. 이렇게 돌이켜볼 수 있다는 것이 발표회 같은 행사가 주는 좋은 점일 거야. 떠올리기만 해도 멋지잖아."

하지만 에이번리의 아이들은 서서히 일상으로 돌아갔고, 오래전부터 가져온 관심사에 눈길을 돌리기 시작했다. 물론 발표회의 후유증도 남아 있었다. 무대에서 서로 앞에 서겠다고 다투던 루비 길리스와 엠마 화이트는 더 이상 같은 책상에 앉지 않았고, 3년 동안이나 이어온 우정도 산산조각 나 버렸다. 그런가 하면 조시 파이와 줄리아 벨은 석 달 동안이나 말을 하지 않았다. 줄리아 벨이 낭송을 하려고 일어났을 때 머리 리본이 흔들리는 게 마치 닭이 고개를 흔드는 것 같다고 조시 파이가 베시 라이트에게 말했는데, 그 말을 베시가 줄리아에게 그대로 전달했기 때문이다. 슬론 씨네 아이들과 벨 씨네 아이들은 서로 상대도 하지 않는 사이가 되었다. 벨 씨네 아이들은 슬론 씨네 아이들이 너무 많은 배역을 맡았다며 불평했고, 슬론 씨네 아이들은 벨 씨네 아이들이 그나마 맡은 배역도 제대로 해내지 못했다며 흥을 보았기 때문이다. 마지막으로, 찰리 슬론은 무디 스퍼전 맥퍼슨과 한바탕 붙어 주먹다짐까지 했다. 무디 스퍼전이 앤 셜리가 낭송하는 것을 보며 잘난 척을 한다고 떠들자, 찰리 슬론이 무디 스퍼전에게 주먹을 날렸기 때문이다. 그 결과 무디 스퍼전의 여동생 엘라 메이는 남은 겨울 내내 앤 셜리와 말도 하지 않았다. 이런 소소한 일들을 제외한다면 스테이시 선생의 작은 왕국은 규칙적으로 순조롭게 잘 굴러갔다.

어느덧 겨울이 흘러가고 있었다. 겨울답지 않게 눈도 거의 오지 않고 날씨가 따뜻해서 앤과 다이애나는 매일같이 '자작나무 길'을 따라 학교에 다녔다. 앤의 생일날, 둘은 쉼 없이 재잘거리면서도 눈과 귀는 바짝 세운 채 자작나무 길을 따라 가볍게 걷고 있었다. 스테이시 선생이 곧 '겨울 숲속 산책하기'라는 주제로 작문 숙제를 내줬기 때문에 둘은 숲을 눈여겨보아야 했다.

앤이 경이롭다는 듯이 말했다.

"생각해 봐, 다이애나. 오늘로 난 열세 살이 됐어. 내가 열세 살이 되었다는 게 믿기지 않아. 오늘 아침에 눈을 떴을 땐 모든 게 달라진 것만 같았어. 넌 한 달 전에 열세 살이 되었으니까 나처럼 새롭지 않겠지만. 어쩐지 삶이 훨씬 더 흥미롭게 보이는 것 같아. 2년만 더 있으면 나도 진짜 성인이 되는 거야. 그때가 되면 내가 거창한 단어를 써도 아무도 비웃지 않을 거라고 생각하니, 굉장히 위로가 돼."

다이애나가 말했다.

"루비 길리스는 열다섯 살이 되자마자 남자 친구를 사귈 거래."

그 말에 앤이 한심하다는 듯 말했다.

"루비 길리스는 머릿속에 남자밖에 없나 봐. 애들이 현관 벽에다 루비 이름을 써놓으면 막 화내는 척을 해도 사실은 좋아한다니까. 어휴, 방금 내가 한 말은 좋은 말이 아니지? 앨런 사모님이 험담이나 부정적인 말을 하면 안 된다고 하셨는데. 하지만 그런 말들은 생각도 하기 전에 저절로 술술 나오지 않니? 다이애나, 넌 안 그래? 조시 파이에 대해서는 정말이지 부정적인 이야기를 안 할 수가 없어. 그래서 난 아예 걔 이야기는 입에 올리지 않는다니까. 너도 눈치챘을 거야. 난 될 수 있는 한 앨런 사모님을 닮으려고 노력 중이거든. 정말 완벽한 분 같거든. 앨런 목사님도 그렇게 생각하시나 봐. 린드 아줌마가 그러시는데, 목사님은 앨런 사모님이 밟은 땅까지도 떠받드신대. 린드 아줌마는 목사가 한 인간에게 그렇게 애정을 쏟는 건 결코 옳지 않다고 생각하신대. 하지만 다이애나, 목사님도 인간이잖아. 그러니까 다른 사람들이랑 똑같이 저지르기 쉬운 죄가 있을 거야. 지난 일요일 오후에 앨런 사모님이랑 사람이 저지르기 쉬운 죄에 대해서 흥미로운 얘기들을 했어. 주일에 나누기 좋은 이야깃거리들이 몇 개 있는데 그중 하나였어. 내가 저지르기 쉬운 죄는 상상에 너무 자주 빠져서 해야 할 일을 자꾸 까먹는다는 거야. 고치려고 무진장 애를 쓰긴 하는데, 이젠 진짜 열세 살이 됐으니 나아지겠지?"

다이애나가 말했다.

"이제 4년만 있으면 우리도 머리를 올릴 수 있게 돼. 앨리스 벨은 열여섯 살인데 머리를 올렸다니까. 그건 좀 웃겨. 난 열일곱 살이 될 때까지 기다릴 거야."

앤이 단호하게 말했다.

"내 코가 앨리스 벨처럼 비뚤어졌다면, 난 절대로…… 어, 아냐! 입 다물래. 내가 하려던 말은 나쁜 말이기 때문에 하지 않을 거야. 게다가 내 코랑 비교하는 건 허영심이야. 오래전에 코가 예쁘단 칭찬을 들은 이후로 내가 코 생각을 진짜 자주 하게 됐거든. 참 기분 좋은 칭찬이긴 했지. 아, 다이애나! 저것 봐, 토끼야. 숲에 대해 작문할 때 쓰면 되겠다. 난 겨울 숲이 여름 숲만큼이나 좋아. 온통 새하얗고 고요하니, 잠든 숲이 아름다운 꿈을 꾸는 거 같잖아."

다이애나가 한숨을 쉬었다.

"이번 작문 숙제는 그래도 쓸 수 있을 거 같아. 숲에 대해서 쓰는 건 그나마 괜찮거든. 하지만 다음 월요일에 내야 하는 작문 숙제는 끔찍해. 스테이시 선생님은 우리 머릿속에서 이야기를 지어내 쓰라는 거잖아!"

앤이 말했다.

"왜? 그게 얼마나 쉬운데."

다이애나가 샐쭉거렸다.

"너한테나 쉽지. 넌 상상력이 좋으니까. 타고난 상상력이 없는 사람들은 그걸 어떻게 쓰라고? 넌 이미 그 숙제를 끝낸 거야?"

앤은 고개를 끄덕였다. 잘난 체하는 것처럼 보이지 않으려고 애를 썼지만 실패하고 말았다.

"지난주 월요일 저녁에 썼어. 제목은 〈질투심에 휩싸인 경쟁자〉 혹은 〈죽음도 갈라놓지 못하리〉야. 마릴라 아줌마한테 읽어드렸는데 말도 안 되는 헛소리래. 그러고 나서 매슈 아저씨한테도 읽어드렸지. 매슈 아저씨는 멋진 이야기라고 하셨어. 난 매슈 아저씨 같은 비평가가 좋아. 내용은 슬프고도 아름다워. 그걸 쓰는데 마음이 울컥해서 아이처럼 엉엉 울었다니까. 같은 마을에 살면서 서로를 극진하게 아끼는 코델리아 몽모랑시와 제럴딘 시모어라는 아름다운 두 여자에 대한 얘기야. 코델리아는 밤하늘을 머리에 두른 듯한 진한 갈색 머리에다 까만 눈이 반짝반짝 빛나고, 제럴딘은 황금실을 늘어뜨린 것 같은 금발이 아주 우아하고 눈동자는 벨벳처럼 부드러운 보랏빛이야."

다이애나가 미심쩍다는 투로 말했다.

"보랏빛 눈은 한 번도 못 봤는데."

"나도 못 봤어. 그냥 상상한 거야. 평범한 건 싫거든. 그리고 제럴딘의 이마는 석고 조각같이 아름다워. 석고 같은 이마가 어떤 건지 알아냈거든. 다 열세 살이 된 덕분이야. 열두 살일 때보다 아는 게 훨씬 많아졌다니까."

두 여자의 운명이 궁금해진 다이애나가 물었다.

"그래서 코델리아랑 제럴딘이 어떻게 되는데?"

"둘은 아름답게 자라 열여섯 살이 돼. 그러다가 버트럼 드비어가 그들이 살고 있는 마을에 나타나고, 아름다운 제럴딘과 사랑에 빠지게 돼. 제럴딘이 탄 마차의 말이 제멋대로 날뛸 때 버트럼이 목숨을 구해 준 거야. 그는 기절한 제럴딘을 안고 5킬로미터나 떨어진 곳에 있는 집까지 데려다 줘. 마차가 완전히 부서져서 어쩔 수 없었거든. 프러포즈 장면을 써야 했는데, 내가 아는 게 없으니까 상상이 잘 안 되더라고. 그래서 루비 길리스한테 혹시 남자들이 어떻게 프러포즈를 하는지 아느냐고 물어봤지. 루비한텐 결혼한 언니들이 줄줄이 있으니까 잘 알 것 같았거든. 루비는 말콤 앤드루스가 언니 수잔한테 프러포즈를 할 때 식료품 창고에 숨어서 봤다는 거야. 말콤이 수잔한테, 아버지가 농장을 자기 이름으로 넘겨주기로 했다면서 '사랑하는 수잔, 우리 이번 가을에 결혼할까?' 그랬다는 거야. 그러니까 수잔이 '네…… 아뇨, 잘 모르겠어요. 생각을 좀 해보고…….' 그러더니 후다닥 약혼을 해 버렸다지 뭐야. 그건 로맨틱한 프러포즈가 아니잖아. 그래서 결국 내가 최대한 상상력을 발휘했지, 뭐. 나는 버트럼이 무릎을 꿇고 온갖 시적인 미사여구를 동원하여 프러포즈하는 장면을 만들었어. 루비 길리스는 요즘은 그렇게 안 한다고 했지만 말이야. 제럴딘이 프러포즈를 받아들이면서 하는 대사가 한 페이지가 넘어. 그걸 쓰느라 엄청나게 고생했어. 다섯 번이나 고쳐 썼거든. 아무래도 내 대표작이 될 거 같아. 버트럼은 제럴딘한테 다이아몬드 반지랑 루비 목걸이를 주면서 유럽으로 신혼여행을 가자고 말해. 버트럼은 어마어마한 부자거든. 하지만 그때, 안타깝게도 그들의 앞날에 어두운 그림자가 드리워지기 시작하지. 사실 코델리아가 버트럼을 비밀리에 짝사랑하고 있었던 거야. 코델리아는 제럴딘의 약혼 소식을 듣고 불같이 화를 내. 거기다 목걸이랑 다이아몬드 반지를 보고 분노에 휩싸였어. 그동안 제럴딘을 아꼈던 마음이 증오로 변해, 절대 버트럼과 결혼하게 내버려 두지 않겠다고 맹세했어. 그러면서도 여전히 제럴딘의 친구인 척 행동을 하는 거야. 어느 날 저녁 둘은 물살이 거센 강을 건너려고 다리 위에 서 있었어. 둘뿐이라고 생각한 코델리아가 '하, 하, 하' 하고 미친 듯이 웃더니 제럴딘을 다리 끝에서 밀어 버린 거야. 하지만 이 모든 걸 지켜보고 있던 버트럼이 '나의 소중한 제럴딘, 내가 그대를 구하겠소.' 라고 외치면서 단박에 물속으로 뛰어들어. 하지만 이를 어째! 버트럼은 자기가 수영을 못 한다는 사실을 깜빡 잊었던 거야. 둘은 서로를 꼭 끌어안은 채로 물에 빠져 죽고 말아. 얼마 안 있어 두 사람의 시체가 물가로 떠밀려 왔어. 둘은 함께 묻혔고, 장례식이 성대하게 치러져. 다이애나, 결혼식보단 장례식으로 이야기를 끝내는 게 더 로맨틱하잖니. 그리고 코델리아는 죄책감으로 미쳐 버리고, 정신병원에 갇히고 말지. 난 그게 문학적으로 코델리아를 응징하는 방법이라고 생각했어."

다이애나가 숨을 몰아쉬며 말했다. 다이애나는 비평가로서 매슈 라인이라 할 만 했다.

"어쩜! 너무나 멋져! 앤, 넌 어떻게 이렇게 짜릿한 이야기를 만들어 내니? 나도 너처럼 상상할 수 있다면 얼마나 좋을까."

앤이 밝은 목소리로 말했다.

"상상력은 얼마든지 기를 수 있어. 다이애나! 막 생각이 난 건데, 너랑 나랑 이야기 클럽을 만들어서 글쓰기 연습을 해보면 어떨까? 네가 혼자서 잘 쓸 수 있을 때까지 내가 도와줄게. 상상력을 키우려면 연습을 해야 해. 스테이시 선생님도 그러셨잖아. 우리가 방향을 잘 잡아야겠지만 말이야."

그래서 이야기 클럽이 만들어지게 되었다. 처음에는 다이애나와 앤뿐이었지만 곧 제인 앤드루스와 루비 길리스, 그리고 상상력을 키우고 싶어 하는 한두 명의 아이들이 더 들어오게 되었다. 남자아이들은 들어올 수 없었다. 루비 길리스는 남자아이들이 들어오면 더 재미있을 거라고 했지만 말이다. 멤버들은 일주일에 한 편씩 이야기를 만들어 와야 했다.

앤이 마릴라에게 말했다.

"진짜 재밌어요. 한 사람씩 자기가 만든 이야기를 큰 소리로 읽은 다음, 다 같이 그 글에 관해 토론을 해요. 우린 그 이야기를 소중하게 간직해서 후손들에게 읽어줄 거예요. 저희는 각자 필명도 정했어요. 제 필명은 로자먼드 몽모랑시예요. 다들 꽤 잘 써요. 루비 길리스의 글은 약간 감상적이긴 해요. 이야기 속에 연애 장면이 너무 많아요. 지나친 건 모자란 것보다 못하다는 말도 있잖아요. 제인은 큰 소리로 읽을 때 민망하다면서 연애 이야기는 절대 넣지 않아요. 제인의 글은 매우 이성적이에요. 그리고 다이애나의 글 속엔 살인 얘기가 정말 많이 나와요. 등장인물을 어떻게 끌고 가야 할지 모를 땐 죽여서 빼 버리는 거래요. 매번 아이들한테 어떻게 쓰는 게 좋다고 조언해 줘야 하지만, 아이디어가 많아서 어렵진 않아요."

마릴라가 빈정대듯이 코웃음을 쳤다.

"이야기 클럽이라니 한심한 짓거리다. 이제껏 들은 얘기들 중에 제일 바보짓 같은데? 머릿속에 헛바람만 잔뜩 들어서 공부할 시간을 낭비하고 있잖아. 소설책을 읽는 것도 나쁘지만 소설을 쓰는 건 더 나빠."

앤이 설명하기 시작했다.

"아줌마! 하지만 우린 이야기들마다 도덕적인 교훈을 넣으려고 정말 신경을 많이 써요. 제가 그걸 얼마나 강조하는데요. 착한 사람들은 모두 보상을 받고 나쁜 사람들은 그에 맞는 대가를 치러요.

틀림없이 좋은 영향을 미칠 거예요. 교훈은 중요한 거잖아요. 앨런 목사님이 그러셨어요. 제가 앨런 목사님과 사모님께 제 이야기 하나를 읽어드렸는데, 두 분 모두 교훈적인 면이 훌륭하다고 하셨어요. 생각도 못 한 부분에서 웃음을 터트리긴 했지만요. 전 사람들을 울릴 수 있을 때가 더 좋아요. 제인이랑 루비는 제가 애처로운 장면을 읽을 때면 곧잘 울곤 해요. 다이애나가 조세핀 할머니께 우리 이야기 클럽에 대해 편지를 썼더니 할머니가 우리 이야기를 좀 보내달라고 답장이 왔대요. 그래서 우린 가장 마음에 드는 네 편을 베껴써서 보내드렸어요. 조세핀 할머니는 평생 그렇게 재미난 얘긴 처음이라면서 답장을 또 보내주셨어요. 우리로선 좀 얼떨떨했던 게, 그이야기들은 전부 무지하게 슬프고 주인공 대부분이 죽는 내용이거든요. 하지만 조세핀 할머니가 좋아해 주셔서 정말 기뻤어요. 우리이야기 클럽이 세상에 조금이라도 도움이 되고 있다는 거잖아요. 앨런 사모님은 무슨 일을 하든 세상에 좋은 일을 하는 것이 목표가되어야 한다고 그러셨어요. 저도 그러려고 하지만 재미난 일에 빠지다 보면 자꾸 까먹어요. 이담에 자라면 앨런 사모님을 아주 조금이라도 닮고 싶어요. 아줌마, 그럴 가능성이 좀 있을까요?"

마릴라가 격려랍시고 한 대답이었다.

"가능성이 크다고는 말 못 하겠다. 앨런 사모님은 어렸을 때 너처럼 엉뚱하고 잘 까먹는 꼬마가 아니었을 테니 말이야."

앤이 진지하게 말했다.

"그랬겠죠. 하지만 사모님도 지금처럼 내내 착하기만 했던 건 아니래요. 사모님이 직접 그러셨어요. 사모님도 어릴 땐 지독한 장난꾸러기였던 데다 늘 말썽을 몰고 다니셨대요. 그 말을 듣곤 막 용기가났어요. 아줌마, 어떤 사람이 예전에 나쁘거나 장난꾸러기였단 얘길 들고서 용기를 얻었다면 이것도 나쁜 거죠? 린드 아줌마는 나쁜 게 맞다고 하셨어요. 린드 아줌마는 아무리 어릴 때라 하더라도 어떤 사람이 나쁜 짓을 저지른 적이 있다고 하면 충격을 받으신대요. 어느 목사님이 어렸을 때 숙모님네 찬장에서 딸기 타르트를 훔친 적이 있다고 고백을 하셨대요. 그 말을 듣고는 그 목사님을 다신 존경할 수가 없었대요. 저라면 그럴 것 같진 않아요. 목사님이 그런 고백을 하셨다니, 정말 용기 있고 고귀한 일이잖아요. 지금 말썽을 피우고 후회하는 남자애들이 목사님께서 일을 저질렀었다는 사실을 알게 되면, 자기들도 이담에 자라 목사가 될 수도 있다는 희망을 가질 수도 있잖아요. 아줌마, 저라면 그렇게 생각해요."

마릴라가 말했다.

"앤! 내가 지금 무슨 생각을 하는지 아니? 지금은 네가 설거지하는 데 집중해야 할 시간이라는 거다. 재잘거리느라 30분은 더 걸렸잖니. 일을 먼저 하고, 말은 나중에 해야 한다는 걸 잊지 말고 기억하기 바란다."

27
염색의 유혹에 빠져 사고를 치다

4월 말의 어느 날 저녁, 봉사 모임에 참석하고 돌아오던 마릴라는 문득 겨울이 물러갔다는 것을 깨달았다. 성큼 다가온 봄은 젊고 즐거운 이들이나 늙고 서러운 이들이나 모두를 설레게 했다. 마릴라는 자기 생각과 감정을 하나씩 따져보는 사람이 아니었다. 그러니 아마도 자신이 봉사 모임이나 선교 기금, 그리고 예배당에 깔 카펫에 대해 생각하는 중이라고 여겼을 것이다. 하지만 마릴라의 이런 현실적인 생각들 뒤로, 석양 아래 붉은 들판이 희미한 보랏빛 안개 속으로 타들어갔다. 끝이 길고 뾰족한 전나무 그림자가 개울 너머 초원으로 넘어갔고, 겨울처럼 투명한 연못 주위로 붉은 꽃망울이 맺힌 단풍나무가 있었다. 회색빛 잔디 밑에 숨은 맥박들이 기지개를 켜며 세상 밖으로 나오려고 쿵쿵 뛰기도 했다. 온 땅에 봄기운이 퍼지자, 중년인 마릴라도 마음속 깊은 곳에서부터 시뻘이 저절로 흘러 넘쳤고 점잖던 발걸음이 가볍고 날래졌다.

총총히 늘어선 나무들 사이로 자신의 집이 보이자, 마릴라는 정겨운 눈길로 바라보았다. 햇살에 반사된 초록지붕집의 창문이 여러 개의 찬란한 빛으로 반짝이고 있어 더없이 아름답게 보였다.

촉촉하게 젖은 오솔길을 조심조심 걷는 동안, 마릴라는 갑자기 마음이 푸근해짐을 느꼈다. 앤이 오기 전에는 봉사 모임을 마치고 집에 돌아오면 집 안이 늘 어둡고 썰렁했지만, 앤이 있는 지금의 초록지붕집은 난로에서 장작불이 타올라 따뜻한 공기가 감돌고 식탁에는 근사한 저녁이 차려져 있을 거라는 생각이 들었기 때문이다.

하지만 집에 도착하여 막상 문을 열고 들어서니 장작불은 꺼져 있고, 앤의 기척은 어디에도 없었다. 마릴라가 실망한 것은 물론이고, 왈칵 짜증이 솟구쳤다. 분명 앤에게 다섯 시까지 돌아와서 저녁 준비를 해두라고 일렀는데…….

마릴라는 어쩔 수 없이 두 번째로 좋은 옷을 허둥지둥 벗은 다음 편한 옷으로 갈아입고, 매슈가 들판에서 돌아오기 전까지 저녁을 차리려고 서둘렀다.

마릴라는 고기 칼로 불쏘시개 나무를 힘주어 깎으며 신경질적으로 말했다.

"앤이 돌아오면 단단히 혼쭐을 내야겠어요."

집에 돌아온 매슈는 구석 자리에 앉아 저녁이 준비되기만을 묵묵히 기다리고 있었다.

"보나마나 다이애나와 지껄이면서 시간 가는 줄 모르고 있을 거예요. 이야기 클럽이니 연극 연습이니 하면서 한심한 짓이나 하면서…… 한번 무슨 일에 빠져들면 해야 할 일이나 약속은 안중에도 없다고요. 다신 이러지 못하게 해야 해요. 앨런 사모님은 지금껏 본 아이 중 앤이 가장 똑똑하고 사랑스럽다고 하지만 난 그렇게 생각하지 않아요. 설령 똑똑하고 사랑스럽다 해도 머릿속엔 온통 쓸데없는 것만 들어차선 다음번에 또 무슨 짓을 저지를지 종잡을 수가 없단 말이에요. 괴상한 짓거리 하나를 고치고 나면 금방 또 딴 사고를 치고! 오늘 봉사 모임에서 레이첼이 이런 소릴 해서 날 화나게 했었는데, 내가 지금 똑같은 소릴 하고 있네요. 그땐 앨런 사모님이 앤 편을 들어줘서 정말 다행이었어요. 그러지 않았으면 사람들 앞에서 레이첼이랑 한판 붙을 뻔했지 뭐예요. 앤한테 단점이 많다는 건, 나도 알아요. 두둔하고 싶은 마음도 없고요. 하지만 앤은 내가 키우는 거지 레이첼 린드가 키우는 게 아니잖아요. 레이첼은 가브리엘 천사가 에이번리에 살았대도 꼬투리를 잡았을 거예요. 그래도 그렇지, 오늘 오후에 남아서 집안일을 좀 하라고 그만큼 당부했는데 나 몰라라 하고 홀랑 나가 버리다니…… 이건 앤이 잘못한 거예요. 그동안 말썽을 많이 부리긴 했지만 말을 듣지 않는다거나 못 미덥거나 하진 않는데, 오늘 이러는 걸 보니 정말 속이 상하네요."

참을성 많고, 지혜로우며, 또 무엇보다 배가 고팠던 매슈는 마릴라가 화를 마구 쏟아낼 때 눈치 없이 끼어들면 안 된다는 것 정도는 잘 알고 있었다. 괜히 실랑이를 벌여 시간을 끌지만 않으면 마릴라가 일을 훨씬 빨리 처리한다는 것을 매슈는 경험으로 터득하고 있었던 것이다.

매슈는 겨우 이렇게 대답했다.

"글쎄다, 무슨 일인지 모르겠구나. 하지만 마릴라, 앤을 너무 성급하게 판단하지 않았으면 해. 앤이 정말로 네 말을 듣지 않았다는 게 확실해질 때까지 못 미덥다고 단정하지 말라는 거야. 어떻게 된 일인지 다 설명하지 않겠니? 앤이 설명 하난 잘하잖아."

마릴라가 따지고 들었다.

"집에 있으라고 했는데 지금 없잖아요. 앤도 이번만큼은 내 성에 찰 만큼 설명하기 어려울 거예요. 물론 매슈야 앤 편을 들고 싶겠죠. 하지만 내가 앤을 키우지 매슈가 키우는 게 아니라고요."

저녁 준비도 다 되고 날이 어두워졌는데도 앤은 돌아오지 않았다. 약속 시간에 늦기라도 하면 미안한 마음에 숨을 헐떡이며 들어오곤 했는데, 돌아올 기미도 보이지 않았다. 마릴라는 심각한 얼굴로 설거지를 하고 뒷정리까지 마쳤다. 그리고 창고로 내려가려면 초가 필요해서, 앤의 방에 놓인 초를 가지러 동쪽 다락방으로 올라갔다. 마릴라가 촛불을 켜고 돌아서려는데, 앤이 베개에 얼굴을 묻은 채 침대에 엎드려 있지 않은가.

마릴라가 깜짝 놀라며 소리쳤다.

"세상에나! 앤, 자고 있었니?"

앤이 기어들어가는 소리로 대답했다.

"아니에요."

마릴라가 걱정스럽게 침대로 다가가며 물었다.

"그럼 아픈 거니?"

그러자 앤은 사람들 눈앞에서 영영 사라지고 싶다는 듯 이불 속으로 깊숙이 파고들었다.

"아니에요. 아줌마! 이리로 오지 말아 주세요. 저는 지금 아무것도 할 수가 없어요. 누가 1등을 하건, 누가 작문을 제일 잘하건, 주일학교 성가대에서 누가 노래를 하건 아무 문제가 안 돼요. 그렇게 사소한 일들은 지금 하나도 중요한 게 아니에요. 저는 이제 밖으로 나갈 수 없게 되었으니까요. 제 인생은 끝이 났어요. 아, 아줌마! 제발 나가주세요. 저를 쳐다보지 마세요."

어리둥절해진 마릴라가 앤에게 따져 물었다.

"도대체 무슨 일이니? 왜 그러니? 어서 일어나서 차근차근 말해 봐. 무슨 일을 저지른 거니?”

앤이 머뭇머뭇 일어나더니 기어들어가는 목소리로 말했다.

“아줌마, 제 머리카락 좀 보세요.”

마릴라는 촛불을 가까이 비춰 앤의 등 뒤로 늘어진 머리카락을 살폈다. 참으로 희한하고 요상했다.

“앤, 머리카락에다 무슨 짓을 한 거니? 아니, 이게 뭐야? 초록색이 잖아!”

굳이 이 세상에 존재하는 색 중 하나를 골라 표현한다면 초록색이라고 할만도 했다. 하지만 요상하고 칙칙한 구릿빛을 띤 초록색인데다 듬성듬성 원래의 빨강 머리가 남아 있어서 몹시 괴기스런 느낌을 주었다.

앤이 신음하는 듯한 목소리로 말했다.

“네, 초록색이에요. 저는 지금까지 빨강 머리처럼 보기 싫은 머리는 없을 거라고 생각했어요. 하지만 초록색 머리가 열 배는 더 나빠요. 도저히 이대로는 있을 수가 없을 것 같아요. 아줌마, 제가 얼마나 비참한지 짐작도 못 하실 거예요.”

마릴라가 말했다.

“어쩌다 이 꼴이 됐는지 모르겠지만 이유나 들어보자. 하지만 여기는 추우니까 당장 부엌으로 내려가자. 두 달 넘게 조용했으니, 무슨 일을 저지를 때가 되었다 싶었다. 그래, 머리에 뭘 한 거니?”

“염색을 했어요.”

“염색을? 머리에 염색을 했다고? 앤, 그게 얼마나 못된 짓인지 몰랐니?”

“알고 있었어요. 하지만 빨강 머리만 바꿀 수 있다면 조금 못돼지는 것도 괜찮을 것 같았어요. 그래서 제가 치를 대가도 생각해 보았고, 대신 다른 쪽으로 훨씬 더 착하게 행동하겠다고 다짐도 했어요."

마릴라가 빈정거리듯이 말했다.

"그러냐? 그래도 기왕 염색을 하려고 마음먹었다면 웬만한 색으로 했어야지, 초록색이라니!"

앤이 풀죽은 소리로 대꾸했다.

"아줌마, 저도 초록색으로 하려던 건 아니었어요. 이왕 못돼지기로 했으니 잘해 볼 생각이었어요. 그런데 그 아저씨가 윤기 나고 아름다운 검은 머리가 될 거라고 장담했다고요. 그러니 제가 어떻게 의심할 수 있었겠어요? 의심받는 기분이 어떤 건지 제가 잘 아는데요. 앨런 사모님도 아무런 증거 없이 남을 의심하면 안 된다고 하셨어요. 그런데 지금은 증거가 있어요. 초록색 머리는 누가 봐도 확실한 증거죠. 하지만 그때는 증거가 없었으니까 그 아저씨가 하는 말을 무조건 믿을 수밖에 없었어요."

"누굴 말하는 거니? 그 아저씨라니……."

"오후에 왔던 외판원 아저씨요. 그 아저씨한테서 염색약을 샀단 말이에요."

"앤, 내가 이탈리아 사람들을 집에 들이지 말라고 몇 번이나 말했잖니. 그 사람들을 절대 집에 들여선 안 된다고!"

"집에 들이지 않았어요. 아줌마가 하신 말씀이 생각나서, 문을 잘 닫은 다음 계단에서 물건들을 구경했어요. 커다란 상자에 여러 가지 물건이 많았어요. 그리고 이탈리아 사람도 아니었고, 독일계 유대인이었어요. 그 아저씨는 가족과 헤어져서 살고 있대요. 독일에서 아내랑 아이들을 데려오려고 열심히 돈을 버는 중이랬어요. 그런 이야기를 들으니까 가슴이 뭉클했어요. 뭐라도 사서 아저씨를 돕고 싶다는 생각에 물건을 살펴보는데 머리 염색약이 눈에 딱 들어온 거예요. 그 아저씨는 그 약으로 염색하면 어떤 머리든지 윤기 나는 검정으로 바꿔주고 색도 쉽게 빠지지 않는다고 했어요. 그 순간 아름다운 검은 머리로 변한 제 모습이 떠올라 유혹을 뿌리칠 수 없었어요. 더구나 염색약은 75센트인데 제 용돈은 50센트밖에 없었어요. 아저씨가 제가 가진 돈을 보더니 친절하게도 저한테만 50센트에 주시겠다고 하면서 이 정도면 거저 주는 거나 다름없다고 하시더라고요. 그래서 참 마음씨 고운 아저씨라고 생각하면서 염색약을 샀고, 그 아저씨가 가자마자 집으로 들어와 설명서에 쓰여 있는 대로 낡은 빗을 가져다가 머리에 발랐어요. 한 병을 몽땅 다 바르고 나니까 이런 색이 되더라고요. 아줌마, 머리 색깔이 끔찍하게 변한 걸 보고서야 제가 저지른 나쁜 짓을 후회했어요. 정말이에요. 그때부터 계속 후회하고 있는 중이에요."

마릴라가 매섭게 말했다.

"제발 제대로 후회하기 바란다. 앤, 네 허영심 때문에 무슨 일이 일어났는지 똑똑히 봐! 그나저나 이걸 어쩌지. 일단 머리를 감아보고, 어떻게 변하는지 한번 보자."

앤은 비누를 많이 써서 머리를 세게 비벼 감았지만 초록색은 빠지지 않고, 원래 색인 빨간색만 더 지저분해질 뿐이었다. 다른 건 몰라도 외판원의 말 가운데 색이 쉽게 빠지지 않는다는 말만은 맞는 것 같았다.

앤이 눈물을 뚝뚝 흘리며 말했다.

"아, 어쩌면 좋아요? 아줌마, 이건 그냥 넘길 수 있는 문제가 아니에요. 오랫동안 고통스러울 거예요. 진통제 케이크 사건이나 다이애나를 취하게 만든 거, 린드 아줌마한테 대든 일 같은 실수들은 사람들이 금방 잊어버렸지만 이건 절대 잊지 않을 거예요. 고상하지 못한 애라고 생각할 게 분명해요. 아줌마! '한번 남을 속이려고 할 때 우리는 얼마나 복잡하게 엉킨 거미줄을 만드는 것일까.' 이건 어떤 시에 나오는 구절인데요, 제가 겪어보니 정말 맞는 말이네요. 조시 파이가 얼마나 비웃겠어요! 아줌마, 걔 얼굴을 도저히 볼 수가 없어요. 저는 프린스에드워드 섬에서 가장 불행한 아이일 거예요."

앤의 고통은 일주일이나 계속되었다. 그동안 앤은 아무 데도 나가지 않고 온종일 머리만 감았다. 이 치명적인 비밀을 알고 있는 외부인은 다이애나뿐이었다. 다이애나는 절대로 아무에게도 말하지 않겠다고 엄숙하게 약속했고, 분명히 말해 두지만 다이애나는 그 약속을 끝까지 지켰다.

일주일의 마지막 날, 마릴라가 단호하게 결정을 내렸다.

"앤! 어쩔 수 없다. 이건 다른 것보다 오래갈 뿐 아니라 한 통을 다 써서 아주 제대로 염색이 된 모양이다. 머리카락을 잘라내야지 다른 방법이 없다. 그런 꼴로 밖에 나갈 수는 없으니까."

앤은 입술을 부들부들 떨면서, 마릴라의 말이 옳다는 것을 인정할 수밖에 없었다. 후회의 한숨을 내뱉으며 굼뜬 동작으로 가위를 가져왔다.

"하는 수 없지요. 아줌마, 단숨에 잘라주세요. 가슴이 너무 아파요. 하지만 이건 정말이지 하나도 로맨틱하지 않은 고통이에요. 책속에 나오는 소녀들은 열병으로 머리카락이 몽땅 빠지거나 좋은 일을 하기 위해 돈을 마련하려고 머리카락을 잘라서 팔았다는데…… 저도 그런 일 때문에 머리카락을 자르는 거라면 이렇게 괴롭지는 않을 거예요. 하지만 끔찍한 색으로 염색을 하는 바람에 머리카락을 잘라야 한다니, 어떤 말로도 위로가 안 돼요. 아줌마만 괜찮으시다면, 머리카락을 자르는 내내 울어야겠어요. 허영심 때문에 받는 벌이라고 생각하니까 너무 비참해요. 이건 정말이지 너무 비극적이에요."

머리를 자르는 동안 앤은 눈물을 줄줄 흘렸다. 그러나 머리를 자르고 나서 위층에 올라가 거울에 비춰보았을 때는 절망감으로 옴짝달싹할 수 없어서 눈물도 나오지 않았다. 마릴라는 머리카락을 최대한 짧게 잘랐다. 아무리 좋게 봐주려고 해도 어울린다고 말하기는 어려운 모습이었다. 앤은 곧바로 거울을 벽 쪽으로 돌려놓았다.

앤이 큰 소리로 말했다.

"머리카락이 다시 자랄 때까지는 절대로, 절대로 거울을 보지 않을 거야!"

앤은 다부지게 말했지만 곧 거울을 똑바로 돌려놓았다.

"아냐, 볼 거야. 못된 짓을 했으니 속죄해야지. 허영심의 결과를 확인해야만 해! 방에 들어올 때마다 거울을 보면서 내가 얼마나 못생겼는지 확인할 거야. 그리고 상상으로도 꾸미지 않을 거야. 다른 건 몰라도 머리카락에 대해서만큼은 허영심이 없는 줄 알았는데, 이제 보니 그것도 아니었어. 빨갛긴 해도 길고 숱 많은 곱슬머리였으니까. 이러다간 코에도 무슨 일이 생기는 게 아닐까 몰라."

다음 주 월요일, 학교에서는 앤의 짧은 머리 때문에 한동안 떠들썩했다. 그러나 왜 머리를 잘랐는지를 아는 사람이 없었기 때문에 앤은 안심했다. 조시 파이도 이유는 몰랐지만 허수아비 같다며 놀리는 걸 빼놓지 않았다.

그날 저녁, 두통이 찾아와 소파에 기대어 있는 마릴라에게 앤이 말했다.

"조시 파이에게 무척 화가 났지만 저는 받아치지 않았어요. 그런 말을 듣는 게 당연하다는 생각이 들어 꾹 참은 거예요. 허수아비 같다는 말을 듣고서 참는 것이 물론 쉽지 않았지만, 속으로 한 번 비웃어주고는 용서했어요. 누군가를 용서하면 고결한 사람이 된 것 같아 우쭐해지거든요. 이번 일을 통해 저는 중요한 것 한 가지를 알게 되었어요. 예쁜 사람보다 착한 사람이 되는 게 더 소중한 일이라는 것을요. 전에도 알기는 했지만 알면서도 믿기 어려울 때가 있었거든요. 이제는 예쁜 것에 대해 관심 갖지 않고, 정말 착한 아이가 되어보겠어요. 아줌마와 앨런 사모님, 스테이시 선생님처럼요. 그렇게 잘 커서 아줌마가 자랑스러워할 수 있게 말예요. 다이애나가 그러는데, 내 머리카락이 조금 더 자라면 벨벳 끈으로 머리를 두르고 한쪽에 리본을 매면 잘 어울릴 거래요. 그걸 '리본 머리띠'라고 부르면 로맨틱할 것 같아요. 아줌마, 제가 말이 또 많았지요? 그래서 머리가 더 아프세요?"

"아냐. 이제 괜찮다. 아까 오후에는 더 심했지만 말이다. 웬일인지 날이 갈수록 두통이 심해지는구나. 병원에 한번 가봐야겠다. 네가 수다 떠는 건 괜찮다. 익숙해졌거든."

이 말은 앤의 이야기가 즐겁다는 마릴라식 표현이었다.

28
로맨틱한 꿈은 물거품이 되고

다이애나가 말했다.

"앤! 일레인(Elaine: 알프레드 테니슨(Alfred Tennyson)의 시 <샬럿
의 아가씨(The Lady of Shalott)>에 등장하는 여인) 역을 맡을 사람은
너밖에 없어. 난 저 아래까지 떠내려갈 자신이 없어."

루비 길리스는 겁이 나는 듯 몸을 바들바들 떨었다.

"나도 그래. 얕은 물에서 다 같이 앉아 가는 거라면 몰라도. 그러
면 재밌기라도 하지. 하지만 배 안에 누워서 죽은 척을 하는 건 정말
못 해. 무서워서 진짜 죽을지도 몰라."

제인 앤드루스가 결론을 내리듯 말했다.

"물론 로맨틱하긴 해. 하지만 난 꼼짝 않고 가만히 있진 못할
거야. 어디까지 흘러왔나, 너무 멀리 떠내려가지 않았나를 확인하려
고 시도 때도 없이 벌떡벌떡 일어날 거야. 앤, 너도 알지? 그러면 연극
에 아무런 도움도 안 되고 망치게 된다는 거."

앤이 침울한 목소리로 말했다.

"나는 배에 누워서 떠내려가는 것도 괜찮고, 일레인 공주 역을 맡고 싶기도 해. 그런데 내 머리는 빨강이야. 빨강 머리 일레인은 너무 웃기잖아. 얼굴도 하얗고 머리도 금발인 루비가 일레인을 해야 해. '일레인의 눈부신 금발도 함께 떠내려갔네.'라는 대목도 있잖아. 그리고 일레인은 백합 아가씨였다고. 빨강 머리는 백합 아가씨가 될 수 없어."

다이애나가 진지하게 말했다.

"앤, 너도 얼굴이 루비만큼이나 하얗잖아. 그리고 머리카락은 자르기 전보다 훨씬 짙어졌어."

금세 볼이 빨개진 앤이 기분이 좋아져서 소리를 질렀다.

"다이애나, 정말이야? 내가 보기에도 좀 그런 것 같았지만, 아니라고 할까 봐 불안해서 아무한테도 물어보지 못했어. 다이애나, 그럼 이젠 적갈색 머리라고 해도 될까?"

다이애나는 앤의 짧고 부드러운 곱슬머리와 옆으로 산뜻하게 묶은 검은색 벨벳 리본을 감탄하듯 바라보며 진심으로 말했다.

"그럼! 그리고 아주 예뻐!"

아이들은 과수원 비탈길 아래, 자작나무가 에워싸고 있는 연못 기슭에 서 있었다. 그곳에는 낚시꾼들과 오리 사냥꾼들을 위해 지어 둔 조그만 나무 선착장이 물 위에 떠 있었다. 루비와 제인은 이곳에서 다이애나와 함께 한여름 오후를 보내곤 했는데, 이젠 앤도 함께였다.

앤과 다이애나는 그해 여름 대부분을 연못가에서 보냈다. 자주 가던 '한적한 들판'은 이제 옛날이야기였다. 벨 씨가 봄에 목초지를 둘러싸고 있던 나무들을 무자비하게 베어 버렸기 때문이었다. 앤은 남은 그루터기에 앉아 로맨틱했던 지난날을 생각하며 눈물을 흘렸다. 그러자 다이애나가 '우리는 얼마 후면 열네 살이 되는 어엿한 소녀들인데, 소꿉장난 같은 놀이를 하는 것은 유치하지 않니?' 라고 위로했다. 뿐만 아니라 연못가에는 재미있는 놀 거리가 아주 많다고 다독거린 덕분에 앤은 눈물을 멈추고 마음을 다잡았다. 다리 위에서 송어를 잡는 것은 정말 재미있었고, 배리 씨가 오리 사냥을 나갈 때 쓰는 작고 납작한 배를 타고 신나게 놀다가 노 젓는 법까지 배워서 너무나 즐거웠다.

일레인의 이야기로 연극을 해보자는 건 앤의 생각이었다.

지난겨울 아이들은 학교에서 테니슨의 시를 공부했다. 교육부에서 프린스에드워드 섬의 모든 학교 영어 수업 과정에 그 시를 넣었기 때문이었다. 시를 한 줄 한 줄 해체해 가며 분석하는 통에 나중에는 이 시에 무슨 의미가 남아 있나 싶을 정도가 되고 말았지만, 사랑 때문에 죽은 일레인의 이야기가 아이들의 가슴에 깊은 슬픔과 감동으로 남아 있었다. 또한 아름다운 백합 아가씨와 기사 랜슬롯과 귀네비어 왕비 그리고 아서 왕은 아이들의 마음속에 실제 인물처럼 생생하게 다가왔고, 앤은 캐멀롯에서 태어나지 못한 것을 남몰래 아쉬워할 정도였다. 앤은 그때가 지금보다 훨씬 더 로맨틱한 시절이 었다고 말했다.

앤의 제안에 아이들은 열렬하게 환호했다. 아이들은 밑이 평평한 작은 배를 나루터에서 밀어 보내면 물살을 타고 다리 아래로 흘러가 연못이 굽어지는 쪽에서 뻗어 나온 야트막한 땅에 닿게 된다는 것을 알고 있었다. 몇 차례 그렇게 배를 타고 가본 적이 있었던 터라 일레인 연극을 하기엔 아주 적합하다고 생각했다.

"그래, 그럼 내가 일레인을 할게."

앤이 마지못해 뜻을 굽히고 받아들였다. 일레인 역을 맡고 싶긴 했지만, 앤의 예술적 감각에 비춰볼 때 아무래도 자신은 아니라는 생각이 들어 꺼림칙했다.

"그럼 루비가 아서 왕을 해. 제인은 귀네비어 왕비를 하고, 다이애나는 기사 랜슬롯을 맡아줘. 하지만 그보다 먼저 너희들이 일레인의 오빠와 아버지 역을 맡아야 한다는 것을 잊지 마. 배엔 한 사람밖에 누울 수 없으니까 말을 못 하는 늙은 하인은 빼자. 그리고 배에 까만 비단을 길게 깔아야 해. 다이애나, 너희 엄마의 오래된 검정색 숄이 딱 좋을 것 같은데."

다이애나가 검정색 숄을 가져오자, 앤은 그것을 배의 바닥에 깔고 그 위에 길게 드러누웠다. 그리고 두 눈을 감은 채 손을 가슴 위로 포갰다. 앤의 자그맣고 하얀 얼굴에 자작나무 그림자가 어른거리자, 루비 길리스가 불안한 듯이 속삭였다.

"어머나! 정말 죽은 것 같아! 난 겁이 나. 이런 짓을 해도 괜찮을까? 어쩐지 무서워. 린드 아줌마는 연극은 모두 사악한 짓이라고 했는데."

앤이 심각한 목소리로 잘라 말했다.

"루비, 린드 아줌마 이야기는 하지 마. 분위기를 망치잖아. 이건 그 아줌마가 태어나기 몇 백 년 전의 이야기라고. 제인, 이제 네가 맡아서 해줘. 일레인은 죽은 상태인데 말을 하는 건 우습잖아."

제인이 나서서 어려운 상황에 대처했다. 황금빛 덮개가 없어서 노란색 피아노 덮개로 대신했는데, 그것은 훌륭한 대용품이 되었다. 흰 백합을 구할 수 없는 계절이어서, 하늘색 아이리스를 가슴 위에 가지런히 모은 앤의 손에 쥐어 주니 잘 어울렸다.

제인이 말했다.

"자, 이제 다 준비됐어. 지금부터 우리는 일레인의 단정한 이마에

키스를 해야 해. 다이애나! 너는 '나의 누이여, 영원히 안녕!' 이라고 하고, 루비는 '안녕, 내 사랑스러운 누이예!' 라고 말하는 거야. 그런 다음 두 사람 다 최대한 슬픈 표정을 지어야 해. 앤! 살짝 미소를 지어 봐. '일레인은 미소를 머금은 듯이 보였다.' 라고 씌어 있었잖아. 그래! 됐어. 자, 그럼 이제 배를 힘껏 밀자."

작은 배는 연못 안쪽으로 세게 밀려났다. 그런데 그때 물속에 오래 박혀 있던 낡은 말뚝에 배가 거칠게 쓸렸다.

다이애나와 제인과 루비는 배가 물살을 타고 다리 쪽을 향해 서서히 밀려가는 것을 지켜보다가, 황급히 숲을 지나고 길을 건너 하류의 곳으로 달려갔다. 그곳에서 랜슬롯 기사와 귀네비어 왕비, 그리고 아서 왕이 되어 백합 아가씨를 맞이할 준비를 해야 하는 것이었다.

앤은 잠시 동안 천천히 떠내려가며 로맨틱한 상황을 즐겼다. 그런데 이내 전혀 로맨틱하지 않은 일이 일어나고 말았다. 배 밑바닥에 물이 스며들어 오기 시작하더니 물이 콸콸 쏟아져 들어오는 것이었다. 앤은 허둥지둥 일어나 피아노 덮개와 숄을 움켜쥐고 물이 들어오는 것을 멍하니 바라보았다. 아까 말뚝에 배가 거칠게 쓸렸을 때 배 밑바닥이 뜯긴 것 같았다.

앤은 이유까지는 잘 몰랐지만 자기가 위험에 처해 있다는 것은 금방 알아차렸다. 이대로 가다가는 배가 하류의 곳에 닿기 전에 물이 차올라 가라앉을 게 분명했다. 노가 어디 있지? 이런! 선착장에 두고 왔잖아!

앤은 너무나 무서워서 숨이 넘어갈 듯 비명을 질렀으나 아무에게도 들리지 않았다. 새파랗게 질린 앤은 침착하게 생각해 보았다. 방법은 단 한 가지였다.

앤은 다음 날 앨런 부인에게 이렇게 말했다

"죽을 만큼 무서웠어요. 물은 계속 차오르는데, 다리까지 떠내려가는 시간이 정말이지 몇 년은 되는 것 같았어요. 앨런 사모님, 전 진심을 다해 기도했어요. 하지만 눈은 감지 못했어요. 배가 다리까지 가는지 확인해야 하잖아요. 그래서 다리를 바라보면서 '하느님, 배를 다리 기둥 쪽으로 바싹 붙여주세요. 그다음에는 기둥을 잡고 매달려 어떻게 하든지 해보겠어요.' 하고 기도했어요. 오래된 통나무 기둥이라서 옹이도 많고 가지를 쳐낸 자국들도 있잖아요. 상황이 상황이니만큼 멋진 기도문을 생각해 낼 수가 없었어요. 그런데 하느님께서 제 기도를 들어주신 거예요. 배가 다리 기둥에 정면으로 부딪친 순간, 저는 피아노 덮개와 숄을 양어깨에 걸치고는 극적으로 기둥에 매달렸지요. 하지만 기둥이 미끄러워 낡은 기둥을 붙잡은 채 꼼짝도 하지 못하고 매달려 있었어요. 로맨틱하지 못한 자세였지만 그런 건 신경 쓸 겨를이 없었어요. 물에 빠져 죽을 뻔한 판국에 무슨 로맨틱이 있겠어요. 저는 곧바로 감사 기도를 드리고, 누군가 도와주러 오기만을 기다리며 있는 힘을 다해 거기 매달려 있었지요."

다리 밑으로 떠내려가던 배는 순식간에 연못 속으로 가라앉고 말았다. 루비와 제인과 다이애나는 다리 아래쪽에서 기다리다가 배가 가라앉는 것을 발견하고는, 앤도 틀림없이 연못 속에 가라앉았다고 생각했다. 세 아이는 창백하게 질린 채 얼어붙은 듯이 서 있었다. 이윽고 세 사람은 찢어지는 듯한 비명을 지르며 숲속을 가로질러 달려가기 시작했다. 다리 쪽이 내려다보이는 큰길을 가로지르면서 아이들은 한 번도 멈추지 않았다.

앤은 있는 힘을 다해 기둥에 매달린 채 친구들의 비명 소리를 들었고 달려가는 모습도 보았다. 이제 곧 누군가가 도와주러 올 거라고 생각했지만 그때까지 버틸 수 있을지 알 수 없었다. 자세가 너무나 불편했다.

시간이 꽤 흐른 것 같았다. 이 불운한 백합 아가씨에게는 일 분이 한 시간쯤으로 여겨졌다. 왜 아무도 오지 않는 거지? 아이들은 어디로 간 걸까? 설마 다 기절해 버린 건 아닐까? 그럼 아무도 못 오는 거잖아! 힘이 빠지고 쥐가 나서 더 붙잡지 못하면 어쩌지? 앤은 길고 미끈거리는 그림자가 일렁대는, 무시무시한 물을 내려다보며 몸서리를 쳤다.

그리고 마침내 팔이 너무나 아파 더는 견딜 수 없을 것 같다고 생각한 바로 그 순간, 길버트 블라이스가 나타났다. 길버트는 해먼드 앤드루스 씨의 낚싯배를 타고 다리 밑으로 노를 저어 오고 있었다. 무심코 다리 기둥을 올려다본 길버트는 창백하게 질린 작고 하얀 얼굴을 발견했다. 겁에 질려 눈이 동그래지긴 했지만 역시나 도도한 잿빛 눈으로 자신을 내려다보고 있어서 소스라치게 놀랐다.

길버트가 소리쳤다.

"어? 앤 셜리! 도대체 왜 거기에 있지?"

길버트는 대답도 기다리지 않고 배를 다리 기둥 가까이에 대고 한 손을 내밀었다. 앤은 재빨리 길버트의 손을 잡고 배로 기어 내려왔다. 흙투성이 몰골에다 잔뜩 화가 난 얼굴을 하고선 물이 뚝뚝 떨어지는 숄과 덮개를 품에 안은 채 배 끄트머리로 가 앉았다. 이런 상황에서 체면을 차린다는 것은 말도 안 되게 어려운 일이었다.

길버트가 노를 저으며 말했다.

"앤, 무슨 일이 있었던 거니?"

앤은 구해 준 사람을 쳐다보지도 않고 쌀쌀한 말투로 설명했다.

"우린 일레인 연극을 하고 있었어. 내가 배에 누워서 캐멀롯으로 떠내려가는 일레인 역을 맡았어. 그런데 배에 물이 차기 시작해서 다리 기둥에 매달렸던 거야. 다른 아이들은 도움을 청하러 갔어. 선착장까지만 데려다 줄래?"

길버트는 순순히 선착장에 배를 댔다. 앤은 길버트가 도와주려는 것을 뿌리치고 땅으로 폴짝 뛰어내렸다.

앤이 몸을 돌리며 도도하게 말했다.

"큰 신세를 졌어. 정말 고마워!"

앤이 고개를 바짝 치켜들고 떠나려 할 때, 길버트도 배에서 뛰어내리더니 앤의 팔을 잡았다. 길버트가 다급히 말했다.

"앤, 잠깐만! 우리 친구로 지내면 안 될까? 전에 네 머리를 가지고 놀린 건 정말 미안해. 널 화나게 하려고 했던 건 아냐. 나는 그냥 장난이었어. 그리고 한참 지난 일이잖아. 지금 네 머리는 정말 예뻐. 진심으로 그렇게 생각해. 이제 우리 친구로 지내자."

순간, 앤은 망설였다. 자존심이 온통 엉망이 되었는데도, 지금까지 느껴보지 못한 야릇한 감정이 솟아올랐다. 길버트의 연갈색 눈동자에서 수줍음과 진심을 말하는 따스함이 느껴졌다. 그러면서 이상하게 가슴이 두근거렸다.

그러나 쓰디쓴 묵은 상처가 앤의 흔들리는 마음을 다시 굳어 버리게 만들었다. 2년 전에 전교생 앞에서 자기 머리를 잡고 '홍당무'라고 놀려대던 기억이 생생하게 떠오르자 다시 화가 났다. 다른 사람이나 나이 든 사람들에게는 그게 웃어넘길 일일지 모르겠지만 앤에게는 시간이 지나도 조금도 가라앉거나 누그러들지 않을 분노였다. 앤은 길버트 블라이스가 미웠다!

'길버트 블라이스, 너는 절대 용서할 수 없어!'

앤은 차갑게 대답했다.

"싫어. 너와 친구가 될 수 없어. 길버트 블라이스, 난 그리고 싶지 않아!"

얼굴이 붉으락푸르락 달아오른 길버트는 잽싸게 배로 뛰어올랐다. 몹시 화가 난 것 같았다.

"알았어! 나도 너와 친구 하자는 말을 다시는 하지 않겠어. 앤 셜리, 나도 이젠 싫어!"

길버트는 거칠게 노를 저어 잠깐 사이에 멀어져 갔다.

앤은 단풍나무 아래로 고사리가 우거진 가파르고 좁은 길을 걸어 올라갔다. 똑바로 서서 머리를 빳빳하게 치켜들었지만 속에서는 마구 후회가 밀려왔다. '길버트에게 그렇게 대하지 말걸.' 길버트는 앤에게 끔찍한 모욕을 안겨주었고, 물론 그 놀림은 잊을 수가 없다. 하지만 그렇다 해도 그렇게까지 할 필요는 없지 않았을까! 앤은 그냥 주저앉아 실컷 울고 싶은 심정이 되었다. 더구나 위험한 상황에서 몸에 경련이 일어날 정도로 꽉 매달리고 났더니 온 몸에 맥이 풀렸다.

오솔길을 반쯤 걸어갔을 때 정신이 반쯤 나간 상태로 연못을 향해 뛰어오던 제인과 다이애나를 만날 수 있었다.

아이들은 비탈길 과수원집으로 갔지만 아무도 만날 수 없었고, 배리 씨와 배리 부인도 집에 없었다. 루비 길리스는 너무 놀라 주저앉는 바람에 진정될 때까지 거기 남겨두고, 다이애나와 제인은 '유령의 숲'을 지나고 개울물을 건너 초록지붕집으로 달려갔다. 그런데 그곳 역시 아무도 없었다. 마릴라는 카모디에 갔고, 매슈는 뒤편 들판에서 건초를 만들고 있었던 것이다.

다이애나는 앤을 만나자 안도와 기쁨으로 눈물을 흘리면서 두 손으로 목을 끌어안더니 숨을 몰아쉬었다.

"아, 앤! 앤, 우리는 네가 죽은 줄 알았어. 물에 빠져서……. 우리가 너더러…… 일레인을 맡으라고 해서…… 죽게 했다는 생각이 들어서……. 아아, 우리가……. 루비는 지금 제정신이 아냐……. 앤, 어떻게 빠져나왔니?"

앤이 힘없이 말했다.

"다리 기둥에 매달려 있었어. 그리고 길버트 블라이스가 배를 타고 와서 뭍으로 데려다주었어."

겨우 숨을 고른 제인이 말했다.

"어, 앤! 길버트가 구해 준 거야? 정말 멋져! 어쩜, 너무 로맨틱해. 그럼 이제 길버트랑 말을 하겠구나."

앤이 쏘아붙이듯 대답했다.

"아니, 그런 일은 없어. 제인 앤드루스, 그런 일로 로맨틱이니 뭐니 하는 말은 듣고 싶지 않아. 미안해. 너희들을 놀라게 한 건. 모두 내 잘못이야. 나는 참 운이 없어. 무슨 일을 하거나 소중한 친구들이나 나 자신을 곤경에 빠트리니 말이야. 다이애나, 너희 아버지 배가 가라앉아 버렸어. 앞으로 다시는 연못에서 배를 타지 못하게 하실 것 같은 예감이 들어."

앤의 예감은 그 어느 때보다 정확하게 들어맞았다. 그날 오후의 사건을 알게 된 배리 씨네 가족과 커스버트 가족은 기절할 정도로 놀랐다.

마릴라는 너무 화가 나서 혀를 차며 말했다.

"앤, 언제쯤이면 철이 들 거니?"

앤이 대답했다.

"아줌마, 이제는 철이 들 거 같아요. 이성적인 사람이 될 가능성이 전보다 높아진 것 같아요."

앤의 목소리는 평소처럼 밝았다. 동쪽 다락방에 틀어박혀 혼자 실컷 울면서 마음을 추스른 앤은 다시금 명랑해졌다.

마릴라가 물었다.

"도대체 무슨 말이니?"

앤이 설명했다.

"그러니까요, 오늘 귀중한 새 교훈을 얻었어요. 초록지붕집에 살면서 여러 가지 실수를 했지만 그때마다 나쁜 점들을 하나씩 고칠 수 있었거든요. 자수정 브로치 사건으로 제 것이 아닌 물건엔 손대지 않게 되었고요, 진통제 케이크 사건은 요리할 때 덜렁대는 습관을 고치게 해줬어요. 그리고 요리할 때는 정신을 차리고 허영도 부리지 않아요. 머리 염색 사건으로는 허영심을 버려야 한다는 걸 깨달았거든요. 이제는 머리카락이나 코에 대해서는 전혀 생각하지 않아요. 어쩌다 간혹 한 번씩만 해요. 오늘 실수는 너무 로맨틱한 것들만 찾는 습관을 고쳐줄 거예요. 에이번리에서 로맨틱한 걸 바라는 건 쓸데없는 짓이라는 결론을 내렸어요. 수백 년 전, 탑이 우뚝 솟아 있던 캐멀롯에서라면 몰라도 지금 시대에 로맨틱한 건 중요한 게 아니더라고요. 이제는 그럴싸한 놀이에 빠져드는 일이 없도록 하겠어요. 아줌마, 오늘 사건 이후로 저의 행동이 대단히 좋아질 거라고 장담해요."

마릴라가 회의적으로 고개를 저으며 말했다.

"제발 그랬으면 좋겠다만⋯⋯."

하지만 마릴라가 밖으로 나가자 구석에 말없이 앉아 있던 매슈가 다가와서 앤의 어깨에 손을 얹으며 수줍은 듯이 낮게 속삭였다.

"앤, 네 상상과 로맨틱한 것들을 모두 버리진 말거라. 지나친 건 나쁘지만 조금은 남겨두는 게 좋지 않겠니? 앤, 조금은 남겨두렴."

29

인생의 전환점이 된 멋진 경험

앤은 '사랑의 오솔길'을 따라 뒤편 목초지에서 소 떼를 몰고 돌아오는 길이었다. 9월의 저녁이었고, 붉은 석양빛이 숲속 구석구석 흘러넘쳤다. 오솔길 여기저기에도 붉은 빛이 내려앉았지만, 단풍나무 아래로는 그림자를 차분히 드리웠다. 전나무 밑은 맑은 포도주 같은 선명한 보랏빛 땅거미가 깃들었고, 나무 위로 바람이 솔솔 불었다. 전나무 꼭대기를 스치며 지나가는 저녁 바람 소리는 지상의 그 어떤 음악보다도 달콤하고 아름다웠다.

한가로운 소들은 오솔길을 어슬렁거리며 내려갔고, 앤은 꿈꾸는 듯한 얼굴로 그 뒤를 따라 걸으며 <마미온(Marmion: 월터 스콧 (Walter Scott, 1771-1832)이 1808년에 쓴 서사시)>에 나오는 전쟁 시편을 큰 소리로 읊었다. 스테이시 선생은 영어 교과서에 실린 이 시를 아이들에게 외우라고 했다. 앤은 병사들이 줄을 지어 돌진하고 창들이 부딪히는 장면을 상상하며 열정적으로 외쳤다.

불굴의 창을 든 병사들은 여전히
물샐 틈 없는 컴컴한 숲을 이루고 있었다.

이 단락에 이르러, 앤은 시의 절정을 느끼며 걸음을 멈추고 두 눈을 감았다. 상상 속 영웅에게 몰입하기 위해서였다. 눈을 다시 떴을 때는 다이애나가 배리 씨네 밭으로 통하는 문을 빠져나오는 것이 보였다. 표정이 어찌나 심각해 보였던지 무슨 일이 생겼음을 직감했다. 하지만 지나치게 호들갑을 떨며 물어보진 말아야겠다고 다짐했다.

"다이애나, 오늘 저녁은 보랏빛 꿈속 같지 않아? 살아 있다는 게 정말 아름다운 일이라고 생각했어. 아침에는 아침이 최고로 아름다운 것 같은데, 저녁이 되면 저녁이 더 아름다운 것 같아."

다이애나도 말했다.

"그래, 정말 멋진 저녁이야. 그나저나 굉장한 소식이 있어. 앤, 맞혀 봐. 세 번의 기회를 줄게."

앤이 외쳤다.

"샬럿 길리스가 결국 교회에서 결혼을 하게 되었구나? 그래서 앨런 사모님이 우리더러 교회를 꾸미라고 하신 거 아냐?"

"틀렸어. 샬럿의 남자 친구가 반대할걸. 아직까지 교회에서 결혼식을 한 사람은 없잖아. 샬럿의 남자 친구는 장례식처럼 보일 거라고 생각하나 봐. 너무 교양 없는 말 아니니? 교회에서 결혼식을 올린다면 정말 멋있을 텐데. 아무튼 다시 맞혀 봐. 굉장한 소식이라니까."

"제인의 엄마가 생일 파티를 열게 해주신대?"

고개를 젓는 다이애나의 검은 눈이 반짝였다.

앤은 도무지 모르겠다는 듯 말했다.

"다이애나, 뭔지 모르겠어. 어젯밤에 기도회를 마치고 돌아가는 길에 무디 스퍼전 맥퍼슨이 집까지 너를 바래다준 거야? 혹시 그거 맞아?"

다이애나가 자존심 상한다는 듯 발끈했다.

"절대 아냐. 설령 그 못생긴 애가 날 바래다줬다고 하더라도 그게 자랑할 일은 아니지! 네가 못 맞출 줄 알았어. 무슨 일이냐면, 엄마가 오늘 조세핀 할머니한테 편지를 받았대. 그런데 할머니가 너랑 나를 다음 주 화요일에 샬럿타운으로 불러서 박람회 구경을 시켜주겠다고 하셨다는 거야. 어때, 굉장하지 않니?"

앤은 단풍나무에 몸을 기댄 채 다이애나에게 조용히 말했다.

"아, 다이애나! 진짜야? 하지만 마릴라 아줌마가 허락 안 해주실지도 몰라. 밖에 나다니는 건 나쁘다고 생각하셔. 지난주에 제인이 자기네 2인용 마차를 타고 화이트샌즈 호텔에서 열리는 미국인 발표회에 가자고 했거든. 난 가고 싶었지만 아줌마는 내가 집에서 공부를 하는 편이 더 낫다고 하셨어. 다이애나, 그때 내가 얼마나 실망했는지 아니? 마음이 너무 아파서 잠자기 전에 기도도 안 했다니까. 물론 한밤중에 일어나 기도를 하긴 했지만 말이야."

다이애나가 말했다.

"이렇게 하자. 우리 엄마더러 마릴라 아줌마에게 잘 말씀드려 달라고 하는 거야. 그러면 허락해 주실지도 몰라. 앤, 그렇게 되면 우린 생애 최고의 시간을 보내게 되는 거야. 난 박람회엔 한 번도 못 가봤어. 다른 애들이 박람회 얘기를 할 때면 얼마나 약이 올랐는지 몰라. 제인이랑 루비는 두 번이나 다녀왔고, 올해도 또 간다잖아."

앤이 단호하게 말했다.

"내가 갈지 못 갈지 알게 될 때까지 박람회 생각은 안 할래. 기대했다가 실망할 테고, 그러면 내가 감당하지 못할 정도로 슬플 테니까. 하지만 갈 수 있게 된다면 그때쯤에 새 코트가 완성될 거 같아서 기뻐. 아줌마는 나한테 새 코트가 필요 없다고 하셨지만 말이야. 내 낡은 코트도 겨울을 나기에 충분하다면서 새 드레스로 만족하라고 하셨거든. 다이애나, 드레스는 정말 예뻐. 짙은 파란색에 한창 유행하는 스타일이야. 요즘 마릴라 아줌마는 드레스를 유행하는 스타일로 만들어주셔. 매슈 아저씨가 린드 아줌마한테 만들어 달라고 또 부탁할까 봐 그러신대. 나야 정말 좋지. 예쁜 옷을 입고 있으면 착해지기가 더 쉽잖아. 적어도 나는 그래. 착하게 태어난 사람들에겐 별 차이가 없겠지만 말이야. 그래도 매슈 아저씨가 나한테 새 코트가 있어야 한다고 우겨서 마릴라 아줌마가 파란색 옷감을 예쁜 걸로 사오셨어. 그래서 카모디에 있는 진짜 재봉사가 코트를 만들고 있는 중이야. 토요일 밤에 완성된다고 했어. 하지만 새 코트를 입고 새 모자를 쓰고 주일날 교회 가는 모습을 상상하지 않으려고 애쓰는 중이야. 그런 걸 상상하면 왠지 안 될 것 같아서 말이야. 하지만 나도 모르게 자꾸만 떠올라. 모자도 정말 예뻐. 카모디에 같이 갔던 날 매슈 아저씨가 사주셨거든. 요즘 한창 유행하는 건데, 금색 끈이랑 술들이 달린 작고 파란 벨벳 모자야. 다이애나, 너의 새 모자도 우아하고 잘 어울리더라. 지난 주일에 네가 교회로 들어오는 걸 보고 네가 내 단짝 친구라는 게 너무 자랑스러워서 가슴이 막 뛰었어. 그런데 내가 옷에 대해서 자꾸 신경 쓰는 거, 그거 나쁜 걸까? 마릴라 아줌마는 죄스러운 생각이라고 하시거든. 하지만 옷 이야기는 너무 재밌는 걸 어떡해. 안 그러니?"

마릴라는 앤이 샬럿타운에 가도록 허락했고, 다음 주 화요일에 배리 씨가 아이들을 데려다주기로 했다. 샬럿타운은 거의 50킬로미터 거리였다. 배리 씨는 아이들을 데려다주고 당일치기로 돌아올 생각이었으므로 아침 일찍 출발해야 했다. 하지만 앤은 그것마저도 즐거웠고, 화요일 아침에는 해도 뜨기 전에 일어났다. 창문 너머로 흘깃 바라본 '유령의 숲'의 전나무 뒤로 펼쳐진 동쪽 하늘은 구름 한 점 없이 은빛으로 빛났다. 청명한 날이 확실했다. 나무들 사이로 보이는 비탈길 과수원집의 서쪽 지붕에도 불빛이 어른거리는 걸로 보아 다이애나도 일어난 모양이었다.

앤은 매슈가 난로에 불을 지필 때쯤 옷을 갈아입었고, 마릴라가 아래층에 내려왔을 때는 이미 아침 식사 준비까지 다 끝내놓은 참이었다. 하지만 정작 앤은 들뜬 마음에 먹는 둥 마는 둥이었다. 아침 식사를 마친 앤은 말쑥한 새 모자에 코트를 차려입고 부랴부랴 개울물을 건너고 전나무 숲을 지나 비탈길 과수원집으로 갔다. 배리 씨와 다이애나가 앤을 기다리고 있었고, 그들은 곧 길을 떠났다.

먼 길이었지만 앤과 다이애나는 매순간이 즐거웠다. 추수가 끝난 들판 위로 붉은 햇살이 서서히 퍼져 나가는 이른 아침에 촉촉하게 젖은 길을 지켜보면서 달그락거리는 마차를 타고 가는 일은 즐거운 경험이었다. 공기는 신선하고 상쾌했으며, 연기처럼 푸른 안개가 골짜기를 넘어 언덕으로 두둥실 흘러갔다. 마차는 주황색 깃발을 뽐내기 시작한 단풍나무 숲을 지나갔다. 강 위의 다리를 지날 때는 흥분과 공포로 탄성을 지르기도 했다. 해변을 따라 굽어지는 해안 도로를 따라 달릴 때도 있었고, 비바람에 빛이 바랜 낚시꾼들의 오두막이 옹기종기 모인 곳을 지나기도 했다. 그런가 하면 푸른 하늘이 언뜻언뜻 보이는 안개 자욱한 언덕을 오르기도 했는데, 어디를 지나건 흥미진진한 이야깃거리들이 넘쳐났다. 마차는 정오가 거의 되어서야 샬럿 타운에 도착했고, 마침내 너도밤나무집 가는 길로 접어들었다. 길에서 멀찍이 떨어져 있는 조세핀 할머니의 너도밤나무집은 초록색 느릅나무와 가지가 무성한 너도밤나무들 속에 자리 잡은 꽤 웅장한 고택이었다.

조세핀 할머니는 날카롭고 검은 눈을 반짝이며 문 앞으로 나와 세 사람을 맞아주었다.

"앤! 네가 드디어 나를 보러 와주었구나. 세상에나! 이렇게 많이 컸네. 나보다 키가 크겠는걸. 얼굴도 예전보다 훨씬 예뻐졌고. 내가 말하지 않아도 이 사실을 이미 알고 있겠지만 말이야."

앤의 얼굴이 환해졌다.

"아뇨, 정말 몰랐어요. 옛날처럼 주근깨가 많진 않아서 그것만으로도 아주 감사해하고 있거든요. 정말 감사한 말씀이지만 제가 더 예뻐졌다는 생각은 감히 하지 않았어요. 할머니가 그렇게 생각하신다니까 저도 진짜 기쁩니다."

조세핀 할머니의 집에는 무척 화려하고 호화스러운 가구들이 가득했다고, 나중에 앤이 마릴라에게 말해 주었다.

점심 식사 준비를 살피러 조세핀 배리가 자리를 떴을 때, 두 소녀는 응접실의 웅장함에 기가 눌려 선뜻 입을 열지 못했다.

한참 후에 다이애나가 속삭였다.

"꼭 궁전 같지 않니? 조세핀 할머니네 집은 처음인데, 이렇게까지 으리으리할 줄은 몰랐어. 줄리아 벨이 이 응접실을 봤어야 하는데. 걘 자기네 집 응접실이 굉장하다고 그렇게 자랑하잖아."

앤이 황홀한 듯 숨을 내쉬었다.

"벨벳 카펫이야. 거기다 실크 커튼까지! 다이애나, 내가 이제껏 꿈꾸던 것들이야. 그런데 막상 이런 것들 사이에 있으니까 그렇게 마음이 편하거나 좋진 않아. 여기 있는 것들이 다들 너무 화려해서 더 이상 상상할 여지도 없고. 이럴 땐 가난한 것도 위로가 되는 것 같아. 상상할 수 있는 것이 훨씬 더 많으니까 말이야."

샬럿타운에서 지냈던 일은 그 뒤로도 오랫동안 앤과 다이애나에게 소중한 추억으로 남았다. 첫날부터 마지막 날까지 즐거움으로 꽉 들어찬 나날들이었다.

수요일이 되자 조세핀 할머니는 둘을 박람회장으로 데려갔고, 하루 종일 온갖 것들을 다 구경시켜 줬다.

앤은 나중에 당시에 보고 들은 것을 마릴라에게 이렇게 설명했다.

"정말 굉장했어요. 그렇게 흥미로울 줄은 상상도 못 했어요. 어느 전시관이 가장 재미있었는지 하나만 꼽을 수가 없을 정도예요. 말이랑 꽃, 그리고 수공예품들을 전시한 곳이 제일 좋았던 것 같긴 해요. 참, 그리고 조시 파이는 레이스 뜨기 대회에서 1등을 했어요. 저도 진심으로 축하해 줬어요. 제가 진심으로 기뻐할 수 있다니, 저 자신이 성장한 거 같아서 더 좋았어요. 아줌마, 그렇게 생각하지 않으세요? 그리고 해먼드 앤드루스 씨는 그라벤스타인(Gravenstein) 사과 부문에서 2등을 했고요. 돼지 부문에선 벨 장로님이 1등을 하셨어요. 다이애나는 주일학교 교장 선생님이 돼지로 상을 받는 게 좀 우습다고 했지만, 전 뭐가 우스운지 잘 모르겠더라고요. 아줌마는 뭐가 우스운지 아시겠어요? 다이애나는 앞으로도 장로님이 엄숙하게 기도를 할 때마다 돼지 생각이 날 것 같대요. 클라라 루이스 맥퍼슨은 그림을 그려서 상을 탔고요, 린드 아줌마는 버터와 치즈 만들기에서 1등을 하셨어요. 에이번리 대표들, 진짜 잘했죠? 그날 낯선 사람들 사이에서 린드 아줌마의 얼굴을 보게 되니까, 제가 린드 아줌마를 얼마나 좋아하는지 알 것 같았어요. 아줌마, 거기엔 수천 명의 사람들이 있었어요. 그러니까 좀 위축되더라고요. 그리고는 조세핀 할머니가 경주마를 보여주신다며 우릴 야외 관람석으로 데리고 가셨어요. 특별석으로요. 린드 아줌마는 경마가 혐오스러운 스포츠라며 안 가셨어요. 그런 델 멀리하는 모범을 보여주는 것이 교회 신도의 본분이랬어요. 하지만 경마장엔 사람들이 하도 많아서 린드 아줌마가 왔는지 안 왔는지 아무도 모르겠더라고요. 어쨌든 저는 경마장에 자주 가선 안 될 것 같다고 생각했어요. 경마가 어찌나 재미있던지 잘못하면 그 재미에 푹 빠져 버릴 것 같았거든요. 다이애나는 몹시 흥분을 해서 빨간 말이 이길 거 같다면서 10센트를 걸겠다고 했어요. 저는 빨간 말이 이길 것 같지 않아서 돈을 안 걸었어요. 게다가 나중에 앨런 사모님께 박람회 얘길 몽땅 해드릴 생각이었는데, 내기 얘기는 차마 못 할 것 같았거든요. 목사 사모님께 털어놓지 못할 일이라면 그건 틀림없이 잘못된 일일 거예요. 목사 사모님과 친하게 지내니까 양심이 하나 더 생긴 것 같아 좋아요. 그리고 돈을 걸지 않아서 정말 다행이었어요. 빨간 말이 진짜로 우승했거든요. 하마터면 10센트를 날릴 뻔했잖아요. 착한 일은 그렇게 보답을 받나 봐요. 어떤 사람이 열기구를 타고 올라가는 것도 봤어요. 저도 그것을 타보고 싶었어요. 아줌마, 엄청 짜릿하겠죠? 그리고 운세를 보는 사람도 있더라고요. 10센트를 내면 작은 새가 운세를 뽑아주는 거예요. 조세핀 할머니가 우리한테 10센트씩 주셔서 저희도 운세를 알아봤어요. 저는 무지하게 돈이 많으면서 피부가 거무스름한 남자랑 결혼해서 해외에 나가 산대요. 그 말을 듣고 난 다음부터 피부색이 짙은 남자들이 눈에 띄면 유심히 쳐다봤는데요, 맘에 드는 사람이 하나도 없더라고요. 하긴 결혼한 남자를 벌써 찾는다는 건 너무 이르니까요. 정말 평생 잊지 못할 날이었어요. 아줌마, 너무 피곤하니까 밤엔 잠도 잘 오지 않더라고요. 조세핀 할머니는 약속대로 우릴 손님방에

재워주셨어요. 아주 우아한 방이었는데요, 왜 그런지 모르겠는데 손님방에서 자는 게 생각만큼 좋진 않았어요. 아줌마, 자란다는 건 그래서 안 좋은 것 같아요. 그런 생각이 점점 많이 들어요. 어렸을 때는 간절하게 원했던 거라도 막상 손에 들어오면 그렇게 대단하지만은 않더라고요."

목요일에 다이애나와 앤은 마차를 타고 공원을 둘러보았고, 저녁에는 유명한 프리마돈나가 공연하는 음악회에 조세핀 할머니가 데려가 주었다. 앤에게 그날 저녁은 기쁨으로 환하게 빛나는 환상의 세계 그 자체였다.

"아, 아줌마! 도저히 말로는 표현이 안 돼요. 너무 벅차서 말조차 나오지 않더라고요. 어땠는지 아시겠죠? 너무나 황홀해서 입을 다문 채로 조용히 앉아만 있었다니까요. 하얀 새틴 드레스를 입고 다이아몬드를 두른 셀리츠키는 진짜 아름다웠어요. 셀리츠키가 노래를 시작했을 땐 아무 생각도 나지 않았어요. 아, 어떤 느낌이었는지 말로 설명을 못 하겠어요. 이제 착한 아이가 되는 게 더는 어렵지 않을 거란 생각이 들었어요. 별을 바라볼 때랑 비슷한 기분이었어요. 눈물이 주르르 흘렀지만 그건 행복의 눈물이었어요. 공연이 끝난 뒤 너무나 아쉬워서 조세핀 할머니께 여쭤봤어요. 도대체 어떻게 일상으로 돌아가야 할지 모르겠다고요. 그랬더니 할머니는 길 건너 음식점에 가서 아이스크림을 먹으면 나아질 거라고 하시더라고요. 정말 밋밋하고 멋없는 대답이라 생각했는데, 놀랍게도 그 말이 맞지 뭐예요. 진짜 맛있는 아이스크림을 먹으면서, 그것도 밤 열한 시에 음식점에 앉아 있으니 재밌기도 하고 뭔가 자유로운 사람이 된 것 같은 기분이 들더라고요. 다이애나는 도시에서 사는 삶이 자기한테 딱 맞는다고 했어요. 조세핀 할머니가 저에게도 '너는 어떠냐?'고 물어보셔서,

저는 제 생각을 말씀드리기 전에 좀 더 진지하게 생각해 보겠다고
했어요. 그래서 잠들기 전에 깊이 생각해 봤어요. 그때가 무얼 생각하
기엔 가장 좋은 시간이잖아요. 아줌마, 그래서 결론을 내렸어요. 저
와 도시의 삶은 맞지 않는 거 같다고요. 그렇게 생각하고 나니 마음
이 평안해지던데요. 어쩌다 한 번, 밤 열한 시에 불이 환하게 밝혀진
음식점에서 아이스크림을 먹는 것은 나쁘지 않아요. 하지만 그런
일을 날마다 하고 싶진 않아요. 저는 밤 열한 시에 동쪽 다락방에서
잠드는 일상이 훨씬 더 좋아요. 제가 잠든 동안에도 바깥에서는
별들이 빛나고 개울물 건너 전나무 숲에는 바람이 불어온단 것을
생각하면서 말이에요. 다음 날 아침 식사 때 조세핀 할머니께 그렇게
말씀드렸더니 막 웃으시더라고요. 할머니는 제가 무슨 말만 하면
웃으세요. 심지어는 제가 아주 심각한 얘길 해도요. 그럴 때마다
딱히 기분이 좋진 않아요. 제가 웃기려고 그런 말을 한 건 아니거든
요. 그래도 할머니는 정말 친절한 분이시고, 누구보다도 정중한 태
도로 대해 주세요."

집으로 돌아가야 할 금요일이 되자 배리 씨가 아이들을 데리러
왔고, 조세핀 할머니가 작별 인사를 했다.

"그래, 다들 즐거웠니?"

다이애나가 대답했다.

"정말 재밌었어요."

"우리 앤 아가씨는?"

"모든 순간이 즐거웠어요."

앤이 대답을 하고 나더니, 갑자기 팔을 뻗어 조세핀 할머니의 목을
그러안았다. 그러고는 주름진 뺨에 키스를 했다. 한 번도 그래본
적 없는 다이애나는 앤의 행동에 화들짝 놀랐다. 하지만 조세핀

할머니는 기뻐했고, 베란다에 서서 마차가 사라질 때까지 줄곧 지켜보았다. 그러고는 널따란 집으로 들어가 한숨을 쉬었다. 생기발랄한 아이들의 빈자리가 느껴지는 집은 더없이 고즈넉하기만 했다.

솔직히 말하자면 조세핀 배리는 자기 외에 다른 사람에게는 관심을 가져본 적 없는 이기적인 노인이었다. 자기에게 도움이 되는지 혹은 자기를 즐겁게 해주는지, 그것으로만 사람을 판단했다. 결과적으로 앤이 그녀를 즐겁게 해주었기에 친절을 베풀었던 것이다. 하지만 조세핀 배리는 자신이 앤의 기발한 말솜씨보다는 풋풋한 열정과 솔직 담백한 감정 표현, 깜찍한 어리광, 그리고 두 눈과 입술에 서린 다정함을 더 좋아하고 있다는 것을 깨달았다.

조세핀 배리가 혼잣말처럼 중얼거렸다.

"마릴라 커스버트가 고아원에서 여자아이를 입양했다고 했을 땐 웬 저런 멍청이가 있나 그랬었지. 하지만 이제 보니 마릴라는 실수한 게 아니었어. 우리 집에도 앤 같은 아이가 있으면 나도 훨씬 다정해지고 더 행복하게 지낼 텐데……."

앤과 다이애나는 집으로 돌아올 때도 떠날 때만큼이나 즐거웠다. 아니, 사실은 더 즐거웠다. 이제 모든 게 끝났고, 길 끝에 자신을 기다리는 집이 있다는 생각이 들었기 때문이었다.

화이트샌즈를 지나 해변 길로 접어들자 도로가 석양에 붉게 물들어 있었다. 저 멀리 노랗게 물든 하늘 너머로 에이번리 언덕이 아슴푸레 보이기 시작했고, 언덕 뒤 수평선으로 떠오른 달은 온 세상을 환하게 비추었다. 구불구불한 길을 따라 나타나는 작은 곶들마다 잔물결이 아름답게 출렁였다. 파도가 나직하게 철썩이며 바위에 부딪혔고, 상쾌한 바람이 바다의 싸한 냄새를 부지런히 실어 날랐다.

앤이 크게 숨을 들이마셨다.

"아! 내가 이렇게 살아 있다는 것도, 가족들이 기다리는 집으로 돌아가는 것도 너무 좋아."

개울물 위 통나무 다리를 건널 때 초록지붕집의 부엌에서는 앤이 돌아온 것을 반기기라도 하듯 불빛이 다정하게 반짝였다. 열린 문틈으로 벽난로의 빨간 불꽃이 싸늘한 가을밤을 데워줄 따뜻한 기운을 내보냈다. 앤이 가볍게 언덕을 뛰어올라 부엌문을 열고 들어가자, 눈앞에 김이 모락모락 오르는 저녁 식사가 차려져 있었다.

마릴라가 뜨개질감을 내려놓으며 말했다.

"앤, 이제 왔니?"

앤이 행복한 얼굴로 대답했다.

"네. 아아, 집에 오니까 너무 좋아요. 모두한테 키스해 주고 싶은 심정이에요. 심지어 저 시계에도요. 아줌마, 구운 닭이잖아요! 저를 위해 만드신 거예요?"

마릴라가 대답했다.

"그래, 널 위해서다. 먼 길을 와서 배가 고플 테니 맛있는 걸 해줘야겠다고 생각했지. 옷 갈아입고 얼른 와. 매슈가 오는 대로 먹자. 네가 오니 참 기쁘다. 그동안 어찌나 적적하던지 나흘이 그렇게 긴 줄 몰랐다."

저녁을 먹은 후 앤은 난롯가에서 매슈와 마릴라 사이에 앉아, 그동안 있었던 일들을 재잘재잘 늘어놓기 시작했다.

앤은 행복한 얼굴로 이렇게 말하며 말을 마쳤다.

"정말 멋진 시간이었어요. 인생의 전환점이 된 멋진 경험들로 가득 찬 순간들이었거든요. 하지만 그중에서도 제일 좋았던 건 집으로 돌아오는 것이었어요."

30
앤, 퀸스 입시 준비반에 들어가다

마릴라는 뜨개질을 멈추고 의자 등받이에 몸을 기댔다. 눈이 몹시 피곤했다. 요즘 들어 부쩍 이런 일이 잦아서 다음에 시내에 가면 안경을 바꿔야겠다고 막연히 생각했다.

날이 어두워지고 있었다. 11월의 어둠이 초록지붕집을 감싸고 있었고, 부엌의 불빛이라고는 붉게 타오르는 난롯불뿐이었다.

앤은 난로 앞 깔개 위에 책상다리를 하고 앉아, 단풍나무 장작에서 스며 나온 수백 년 묵은 여름 햇살이 타오르는 불빛을 멍하니 바라보고 있었다. 방금 전 읽고 있던 책을 무릎에 펼쳐놓은 채 앤은 입가에 미소를 지으며 상상의 날개를 펴는 중이었다. 스페인의 화려한 성들이 앤의 상상 속에서 되살아났고, 환상적이고 위대한 모험의 세계가 펼쳐지고 있었다. 위대한 모험은 늘 찬란한 승리로 끝났고, 현실에서처럼 곤란한 상황에 빠지는 법이 없었다.

마릴라는 애정이 듬뿍 담긴 눈길로 앤을 바라보았다. 난로의 불빛과 어둠이 부드럽게 섞여 어둑하지 않았다면 절대로 드러내지 않았을 표정이었다. 마릴라는 사랑을 말이나 표정으로 솔직하게 표현해야 한다는 것을 미처 알지 못했다. 하지만 겉으로 내색하지 않아도 속으로는 깊이 앤을 사랑하고 있었다. 앤을 향한 마릴라의 사랑은 아주 깊었고, 그렇기에 자신이 지나치게 앤을 너그럽게 대하게 될까 봐 두렵기까지 했다. 한 인간이 다른 인간에게 이 정도로 강렬하게 마음을 주어도 되는 걸까 하는 다소 죄스러운 감정이 들어 불안할 때도 적지 않았다. 그런 불안함 때문에 마릴라는 앤을 별로 사랑하지 않는 듯, 겉으로는 늘 엄하고 비판적으로 대했다.

그러나 앤은 마릴라가 자신을 얼마나 사랑하는지 전혀 알지 못했다. 앤은 가끔 마릴라를 기쁘게 하는 것이 힘들다고 생각했고, 연민이나 이해심이 부족한 분이라며 서운한 마음을 가질 때가 있었다. 하지만 그럴 때마다 자신의 생각이 잘못된 것이라고 스스로를 나무라며, 마릴라가 베풀어준 것들을 떠올리곤 했다.

마릴라가 조용히 앤을 불렀다.

"앤! 오늘 오후, 네가 다이애나하고 나간 사이에 스테이시 선생님께서 다녀가셨다."

앤은 화들짝 놀라며 공상 세계에서 빠져나왔다.

"선생님이요? 다이애나랑 요 앞 숲에 있었는데, 부르지 그러셨어요? 요즘 숲이 얼마나 예쁜지 몰라요. 고사리랑 새탄잎나무 등 조그만 나무들이 모두 잠들었거든요. 봄이 올 때까지 잘 자라고 누군가 나뭇잎 이불을 덮어준 것처럼 말예요. 제 생각에는요, 어젯밤 달빛이 비칠 때 무지개 스카프를 두른 회색 꼬마 요정이 살금살금 와서 그런 것 같아요. 그런데 다이애나는 이제 그런 얘길 잘 안 하려고 해요. '유령의 숲'을 상상하다가 엄마한테 혼난 적이 있대요. 그 일이 다이애나의 상상력에 아주 나쁜 영향을 끼친 것 같아요. 상상력이 메말라 버렸으니까요. 린드 아줌마는 머틀 벨이 메마른 사람이랬어요. 루비 길리스한테 왜 머틀이 메마른 사람이냐고 물었더니, 남자친구한테 배신을 당해서 그랬을 거래요. 루비 길리스는 뭐든 남자 때문이래요. 예전에도 그랬는데 나이가 들수록 더 심해져요. 주제에 맞는 이야기라면 몰라도 온갖 일에 남자를 갖다 붙이는 건 좀 그렇잖아요. 그렇죠? 다이애나랑 전 결혼하지 말고 멋진 독신으로 둘이 같이 살까 진지하게 고민 중이에요. 하지만 다이애나는 아직 확실히 마음을 정하지 못했대요. 거칠고 저돌적이면서 매력적인 나쁜 남자와 결혼한 다음 그 남자를 고쳐가며 사는 게 더 고귀한 일일지도 모른대요. 다이애나랑 저는 요즘 진지한 얘기를 많이 해요. 우린 많이 자랐으니까 유치한 얘긴 이제 안 어울리잖아요. 아줌마, 열네 살이 된다는 건 정말이지 대단한 일이에요. 지난주 수요일에 스테이시 선생님이 열두 살이 넘은 여자애들을 개울가로 데려가서 이 주제에 대해 설명해 주셨어요. 저희 나이 대엔 어떤 습관을 가질지, 또 어떤 이상을 품을지에 대해 아주 신중하게 고민해야 한대요. 스무 살쯤 되면 이미 어느 정도 인격이 형성되고 미래를 살아갈 기초를 마련하기 때문이래요. 만약 기초가 흔들린다면 우리는 절대 그 위에 소중한 걸 쌓아올리지 못할 거래요. 집에 오면서도 다이애나랑 그 문제에 대해 한참을 이야기했어요. 아줌마, 우린 진짜 진지했어요. 정말 조심해서 좋은 습관을 들이고, 배울 수 있는 건 다 배우고, 최대한 분별력 있게 행동하자고 다짐했어요. 그래서 스무 살이 되었을 때 성숙한 인격을 가진 사람이 되자고요. 아줌마, 스무 살이 된다고 생각하면 어쩐지 오싹해져요. 엄청나게 나이가 많고 어른이 된 느낌이잖아요. 그런데 스테이시 선생님은 아까 무슨 일로 오셨던 거예요?"

"그 이야기를 하려던 참인데, 네가 말 한마디 할 틈을 주지 않았잖아. 선생님은 너에 대해 말씀하셨다."

앤은 겁을 먹은 듯 얼굴을 붉히더니 큰 소리로 말했다.

"저에 대해서요? 아, 무슨 말씀하셨는지 알 거 같아요. 진작 말씀드려야 했는데 깜빡했어요. 어제 오후 캐나다 역사 시간에 소설책을 읽다가 선생님께 들켜 꾸중을 들었어요. 《벤허(Ben-Hur): 루 월리스(Lew Wallace(1827~1905))가 1880년에 발표한 역사소설》라는 성경을 바탕으로 쓴 역사종교 소설이에요. 제인 앤드루스가 빌려준 거였어요. 점심시간에 읽다가 전차 경주가 막 시작되려는데, 수업 종이 울렸어요. 아주 아슬아슬한 대목이어서 책을 덮어두고 있을 수가 없었어요. 그래서 책상 위에는 역사책을 펴놓고 소설책을 무릎 위에 놓았어요. 들킬 염려가 없다고 생각하고 푹 빠져 있었는데, 고개를 들어보니 어느새 스테이시 선생님이 곁에 오셔서 내려다보고 계셨어요. 얼마나 부끄러웠는지 몰라요. 아줌마, 게다가 조시 파이까지 킥킥거리며 웃지 뭐예요. 선생님은 아무 말 없이 화난 얼굴로 책을 빼앗아 가셨어요. 그리고 수업을 마친 뒤에 저를 남게 해서 몹시 꾸중하셨어요. 선생님은 귀중한 공부 시간을 낭비한 것도 나쁘고, 역사책을 읽는 체하며 소설책을 읽는 건 선생님을 속이는 일이니 그것도 나쁘다고 하셨어요. 그때까지만 해도 그게 속임수란 생각은 못 했거든요. 아줌마, 충격을 받은 저는 엉엉 울면서 잘못했다고 빌었어요. 진심으로요. 그리고 반성하는 의미로 전차 경주 결과가 아무리 궁금해도 일주일 동안 《벤허》를 절대 쳐다보지도 않겠다고 했어요. 그러자 선생님이 그럴 필요까지는 없다면서 저를 용서해 주신다고 말씀하셨어요. 그러셨는데 집에까지 오셔서 그 이야기를 하시다니, 마음이 그렇게 넓진 않으신 거 같네요."

"스테이시 선생님은 그 일에 대해 한마디도 하지 않으셨다. 앤, 네가 제 발이 저려 다 얘기한 거다. 어쨌든 너는 소설을 너무 많이 읽는 것 같아. 내가 어릴 때는 소설책이라면 한 권도 허락되지 않았는데 말이다."

앤이 억울한 듯 항의했다.

"하지만 《벤허》 같은 종교 서적을 어떻게 소설책이라고 할 수 있겠어요? 물론 지나치게 흥미진진해서 주일에 읽기엔 좀 그렇지만요. 그래서 전 평일에만 읽어요. 그리고 요즘 스테이시 선생님이나 앨런 사모님이 열세 살하고도 9개월을 산 여자애에게 추천해 주시는 책만 읽는 중인걸요. 선생님이랑 약속했거든요. 한번은 제가 《유령의 집에 얽힌 무시무시한 미스터리》라는 책을 읽는 걸 선생님이 보셨어요. 루비 길리스가 빌려준 책이었거든요. 아줌마, 너무나 흥미진진하고 소름 끼치는 책이었어요. 등골이 서늘해졌다니까요. 그런데 스테이시 선생님이 그 책은 아주 수준 낮고 불건전하니 더는 읽지 말라고 하셨어요. 그 책은 물론이고 그 비슷한 책도 절대 읽지 말라고요. 읽지 않겠다고 약속하는 건 괜찮았지만 책의 결말도 모르고 루비 길리스에게 돌려주려니 정말 괴로웠어요. 하지만 스테이시 선생님을 향한 저의 사랑으로 순순히 따랐던 거예요. 아줌마, 신기하지 않아요? 특별한 사람을 기쁘게 해주기 위해서라면 무엇이든 할 수 있다는 게 말이에요."

마릴라가 말했다.

"나는 이제 촛불을 켜고 일을 해야겠다. 넌 스테이시 선생님이 오셔서 뭐라고 했는지 궁금하지 않은 모양이니까. 너는 네가 종알거리는 데에만 열심이지 딴 건 안중에도 없으니 말이다."

앤이 뉘우치는 말투로 외쳤다.

"아줌마, 아니에요. 정말 궁금해요. 앞으로는 말을 좀 줄일게요. 저도 제가 너무 말이 많다는 것을 잘 알아요. 그래서 그러지 않으려고 노력하는 중이에요. 아직 잘 되진 않지만요. 하지만 하고 싶은데 참는 말이 훨씬 더 많단 걸 아신다면 조금은 이해해 주실 거예요. 정말 궁금하니까, 제발 말씀해 주세요."

"그래, 알겠다. 스테이시 선생님은 상급반 학생들 중에서 퀸스 아카데미 입학시험을 준비할 반을 따로 만드실 계획이라고 하더라. 방과 후에 한 시간씩 보충수업을 하는 걸로 말이야. 그래서 너를 그 반에 넣을 생각이 있는지 알아보러 오신 거다. 앤, 네 생각은 어떠니? 퀸스 아카데미에 들어가서 선생님이 되고 싶은 마음이 있는 거니?"

앤은 두 손을 가슴에 모으고 마릴라를 쳐다보았다.

"오, 아줌마! 그것은 제 평생의 꿈이에요. 그러니까 지난 6개월 동안요. 루비와 제인이 입학시험 준비를 한다고 이야기했을 때부터요. 하지만 저는 소용없는 일일지도 모른단 생각에 말씀드리지 않았던 거예요. 선생님이 되는 건 제 꿈이지만 돈이 많이 들 테니까요. 앤드루스 씨가 프리시를 퀸스 아카데미에 보내는 데 150달러가 들었대요. 그리고 프리시가 기하를 못하는 것도 아니었고요."

"돈 걱정은 네가 할 일이 아니다. 매슈와 내가 너를 키우기로 했을 때 우리는 할 수 있는 한 너를 뒷받침하려고 마음먹었다. 물론 교육도 많이 시키겠다고 생각했지. 여자도 자기 힘으로 살아갈 수 있는 힘을 길러주어야 한다는 게 내 생각이다. 그리고 매슈와 내가 있는 한 초록지붕집은 네 집이지만, 세상일은 한 치 앞도 모르는 거니 미리미리 준비를 해둬야지. 네가 하고 싶다면 퀸스 아카데미 입시 준비반에 들어가서 공부하도록 해라."

앤은 두 팔로 마릴라의 허리를 안으며 올려다보았다.

"아, 아줌마! 고맙습니다. 두 분께 진심으로 감사드려요. 이 마음을 갚기 위해서라도 열심히 공부할게요. 두 분께 자랑스러운 아이가 될 거예요. 하지만 기하는 너무 기대하지 마세요. 그렇지만 다른 과목은 열심히 하면 잘 해낼 수 있을 거예요."

앤이 자만하게 될까 봐, 마릴라는 스테이시 선생이 해준 이야기를 전부 다 해줄 생각은 없었다.

"네가 훌륭히 잘 해낼 거라고 생각한다. 스테이시 선생님도 네가 영민하고 성실한 학생이라고 하셨으니까. 지나치게 공부에 매달릴 필요는 없다. 너무 서두르지도 말고. 일 년 반은 지나야 입학시험을 치를 자격이 생기니까. 그래도 제때 준비를 해서 기초를 탄탄하게 다지는 것이 중요하다고 선생님께서 말씀하셨다."

앤이 행복해하며 대답했다.

"이제 그 어느 때보다 더 열심히 공부할래요. 인생의 목표가 생겼으니까요. 앨런 목사님은 누구나 인생의 목표를 가지고 그것을 향해 충실하게 나아가야 한다고 말씀하셨어요. 그러기 위해서는 우선 가치 있는 목표를 세워야 한다고요. 아줌마, 스테이시 선생님 같은 교사가 되고 싶다는 건 가치 있는 목표겠죠, 그렇죠? 교사는 정말 고귀한 직업일 거예요."

얼마 후에 퀸스 아카데미 입시 준비반이 만들어졌다. 학생은 길버트 블라이스, 앤 셜리, 루비 길리스, 제인 앤드루스, 조시 파이, 찰리 슬론, 그리고 무디 스퍼전 등이었다. 다이애나 배리는 부모가 퀸스 아카데미에 보낼 의향이 없다고 해서 빠지게 되었다. 앤에게는 불행하기 짝이 없는 일이었다.

미니 메이가 후두염을 앓던 날 밤 이후로 다이애나와 앤은 어떤 일을 하건 한 번도 떨어져 본 적이 없었다. 그러나 퀸스 아카데미 입시 준비반 수업이 시작되던 날, 앤은 다이애나가 다른 아이들과 함께 교문을 나가는 모습을 보았다. 다이애나 혼자서 '자작나무 길'과 '제비꽃 골짜기'를 걸어갈 것을 생각하니 앤은 당장이라도 박차고 일어나 따라가고 싶은 마음이 들었지만 꾹 참고 자리를 지켜야 했다. 가슴이 막히고 눈물이 핑그르르 돌아, 앤은 라틴어 문법책으로 얼른 얼굴을 가렸다. 우는 모습을 길버트 블라이스나 조시 파이에게 보이고 싶지 않았기 때문이다.

앤은 그날 밤 슬픈 얼굴로 마릴라에게 말했다.

"아줌마, 하지만 다이애나가 혼자서 가는 모습을 봤을 때 가슴을 에는 것처럼 아팠어요. 목사님이 지난 설교 시간에 말씀하신 죽음의 쓴잔을 맛본 것 같았어요. 다이애나도 함께 입학시험 공부를 할 수 있다면 얼마나 좋을까요? 린드 아줌마 말씀대로 불완전한 세상에서 완전한 걸 가질 순 없나 봐요. 린드 아줌마 말이 늘 위로가 되는 건 아니지만 맞는 말을 하실 때가 진짜 많긴 해요. 그리고 퀸스 아카데미 입시 준비반은 정말 재미있을 것 같아요. 제인과 루비는 교사가 되려고 공부를 해요. 그것이 최종 꿈이래요. 루비는 졸업하고 나서 딱 2년만 교사 생활을 한 다음 결혼할 거래요. 제인은 평생 아이들을 가르치는 데 전념하면서 결혼은 절대, 절대로 하지 않을 거래요. 왜냐하면 선생님으로 일할 때는 월급이 나오지만 남편에게서는 아무것도 나오는 게 없을 뿐 아니라 생활비를 달라고 하면 투덜거린대요. 제인은 아마 아픈 경험이 있어서 그럴 거예요. 린드 아줌마가 그러셨는데, 제인의 아버지는 엄청나게 괴짜인데다가 말도 못할 만큼 구두쇠래요. 조시 파이는 대학에 가서 공부를 더 할 거래요. 자기는 굳이 돈을 벌 필요가 없대요. 남의 신세를 지는 고아들은 후딱 공부를 마쳐야 하지만 자기는 다르다고 하더라고요. 고아들은 아등바등 산다는 말도 했어요. 그리고 무디 스퍼전(무디 스퍼전이라는 이름은 19세기 미국의 유명한 전도사였던 드와이트 라이먼 무디(Dwight Lyman Moody), 영국의 목사인 찰스 스퍼전(Charles Spurgeon)에서 각각의 성을 합친 것이다.)은 목사가 되고 싶대요. 린드 아줌마는, 무디는 이름 때문에 목사가 되는 것 외에는 다른 걸 할 수가 없대요. 그런데 아줌마! 나쁘게 말하려는 건 아니지만, 무디 스퍼전이 목사가 된다는 건 생각만으로도 웃겨요. 생긴 게 너무 재밌잖아요. 커다랗고 통통한 얼굴에 조그맣고 파란 눈, 귀는 날개처럼 비죽 튀어나왔으니까요. 하지만 그런 얼굴이 어른이 되면 지적으로 바뀔지도 모르죠. 찰리 슬론은 정치가가 되는 게 꿈이래요. 하지만 린드 아줌마는 슬론 집안사람들이 하나같이 정직하고 착해서, 찰리는 정치가로 성공하지 못할 거래요. 요즘 정치는 사기꾼들이나 하는 거라면서요."

앤이 《줄리어스 시저(Julius Caesar)》 책을 펴드는 것을 보며 마릴라가 물었다.

"길버트 블라이스는 무얼 하고 싶다고 하니?"

앤이 깔보는 듯한 말투로 말했다.

"길버트 블라이스의 꿈이 뭔지, 그런 게 있기나 한 건지 전 몰라요. 저와는 상관없으니까요."

길버트와 앤이 경쟁자라는 건 공공연한 사실이었다. 지금까지는 앤의 일방적인 경쟁심이었지만 이제는 길버트도 앤처럼 1등을 놓치지 않기로 마음먹은 것 같았다. 길버트는 앤에게 좋은 라이벌이었다. 반 아이들도 내색하진 않았지만 두 사람의 실력이 뛰어나다는 걸 알기에 아예 겨뤄볼 꿈조차 꾸지 않았다.

길버트는 연못에서 사과를 했다가 거절당한 이후로 앤을 이기기로 단단히 결심한 거 외에는 모든 일에서 앤을 완전히 무시했다. 다른 여자아이들과는 이야기도 나누고 농담도 잘했다. 책이나 퍼즐을 바꿔보기도 하고, 공부나 앞으로의 계획에 대해 토론도 했다. 뿐만 아니라 기도 모임이나 토론 클럽이 끝나면 자주 여자아이들을 집까지 바래다주기도 했다. 하지만 앤에게는 말을 걸지 않았고, 철저하게 외면하며 아예 없는 사람 취급을 했다.

앤은 무시당하고 있다는 사실이 달갑지 않았다. 그럴수록 머리를 흔들며 애써 무관심한 척했지만 소용없었다. 고집스럽지만 연약하고 여린 속내를 가진 앤은 사실 길버트가 무척 신경 쓰였다. 앤은 '반짝이는 호수'에서와 같은 기회가 다시 찾아온다면 틀림없이 사과를 받아들일 거라고 생각했다. 여태껏 길버트에 대해 가지고 있던 분노가 어느덧 사라져 버린 것 같아 내심 당혹스러웠다. 지금이야말로 분노가 절실하게 필요한 시점인데 말이다. 앤은 잊을 수 없는 그날의 장면과 감정을 떠올리며 격렬한 분노를 느껴보려 애썼지만 아무 소용이 없었다. 그날 연못가에서 순간적으로 터트렸던 분노가 마지막이었다. 앤은 자신도 모르는 사이에 이미 그 일을 깨끗이 잊고 있었다는 사실을 깨달았다. 하지만 때는 이미 늦었다.

그러나 길버트는 물론이고 다른 아이들, 심지어는 다이애나조차도 앤이 건방지고 지독했던 자신의 행동을 얼마나 후회하고 아쉬워하는지 알지 못했다. 앤은 자기가 후회하는 만큼 더 오만한 듯 행동했기 때문에 누구도 그 마음을 눈치채지 못했던 것이다. 앤은 깊은 망각의 바닥에 자신의 감정을 덮개로 덮어두기로 단단히 결심했다. 지금 여기서 밝혀두자면, 앤은 그 결심을 대단히 잘 지켜냈다. 어찌나 그럴듯하게 해내는지, 겉으로 드러난 행동과는 달리 앤에게 무관심할 수 없었던 길버트는 자신의 앙갚음에 전혀 개의치 않는 앤을 보고 어떤 만족감도 느낄 수 없었다. 그나마 위로가 되는 것은 앤이 계속해서 찰리 슬론을 터무니없을 만큼 매정하게 대하고 있다는 사실 정도였다.

이 일 말고는 아이들은 각자 할 일들과 공부를 즐겁게 하며 겨울을 보냈다. 마치 목걸이에 꿰어진 황금 구슬이 한 알 한 알씩 빠져나가는 것처럼 하루하루가 흘러갔다. 앤은 모든 것이 행복했고, 열정이 넘쳤으며 흥미로웠다. 앤은 새로운 공부를 하고, 읽고 싶은 책을 읽었다. 주일학교 성가대에서는 새로운 곡을 연습했고, 화창한 토요일 오후에는 앨런 사모님과 목사관에서 이야기를 나누면서 즐거운 시간을 보냈다.

어느 사이에 겨울이 가고 초록지붕집에는 다시 봄이 찾아왔다. 에이번리 마을도 또다시 꽃처럼 피어났다.

봄이 되자 공부가 조금 시들해졌다. 학교에 남은 퀸스 입시 준비반 아이들은 다른 친구들이 초록빛 오솔길과 잎이 우거진 숲, 목초지의 샛길로 흩어지는 모습을 부러운 듯 창 너머로 물끄러미 바라보았다. 추운 겨울 몇 달 동안 라틴어 동사와 프랑스어를 연습하면서 느꼈던 톡 쏘는 매력과 열정이 어쩐지 식어 버린 듯했다. 앤과 길버트마저도 점점 심드렁해 하는 것 같았다.

드디어 학기가 끝나고 방학이 다가오자 선생도 아이들도 모두 기뻐했다.

방학식을 하는 날 스테이시 선생이 아이들에게 이렇게 말했다.

"여러분, 지난 1년 동안 모두들 잘해 줬어요. 여러분은 방학을 즐겁고 신나게 보낼 자격이 있어요. 밖으로 나가 마음껏 뛰어놀면서 다음 학기에 더 열심히 공부할 수 있도록 튼튼한 체력을 기르세요. 또한 활력과 포부를 잔뜩 키워 오세요. 다들 알고 있겠지만, 입학시험을 앞둔 마지막 해라서 치열한 한 해가 될 테니까요."

조시 파이가 질문을 했다.

"선생님, 새 학기에도 선생님께서 가르쳐주실 건가요?"

조시 파이는 어떤 질문이건 거리낌 없이 했다. 하지만 이번만은 아이들이 조시 파이에게 고마움을 느꼈다. 다른 아이들은 속으로 묻고 싶으면서도 용기가 없어서 주저하고 있었던 것이다. 얼마 전부터 다음 학기에 스테이시 선생이 떠나게 될 거라는 놀라운 소문이 떠돌았기 때문이었다. 고향에 있는 학교에서 제안을 받고, 선생이 수락했다는 것이었다. 특히 퀸스 입시 준비반 아이들은 불안해하며 숨을 죽인 채 선생의 대답을 기다리고 있었다.

스테이시 선생이 대답했다.

"네, 그럴 거예요. 다른 학교로 갈까 생각한 적도 있었어요. 하지만 에이번리에 그냥 남기로 했어요. 솔직히 말하면 여러분과 정이 들어서 떠날 수가 없어요. 그래서 여기 남아 여러분을 끝까지 가르칠 생각이에요."

"와! 만세!"

갑자기 무디 스퍼전이 소리쳤다. 무디 스퍼전은 감정을 그렇게 드러내는 아이가 아니었다. 그래서 이후 일주일 동안 자기 혼자만 큰 소리로 소리친 것을 떠올릴 때마다 쑥스러워서 얼굴을 붉히곤 했다.

앤이 눈을 반짝이며 말했다.

"아, 선생님! 너무 기뻐요. 선생님이 떠나신다는 것을 생각하면 정말이지 끔찍해요. 다른 선생님이 오신다면 공부하고 싶은 마음도 사라져 버릴 것 같았거든요."

그날 밤, 집으로 돌아온 앤은 교과서를 모두 챙겨서 낡은 트렁크 속에 몽땅 집어넣고 잠근 다음 열쇠를 이불 상자에 던져 버렸다.

그리고는 마릴라에게 이렇게 말했다.

"아줌마, 이번 방학 동안에는 교과서를 쳐다보지도 않으려고요. 학기 내내 최선을 다해 열심히 공부했고, 특히 기하는 1권에 나오는 명제들을 다 외웠을 정도예요. 심지어 기호를 다르게 써도 다 알아요. 머리 쓰는 일은 이제 지겨워요. 여름 방학 동안엔 마음껏 상상력을 펼치면서 지내려고요. 아줌마, 그렇다고 걱정하실 필요는 없어요. 적정선은 지킬게요. 하지만 정말 신나게 보내고 싶어요. 린드 아줌마가 그러시는데요, 제가 내년에도 지금처럼 계속 키가 크면 치마 길이를 늘려야 할 거래요. 다리랑 눈만 보인대요. 긴 치마를 입게 되면 그 옷에 맞게 행동해야 하니까 다소곳해져야 할 것 같아요. 그러면 아쉽지만 요정을 믿는 것도 그만둬야겠죠. 그래서 이번 여름엔 요정이 있다고 진심을 다해 믿어보려고요. 아주 신나는 방학이 될 것 같아요. 그리고 조만간 루비 길리스가 생일 파티를 연대요. 또 주일학교에서 소풍도 갈 거고, 다음 달에는 선교 음악회도 있어요. 아, 참. 배리 아저씨가 언제 날을 잡아 다이애나랑 저한테 화이트샌즈 호텔에서 저녁을 사주시겠대요. 사람들은 거기 가서 저녁 식사를 하나 봐요. 제인 앤드루스는 지난여름에 한 번 가봤다는데요, 전구 불빛이랑 꽃장식이랑 화려한 드레스를 입은 여자 손님들 때문에 휘황찬란하더래요. 제인은 처음으로 상류층의 삶을 엿본 기분이 들었다며 죽을 때까지 잊지 못할 거랬어요."

다음 날 오후, 린드 부인은 마릴라가 목요일 봉사 모임에 나오지 않자 집으로 찾아왔다. 마릴라가 그 모임에 참석하지 않았다는 것은 틀림없이 초록지붕집에 좋지 않은 일이 일어났기 때문이라고 짐작했던 것이다.

마릴라가 설명했다.

"매슈한테 목요일에 심장 발작이 왔어요. 그래서 혼자 둘 수가 없었어요. 지금은 괜찮지만, 이런 일이 자주 생겨서 걱정이네요. 의사는 흥분하지 말고, 힘든 일을 해서는 안 된다고 하세요. 흥분하지 않는 건 그다지 어렵지 않아요. 매슈가 흥분하는 일은 거의 없으니까요. 그런데 무리해서 일을 하지 말라는 건 매슈한테 숨 쉬지 말라는 소리나 다름없잖아요. 레이첼, 들어와서 좀 앉으세요. 차 한 잔 들고 가세요."

그냥 갈 생각이 추호도 없었던 린드 부인이 말했다.

"그렇게 권하시니 좀 앉을게요."

린드 부인이 자리를 잡았다. 두 사람이 응접실에서 이야기하는 동안 앤은 부엌에서 차를 끓이고 비스킷을 구웠다. 까다로운 린드 부인도 칭찬할 만큼 비스킷은 하얗고 담백하게 잘 구워졌다.

해 질 무렵, 마릴라가 린드 부인을 배웅하러 오솔길로 나섰을 때 린드 부인이 말했다.

"앤이 총명하게 잘 자랐어요. 마릴라한테 정말 도움이 되겠어요."

마릴라가 대답했다.

"그래요. 요즘은 차분하고 믿을 만해요. 덤벙대는 버릇이 고쳐지지 않을까 많이 걱정했는데, 이젠 다 고쳐져서 무슨 일을 맡겨도 미더워요."

마릴라의 대답에 린드 부인이 계속 앤을 칭찬했다.

"3년 전에 그 애를 처음 봤을 때, 이렇게 잘 자라리라고는 생각도 못 했어요. 세상에, 그 성질머리를 어떻게 잊겠어요! 그날 밤 집에 돌아가서 남편한테 '두고 봐요, 토머스. 마릴라 커스버트는 그 애 데려온 걸 후회하면서 살게 될 거예요.'라고 말했다니까요. 하지만 제가 잘못 본 거였으니 얼마나 다행이에요. 마릴라, 난 실수를 하고도 인정하지 않는 그런 사람은 아녜요. 절대 아니죠, 그건 내 방식이 아니거든요. 하느님께 감사하지 뭐예요. 내가 앤을 잘못 봤지만, 그것이 그렇게 이상한 일도 아니었어요. 세상에 그렇게 희한하고 엉뚱한 꼬마가 또 어디 있었겠어요! 앤을 다른 아이들이랑 같은 잣대로 재면 안 돼요. 요 근래 3년간 앤이 얼마나 성장했는지 생각하면 기적이 따로 없어요. 특히 외모가 말이죠. 아주 예쁜 소녀가 됐잖아요. 하긴 나는 그 아이처럼 얼굴이 창백하고 눈이 큰 얼굴은 별로 좋아하지 않아요. 다이애나 배리나 루비 길리스처럼 발그레하면서 생기 있는 아이들이 예쁘게 보이더라고요. 외모는 루비 길리스가 정말 뛰어나지요. 그런데 왜 그런지 꼬집어 말할 수는 없지만, 앤이 그 아이들과 함께 있을 때 보면 다른 애들이 오히려 평범해지고 앤이 지나칠 정도로 금세 눈에 띈다니까요. 그 아이들은 지나치게 꾸민 듯한 느낌이 드는데, 앤은 외모가 쳐져도 알 수 없는 매력이 있어서 그런 것 같아요. 앤을 보면 뭐랄까, 커다란 붉은 작약 옆에 있는 6월의 하얀 백합이 떠올라요. 앤이 저 혼자 수선화라고 불러대는, 딱 그 꽃 같다고요. 정말 그래요."

31

개울물이 흘러 강을 만났을 때

앤은 어느 때보다도 신나고 행복한 여름을 보냈다. 앤은 다이애나와 함께 '사랑의 오솔길'이며 '드라이애드 샘', '버드나무 연못', '빅토리아 섬' 등을 돌아다니며 집 밖에서 살다시피 했다. 하지만 마릴라는 앤이 밖으로 나돌아 다녀도 잔소리를 하지 않았다. 나름의 계기가 있었기 때문이다.

방학이 시작되고 얼마 지나지 않은 어느 날 오후, 미니 메이가 후두염으로 아팠던 밤에 뒤늦게 왕진을 하러 왔던 스펜서베일의 의사는 한 환자의 집에서 앤과 맞닥뜨렸다. 앤을 찬찬히 들여다보던 그는 얼굴을 찡그리며 고개를 절레절레 저었다. 그러더니 다른 사람을 통해 마릴라 커스버트에게 이렇게 전했다.

"댁의 빨강 머리 여자아이를 여름 내내 바깥 공기를 쐬면서 뛰어놀게 하십시오. 활기차게 걸을 수 있을 때까지 책을 읽거나 공부를 하지 못하도록 각별히 신경 써주십시오."

그 말을 들은 마릴라는 깜짝 놀랐다. 그대로 따르지 않으면 큰일을 당할지도 모른다는 소리처럼 들렸기 때문이었다. 그래서 앤은 마음껏 뛰어놀면서 산책을 하고, 배를 타고, 딸기도 따고, 상상도 하면서 생애 최고의 여름을 보낼 수 있었다.

9월이 되자 반짝이는 눈과 혈색이 도는 피부를 가지게 되었고 의욕이 넘치게 되었다. 스펜서베일의 의사가 본다 해도 만족할 만했다. 앤의 가슴속에는 다시 한 번 포부와 열의가 들어찼다.

앤이 다락방에서 책들을 꺼내오며 말했다.

"이제 전력을 다해 공부할 수 있을 것 같아요. 아아, 내 오랜 친구들, 너희들의 순수한 얼굴을 다시 보게 돼서 기뻐. 그래, 기하 너도. 아줌마, 저는 정말 멋진 여름을 보냈어요. 지금은 경주를 앞둔 사나이처럼 들떠 있어요. 지난 일요일에 앨런 목사님이 말씀하신 것처럼요. 앨런 목사님의 설교는 진짜 훌륭하죠? 린드 아줌마가 그러시는데요, 목사님의 설교가 하루하루 나아지고 있어서 도시의 교회에서 목사님을 잽싸게 데려갈지도 모른대요. 그러면 우리는 또 목사님을 잃고 다시 또 새로운 초짜 목사님의 설교나 들어야 할 거라고요. 하지만 미리 걱정할 필요는 없잖아요. 그렇죠, 아줌마? 우린 앨런 목사님이 계시는 동안에라도 좋은 설교를 들으면 되는 거 아녜요? 제가 남자였다면 목사님이 되길 꿈꿨을 거예요. 신학이 건전하다면, 목사는 사람들에게 좋은 영향을 주잖아요. 훌륭한 설교로 사람들의 마음을 움직일 수 있다면 정말 짜릿할 것 같아요. 아줌마, 그런데 여자는 왜 목사가 될 수 없어요? 린드 아줌마한테 물어봤더니 화들짝 놀라면서 큰일 날 소리라고 하셨어요. 미국에선 여자도 목사가 될 수 있고 또 실제로 여자 목사도 있는 모양이지만 다행히도 캐나다는 아직 그렇지 않다면서 그런 일은 절대 없었으면 좋겠대요. 하지만전 이해가 안 가요. 여자도 훌륭한 목사가 될 수 있다고 생각하거든요. 친교 모임이나 티 파티, 또 기금 마련을 위해 무슨 행사를 할 때면 여자들이 도맡아서 하잖아요. 저는 린드 아줌마도 얼마든지 벨 장로님 못지않게 기도를 잘하실 수 있을 것 같고, 조금만 연습하면 설교도 하실 수 있을 것 같거든요."

마릴라가 무덤덤하게 대답했다.

"그래, 나도 그럴 것 같아. 지금도 비공식적인 설교는 많이 하고 있으니까. 레이첼이 에이번리를 두루두루 살피고 다닌다면 누가 나쁜 짓을 할 수 있겠니?"

마릴라가 수긍하자, 앤은 자신감이 폭발한 듯했다.

"아줌마, 말씀드리고 싶은 게 있는데 들어보시고 어떻게 생각하시는지 알려주세요. 그간 엄청나게 고민해 왔던 일인데요, 특히 일요일 오후가 되면 더욱 고민돼요. 전 정말로 착해지고 싶어요. 아줌마나 앨런 사모님, 스테이시 선생님과 같이 있을 때는 더더욱 그래요. 그래서 그분들을 기쁘게 해드리고 싶고 또 인정받고 싶어요. 하지만 린드 아줌마랑 있으면요, 제가 꼭 못된 아이가 된 거 같으면서 하지 말라는 짓만 골라서 하고 싶어진다니까요. 왜 그런 걸까요? 제가 정말 나쁜 애이고 도저히 못 말릴 애라서 그런 걸까요?"

마릴라는 잠시 모호한 표정을 짓더니 웃음을 터트렸다.

"앤, 네 이야기를 들으니 나도 그런 거 같구나. 나도 린드 부인과 있을 때 그런 느낌을 종종 받는다. 네 말대로 린드 부인이 사람들에게 옳은 일을 하라고 잔소리만 해대지 않는다면, 훨씬 더 선한 영향력을 끼칠 거라고 가끔 생각한단다. 잔소리를 금지하는 특별 계명이 있었으면 좋겠구나. 물론, 이런 말을 하면 안 되지만. 아무튼 린드 부인은 독실한 신자이고 좋은 의도로 그러는 거란다. 에이번리에 그보다 더 친절한 사람이 어디 있겠니. 그리고 자기 일을 절대 나

몰라라 하는 법도 없고 말이야."

앤이 후련하단 표정을 지으며 말했다.

"아줌마도 똑같이 느끼신다니 정말 다행이에요. 안심이 돼요. 앞으론 이 문제로 더 고민하지 않아도 되겠어요. 그래도 또 다른 걱정거리들이 생기겠죠. 한 가지를 해결하면 금세 또 하나가 생기고, 자랄수록 고민하고 결정해야 할 일들이 많아져요. 뭐가 맞는지 맨날 고민하고 결정하느라 제 마음이 얼마나 복잡한지 모르겠어요. 자란다는 건 쉽지가 않아요. 그렇죠, 아줌마? 그래도 아줌마랑 매슈 아저씨, 또 앨런 사모님이랑 스테이시 선생님 같은 분들이 곁에 있으니까 저는 반듯하게 잘 자라야만 해요. 그러지 못한다면 그건 분명히 제 잘못이죠. 기회가 한 번뿐이라고 생각하니까 부담이 많이 되긴 해요. 제대로 자라지 못했다고 과거로 돌아가서 다시 시작할 순 없는 거니까요. 아줌마, 이번 여름엔 키가 5센티미터나 컸어요. 루비 생일 파티 날 길리스 씨가 재어주셨거든요. 마침 아줌마가 새 드레스를 길게 만들어주셔서 정말 다행이에요. 진녹색 드레스는 진짜 예뻐요. 치마 주름 장식까지 넣어주셔서 정말 좋았어요. 물론 그게 꼭 필요한 게 아니란 건 알지만 올가을엔 주름 장식이 진짜 유행이거든요. 조시 파이도 드레스마다 주름 장식이 있더라고요. 새 드레스 덕분에 공부가 더 잘되는 것 같아요. 주름 장식을 생각하면 마음 깊은 곳까지 편안한 기분이 들거든요."

마릴라가 고개를 끄덕이며 말했다.

"주름 장식을 넣길 잘했구나."

스테이시 선생은 다시 에이번리 학교로 돌아왔고, 아이들은 다시 한 번 공부에 의지를 불태웠다. 특히 퀸스 아카데미 입시 준비반 학생들은 전투태세에 돌입했다. 내년 학기 말에 있을 입학시험은 아이들의 앞길에 희미한 그림자를 드리웠고, 그 생각만으로도 아이들은 가슴이 철렁 내려앉았다. 시험에 떨어지기라도 한다면! 시험에 낙방하는 걸 상상하는 건 너무 고통스러웠다. 그해 겨울, 앤은 깨어 있는 내내 그 생각에 시달렸고 심지어 일요일 오후조차도 도덕적이거나 신학적인 문제 따위를 생각할 겨를이 없었다. 심지어 앤은 악몽을 꾸기도 했다. 길버트 블라이스가 1등이고 앤의 이름은 아예 빠져 있는 합격자 명단을 비참하게 바라보는 꿈은 정말이지 생각만으로도 끔찍했다.

하지만 그해 겨울은 즐겁고 바쁘고 행복한 가운데 쏜살같이 지나갔다. 수업은 예전과 다름없이 흥미진진했고 학생들의 경쟁은 더욱 치열하여 온 정신을 쏟지 않으면 안 되었다. 앤은 공부할수록 더 많은 생각을 하게 되고, 새로운 것을 느끼면서 배워야 할 더 많은 지식 속으로 빨려 들어가는 것을 느꼈다.

산 너머 산이 보이고, 알프스 너머 알프스가 솟아오른다!

학생들이 이렇게 열심히 공부할 수 있었던 건 스테이시 선생이 능숙하고 세심하면서 편견 없이 아이들을 지도한 덕분이었다. 스테이시 선생은 학생들이 스스로 생각하고 탐구하고 발견하도록 이끌었다. 이는 기존의 방식을 완전히 뒤집는 일이었기에 린드 부인을 비롯한 마을 어른들은 탐탁지 않게 여겼다. 하지만 스테이시 선생은 어른들을 잘 다독이면서 구태의연한 관습에서 벗어날 수 있도록 아이들을 응원했다.

앤은 학교 공부에도 열심이었지만 교우 관계도 소홀히 하지 않았다. 스펜서베일의 의사가 해준 조언을 마음에 담아두고 있던 마릴라는 앤이 가끔씩 외출하는 것에 반대하지 않았다. 토론 클럽이 활성화되어 발표회를 여러 차례 열었는데, 그 가운데 두어 번은 어른들의 모임과 그리 다를 바 없는 파티 같았다. 그런가 하면 썰매도 탔고, 스케이트를 신고 신나게 달리기도 했다.

그러는 동안에 앤은 쑥쑥 자랐다. 어느 날 마릴라는 앤과 나란히 서 있다가 앤이 자신보다 더 큰 것을 알고 화들짝 놀라 외치듯이 말했다.

"세상에, 앤! 너 정말 많이 컸구나!"

마릴라는 도무지 믿기지 않아, 말이 끝나기가 무섭게 한숨을 내쉬었다. 앤이 훌쩍 자랐다는 사실을 깨닫자 마릴라는 이상하게 서운한 감정이 밀려왔다. 마릴라에게 사랑이란 것을 가르쳐준 어린아이는 어느새 사라지고, 사려 깊은 표정의 열다섯 살 소녀가 작은 얼굴을 꼿꼿이 들고 빛나는 눈빛으로 그 자리에 서 있었으니 말이다. 마릴라는 성장한 이 소녀를 어린 시절의 앤만큼이나 사랑했지만 알수 없는 상실감이 밀려와 울적했다.

쌀쌀한 겨울의 황혼 무렵, 앤이 다이애나와 함께 기도회에 가고난 뒤 석양 아래 홀로 앉은 마릴라는 마음이 약해진 나머지 울음을 터트렸다. 밖에서 촛불을 들고 들어오던 매슈가 울고 있는 마릴라를 보고 깜짝 놀라 빤히 쳐다보자, 마릴라는 눈에 눈물을 매단채 멋쩍게 웃으면서 해명하듯이 말했다.

"앤 생각을 하고 있었어요. 어느새 훌쩍 커 버렸잖아요. 그리고내년 겨울에는 우리 곁을 떠난다고 생각하니까 쓸쓸한 생각이 들어요. 너무 보고 싶을 거예요."

매슈가 위로하며 말했다.

"자주 올 텐데! 그때쯤이면 카모디에도 기차가 들어올 거야."

매슈에게 앤은 여전히 4년 전 6월의 오후, 브라이트리버 역에서 처음 만난 자그맣고 열띤 여자아이였고 앞으로도 계속 그럴 터였다.

마릴라가 우울하게 한숨을 쉬었다. 위로받을 수 없는 슬픔이라면 차라리 마음껏 슬퍼하고 싶었다.

"그래도 여기서 같이 사는 거랑은 다를 거예요. 하긴 남자들이 이런 감정을 어떻게 이해하겠어요?"

앤에게는 신체 변화 말고도 변한 것이 있었다. 무엇보다도 말수가 확 줄었다. 어쩌면 생각이 많아진 것인지도 몰랐다. 깊은 생각에 잠기는 것은 예전과 같았지만 재잘대는 일은 훨씬 줄었다. 그 점을 눈치챈 마릴라가 지나가는 말처럼 물어보기도 했다.

"앤, 예전에 비하면 수다가 반으로 줄어든 것 같구나. 거창한 단어를 쓰거나 호들갑을 떨지도 않고. 왜 그렇게 변한 거니?"

앤은 읽던 책을 내려놓고는 꿈꾸는 듯한 얼굴로 창밖을 바라보다가 얼굴을 살짝 붉히면서 대답했다.

"글쎄 모르겠어요. 전처럼 많이 말하게 되지 않아요. 좋은 생각이 떠오르면 그것을 가슴속에 그냥 간직하고 싶어져요. 제 마음속 생각들이 웃음거리가 되는 것도 싫고 이상한 애 취급을 받고 싶지도 않고요. 그리고 거창한 단어들은 이제 쓰고 싶지 않아요. 좀 안타까운 일이죠. 이제 제가 원한다면 그런 단어를 써도 될 만큼 자랐는데 말이에요. 아줌마, 성인이 된다는 건 어떤 면에서는 재미나기도 하지만 제가 기대했던 거랑은 다른 것 같아요. 지금은 배워야 할 것도 많고 해야 할 일이나 생각해야 할 것이 많아서 거창한 단어를 쓸 틈도 없어요. 게다가 스테이시 선생님이 간단하면서도 꼭 해야 할 말만 하는 것이 좋다고 하셨어요. 또한 글을 쓸 때도 짧은 단어가 훨씬 좋고 힘이 있다면서, 되도록 간결하게 쓰라고 하세요. 저는 떠오르는 단어 중에 가장 멋지고 화려한 단어를 쓰는 편인데다 그런 단어들을 얼마든지 생각해 낼 수 있었기에, 처음에는 간결하게 쓰는 것이 어려웠어요. 하지만 이제는 짧게 쓰는 것이 익숙하고 그게 훨씬 더 낫다는 걸 알게 됐어요."

"이야기 클럽은 어떻게 됐니? 한동안 그 얘길 듣지 못했구나."

"이야기 클럽은 이제 없어졌어요. 다들 시간이 없어서요. 어차피 다들 지치기도 했고요. 사랑이니 살인이니, 또 도피나 미스터리 따위를 쓴다는 게 좀 한심해 보이기도 하고요. 스테이시 선생님은 종종 작문 연습으로 이야기를 써보라고 하시는데요, 우리가 사는 에이번리나 우리 자신의 삶에서 일어날 법한 일 외에는 쓰지 말라고 하세요. 그러고는 아주 날카롭게 비평해 주세요. 또 우리에게도 자신의 작품을 스스로 비평해 보라 하시고요. 저도 혼자 찬찬히 살펴보기 전까지는 제 글이 그렇게 엉망진창인 줄 몰랐어요. 너무 부끄러워서 몽땅 포기해 버리고 싶었다니까요. 그래도 스테이시 선생님은 스스로를 냉철하게 비판하는 훈련을 해야만 잘 쓸 수 있다고 하셨어요. 그래서 노력하는 중이에요."

마릴라가 말했다.

"이제 입학시험까지 두 달밖에 남지 않았구나. 합격할 수 있을 것 같니?"

앤이 부르르 몸을 떨었다.

"잘 모르겠어요. 어떨 때는 자신감이 넘치다가도 갑자기 두려워지기도 해요. 열심히 공부했고 스테이시 선생님도 철저하게 훈련시켜 주셨지만 떨어질 수도 있잖아요. 다들 자신 없는 과목이 있어요. 물론 저는 아직도 기하가 어려워요. 제인은 라틴어, 루비와 찰리는 대수가 어렵대요. 조시는 연산이 어렵고, 무디 스퍼전은 영국 역사를 망칠 것 같은 느낌이 뼈저리게 든대요. 6월에는 선생님이 입학시험만큼이나 어려운 모의고사를 보고, 엄격하게 채점하신대요. 그러면 우리 실력이 어느 정도인지 가늠할 수 있을 거래요. 아줌마, 빨리 다 끝나 버렸으면 좋겠어요. 시험 생각이 머릿속에서 떠나질 않아요. 가끔은 밤에 일어나서 '떨어지면 어쩌지.' 하고 걱정을 한다니까요."

마릴라가 태연하게 말했다.

"그러면 내년에 다시 도전하면 되지."

"어휴, 그렇게는 못 해요. 떨어지면 그게 무슨 망신이에요. 특히 길버…… 아니 다른 애들은 다 합격하고 저만 떨어지면요. 시험 볼 때 너무 긴장해서 망치면 어떻게 하죠? 제인 앤드루스처럼 정신력이 강했으면 좋겠어요. 제인은 어떤 일에도 당황하지 않거든요."

앤은 한숨을 쉬고 나서 산들바람과 파란 하늘, 그리고 새싹이 움트는 계절의 유혹에 넘어가지 않겠다는 듯이 단호한 표정으로 다시 책에 정신을 쏟기 시작했다. 봄은 앞으로도 계속 찾아올 테지만, 입학시험에 떨어진다면 앞으로 맞이할 봄을 마음껏 즐길 수 없을 것이라고 생각했기 때문이었다.

32

앤, 1등으로 합격하다

　6월 말, 학기가 끝나자 스테이시 선생이 에이번리 학교의 임기를 마치고 떠나게 되었다. 그날 오후 앤과 다이애나는 울어서 눈이 빨개진 채 집으로 향했다. 스테이시 선생의 인사말은 3년 전 필립스 선생의 인사말 못지않게 감동적이었던 것이 분명했다.

　다이애나는 가문비나무 언덕 밑에서 학교를 뒤돌아보며 한숨을 깊이 내쉬더니 쓸쓸하게 말했다.

　"왠지 모든 게 끝나 버린 것 같아!"

　앤은 손수건에 마른 부분이 있나 만져보았지만 괜한 짓이었다.

　"다이애나, 그래도 나만큼은 아닐 거야. 너는 새 학기에 학교로 돌아가지만, 나는 정든 학교를 영영 떠나는 거니까. 물론 그것도 운이 좋아야 하겠지만."

　다이애나가 울먹이며 말했다.

　"하지만 학교가 즐겁지 않을 거야. 스테이시 선생님도 안 계시고, 너랑 루비랑 제인도 없을 테니까. 난 혼자 앉게 될 거야. 너 말고 다른 짝은 생각도 하기 싫어. 아, 그동안 정말 즐거웠는데! 그렇지 않니, 앤? 이제 모든 게 끝나 버렸다고 생각하니 견딜 수 없어."

다이애나의 코 옆으로 커다란 눈물 두 방울이 흘렀다. 그러자 앤이 애원하듯 말했다.

"울지 마. 네가 울면 나도 자꾸 울게 돼, 다이애나! 린드 아줌마 말씀대로 기운이 안 나더라도 기운을 내야지. 새 학기에 나도 다시 돌아올지 몰라. 지금도 그런 기분이 드는데, 아무래도 떨어질 것 같아. 자꾸 불길한 느낌이 들어."

"앤, 무슨 말이야? 스테이시 선생님이 출제한 모의고사 성적은 좋았잖아?"

"그래. 하지만 그때는 긴장하지 않았거든. 진짜 시험을 생각하면 얼마나 무섭고 가슴이 조마조마한지 몰라. 그리고 내 수험 번호가 13번인데, 조시 파이가 불운한 숫자라는 거야. 나는 미신도 안 믿고 숫자 따위에 의미를 두지 않지만, 그래도 13번이 아니었으면 좋겠다는 생각은 들어."

다이애나가 말했다.

"네가 입학시험 보러 갈 때 나도 함께 갈 수 있으면 좋을 텐데⋯⋯. 우리 둘이서 우아한 시간을 보낼 수 있을 것 같지 않니? 하지만 너는 저녁에 공부를 해야겠지?"

"아냐. 스테이시 선생님이 절대 책을 펴지 말라고 당부하셨어. 오히려 피곤해지고 헷갈릴 거라고. 공부보다는 산책을 하며 마음을 가라앉히고, 일찍 자라고 하셨어. 좋은 말씀이지만 그렇게 할 수는 없을 것 같아. 프리시 앤드루스도 시험이 있던 주에 거의 매일 밤을 새다시피 하면서 죽도록 공부했다잖아. 그래서 적어도 프리시가 했던 만큼은 해봐야겠다고 다짐했어. 그리고 샬럿타운에서 시험을 치르는 동안 조세핀 할머니의 너도밤나무집에서 지낼 수 있게 해주셨어. 얼마나 고마운지 몰라."

"앤, 거기 있는 동안 편지할 거지?"

"첫날 시험을 어떻게 쳤는지 화요일 밤에 편지할게."

앤이 약속하자, 다이애나가 대답했다.

"수요일엔 우체국에 찰싹 붙어서 기다릴 거야."

다음 주 월요일이 되자 앤은 샬럿타운으로 떠났다. 그리고 다이애나는 약속대로 수요일이 되자 우체국에 가서 기다리다 편지를 받았다.

사랑하는 다이애나에게

화요일 밤이란다. 지금 조세핀 할머니의 너도밤나무집 서재에서 편지를 쓰는 거야. 어젯밤은 방에서 혼자 있으니 정말 쓸쓸했어. 너와 함께였다면 얼마나 좋았을까? 스테이시 선생님 말씀대로 공부는 하지 않았지만, 역사책을 들추고 싶은 마음을 참는 건 수업이 끝날 때까지 소설책을 보고 싶은 걸 참는 것만큼이나 힘들더라.

오늘 아침엔 스테이시 선생님이 나를 데리러 오셨어. 가는 도중에 루비와 제인, 조시까지 태워서 함께 퀸스 아카데미로 갔어. 루비가 자기 손을 만져보라고 해서 만져봤는데 얼음장같이 차갑더라. 조시 파이가 나에게 한 잠도 못 잔 얼굴이라면서, 시험에 합격해도 선생님이 되는 힘든 과정을 견뎌낼 체력이 안 될 것 같다고 하더라. 그렇게 오랫동안 같이 지냈는데도 난 조시 파이를 좋아할 수 있는 방법을 여전히 모르는 것 같아.

퀸스 아카데미에 도착해 보니 섬 전역에서 몰려온 아이들이 엄청나게 많았어. 우리가 제일 먼저 만난 사람은 계단에 앉아 중얼거리고 있는 무디 스퍼전이었어. 제인이 도대체 뭘 하느냐고 물었더니 마음을 가라앉히려고 구구단을 외우고 있다는 거야. 잠깐이라도 멈췄다가는 공부한 내용을 다 까먹을 것 같으니까 말 걸지 말라고 하면서. 구구단을 외우면 공부했던 것들이 머릿속에 딱 붙어 있는 모양이야!

시험장을 배정받고 난 후 우리는 교실로 들어가야 했고, 스테이시 선생님은 돌아가셔야 했어. 나는 제인과 함께 앉았는데, 제인은 어찌나 침착하던지 정말 부럽더라. 똑똑하고 침착하고 이성적인 제인은 영원히 구구단을 외울 필요가 없을 거야! 나는 혹시라도 긴장된 마음을 들키지 않을까, 심장이 쿵쾅거리는 소리가 교실에 퍼지지 않을까 조마조마했어. 잠시 후 한 아저씨가 들어와 영어 시험지를 나눠주었는데, 시험지를 받고 나니까 손이 차가워지면서 머리가 빙빙 도는 거야. 한순간이었지만 정말 아찔했어. 4년 전에 내가 마릴라 아줌마한테 초록지붕집에 살아도 되는지를 물을 때와 똑같은 기분이었어. 그러다가 머릿속이 맑아지는가 싶더니 다시 심장이 뛰기 시작하더라. 참, 그때까진 모든 게 멈춘 것 같은 기분이었단 말을 하지 않았구나! 어쨌든 그 시험지를 보니까 내가 뭘 해야 할지 알겠더라고.

정오엔 점심을 먹으러 집에 다녀오고, 오후에는 역사 시험을 봤어. 역사는 문제가 몹시 어렵더라. 연도가 헷갈려서 애를 먹었어. 그래도 오늘 시험은 그런대로 잘 본 것 같아. 내일은 기하 시험이야. 그 생각만 하면 기하 책을 펼쳐보고 싶어 미칠 지경이야. 내 모든 힘을 끌어 모아야 기하 책을 펼치지 않고 오늘 밤을 버틸 수 있을 거 같아. 정말이지 구구단이 도움이 된다면 내일 아침까지라도 계속 외우고 싶은 심정이야.

저녁엔 다른 아이들이 어떻게 있나 궁금해서 나가봤어. 가는 길에 무디 스퍼전을 만났는데, 심란한 얼굴로 이리저리 서성이고 있더라. 역사 시험을 망쳤다면서, 자긴 부모님을 실망시키려고 태어난 것 같다며 아침 기차를 타고 돌아가겠다지 뭐야. 아무래도 목사보단 목수가 되는 게 더 쉽겠다면서 말이야. 난 무디를 다독이면서 스테이시 선생님을 생각해서라도 시험은 끝까지 보라고 설득했어. 가끔씩은 남자아이로 태어났으면 좋았을 거라 생각하곤 했는데, 무디 스퍼전을 보면 내가 여자고 또 무디의 여동생이 아니라서 다행이란 생각이 든다니까.

루비가 묵고 있는 집에 가봤더니 루비도 제정신이 아니더라고. 영어 시험에서 큰 실수를 한 걸 그제야 깨달은 거야. 좀 진정시킨 다음에 시내로 함께 나가서 아이스크림을 먹었어. 네가 같이 있었으면 얼마나 좋았겠니?

아, 다이애나! 기하 시험이 빨리 끝났으면 좋겠어! 하지만 린드 아줌마는 내가 기하 시험을 잘 치르든 말든 태양은 여전히 뜨고 질 거래. 맞는 말이지만 그런 말은 나한테 조금도 위안이 되지 않아. 내가 시험에 떨어지면 아예 세상도 멈춰 버렸으면 좋겠어!

널 사랑하는 친구
앤 설리

기하 시험과 나머지 다른 과목들의 시험을 끝내고 앤은 금요일 저녁에 에이번리로 돌아왔다. 다소 지쳐보였지만 최선을 다했다는 표정이었다. 앤이 돌아오자 다이애나는 초록지붕집으로 달려왔다. 두 아이는 몇 년 만에 만난 사람들처럼 반가워했다.

"앤, 잘 다녀왔어? 그래, 시험은 잘 치렀니?"

"기하만 아니라면 잘한 것 같아. 기하는 낙제일지 몰라. 붙을지 떨어질지 모르겠지만, 왠지 떨어질 거 같은 으스스한 기분이 들어. 아, 집에 오니까 정말 좋다! 초록지붕집처럼 좋은 곳은 세상에 없을 거야!"

"다른 애들은 잘 봤대?"

"여자애들은 다들 떨어질 것 같다고 하는데 그래도 잘들 본 것 같아. 조시는 기하가 어찌나 쉽던지 열 살짜리 애도 풀 수 있겠다고 했어! 무디 스퍼전은 아직도 역사에서 떨어졌다고 생각하고, 찰리는 대수를 망쳤대. 하지만 합격자 발표가 나기 전까지야 아무도 모르 잖아. 발표는 앞으로 2주일이나 남았어. 2주일을 긴장 속에서 벌벌 떨어야 한다니 끔찍해! 차라리 지금 잠들어서 그때까지 절대 깨어나 지 않으면 좋겠어."

다이애나는 길버트 블라이스의 시험 결과를 묻고 싶었지만 뻔한 대답을 듣게 될 것 같아서 그냥 이렇게만 말했다.

"넌 분명히 합격할 거야. 걱정하지 마."

"좋은 성적으로 붙지 못할 거라면 차라리 떨어지는 게 나을 거야."

앤이 지나가듯 한 말이었지만, 다이애나는 앤이 진짜로 하고 싶었던 말이 무엇인지 알고 있었다. 그것은 길버트 블라이스보다 좋은 성적이 아니라면 합격을 해도 괴로울 것이라는 뜻이었다.

앤은 이런 생각을 하고 있었기 때문에 입학시험 기간 내내 신경을 곤두세워야만 했다. 그것은 길버트도 마찬가지였다. 두 사람은 거리 에서 슬쩍 마주쳤으나 그때마다 모른 척하며 지나갔다. 앤은 고개 를 꼿꼿이 세우고 지나가면서도 길버트의 사과를 받아들이지 않은 걸 속으로는 후회했다. 그러면서 이번 입학시험에서 길버트를 꼭 이 겨야 한다는 마음이 더 강렬해졌다.

앤은 에이번리의 많은 학생들이 이번 시험에서 자기와 길버트 가운데 누가 더 좋은 성적으로 합격할지 궁금해 한다는 것을 잘 알고 있었다. 심지어 지미 글로버와 네드 라이트는 돈을 걸고 내기를 걸었으며, 조시 파이는 기다릴 필요도 없이 길버트가 1등을 한다고 떠들어댔다. 그러니 이 승부에서 진다면 모욕감을 견디는 것이 쉽지 않을 것 같았다.

하지만 앤에게는 좋은 성적으로 시험에 합격하고 싶어 하는 또 다른 이유가 있었다. 그것은 매슈와 마릴라를 위해서, 특히 매슈를 위해서 좋은 성적을 내고 싶었다.

매슈는 앤이 섬 전체를 통틀어서 1등으로 합격할 거라고 자신만만하게 말해 왔다. 하지만 그 말은 꿈에서라도 불가능한 일이었다. 앤은 적어도 십 등 안에 들기만을 간절히 원했다. 매슈의 다정한 갈색 눈동자가 자랑스러움으로 반짝이는 것을 보고 싶었다. 그것만이 자기가 할 수 있는 큰 보답이라고 생각했다. 또한 그렇게만 된다면 상상할 여지라고는 전혀 없는 방정식과 동사 변화를 치열하게 공부한 것에 대한 달콤한 보상이 될 터였다.

2주가 되던 날, 앤은 우체국에 붙박여 있던 시끌벅적한 제인, 루비, 조시와 함께 손을 덜덜 떨면서 샬럿타운 신문을 펼쳤다. 지난 일주일간 느꼈던 것과 똑같이 손이 떨리고 아찔한 느낌이 들었다. 찰리와 길버트도 마찬가지였다. 하지만 무디 스퍼전만은 기어이 나타나지 않았다.

무디 스퍼전이 앤에게 말했다.

"난 피가 얼어붙는 것만 같아 우체국에 가서 말짱한 얼굴로 신문을 볼 자신이 없어. 난 그냥 누가 불쑥 와서 내가 붙어졌는지 떨어졌는지 말해 줄 때까지 그냥 조용히 기다릴 거야."

3주가 지날 때까지 합격자 발표는 나지 않았고, 앤의 부담감은 극에 달했다. 입맛도 없어졌고 에이번리에서 일어나는 어떤 일도 전부 시들해졌다. 린드 부인은 교육감이 보수당이니 뭘 기대하겠느냐고 했고, 매슈는 매일 오후 우체국에 갔다가 터덜터덜 돌아오는 앤의 창백하고 무표정한 얼굴을 보며 다음 선거에서는 자유당에 투표해야 하나 하고 진지하게 고민하기 시작했다.

그러던 어느 날 저녁, 드디어 소식이 들려왔다. 그날 앤은 오랜만에 열린 창가에 앉아 바람에 실려 오는 싱싱한 꽃향기와 포플러 나무가 흔들리며 내는 아름다운 소리에 취해 시험에 대한 근심을 잠시 잊고 있었다. 전나무 숲 위로 쭉 뻗은 동쪽 하늘은 서쪽 하늘에서 반사된 희미한 분홍빛으로 물들었고, 그걸 보던 앤은 색깔에도 영혼이 있다면 저런 모습이 아닐까 하고 꿈을 꾸듯 생각에 빠져들었다. 그런데 그때 저 멀리 오솔길에 다이애나가 나타났다. 한 손에 펄럭이는 신문을 쥐고, 전나무 숲을 지나 통나무 다리를 건너고 비탈길을 올라 앤에게 뛰어오고 있었다.

앤은 벌떡 일어섰다. 신문에 무엇이 실려 있는지 단박에 눈치챘던 것이다. 합격자 명단이 발표된 것이다! 앤은 어지럽고 심장이 쿵쾅거려 잠시 그 자리에 얼어붙은 듯 서 있었다. 복도를 지난 다이애나가 너무 흥분한 나머지 노크도 하지 않고 문을 벌컥 열어젖히는 순간까지 한 시간은 족히 지난 기분이었다.

다이애나가 외쳤다.

"앤, 합격이야! 그것도 1등이야, 1등! 너와 길버트가 동점으로 1등을 했어. 하지만 네 이름이 먼저 나와 있어. 아, 앤! 네가 정말 자랑스러워!"

다이애나는 탁자 위에 신문을 던져놓고 앤의 침대 위에 벌렁 누워 버렸다. 숨이 차서 더 이상 말을 할 수 없었던 것이다. 앤은 손이 떨려서 성냥을 여섯 번이나 그어서야 촛불에 불을 켤 수 있었다. 그리고 신문을 집어 들었다. 틀림없이 1등이었다. 200명의 합격자 이름 맨 위에 앤의 이름이 있었다! 정말이지 살아온 보람이 느껴지는 순간이었다.

기쁨으로 가득 찬 앤은 눈만 반짝일 뿐 아무 말도 하지 않았다. 숨을 고른 다이애나가 일어나서 말했다.

"앤, 진짜 멋지게 해냈어! 아버지가 브라이트리버 역에서 이 신문을 가져오신 지 10분도 안 됐어. 오후 기차로 왔으니까, 우체국엔 내일이나 도착할 거야. 합격자 명단을 보자마자 제정신이 아닌 사람처럼 달려왔어. 너희들 모두 합격이야, 무디 스퍼전까지 모두 다! 제인과 루비는 상위권 합격이야. 조시 파이는 3점 차이로 겨우 합격했는데, 보나마나 1등이라도 한 것처럼 으스대겠지. 스테이시 선생님이 정말 기뻐하시겠지? 앤, 합격자 명단 제일 위에 네 이름이 있는 걸 보니까 기분이 어때? 나라면 너무 좋아서 미쳐버렸을걸. 그런데 너는 어쩌면 그렇게 봄날의 저녁처럼 차분하고 조용하니?"

앤이 대답했다.

"속으로는 미쳐 버릴 지경이야. 너무 벅차고 마음이 복잡해서 하고 싶은 말을 찾을 수가 없어! 이건 정말 꿈에도 생각 못 했던 일이야. 아니, 상상해 본 적이 딱 한 번 있었어. '내가 섬에서 1등을 하면 어떨까?' 하고 가슴을 졸였다가 아무래도 주제넘고 건방진 생각 같아 그냥 조용히 접었지. 아, 다이애나! 잠깐만! 당장 들판에 나가 매슈 아저씨께 이 소식을 알려야 해. 그리고 다른 아이들한테도 합격 소식을 전해 주자!"

둘은 매슈가 건초를 높이 쌓고 있는 헛간 아래의 들판으로 달려갔다. 마침 오솔길 쪽에서 린드 부인이 마릴라와 이야기를 나누고 있었다.

앤이 외쳤다.

"매슈 아저씨! 저 합격했어요. 1등으로요. 공동 1등이지만요. 자랑하는 게 아니라요, 감사한 마음으로 말씀드리는 거예요."

매슈는 합격자 명단을 들뜬 표정으로 들여다보았다.

"나는 그럴 줄 알았다. 내가 늘 말했잖니. 난 네가 너끈하게 해낼 줄 알았다."

마릴라 또한 앤이 자랑스러웠지만 흠잡기 좋아하는 린드 부인 앞에서 그런 마음을 드러내지 않으려고 최대한 자제하며 말했다.

"앤, 정말 잘했구나! 잘했어!"

그러나 린드 부인도 무척 기뻐하며 진심으로 말했다.

"앤, 정말 훌륭하구나! 잘 해낼 줄 알았다. 이건 칭찬받아 마땅하지. 앤, 네가 주변 사람들에게 큰 자랑거리가 됐구나! 그렇고말고. 우리 모두 네가 자랑스럽다!"

그날 밤, 앤은 목사관에서 앨런 부인과 짧지만 진지한 이야기를 나누며 즐거운 시간을 보내고 돌아왔다.

그리고 달빛이 비치는 창가에 무릎을 꿇고 앉아 감사와 소망이 담긴 기도를 드렸다. 지난날들에 대해 감사하고, 미래에 대해 경건하게 소망하는 내용이었다.

그리고는 하얀 베개에 머리를 대고 누워 잠이 들었다. 앤은 다 자란 어른의 꿈처럼 맑고 밝게 빛나는 아름다운 꿈을 꾸었다.

33
앤, 호텔 발표회에 초청받다

다이애나가 잘라 말했다.

"제발 하얀 오건디(organdy: 여성 의류의 여름 옷감이나 장식용으로 많이 쓰는 아주 얇고 반투명한 모직물.) 드레스를 입자, 앤!"

둘은 동쪽 다락방에 있었다. 구름 한 점 없이 맑고 푸른 하늘이 황록색 석양으로 물들기 시작했다. 숲 위로 창백하게 떠 있던 둥근 달은 이내 빛을 발하며 서서히 깊어졌다. 주변은 달콤한 여름의 소리들로 가득 찼다. 졸린 새들이 지저귀고 산들바람은 변덕을 부렸으며, 멀리서 사람들의 목소리와 웃음소리가 들려왔다. 하지만 한창 몸단장에 바쁜 앤의 방은 촛불이 켜진 채 블라인드가 내려져 있었다.

동쪽 다락방은 4년 전 그 밤, 빈 벽에서 나오는 냉기가 앤의 뼛속까지 스며들던 그때와는 사뭇 다른 느낌이었다. 아무리 말려도 소용없다는 것을 알게 된 마릴라의 묵인 아래 방 안 풍경이 서서히 바뀌더니, 여자아이들이 꿈꿀 법한 사랑스럽고 화사한 보금자리가 되어 있었다.

어린 시절부터 앤이 그려왔던 분홍빛 장미가 그려진 벨벳 카펫이나 분홍빛 실크 커튼이 현실로 이뤄진 건 아니었지만, 자라는 동안 꿈도 함께 변했기에 그렇게 아쉬워할 일은 아니었다. 바닥에는 예쁜 깔개가 놓여 있고, 높다란 창에는 산들바람에 흩날리는 부드러운 커튼이 달려 있었다. 옅은 초록빛을 띤 아름다운 모슬린 천으로 만든 것이었다. 금실과 은실로 짠 태피스트리는 없어도 벽에는 섬세한 사과꽃이 그려진 벽지에 앨런 부인이 선물로 준 아름다운 그림 몇 점이 걸려 있었다. 앤은 스테이시 선생의 사진을 가장 눈에 띄는 자리에 걸고 사진 아래의 선반에는 신선한 꽃들을 두어 감성적인 장소로 꾸며놓았다. 오늘 밤에는 줄줄이 핀 하얀 백합을 꽂아 은은한 향기가 방 안을 감돌고 있었다. 마호가니 가구는 없었지만 하얀 페인트로 칠한 책장에는 책이 가득 꽂혀 있고, 쿠션을 놓은 버드나무 흔들의자와 하얀 모슬린 프릴로 장식한 화장대가 있었으며, 금테가 고풍스럽게 둘러진 거울도 걸려 있었다. 거울 위 둥근 부분에는 통통한 분홍빛 큐피드와 보라색 포도송이가 그려져 있었는데, 그 거울은 손님방에 걸려 있던 것이었다. 옆에는 나지막한 하얀 침대가 있었다.

앤은 화이트샌즈 호텔에서 열리는 발표회에 참석하기 위해 치장하는 중이었다. 호텔 손님들이 샬럿타운 병원을 후원하기 위해 마련한 이 발표회에 인근 마을을 샅샅이 뒤져 무대에 설 아마추어 재주꾼들을 초청한 것이었다. 화이트샌즈 침례교회 성가대의 버서 샘프슨과 펄 클레이가 이중창을 하기로 하고, 뉴브리지의 밀튼 클라크는 바이올린 독주를, 카모디의 위니 아델라 블레어는 스코틀랜드 민요를 부르고, 스펜서베일의 로라 스펜서와 앤 셜리가 시 낭송을 하기로 되어 있었다.

언젠가 앤이 말한 것처럼 이건 '인생의 전환점' 같은 사건이라 앤은 흥분으로 가슴이 터질 것 같았다. 이렇게 영광스러운 기회가 앤에게 주어지자 매슈는 너무 자랑스러운 나머지 천국에라도 오른 것처럼 흐뭇해했고, 마릴라는 결코 인정하지 않겠지만 그에 못지않게 기뻐했다. 그러면서도 말로는 어린 여자아이들이 보호자도 없이 호텔을 드나드는 것이 영 못마땅하다며 투덜거렸다.

앤과 다이애나는 제인 앤드루스와 제인의 오빠 빌리와 함께 마차를 타고 가기로 했다. 에이번리의 다른 몇몇 아이들도 구경하러 간다고 했다. 시 외곽에서 온 손님들과 발표회에 참석한 출연자들을 위해 저녁 만찬도 제공된다고 했다.

앤이 걱정스러운 듯 물었다.

"정말 오건디 드레스가 제일 나은 거야? 파란색 꽃무늬 모슬린 드레스가 더 나은 것 같은데. 오건디는 요즘 스타일도 아니잖아."

다이애나가 말했다.

"그래도 그게 너한텐 훨씬 잘 어울려. 아주 부드러운데다 프릴도 아름답고, 몸을 싹 감싸주잖아. 파란 모슬린은 아무래도 좀 뻣뻣하고 과하게 차려입었다는 느낌을 줘. 하지만 오건디 드레스는 볼수록 너한테 잘 어울려."

앤은 한숨을 쉬며 다이애나 말을 따랐다. 다이애나는 옷을 고르는 눈썰미가 좋아서 그런 일로 조언을 구하려는 사람들이 줄을 설 정도였다. 다이애나도 이 특별한 날을 위해 앤이라면 엄두도 내지 못할 분홍색 드레스를 차려입었다. 사랑스러운 들장미 같은 분홍빛이 다이애나와 아주 잘 어울렸다. 하지만 발표회에 출연하는 건 앤이었으므로 자신의 드레스는 뒷전이었다. 그 대신 에이번리의 명예를 위해 자신의 모든 열정을 불태워 아름다운 옷과 고급스러운 머리로 앤을 완벽하게 꾸며주겠다고 다짐했다.

"거기 프릴을 좀 당겨 봐. 그래, 허리띠는 내가 둘러줄게. 구두는 여기 있어. 머리는 양 갈래로 땋은 다음, 중간쯤을 커다란 하얀 리본으로 묶을 거야. 아니야! 이마에는 머리카락 하나도 나오게 하지 마. 자연스럽게 잔머리만 남길 거야. 이 스타일보다 너한테 잘 어울리는 건 없어. 앤, 앨런 사모님도 네가 머리를 이렇게 가르면 성모 마리아 같다고 하셨잖아. 이 하얀 장미는 네 귀 바로 뒤에 꽂아줄게. 뜰에 한 송이 피었기에 너한테 주려고 가져왔어."

앤이 물었다.

"진주 목걸이를 해야 할까? 지난주에 매슈 아저씨가 시내에 갔다가 사오셨어. 내가 한 걸 보고 싶어 하실 거야."

다이애나가 입술을 오므리고 검은 머리를 한쪽으로 기울이며 갸우뚱거리더니 결국 그러라고 했다. 그래서 앤은 우유처럼 희고 가는 목에 진주 목걸이를 걸었다.

다이애나가 부러운 듯 말했다. 그렇다고 샘을 내는 건 아니었다.

"앤, 너한테는 아주 특별한 분위기가 있어. 자신만만하게 고개도 반짝 들고 말이야. 날씬해서 그런가 봐. 난 땅딸막하고 그냥 펑퍼짐하기만 하거든. 늘 살이 찔까 봐 두려워했는데, 아무래도 이제는 포기해야 할까 봐."

앤은 옆에 앉은 다이애나의 예쁘고 발랄한 얼굴을 보며 애정 어린 미소를 지었다.

"넌 보조개가 있잖아. 크림에 움푹 들어간 부분처럼 얼마나 귀여운데. 난 이제 보조개가 생길지도 모른단 희망은 버렸어. 그 꿈은 절대 이루어지지 않을 거야. 그래도 다른 꿈들이 많이 이루어졌으니까 불평하면 안 되겠지. 나, 준비 다 된 거야?"

다이애나가 자신 있게 말했다.

“다 됐어.”

그때 마침 마릴라가 문을 열고 들어섰다. 이전보다 머리도 희어졌고 허리도 구부정해져 수척해 보였지만 표정은 훨씬 부드러워졌다.

다이애나가 마릴라에게 웃어 보이며 말했다.

“마릴라 아줌마, 우리 낭송가 좀 보세요. 정말 예쁘죠?”

마릴라는 코웃음을 치는 것 같기도 하고 투덜대는 것 같기도 한 말투로 말했다.

“깔끔하고, 단정해 보이는구나. 머리를 그렇게 하니 잘 어울리는구나. 그런데 그 드레스는 마차를 타고 가는 동안 먼지랑 이슬에 엉망이 되지 않겠니? 게다가 이렇게 습한 밤에 입기엔 너무 얇아 보인다. 하여튼 매슈가 그걸 사왔을 때도 내가 말했지만, 오건디는 정말이지 하등 쓸모없는 옷감이다. 요즘 매슈는 내가 뭐라 말해도 듣질 않는다니까. 옛날엔 내 말을 곧잘 듣더니 요즘은 앤을 위해서라면 무턱대고 사오잖니. 카모디의 점원들도 매슈한텐 뭐든 쉽게 팔 수 있다고 여긴다니까. 그냥 예쁘고 최신 유행이라고만 하면 매슈가 턱턱 돈을 내나까. 앤, 치마가 마차 바퀴에 닿지 않게 조심하고, 따뜻한 재킷을 걸쳐라.”

아래층으로 성큼성큼 내려간 마릴라는 앤의 예쁜 모습에 흐뭇해하며, ‘한 줄기 달빛이 이마에서 정수리까지 비추는구나.’ 라는 시구를 떠올렸다. 그리고 발표회에 가서 앤의 시 낭송을 직접 듣지 못하는 것이 못내 아쉬웠다.

앤이 걱정스러운 듯 물었다.

“이 드레스를 입기엔 날이 너무 눅눅한 것 아닐까?”

다이애나가 창문 블라인드를 위로 올리며 말했다.

“전혀 그렇지 않아. 더할 나위 없는 밤이야. 이슬은 내리지 않을 거야. 달빛 좀 봐."

앤이 다이애나에게 다가서며 말했다.

"내 방 창문이 동쪽으로 나 있어서 좋아. 해 뜨는 게 보이거든. 저 기다란 산등성이로 아침이 다가오면서 뾰족한 전나무 꼭대기로 햇빛이 비쳐 들면 얼마나 아름다운지 몰라. 매일 아침이 새로워서, 난 새벽빛에다 몸을 담그고 영혼을 씻는 것 같은 기분이 든다니까. 아, 다이애나! 난 이 작은 방을 정말 사랑해. 다음 달에 이 방을 떠나 샬럿타운으로 가면 어떻게 지내야 할지 모르겠어."

다이애나가 애원하듯 말했다.

"앤, 오늘 밤에는 떠난다는 얘기 같은 건 하지 마. 헤어진단 생각은 하고 싶지 않아. 너무 우울해진단 말이야. 오늘 저녁은 재미있게 보내자. 오늘은 뭘 낭송할 거야? 안 떨려?"

"안 떨려. 사람들 앞에서 많이 해봐서 그런지 지금은 괜찮아. 난 <소녀의 맹세>를 낭송할 거야. 아주 애달픈 시야. 로라 스펜서는 재미있는 시를 낭송한다는데, 나는 사람들을 웃기는 것보다 울리는 게 더 좋아."

"앙코르를 받으면 뭘 낭송할 거야?"

"사람들이 나한테 앙코르를 하겠어?"

말은 그렇게 했지만 앤은 내심 앙코르를 받고 싶었고, 내일 아침 식탁에서 매슈에게 앙코르를 받은 이야기를 하며 재잘거리는 자신의 모습까지 상상해 둔 터였다.

"빌리와 제인이 왔나 봐. 마차 소리가 들려. 나가자!"

빌리 앤드루스가 앤이 자기와 함께 앞자리에 앉아야 한다고 우겼기 때문에 앤은 어쩔 수 없이 빌리 옆으로 올라탔다. 앤은 친구들과 마음껏 웃고 떠들 수 있는 뒷자리가 훨씬 더 좋았다. 어쨌거나 빌리와는 웃고 떠들 거리가 별로 없었기 때문이다. 덩치가 크고 뚱뚱한데다 둔감한 스무 살 청년 빌리는 둥글넓적하고 무표정한 얼굴에 대화 능력이라고는 애처로울 정도로 형편없었다. 하지만 빌리는 앤에게 푹 빠져 있었고, 이 날씬하고 꼿꼿한 앤을 마차 옆자리에 태우고 화이트샌즈까지 간다는 생각만으로 뿌듯해했다.

앤은 어깨 너머로 친구들과 이야기하면서 예의상 가끔씩 빌리에게도 말을 건넸다. 그때마다 빌리는 어색하게 웃거나 킬킬거리면서 대답할 때를 놓치긴 했지만, 그래도 마차를 신나게 몰았다. 즐거운 밤이 될 것 같았다. 도로에는 호텔로 가는 마차들이 즐비했고, 가는 길 내내 사람들의 웃음소리가 메아리처럼 사방으로 울려 퍼졌다.

마차가 호텔에 도착하니, 건물은 꼭대기부터 바닥까지 온갖 조명으로 휘황찬란했다. 준비위원회 여성들이 맞이해 주었고, 그중 한 명이 앤을 출연자 대기실로 안내해 줬다. 대기실은 샬럿타운 심포니 클럽 단원들로 꽉 차 있었다. 그들 사이에 끼어 있으려니 앤은 갑자기 쑥스럽고 당황스러웠으며, 자신이 초라하게 느껴졌다. 초록지붕집에서 그렇게 화사하고 예뻤던 앤의 드레스가 사각사각 반짝이는 실크 드레스나 레이스 드레스와 비교해 보니 너무나도 평범하고 밋밋할 뿐이었다. 옆에 있던 키가 크고 번듯하게 생긴 여자아이의 다이아몬드 목걸이에 비해 앤의 진주 목걸이는 얼마나 빈약하던지! 또 그녀들이 머리에 꽂은 온실 꽃에 비하자면 앤의 머리에 있는 흰 장미는 얼마나 볼품없던지! 앤은 모자와 재킷을 벗어두고 구석 자리에서 안쓰럽게 몸을 움츠렸다. 초록지붕집의 하얀 방으로 돌아가고만 싶어졌다.

어느새 올라간 호텔의 거대한 발표회장 무대를 보니 상황은 훨씬 더 심각했다. 전기 조명들이 눈을 어지럽혔고, 향수 냄새와 사람들이 웅성거리는 소리에 혼이 나간 것만 같았다. 앤은 한창 신이 나 보이는 다이애나와 제인처럼 관중석 뒷자리에 앉아 있다면 얼마나 좋을까 하고 생각했다. 앤은 분홍색 드레스를 입은 뚱뚱한 여자와 하얀색 레이스 드레스를 입은 키 크고 도도한 여자아이 사이에 서 있었다. 뚱뚱한 여자가 이따금씩 고개를 돌리며 안경 너머로 앤을 살폈다. 가뜩이나 남의 시선에 예민한 앤은 비명이라도 지르고 싶은 심정이 되었다. 하얀색 레이스 드레스를 입은 여자아이는 옆 사람에게 관객들이 시골뜨기니 촌스러운 여자들이니 하며 들으란 듯 계속 떠벌려댔고, 시골 사람들이 하는 프로그램이 오죽하겠냐며 빈정거렸다. 앤은 하얀색 레이스 드레스를 입은 여자아이를 죽을 때까지 미워하게 될 것 같았다.

마침 앤에게 불행한 일이 생겼는데, 호텔에 묵고 있던 한 전문 낭송가가 출연을 수락한 터였다. 검은 눈동자에 몸짓이 나긋나긋한 여성이었는데, 달빛을 엮어 만든 듯한 반짝이는 회색 드레스를 아름답게 차려입고 목과 까만 머리에도 보석을 두르고 있었다. 그녀는 놀랍도록 다채로운 목소리와 강한 표현력으로 관중들을 단박에 사로잡았고, 관중은 열렬하게 환호했다. 앤도 그 순간만큼은 자신이 처한 곤경 따위는 전부 잊은 채 눈을 반짝이며 경청했다.

하지만 그녀의 낭송이 끝나자 앤은 갑자기 두 손으로 얼굴을 감쌌다. '저 순서 다음에는 절대 낭송할 수 없어. 절대, 절대! 어떻게 내가 낭송을 잘할 수 있다고 생각했던 걸까? 이건 정말 안 돼! 아, 모든 것 다 뿌리치고 초록지붕집으로 돌아가고 싶어!'

그 불운한 순간에 앤의 이름이 불렸다. 앤은 그때 하얀색 레이스 드레스를 입은 여자아이가 켕기는 표정으로 움찔 놀라는 것을 보지 못했다. 설사 보았다 해도 그 표정에 미묘한 부러움이 담겨 있다는 것까지 읽어내지는 못했을 것이었다. 어쨌건 앤은 비틀거리면서 무대에 발을 올려놓았다. 앤의 얼굴이 어찌나 창백해 보였던지, 관중석에 앉은 다이애나와 제인은 불안한 마음으로 서로의 손을 꽉 잡았다.

무대 위에 서자 앤은 어마어마한 무대 공포증에 사로잡혔다. 사람들 앞에서 종종 낭송을 하긴 했지만 이렇게 많은 관중 앞에 선 것은 처음이었고, 관중석을 바라보는 것만으로도 완전히 진이 빠져 옴짝달싹 못 할 지경이었던 것이다. 모든 게 낯설었고 지나치게 밝았으며 너무 혼란스러웠다. 이브닝드레스를 입은 여성들로 들어찬 관중석, 비평가의 표정을 한 얼굴들, 부유하고 세련된 모든 분위기가 앤에게는 생소하고 눈부시고 당혹스러웠다. 다정한 표정으로 응원해 주던 친구들과 이웃들로 가득 찬 토론 클럽의 소박한 분위기와는 완전히 딴판이었다. 이들은 무자비한 비평가들 같았다. 하얀색 레이스 드레스를 입은 여자아이처럼, 그들은 촌스럽기 짝이 없는 앤이 아등바등하는 모습을 즐기려고 온 것인지도 몰랐다. 앤은 걷잡을 수 없는 부끄러움과 비참함으로 절망했다. 무릎이 덜덜 떨렸고 가슴이 퍼덕거렸으며, 당장이라도 쓰러질 것만 같았다. 평생 자신을 따라다닐 굴욕을 감수하고서라도 무대에서 도망치고 싶었다. 그래도 상관없다고 생각되었다.

하지만 앤은 겁에 질린 눈을 크게 뜨고 관중석을 바라보았다. 그런데 갑자기 멀리 뒷자리에서 미소를 띤 채 몸을 숙이고 있는 길버트 블라이스가 눈에 들어오는 것이 아닌가. 앤은 그 미소를 보자마자 길버트가 의기양양하게 자신을 비웃는다고 짐작했다. 실은 그런 의미의 웃음이 아니었다. 길버트는 이 행사가 전반적으로 재미있었고, 특히 흰 드레스를 입고 야자나무를 배경으로 선 앤의 하얗고 가녀린 모습과 기품 있는 얼굴을 보고 웃고 있었던 거였다. 길버트의 옆자리에는 함께 마차를 타고 온 조시 파이가 앉아 있었는데, 오히려 의기양양하고 조롱 섞인 표정을 짓고 있는 건 조시였다. 하지만 앤은 조시를 보지 못했고, 설령 봤다 해도 안중에도 없었다.

앤은 순간 긴 숨을 내쉬고는 당당하게 고개를 치켜들었다. 감전이라도 된 듯 용기와 결단이 짜릿하게 몸을 타고 흘렀다. '나는 길버트 블라이스 앞에서 절대로 실수하지 않을 것이다! 길버트는 절대 나를 비웃을 수 없다. 절대로, 절대로!' 이내 두렵고 불안한 마음이 눈 녹듯 사라졌다. 그리고 앤은 낭송을 시작했다. 떨림도 막힘도 없는 듣기 좋은 목소리가 흐트러짐 없이 관중석 끝까지 쭉 뻗어나갔다. 침착함을 완벽하게 되찾은 앤은 무기력하고 끔찍했던 순간을 만회하려는 듯 전보다도 훨씬 멋있게 시를 낭송했다. 낭송을 마치자, 진심어린 박수가 터져 나왔다. 쑥스럽기도 하고 기쁘기도 했던 앤은 얼굴을 붉히며 자리로 돌아갔다. 분홍색 드레스를 입은 뚱뚱한 여자가 앤의 손을 부여잡고서 마구 흔들어댔다. 그러더니 숨을 헐떡이며 칭찬했다.

"세상에! 정말 굉장했다. 난 어린애처럼 울어 버렸지 뭐니. 정말이야. 그리고 저길 봐, 사람들이 앙코르를 외치잖아. 네가 나올 때까지 기다릴 거야."

앤은 어리둥절했다.

"아니에요. 전 못 나가요. 하지만…… 그래도…… 나가긴 해야해요. 안 그러면 매슈 아저씨가 실망할지도 모르니까요. 매슈 아저씨는 제가 앙코르를 꼭 받을 거라고 하셨거든요."

분홍색 드레스를 입은 뚱뚱한 여자가 웃었다.

"그렇담 매슈 아저씨를 실망시키면 안 되지."

앤의 얼굴에 붉게 달아오른 미소가 피어올랐다. 초롱초롱한 눈으로 무대에 다시 나간 앤은 독특하고 재미난 짤막한 시를 낭송하여 청중들을 완전히 사로잡았다. 그 이후의 시간은 앤을 위해 존재하는 것 같았다.

발표회가 끝나자 백만장자 미국인의 아내라는 분홍색 드레스의 뚱뚱한 여자가 앤을 직접 데리고 다니며 사람들에게 소개해 주었다. 모두가 앤에게 친절했다. 전문 낭송가인 에번스 부인도 다가와 앤의 목소리가 매력적인데다 시를 해석하는 능력이 뛰어나다며 칭찬해 주었다. 하얀색 레이스 드레스를 입은 여자아이조차도 어정쩡하게나마 칭찬의 말을 건넸다.

모두들 아름답게 장식된 드넓은 식당에서 만찬을 즐겼다. 다이애나와 제인도 앤의 동행이었기 때문에 역시 만찬 자리에 초대받았지만 빌리는 보이지 않았다. 그런 자리가 부담스럽다며 질겁하더니 어디론가 도망쳐 버린 것이다. 그래도 빌리는 세 명의 소녀가 만찬을 끝내고 하얀 달빛 아래로 나올 때까지 마차 앞에서 기다리고 있었다.

앤은 숨을 깊이 내쉬었다. 그리고 전나무 숲의 어두운 가지 사이로 드러난 청명한 하늘을 올려다보았다.

아, 조용하고 순수한 밤 아래로 다시 나오다니! 멀리서 들려오는 바다의 속삭임과 마법에 걸린 해안선을 지키는 험상궂은 거인 같은 어둑한 절벽. 이 모든 것이 얼마나 위대하고 평화롭고 경이로운지!

돌아오는 길에 제인이 길게 숨을 내쉬며 말했다.

"진짜 근사한 시간이었지? 내가 돈 많은 미국인이라면 보석으로 치장하고 목이 파인 드레스를 입고 아이스크림이랑 치킨 샐러드를 먹으며 호텔에서 여름을 보낼 수 있을 텐데. 학교에서 아이들을 가르치는 것보단 훨씬 재미있을 것 같지 않니? 앤, 네 낭송은 정말이지 대단했어. 처음엔 네가 시작도 못 하는 거 아닌가 하고 걱정했지만,

에번스 부인보다도 더 잘한 거 같아."

앤이 재빨리 말했다.

"아냐, 제인! 그건 말도 안 되는 소리야. 놀리는 것 같잖아. 어떻게 에번스 부인보다 잘해? 에번스 부인은 전문가고, 난 그냥 풋내기 학생일 뿐인걸. 사람들이 내 낭송을 좋아해 줬다는 것만으로도 만족해."

다이애나가 말했다.

"앤, 널 칭찬하는 소릴 들었어. 말투로 봐서 칭찬인 게 분명해. 제인이랑 내 뒤에 어떤 미국 사람이 앉아 있었는데, 머리랑 눈이 까맣고 진짜 로맨틱하게 생겼더라. 조시 파이가 그러는데, 그 사람 유명한 화가래. 보스턴에 조시 엄마의 사촌이 사는데, 사촌 남편이 그 화가랑 같은 학교를 다녔대. 아무튼 그 사람이 하는 얘길 들었어. 제인, 너도 들었지? '지금 무대에 서 있는 저 멋진 티치아노(Tiziano: 이탈리아의 화가(1490?~1576). 바로크 양식의 선구가 된 베네치아파의 대표적 인물. 작품에 〈성애(聖愛)와 속애(俗愛)〉, 〈플로라(Flora)〉 따위가 있다.) 머리를 한 소녀는 누구지? 내가 그려보고 싶은 얼굴인데.' 진짜야, 이렇게 말했다고. 앤, 그런데 티치아노 머리가 뭐니?"

앤이 웃었다.

"그냥 빨강 머리를 말하는 걸 거야. 티치아노는 빨강 머리 여자들을 즐겨 그리던 유명한 화가거든."

제인이 한숨을 쉬었다.

"그 여자들이 걸치고 있는 다이아몬드 봤니? 정말 눈부시더라. 얘들아, 너희들은 부자가 되고 싶지 않아?"

앤이 당당하게 말했다.

"우린 이미 부자잖아. 우린 16년 동안 인정받으며 잘 살아왔고,

여왕 못지않게 행복한데다 상상력도 발휘할 수 있잖아. 물론 정도의 차이는 있지만 말이야. 얘들아, 저 바다를 좀 봐. 은빛 물결이랑 그림자들, 그리고 보이지 않는 것들을 상상해 봐. 우리가 만약 백만장자이고 다이아몬드로 칭칭 휘감았다면 더는 이런 것들이 소중하다거나 아름답다고 느끼지 못할 거야. 난 그 여자들 중 하나가 될 수 있다 해도 바꾸고 싶진 않아. 넌 그 하얀색 레이스 드레스를 입은 여자아이처럼 평생 심술궂은 표정으로 살고 싶어? 세상을 우습게 여기려고 태어난 것처럼. 아니면 친절하고 괜찮은 사람이긴 하지만 분홍색 드레스를 입은 뚱뚱한 부인처럼 맵시라곤 전혀 없는 모습으로 살고 싶은 거야? 에번스 부인도 그래. 눈이 그렇게 슬퍼 보일 수가 없더라고. 그런 표정인 걸 보면 한때 죽도록 불행한 일을 겪었던 것이 분명해. 제인 앤드루스, 넌 그렇게 살고 싶은 게 아니잖아!"

제인이 자신 없는 말투로 대답했다.

"잘 모르겠어. 그래도 다이아몬드가 있다면 대단한 위로가 될 것 같기도 하니까."

앤이 선언하듯 말했다.

"난 내가 아닌 다른 사람이 되고 싶지 않아. 살면서 한 번도 다이아몬드로 위로받지 못한다 해도 말이야. 난 진주 목걸이랑 초록지붕집의 앤으로 충분히 만족스러워. 매슈 아저씨가 분홍색 드레스를 입은 부인의 보석보다 훨씬 귀한 사랑을 내 진주 목걸이에 담아주었다는 걸 알고 있으니까."

34
앤, 퀸스 아카데미에 입학하다

그 후 3주 동안은 앤의 퀸스 아카데미 입학 준비 때문에 무척 분주했다. 바느질거리도 많았고, 의논하고 결정해야 할 일도 많았다. 매슈가 확실히 해둔 덕에 앤의 옷은 예쁜 것들로 충분히 준비했다. 마릴라도 이번만큼은 매슈가 무엇을 사오든 어떤 제안을 하든 간섭하거나 토를 달지 않았다. 오히려 한 술 더 떴다. 어느 날 저녁 마릴라는 초록색 옷감을 들고 동쪽 다락방으로 올라갔다.

"앤, 이걸로 네 드레스를 만들면 어떻겠니? 예쁜 옷들이 많아서 별로 필요할 거라고 생각하진 않지만, 그래도 시내로 나갈 때나 파티 같은 데 초대받기라도 하면 드레시한 옷이 있어야 할 것 같아서. 제인이나 루비, 조시도 '이브닝드레스'라고 부르는 그런 옷이 있다는데, 너만 없어서는 안 되지 않겠니. 이건 지난주에 앨런 사모님의 도움을 받아 시내에서 골랐다. 만드는 건 에밀리 길리스한테 부탁할 거다. 솜씨도 좋고 취향도 세련된 사람이거든."

앤이 말했다.

"아, 아줌마! 진짜 예뻐요. 정말 감사합니다. 이렇게 해주시니 점점 더 떠나기가 힘들어질 것 같네요."

앤이 진심으로 말했다.

에밀리는 자기의 취향을 담아 그 초록색 옷감에다 아름다운 수를 놓고 풍성한 주름과 프릴, 셔링을 잔뜩 담아 멋진 옷을 만들었다.

앤은 어느 날 밤, 매슈와 마릴라를 위해 그 옷을 입고 〈소녀의 맹세〉라는 시를 낭송했다. 싱그러운 표정과 우아한 몸짓을 바라보던 마릴라는 문득 앤이 맨 처음 초록지붕집에 왔던 날의 일이 떠올랐다. 우스꽝스러워 보이는 누런 갈색 원피스를 입고 불안이 가득 담긴 커다란 눈으로 눈물을 뚝뚝 흘리던 그 유별난 아이의 얼굴이 기억 속에 생생하게 떠오르자 마릴라의 마음이 애끓었고, 눈에 눈물이 가득 고였다.

앤이 마릴라의 의자로 다가오더니 몸을 굽혀 뺨을 갖다 댔다.

"어, 아줌마! 제 낭송이 아줌마를 울린 거예요? 오늘 낭송은 대단한 성공이네요."

마릴라는 시 같은 걸 듣고서 슬프다며 약한 모습을 보이는 걸 우습게 여기는 사람이었다.

"앤, 시 때문에 그런 건 아냐. 네 어릴 때 모습이 생각났어. 유별나고, 엉뚱한 짓을 하더라도 어린아이로 있어 줬으면……. 어느새 훌쩍 자라서 떠나려고 하는구나. 키도 이렇게 크고, 맵시도 있고, 또…… 더구나 그 드레스를 입으니까 영 딴사람 같아. 에이번리 사람이 아닌 것도 같고……. 그런 생각을 하니 좀 쓸쓸해진다."

앤은 마릴라의 무릎 앞에 앉아 두 손으로 마릴라의 주름진 얼굴을 감싸고서 진지하고 부드럽게 눈을 바라보았다.

"아줌마, 저는 하나도 변하지 않았어요. 정말이에요. 그냥 잔가지를 쳐내고 새 가지를 뻗어 올리는 것뿐인걸요. 여기 초록지붕집에 있는 진짜 저는 언제나 똑같아요. 겉모습이 어떻게 변하든, 달라질 건 없어요. 제 마음속엔 언제나 아줌마의 꼬마 앤이 있는걸요. 평생 동안 아줌마와 매슈 아저씨, 그리고 이 초록지붕집을 매일매일 더 사랑하는 작은 앤 말이에요."

앤은 젊고 싱그러운 뺨을 마릴라의 푹 꺼진 볼에 가져다 댔다. 그리고 한손을 뻗쳐 매슈의 어깨를 토닥였다.

마릴라는 지금 자기의 감정을 그대로 표현하고 싶었으나 감정을 억제해 온 오랜 습관과 타고난 성격 때문에 제대로 할 수가 없었다. 마릴라는 앤을 부드럽게 품에 안고서 이 아이를 멀리 보내지 않을 수 있다면 얼마나 좋을까 하고 생각할 뿐이었다.

눈가가 촉촉해진 매슈는 일어나서 얼른 밖으로 나갔다. 그리고 푸른 별이 빛나는 여름 밤, 그는 벅찬 가슴을 억누르며 마당을 지나 포플러 아래 대문까지 타박타박 걸어갔다.

매슈는 자랑스러운 마음이 들어 가슴을 펴고 중얼거렸다.

"그래, 앤은 정말 잘 자라주었어. 영리하고 귀엽고 무엇보다도 착하게 자랐어. 가끔씩 내가 참견한 것도 결국 나쁘지 않았던 거지. 하느님이 우리에게 주신 축복이야. 스펜서 부인의 실수가 이렇게 행운이 될 줄이야. 이걸 행운이라 불러도 된다면 말이지. 이런 걸 운명이라고 하는 걸까? 아니야, 하느님의 뜻일 거야. 하느님은 우리에게 앤이 꼭 필요하다는 걸 알고 계셨던 거야."

마침내 앤이 샬럿타운으로 떠나는 날이 오고 말았다.

9월의 맑은 어느 날, 앤은 눈물을 흘리며 다이애나와 작별의 인사를 나눴다. 마릴라와도 인사를 나누었다. 적어도 마릴라 입장에서는 눈물을 흘리지 않은 담백한 작별이었다. 앤은 매슈와 함께 마차를 타고 에이번리를 출발했다. 앤이 떠나자 다이애나는 슬픔을 잊으려고 카모디에 사는 사촌들과 화이트샌즈 해안으로 피크닉을 갔다. 반면 마릴라는 하지 않아도 되는 일에 필사적으로 매달리며 온종일 쓰라린 가슴앓이를 했다. 그 쓰라림은 몸이 타고 찢기는 듯하여, 눈물로도 달래지지가 않았다. 그날 밤 침대에 누운 마릴라는 이제 복도 끝 동쪽 다락방에는 생기발랄한 아이도, 부드러운 숨소리도 없다는 사실을 아프게 깨달았다. 슬픔을 가눌 수 없었던 그녀는 베개에 얼굴을 묻고 앤을 떠올리며 울기 시작했다. 그러다가 어느 정도 마음이 가라앉자, 마릴라는 죄 많은 인간들끼리 정을 붙인다는 게 얼마나 무서운 일인지 새삼 깨닫고 간담이 서늘해졌다.

앤과 에이번리 학생들은 샬럿타운에 도착하자마자 서둘러서 퀸스 아카데미로 달려갔다. 흥분으로 가득한 첫날은 새 친구들을 만나고, 교수들과 얼굴을 익히고, 반을 나누느라 정신없이 보냈다.

앤은 스테이시 선생이 조언한 대로 1급 과정을 수강할 계획이었다. 길버트 블라이스도 마찬가지였다. 이 과정은 입학 성적이 우수한 학생들로 편성되는데, 잘만 하면 2년이 아니라 1년 안에 1급 교사 자격증을 딸 수 있었다. 하지만 그만큼 어렵고 힘들게 공부해야만 했다. 그다지 욕심이 없는 제인, 루비, 조시, 찰리, 무디 스퍼전은 2급 과정을 듣기로 했다.

50명의 학생들 사이에 선 앤은 무척 외로웠다. 교실 뒤쪽에 앉아 있는 갈색 머리의 키 큰 남자애를 빼면 아는 사람이 하나도 없다는 걸 깨달았다. 그러나 그 남자애는 안다고 해도 모르는 거나 다름없었다. 하지만 그 애와 한 반이 되었다는 것이 한편으론 다행스러웠다. 앞으로도 경쟁을 계속할 수 있기 때문이었다. 그것마저 없었다면 앤은 무엇으로 버텨야 할지 모를 지경이었던 것이다.

앤은 이런 생각을 하고 있었다.

'경쟁심마저 없었다면 오히려 마음이 편치 않았을 거야. 길버트는 메달을 따겠다고 단단히 결심한 것 같아. 잘됐군, 좋은 상대야. 그나저나 저 앤 턱이 어쩜 저렇게 잘생겼지! 예전엔 몰랐는데. 아, 제인이랑 루비도 1급 과정이면 좋을 텐데. 그래도 아이들이랑 친해지고 나면 남의 집 다락방에 기어 들어간 고양이 같은 기분은 사라지겠지. 그런데 이 중에서 누구랑 친구가 될까? 물론 누구를 사귄다 해도 다이애나만큼 친해질 수는 없겠지만. 다이애나랑 약속했으니까. 하지만 그다음으로 좋아하는 친구들은 많이 사귈 수 있는 거잖아. 저쪽 창가에 앉은 갈색 눈의 빨간 외투를 입은 아이의 표정이 마음에 들어. 발랄해 보이고 장미처럼 발간 얼굴이네. 저기 창밖을 내다보고 있는 금발에 얼굴이 창백해 보이는 아이는 어떨까? 머릿결도 예쁘고 꿈도 많을 것 같아. 둘 다 친해지고 싶어. 아주 많이. 팔짱을 끼고 다니면서 별명을 부를 수 있을 정도로 말이야. 하지만 지금은 저 애들에 대해 아무것도 모르고, 저 애들도 나를 몰라. 어쩌면 딱히 나에 대해 알고 싶지 않을지도 모르지. 아, 외로워! 빨리 누군가와 친해졌으면!'

그날 밤 하숙집에 홀로 남겨지자, 앤은 더욱 외로웠다. 다른 아이들은 각자 그곳의 친척집에 있게 되었지만 앤은 하숙을 하게 되었다. 조세핀 할머니가 너도밤나무집으로 와서 지내라고 했지만, 그 집은 거리가 너무 멀어서 그럴 수 없었다. 그래서 조세핀 할머니는 아쉬워하며 다른 하숙집을 소개해 주었고, 앤이 지내기에 적당한 집이라며 매슈와 마릴라를 안심시켰다.

조세핀 할머니는 이렇게 설명했다.

"비록 지금은 가세가 기울었지만 좋은 집안 출신 부인이 운영하는 집이에요. 남편은 영국 장교를 지낸 사람이고, 부인은 하숙생을 들일 때 여간 까다롭지 않아요. 앤이 그 집에 있는 동안 불쾌한 사람을 만날 일은 없을 겁니다. 음식도 좋고, 집도 학교에서 가까워요. 조용한 동네고요."

그 말은 모두 사실이었지만, 그렇다고는 해도 앤이 처음 느끼게 된 향수병까지 달래주지는 못했다. 앤은 우중충한 벽지에 그림 한 점 없는 벽과 작은 철제 침대, 그리고 텅 빈 책장이 있는 좁고 작은 방을 우울하게 둘러봤다. 그러자 초록지붕집의 하얀 방이 떠올라 왈칵 목이 메었다. 하얀 방의 창밖으로는 초록 세상이 펼쳐졌고 뜰에는 콩이 자라며, 과수원으로 달빛이 쏟아지고, 비탈길 아래로는 개울이 흘렀다. 밤이면 그 너머 가문비나무 가지들을 흔드는 바람과 별이 총총히 빛나는 하늘, 나무들 사이로 다이애나의 방에서 새어나오는 불빛을 지켜볼 수 있었다. 이곳에서는 아무것도 볼 수 없었다. 창문을 열어봐야 이리저리 엉킨 전화선들 때문에 하늘은 잘 보이지도 않았고, 딱딱한 거리에서 들리는 타인들의 발소리와 낯선 얼굴들을 비추는 수많은 불빛들만 있을 뿐이었다. 앤은 터질 것 같은 눈물을 꾹 눌러 참았다.

'울지 않을 거야. 마음이 약해지니까. 하지만 자꾸만 눈물이 나. 울지 않으려면 무언가 재미난 생각을 해야겠어. 하지만 재미있는 것은 모두 다 에이번리와 관련된 것뿐이잖아. 그러니 더 슬퍼지기만 하고. 네 방울, 다섯 방울……. 금요일이면 집에 갈 수 있지만, 100년은 남은 것 같아. 아, 지금쯤 매슈 아저씨가 집으로 돌아오고 계시겠지. 마릴라 아줌마는 대문 앞에서 매슈 아저씨를 기다리며 오솔길을 내려다보고 있을 거고. 여섯 방울, 일곱 방울……. 아, 눈물을 세어 봤자 뭐해! 이제 줄줄 흐를 텐데. 도무지 기운을 낼 수가 없어. 기운

내기도 싫고. 차라리 그냥 슬퍼하는 게 나을 것 같아.'

바로 그 순간, 조시 파이가 나타났다. 만약 조시가 오지 않았다면 앤은 분명히 눈물을 바가지로 쏟았을 것이다. 앤은 익숙한 얼굴을 보자 너무나 반가운 나머지 평소 사이가 그리 좋지 않았다는 것도 까맣게 잊었다. 에이번리와 관계가 있다면 파이 집안사람이라도 대환영이었다.

앤이 진심을 다해 말했다.

"조시! 네가 와주다니, 정말 기뻐!"

조시가 약을 올리듯 불쌍하다는 표정을 지어 보였다.

"너 울고 있었구나? 향수병인가 보네. 그런 쪽으로 감정 조절을 잘 못하는 사람들이 있더라. 난 향수병 따윈 걸리지 않을 거야. 자신 있어. 나는 이상할 정도로 집 생각이 안 나. 오히려 갑갑하고 고루한 에이번리에 있다가 도시에 나오니까 너무 좋아. 샬럿타운은 재미있는 게 넘치는 것 같아. 어떻게 그런 곳에서 그렇게 오래 살았는지 몰라. 울지 마, 앤. 안 어울려. 코랑 눈까지 빨개지면 넌 온통 빨갛게 보이잖아. 오늘 학교에서 정말 재밌었어. 프랑스어 교수님이 얼마나 귀여운지 몰라. 콧수염을 보면 너도 심장이 쿵쿵 뛸걸. 앤, 뭐 먹을 거 좀 없어? 배고파 죽겠어. 마릴라 아줌마가 케이크를 잔뜩 싸줬을 거 같아서 들른 거야. 아니면 프랭크 스토클리랑 밴드 공연하는 걸 보러 공원에 갔을 거야. 나랑 같은 하숙집에 있는 앤데, 참 재미있어. 프랭크가 오늘 강의실에서 널 보고는 나한테 저 빨강 머리 아이가 누구냐고 묻더라. 그래서 커스버트 씨가 입양한 고아인데, 그전엔 뭘 하고 살았는지 아무도 모른다고 얘기해 줬어."

앤이 조시와 함께 있는 것보다 차라리 혼자서 울고 있는 것이 낫겠다고 생각하고 있을 때, 마침 제인과 루비가 찾아왔다. 두 아이는 퀸스 아카데미의 상징인 자주색과 진홍색 리본을 웃옷에 꽂고 있었다. 조시는 제인과 사이가 틀어져 말도 하지 않는 상태라 그제야 입을 다물고 좀 조용해졌다.

제인이 한숨을 쉬며 말했다.

"어휴, 아침부터 지금까지 몇 달은 지난 기분이야. 집에 가서 베르길리우스(Vergilius: 장편 서사시 〈아이네이스(Aeneis)〉를 쓴 로마의 시인.)를 공부해야 해. 그 끔찍한 노교수가 당장 내일까지 스무 행이나 읽어 오라잖아. 하지만 오늘 밤엔 정말이지 공부가 안 될 것 같아. 앤, 눈물 자국이 있구나. 울고 있었다면 얼른 솔직히 말해. 그럼 뭉개졌던 내 자존심도 회복될 것 같으니까. 나도 루비가 오기 전까지 엄청나게 울고 있었거든. 다른 사람도 그랬다면 내가 운 것도 괜찮잖아. 케이크가 있네? 조금만 줄래? 고마워. 와! 이건 진짜 에이번리 맛이구나."

루비는 책상 위에 퀸스 아카데미 달력이 있는 것을 보고 앤에게 금메달을 목표로 하느냐고 물었다. 앤은 얼굴을 붉히면서 그렇다고 대답했다.

조시 파이가 말했다.

"아, 그러고 보니 생각났어. 퀸스 아카데미도 에이브리 장학금을 받을 수 있게 되었대. 오늘 들은 소식이야. 프랭크 스토클리가 말해 줬어. 걔네 삼촌이 학교 이사회에 있대. 내일 발표될 거야."

에이브리 장학금이라고! 앤의 심장이 요동치기 시작했다. 그리고 희망이 활짝 펼쳐지는 것을 느꼈다. 조시 파이의 이야기를 듣기 전까지는, 1년 안에 1급 교사 자격증을 따는 것이 앤의 가장 높은 목표였다. 그리고 할 수 있으면 금메달도 함께 따는 것이었다. 하지만 조시가 한 말의 여운이 사라지기도 전에, 앤은 에이브리 장학금을 받아

레드먼드 대학 문학 과정을 수료한 뒤 가운과 사각모를 쓰고 졸업하는 자신의 모습을 그려보았다. 에이브리 장학금은 영어 성적이 좋은 사람에게 주는 것이어서, 앤은 더욱 욕심이 났다. 그야말로 자신의 고향처럼 편하고 자신 있는 과목이었으니까 말이다.

에이브리 장학금은 뉴브런즈윅에 살던 부유한 실업가가 사망하면서 재산의 일부를 기부하여, 각 주의 기준에 따라 해안 지역에 있는 고등학교와 전문학교에 수여하도록 했다. 퀸스 아카데미에 배당이 될지 안 될지 의견이 엇갈리다가 드디어 결정된 것인데, 연말에 영어와 영문학에서 가장 높은 점수를 받은 학생이 장학금을 받게 된 것이다. 장학금은 레드먼드 대학에서 4년을 공부하는 동안 1년에 250달러씩 지급될 터였다. 그러니 앤이 그날 밤 들뜬 얼굴로 침대에 누운 것도 무리는 아니었다.

앤은 굳게 마음먹었다.

'열심히 공부해서 꼭 장학금을 받을 거야. 내가 문학사 학위를 받으면 매슈 아저씨가 얼마나 기뻐하실까? 아, 꿈을 가진다는 건 즐거운 일이야. 그리고 꿈에는 끝이 없다는 것, 그게 제일 좋은 점인 것 같아. 목표 하나를 이루자마자 더 높은 목표가 반짝이며 나타나다니! 삶이란 것이 어찌나 흥미진진한지.'

35

퀸스 아카데미에서의 겨울

주말마다 집에 다녀오면서 앤의 향수병은 서서히 사라졌다.

폭설이 내리지 않는 한 에이번리 학생들은 금요일 저녁이 되면 새로 개통한 열차를 타고 카모디로 갔다. 그곳에는 늘 다이애나와 다른 에이번리의 친구들이 나와 있었다. 저 멀리 보이는 에이번리의 정다운 불빛을 바라보면서 상쾌한 공기를 마시며 가을 언덕을 걷는 금요일 저녁은 앤이 가장 행복해하고 소중히 여기는 시간이었다.

길버트 블라이스는 거의 루비 길리스와 걸었고 루비의 가방을 들어주기도 했다. 파랗고 큰 눈을 가진 루비는 아주 아름다운 아가씨로 자랐고 스스로도 어른이 다 되었다고 생각하는 듯했다. 스커트 길이도 어머니가 허락하는 한 길게 입었고, 집에 돌아갈 때는 머리를 내렸지만 샬럿타운에서는 머리를 올리고 다녔다. 커다란 루비의 눈은 밝은 청색을 띠었고 피부는 맑았으며 몸매는 보기 좋게 통통했다. 루비는 잘 웃고 명랑했으며 성격도 좋은데다 재미있는 일들이 생기면 숨김없이 즐겼다.

제인이 앤에게 속삭였다.

"그래도 루비는 길버트가 좋아할 타입은 아냐."

앤도 그렇게 생각하고는 있었지만, 에이브리 장학금을 준다 해도 그런 말을 입 밖으로 내고 싶지는 않았다.

앤도 가끔은 길버트 같은 친구가 있어 공부나 장래의 희망에 대한 이야기를 나눌 수 있다면 얼마나 좋을까 하는 생각이 어쩔 수 없이 들기도 했다. 길버트가 꿈이 크다는 것은 앤도 알고 있었다. 하지만 루비 길리스는 길버트와 그런 이야기를 나눌 만한 상대는 아닌 것 같았다.

앤이 길버트를 생각하는 마음에 어리숙한 감상 따위는 없었다. 앤에게 있어 남자아이들이란 그저 좋은 동료 그 이상도 이하도 아니었다. 길버트와 친구였다 하더라도 길버트에게 여자 친구가 있든 누구와 함께 걸어가든 관여하지 않을 것이었다. 앤은 친구를 만드는 데 타고난 재능이 있었기 때문에 여자 친구들이 대단히 많았다. 하지만 남자 친구와의 우정이란 그저 사람 사이의 관계를 원만하게 만들어주고 판단과 비교의 폭을 넓히는 데 한 몫을 할 거라는 막연한 생각만 가지고 있을 뿐이었다. 앤이 그 문제에 대해 명쾌한 정의를 내릴 만큼 오래 생각해 본 적이 없었기 때문이다. 다만 길버트와 함께 시원한 들판을 달리거나 고사리가 가득 핀 샛길을 따라 역에서 집까지 걸어간다면 흥미로운 이야기들을 잔뜩 나눌 수 있을 거라는 생각을 하기는 했다. 그들 앞에 펼쳐진 새로운 세계에 대해, 그리고 그 안에 놓인 꿈과 희망에 대해서 말이다.

길버트는 주관이 뚜렷하고 최고가 되기 위해 최선을 다할 각오가 되어 있는 명석한 젊은이였다. 루비 길리스는 길버트 블라이스가 이야기하는 것의 반도 알아듣지 못하겠다며 제인 앤드루스에게 투덜거렸다. 길버트는 앤 셜리처럼 자기 생각을 쏟아내듯 말하는가 하면, 그럴 필요가 없는데도 책 얘기 따위나 해대니 통 재미가 없다는 거였다. 루비는 프랭크 스토클리가 훨씬 박력 있고 늠름하지만 길버트의 외모를 반도 따라가지 못하니, 누굴 더 좋아해야 할지 도무지 결정할 수 없다고 매우 난감해했다.

학교에서 앤은 차츰 자신처럼 생각이 많고 상상력이 풍부하고 또 꿈이 많은 몇몇 친구들과 어울리기 시작했다. 볼이 장미처럼 붉은 아이의 이름은 스텔라 메이너드였고, 꿈이 많아 보이는 아이의 이름은 프리실라 그랜트였다. 셋은 금방 친해졌다. 창백한 아이처럼 보이던 프리실라는 사실 장난기가 많고 농담도 잘하는 재미난 친구였고, 검은 눈동자에 생기 넘치는 스텔라는 앤만큼이나 무지개 같은 꿈과 상상을 가슴 깊이 품고 있는 아이였다.

크리스마스 연휴가 지나자 에이번리 학생들은 금요일마다 집에 가는 것을 포기하고 공부에 매달렸다. 이 무렵쯤 되자 학생들의 성적은 저마다 자릴 잡아 여러 등급으로 뚜렷하게 나누어지기 시작했고, 한번 나누어진 등급은 변화도 거의 없었다. 학생들은 은연중에 몇 가지 사실을 받아들였다. 메달을 받을 만한 사람은 세 사람 — 길버트 블라이스, 앤 셜리, 루이스 윌슨 — 으로 좁혀졌다. 그러나 에이브리 장학금은 후보가 더 많아 여섯 명 중 한 명이 받을 거라는 말이 돌았다. 수학 성적으로 가리는 동메달은 울퉁불퉁한 이마에 구멍 난 코트를 기워서 입고 다니는, 뚱뚱하고 웃기게 생긴 시골 소년이 받게 될 거라고들 했다.

루비 길리스는 퀸스 아카데미에서 가장 아름다운 학생으로 뽑혔다. 1급 과정 클래스에서는 스텔라 메이너드가 최고 미인이라는 타이틀을 거머쥐었고, 안목 있는 몇몇은 앤 셜리를 꼽기도 했다. 에셀

마르는 가장 세련된 머리 스타일로 모두의 인정을 받았고, 수수한 데다 꾸준하고 성실한 제인 앤드루스는 가정학 과목에서 1위를 차지했다. 심지어 조시 파이도 특정 분야에서 탁월하다는 평을 받았는데, 퀸스 최고의 독설가로 뽑혔다. 이렇게 스테이시 선생의 옛 제자들은 학문 분야는 물론이고 여타의 분야에서도 각자의 자리를 잘 찾아가고 있었던 것이다.

앤은 꾸준히 그리고 열심히 공부했다. 길버트와의 경쟁도 에이번리에서 그랬듯이 여전히 뜨거웠지만, 반 아이들은 눈치채지 못했다. 하지만 어찌 된 일인지 앤의 쓰라렸던 감정은 완전히 사라졌다. 길버트를 누르려는 마음이 더는 들지 않았다. 오히려 훌륭한 경쟁자를 상대로 멋진 승리를 거둔다면 뿌듯할 것 같았다. 이긴다면 보람 있는 일이 될 테고, 설사 진다 해도 그렇게 못 견딜 정도는 아닐 것 같았다.

학생들은 공부하는 틈틈이 짬을 내어 즐거운 시간도 가졌다. 앤은 시간이 나는 일요일이면 너도밤나무집으로 달려가 조세핀 할머니와 함께 점심을 먹고 교회에 갔다. 조세핀 할머니는 스스로도 인정하듯 나이가 많았지만 검은 눈동자는 여전히 또렷했고, 입심 또한 조금도 누그러들지 않았다. 하지만 앤에게 심한 말을 던지거나 날카롭게 대하는 일은 없었다. 이 까다로운 노부인에게 앤은 여전히 가장 소중한 존재였던 것이다.

조세핀 할머니는 진심으로 앤을 칭찬했다.

"앤은 볼 때마다 성장하는 것 같아. 다른 여자애들은 질려. 그 애들은 늘 똑같은 모습이거든. 그런데 앤은 무지개처럼 색이 다양한 데다, 보여주는 모든 색깔이 그렇게 아름다울 수가 없어. 어렸을 때만큼 재밌는지는 모르겠지만, 앤을 보면 나도 모르게 사랑이라는 감정이 올라와. 난 그렇게 저절로 사랑을 느끼게 해주는 사람들이 좋아. 사랑하려고 마음먹는 것도 골치 아프거든. 앤은 그런 골치 아픈 일을 덜어준다니까."

그러는 사이에 봄이 돌아왔다. 에이번리에는 아직 눈이 녹지 않은 적막한 들판에 산사나무가 분홍색 꽃눈을 살짝 틔웠고, 초록색 안개가 숲과 계곡마다 피어올랐다. 하지만 샬럿타운의 학생들은 온통 시험에 관한 생각뿐이었다.

앤이 말했다.

"벌써 학기 말이야! 작년 가을에는 겨울 수업이 그렇게 기다려지더니 벌써 시험이 코앞으로 다가왔네. 나는 시험이 인생의 전부인 것처럼 느껴지다가도, 커다랗게 새순이 부푸는 밤나무나 길 끝에 펼쳐진 저 안개 낀 푸른 하늘을 보면 시험이 별로 중요한 것 같지도 않아."

때마침 와 있던 제인과 루비, 그리고 조시는 앤의 그런 생각에 동의하지 않았다. 그 아이들의 생각은 좀 더 현실적이었다. 그들에게는 다가오는 시험이 밤나무의 새순이나 봄의 안개보다 훨씬 더 중요했다. 합격할 게 분명한 앤이라면 잠깐이라도 시험을 사소한 일로 여길 수도 있겠지만, 미래가 온통 그 시험에 달린 다른 아이들은 그렇게 유유자적할 수 없는 노릇이었다.

제인이 한숨을 쉬며 말했다.

"나는 그런 생각을 할 틈이 없어. 지난 2주 동안 3킬로그램이나 빠졌어. 걱정하지 말라고 해도 소용없어. 걱정이 되는 걸 어떡해. 사실 걱정하는 것도 도움이 좀 되는 것 같아. 걱정이라도 하면 뭐라도 하는 기분이 드니까. 겨울 내내 퀸스에서 공부하면서 돈을 그렇게 들여놓고서 교사 자격증 시험에 떨어지면 정말 끔찍할 것 같아."

조시 파이가 말했다.

"나는 상관없어. 올해 안 되면 내년에 다시 하면 되니까. 아버지가 그 정도 능력은 되시거든. 그런데 프랭크 스토클리가 그러는데, 트레메인 교수님이 금메달은 길버트 블라이스가 받을 게 확실하고 에이브리 장학금은 에밀리 클레이가 받을 것 같다고 그랬대."

앤이 웃으면서 말했다.

"조시, 내일이면 그 소식에 기분이 나빠질지도 모르겠어. 하지만 지금은 에이브리 장학금을 받든 못 받든 하나도 중요하지 않아. 지금 에이번리의 초록지붕집 아래 골짜기에서 보랏빛 제비꽃들이 피어나고, '사랑의 오솔길'에서 작은 고사리들이 고개를 내밀고 나올 걸 생각하니까 모든 게 다 괜찮아. 나는 최선을 다했고 경쟁하는 즐거움이 무엇인지도 알게 됐거든. 노력해서 이기는 것 못지않게, 노력했지만 실패하는 것도 의미가 있는 거야. 얘들아, 이제 시험 이야기는 그만하자! 저 집들 위로 펼쳐진 연초록빛의 둥근 하늘 좀 봐. 그리고 에이번리에 있는 진자줏빛의 너도밤나무 숲 위로 펼쳐진 하늘은 어떨지, 상상해 보는 거야."

루비가 현실적인 질문을 던졌다.

"제인, 졸업식 땐 뭘 입을 거야?"

제인과 조시가 동시에 대답했고, 화제는 어느새 옷 이야기로 옮겨 갔다. 하지만 앤은 혼자서 창가에 턱을 괴고 앉아 꿈결 같은 눈빛으로 도시의 지붕과 첨탑 너머의 일몰 풍경을 바라보았다. 그리고 젊은 이들만의 특권이랄 수 있는 희망의 황금실로 미래의 꿈을 엮어보았다. 숱한 가능성들이 숨은 장밋빛 날들은 모두 앤의 것이었다. 한 해 한 해가 화려한 꽃다발로 엮여지는 듯했다.

36
영광의 날, 과거를 되새기고 미래를 꿈꾸다

모든 시험의 최종 결과가 발표되는 날 아침, 앤은 제인과 함께 학교로 향했다. 제인은 편안하게 웃고 있었다. 시험은 끝났고, 적어도 불합격은 아니라는 생각에 안도했기 때문이었다. 이제 제인에게 더 고민할 일은 없었다. 끓어오르는 야망이 없었기에 그 야망에 수반되는 불안도 느낄 일이 없었다. 이 세상에서 무언가를 얻거나 이루려면 반드시 대가를 치러야 하는 법이었다. 야망을 가지는 것이 가치 있는 일이라고는 해도 그에 걸맞은 노력과 절제, 불안과 좌절이라는 비용을 들이지 않고서는 저절로 얻을 수 있는 일이 아니었다. 앤의 얼굴은 창백했고 말이 없었다. 10분 후면 누가 메달을 받게 될지, 누가 에이브리 장학금을 받게 될지 알게 될 터였다. 그 10분 외의 다른 시간은 아무 의미도 없어 보였다.

교수들이 의외의 결정을 내릴 만큼 불공정할 수도 있다는 사실을 알 리 없는 제인이 말했다.

"둘 중 하나는 네가 받게 될 거야, 앤."

앤이 말했다.

"에이브리 장학금은 꿈도 안 꿔. 다들 에밀리 클레이가 받을 거라고 하던걸. 애들이 다 지켜보는 앞에서 저 게시판까지 걸어가서 발표를 볼 엄두가 나지 않아. 차마 못 보겠어. 여학생 휴게실로 바로 갈래. 네가 발표를 보고 나한테 전해 줘. 오랜 우정을 생각해서 최대한 빨리 와줄 수 있지? 떨어졌어도 괜찮으니까 빙빙 돌려서 말하지 말고. 약속해 줘, 제인!"

제인이 진지한 얼굴로 약속했다. 하지만 약속은 필요 없었다. 두 사람이 학교 현관 계단에 다다랐을 때 복도를 가득 메운 남학생들이 길버트 블라이스를 어깨에 둘러메고 소리치고 있었던 것이다.

"메달리스트 블라이스, 만세!"

그 순간 앤은 패배감과 실망감으로 가슴이 막히는 듯했다. 이렇게 앤이 지고 길버트가 이긴 것이다!

'아, 매슈 아저씨가 얼마나 서운해 하실까. 매슈 아저씨는 내가 받을 거라고 그렇게 확신하셨는데.'

그런데 그때 누군가가 소리쳤다.

"에이브리 장학생 앤 셜리를 위해, 만세 삼창!"

제인이 더 큰 소리로 외쳤다.

"아, 앤! 축하해! 정말 기뻐!"

둘은 쏟아지는 환호를 들으며 여학생 휴게실로 달려 들어갔다.

"앤, 너무 자랑스러워! 진짜 멋있어!"

이내 여학생들이 앤의 주위를 에워쌌다. 학생들이 웃으며 축하 인사를 건네는 한가운데에 앤이 서 있었다. 학생들은 앤의 어깨를 경쾌하게 두드렸지만, 앤은 손을 덜덜 떨었다. 밀고 당기고 안기는 와중에 앤은 제인에게 겨우 이렇게 속삭였다.

여러 사람의 축하 인사를 받는 동안 앤이 제인에게 속삭였다.

"매슈 아저씨와 마릴라 아줌마가 얼마나 기뻐하실까? 당장 집에 편지를 써야겠어."

그다음으로 중요한 행사는 졸업식이었다. 졸업식은 학교 대강당에서 진행되었다. 연설을 하고 고별사를 읽고, 축가를 부르기도 했다. 그리고 학위증과 상장, 메달이 주어졌다.

매슈와 마릴라도 졸업식에 참석했다. 두 사람의 눈길은 연단에 있는 한 소녀에게만 머물러 있었다. 초록색 드레스를 입은 키 큰 소녀는 발그레한 볼에 별처럼 빛나는 눈으로 자신이 쓴 멋진 글을 낭독했다. 주변에 있는 누군가가 '저 아이가 에이브리 장학금을 받은 학생'이라고 귓속말로 속삭였다.

앤이 낭독을 마치자, 강당에 들어선 후 내내 입을 다물고 있던 매슈가 속삭였다.

"마릴라, 우리가 저 아이를 데리고 있길 잘했지?"

그러자 마릴라가 핀잔을 주었다.

"말이라고 하세요? 잘했다는 생각이 든 게 이번이 처음은 아니잖아요. 참 들먹이는 거 좋아하시네요, 매슈 커스버트."

뒤에 앉아 있던 조세핀 할머니가 몸을 기울여 양산 손잡이로 마릴라를 콕 찌르며 속삭였다.

"앤이 자랑스럽죠? 나도 그래요."

그날 저녁, 앤은 매슈와 마릴라와 함께 에이번리의 집으로 돌아왔다. 4월 이후로 집에 오지 못했기 때문에 단 하루도 미루고 싶지 않았다. 집에 오니 사과꽃이 활짝 피어 있었고, 주변은 풋풋한 생기가 넘쳐흘렀다.

다이애나가 초록지붕집에서 앤을 기다리고 있었다. 하얀 방 창가에는 마릴라가 꽂아둔 장미 한 송이가 앤을 반겼다. 앤은 하얀 방을 둘러보며 안도의 숨을 내쉬었다.

"아, 다이애나. 집에 돌아오니 정말 좋아. 분홍색 하늘 위로 뾰족하게 올라온 전나무랑 하얀 과수원, 그리웠던 '눈의 여왕'을 보니까 정말이지 너무 반갑다. 민트 향기도 감미롭고, 저 월계꽃도…… 뭐랄까…… 노래와 희망과 기도가 한데 어우러진 것 같아. 무엇보다도 기쁜 건 너를 다시 만난 거야! 너를 다시 봐서 너무 행복해!"

다이애나가 투정을 부리듯 말했다.

"난 네가 나보다 스텔라 메이너드를 더 좋아하는 줄 알았어. 조시 파이가 그러더라. 네가 스텔라한테 완전히 빠져 있다고."

앤이 웃음을 터트리며 시들어 있던 6월의 백합 꽃다발을 다이애나에게 던졌다.

"스텔라 메이너드는 세상에서 딱 한 명만 뺀다면 가장 소중한 친구지. 그리고 그 한 명은 바로 너야, 다이애나! 나는 그 어느 때보다 너를 사랑해. 그리고 너한테 할 이야기가 산더미처럼 쌓여 있어. 하지만 지금은 여기 앉아서 그냥 너를 바라보는 것만으로도 기뻐. 아, 피곤하다. 그동안 열심히 공부하고 야망을 불태우느라 지쳐 버렸나 봐. 내일은 적어도 두 시간 동안은 아무 생각도 안 하고 과수원 풀밭에 가만히 누워만 있을 거야."

"앤, 정말 자랑스러워. 정말 잘 해냈어. 에이브리 장학금을 탔으니까 바로 선생님이 되진 않겠지?"

"응, 9월에 레드먼드 대학에 갈 거야. 굉장할 것 같지 않니? 3개월이 지나고 눈부시게 아름다운 방학이 끝날 때쯤이면 다시 새로운 목표가 생기겠지. 제인이랑 루비는 선생님이 될 거래. 무디 스퍼전과 조시 파이까지 모두 통과했다니, 정말 다행이지 않니?"

다이애나가 말했다.

"제인한텐 벌써 뉴브리지 학교 이사회에서 연락이 왔대. 길버트 블라이스도 선생님이 될 거고. 그래야만 하는 상황인가 봐. 걔네 아버지가 대학에 보내줄 여력이 안 되니까, 그럼 대학에 다니는 내내 스스로 돈을 벌어야 하는 거잖아. 그래서 에이번리 학교의 선생님이 된다고 해. 에임즈 선생님이 떠나시면 길버트가 우리 학교를 맡게 되나 봐."

앤은 놀라고 당황해서 조금 묘한 기분이 들었다. 앤은 길버트도 당연히 레드먼드 대학에 갈 줄 알았다. 그래서 다시 경쟁하면서 서로 격려할 생각이었다. 그런데 가장 좋은 경쟁자이자 친구가 없어지는 것이다. 그걸 미처 깨닫지 못하고 있었던 것이다.

'가슴을 들끓게 하는 경쟁자가 없다면 어떻게 해야 하지? 진짜 학위를 받을 수 있는 공립대학이라 해도, 경쟁하는 친구가 없다면 공부하는 게 조금은 시들해지지 않을까?'

다음 날 아침, 앤은 매슈의 안색이 몹시 좋지 않은 것을 알아챘다. 확실히 지난해보다 흰머리도 더 늘어난 듯했다.

매슈가 밖으로 나가자, 앤이 조심스럽게 물어보았다.

"아줌마, 매슈 아저씨 건강은 괜찮은 거예요?"

마릴라가 걱정 어린 목소리로 대답했다.

"아니, 좋지 않다. 올봄에 심장이 아주 안 좋았는데, 조금도 쉬려고 하질 않아. 내내 걱정했는데, 요즘 들어 약간 나아진 것 같긴 하다. 일 잘하는 사람을 구했으니, 좀 쉬면서 괜찮아지길 바라야지. 네가 집에 왔으니 나이질지도 모르겠다. 매슈는 너만 보면 기운을 내니까 말이다."

앤은 식탁 너머로 몸을 숙여 두 손으로 마릴라의 얼굴을 감쌌다.

"아줌마도 예전 같지 않아 보여요. 안색도 좋지 않고, 많이 피곤해 보이세요. 일을 너무 많이 하시나 봐요. 이제는 제가 집안일을 할 테니 좀 쉬셔야 해요. 오늘 하루만 예전에 놀던 장소로 가서 옛 꿈들을 돌이켜볼게요. 내일부턴 제가 일하면 되니까, 아줌만 좀 쉬세요."

마릴라는 다정한 눈길로 앤을 바라보며 웃었다.

"일에 지쳐서가 아니라 두통 때문이야. 웬일인지 점점 심해지는구나. 스펜서 선생이 안경 때문이라고 하기에 안경도 여러 번 바꾸었는데 별 소용이 없어. 6월 말에 유명한 안과 의사가 섬에 온다면서 그 사람에게 꼭 진찰을 받아보라고 그러더구나. 아무래도 그래야 할 거 같다. 이젠 책을 읽거나 바느질하는 게 영 편치 않아. 그나저나 앤, 퀸스에서 정말 잘 해냈다는 말을 꼭 해주고 싶었다. 1년 만에 1급 교사 자격증을 따고, 에이브리 장학금까지 받다니! 린드 부인은 자만하다가는 낭패를 보기 쉽다면서, 여자한테 대학 교육은 말도 안 된다는 등으로 고시랑대더라. 여자의 본분에 맞지 않는다나. 말도 안 되는 소리지. 린드 부인 이야기를 하니까 생각났는데, 혹시 애비 은행에 대해 무슨 이야기 못 들었니?"

앤이 말했다.

"애비 은행이 좀 불안하다고 하더라고요.. 그런데 왜요?"

마릴라가 대답했다.

"린드 부인도 그 말을 하더구나. 지난주에 여기 와선 그런 소문이 돈다고 하더라고. 매슈가 걱정이 이만저만 아니야. 우리가 모은 돈이 모두 그 은행에 들어가 있어. 동전 하나까지 전부 다. 난 처음부터 세이빙 은행에 넣자고 했지만, 애비 씨가 아버지와 아주 절친한 친구 사이였거든. 그래서 매슈는 항상 애비 은행에 저금했어. 매슈는 애비 씨가 대표로 있는 은행이라면 안심할 수 있다고 하면서."

앤이 말했다.

"애비 씨는 이름만 대표이신 거 같아요. 나이가 많으셔서 오래전에 물러나셨고, 지금은 조카들이 경영을 한다고 하더라고요."

"그렇다더구나. 린드 부인도 그렇게 말하기에 매슈에게 당장 우리 돈을 빼자고 그랬지. 그랬더니 매슈가 생각해 본다고 하더구나. 그런데 러셀 씨가 어제 매슈한테 그랬나 봐. 애비 은행이 잘 돌아가고 있다고."

그날 앤은 야외로 나가 자연과 교감하며 신나는 하루를 보냈다. 앤은 그날을 절대 잊지 못할 거 같았다. 눈부시게 화창해서 황금 같던 그날, 그림자 하나 없이 온 천지에 꽃들이 만발해 있었다. 앤은 과수원에서 풍요로움을 만끽한 뒤 '드라이어드 샘'과 '버드나무 연못' 그리고 '제비꽃 골짜기'에 갔다. 그리고 목사관에 들러 앨런 부인과 실컷 이야기도 나누었다.

그리고 저녁때는 매슈와 함께 '사랑의 오솔길'을 지나 뒤편 목초지로 소들을 데리러 갔다. 석양빛이 스민 숲은 무척이나 아름다웠고 따뜻하고 찬란한 빗줄기는 서쪽 골짜기 사이로 내려앉았다. 매슈는 고개를 숙이고 천천히 걸었고, 키가 큰 앤은 허리를 꼿꼿이 펴고 매슈와 발을 맞춰 걸었다.

앤이 나무라듯이 말했다.

"아저씨, 오늘 일을 너무 많이 하셨어요. 왜 일을 쉬엄쉬엄 하지 않으세요?"

매슈가 마당의 문을 열고 소들을 몰아넣으며 말했다.

"글쎄, 그래지지가 않네. 다 나이 탓이지. 앤, 자꾸 잊어버리거든. 평생 일하면서 살아와서인지 일을 하는 게 차라리 편해. 나이도 들었으니 조심하려고 하지만……."

앤이 생각에 잠겨 말했다.

"아저씨, 제가 아저씨가 원하시던 남자아이였다면 지금쯤 아저씨를 많이 도울 수 있었을 거예요. 그랬으면 여러 가지로 편하셨을 거고요. 이런 생각을 할 때마다 제가 남자였으면 얼마나 좋았을까 싶어요. 아저씨를 생각하면……."

"글쎄다. 앤, 나는 남자아이 열두 명을 줘도 너랑은 안 바꾼다. 꼭 기억해라. 에이브리 장학금을 탄 건 남자아이가 아닌 것 같던데? 여자애였지. 나의 딸, 내가 자랑스러워하는 내 딸이었어. 안 그러니?"

매슈는 앤의 손을 어루만지고는 수줍게 웃으며 뒤뜰로 향했다.

그날 밤 앤은 자기 방으로 올라간 뒤 창문 앞에 앉아 과거를 되새기고 미래를 꿈꾸었다. 그러면서 매슈의 말을 떠올렸다. 창문 밖의 '눈의 여왕'은 달빛을 받아 하얀 빛을 뿜어냈고, 과수원 비탈길 너머 늪에서는 개구리들이 울어댔다.

앤은 은빛으로 빛나고 향기로운 고요함이 가득했던 그날 밤을 오래도록 기억했다. 그것은 앤의 삶에 슬픔이 다가오기 전의 마지막 밤이었다. 그 차갑고도 신성한 손길이 스쳐간 이후, 앤의 삶은 결코 이전과 같아질 수 없게 되었다.

37
눈물마저 말라 버린 앤의 슬픔

"매슈! 매슈……! 왜 이래요……? 어디가 아픈 거예요……?"

마릴라가 놀라서 말을 제대로 잇지 못했다. 그때 앤은 하얀 수선화를 한아름 안고 복도를 걸어오던 참이었다. 그날 이후로 하얀 수선화를 바라보거나 꽃향기를 좋아하기까지 오랜 시간이 흘러야 했다.

앤이 마릴라의 불안하고 다급한 목소리를 들었을 때, 매슈는 신문을 손에 든 채 현관 문턱에 서 있었다. 잿빛으로 변한 매슈의 얼굴이 심하게 일그러져 있었다.

앤이 꽃을 집어던지고 마릴라와 동시에 매슈에게로 달려갔다. 그러나 너무 늦은 일이었다. 앤과 마릴라가 다가가기 전에 매슈는 문앞에 쓰러졌다.

마릴라가 다급하게 숨을 몰아쉬며 소리쳤다.

"앤, 정신을 잃었어! 빨리 마틴을 불러라! 어서, 어서! 헛간에 있다."

우체국에서 막 돌아온 일꾼 마틴은 황급히 의사를 부르러 뛰어나갔다. 가는 길에 비탈길 과수원집에 들러 배리 씨와 배리 부인을 초록지붕집으로 보냈다. 볼일이 있어 배리 씨 댁에 들렀던 린드 부인도 함께 초록지붕집으로 달려갔다. 그들이 도착하니, 앤과 마릴라가 매슈를 깨어나게 하려고 미친 듯이 애를 쓰고 있었다.

린드 부인은 마릴라와 앤을 차분하게 밀어내고는, 매슈의 맥박을 침착하게 짚어보고 그의 가슴에 귀를 갖다 댔다. 그리고 불안에 떨고 있는 두 사람을 바라보는 린드 부인의 눈에 눈물이 차올랐다.

린드 부인이 무겁게 말했다.

"마릴라! 우리가 할 수 있는 게…… 없는 것 같아요."

"아, 린드 아줌마! 설마…… 아저씨가…… 아니죠……."

앤은 차마 그 무서운 단어를 입에 올리지 못했고, 얼굴은 이미 창백하게 질려 있었다.

"그래, 앤. 안 된 일이지만…… 매슈의 얼굴을 봐. 나는 저런 안색을 많이 봐서 이게 무얼 뜻하는지 알 것 같아."

앤은 매슈의 고요한 얼굴을 바라보았다. 위대한 한 생명이 영원히 봉인되는 중이었다.

뒤늦게 도착한 의사의 말로는 매슈는 갑자기 심장이 멈춰서, 그다지 고통은 없었을 거라고 했다. 아마도 갑작스럽게 충격을 받은 것 같다고 했다. 매슈가 충격을 받은 것은 손에 들고 있던 신문 때문이었다. 그날 아침에 마틴이 우체국에서 가져온 신문이었는데, 거기에는 애비 은행의 파산 기사가 실려 있었다.

소식은 삽시간에 에이번리에 퍼졌다. 하루 종일 이웃들이 드나들며 유족들을 위로하고 도와주었다. 말이 없고 수줍음 많던 매슈 커스버트가 처음으로 사람들의 관심을 한 몸에 받게 된 것이었다. 죽음이라는 백의의 왕이 내려와 매슈에게 왕관을 씌운 탓이었다.

고요한 밤이 초록지붕집에 부드럽게 내려앉자 낡은 집은 적막에 빠져들었다. 매슈 커스버트는 응접실에 놓인 관 속에 흰머리가 성성한 모습 그대로 평온하게 누워 있었다. 행복한 꿈을 꾸며 잠든 것처럼 얼굴에 다정한 미소가 서려 있었다. 관 주변은 꽃으로 장식되어 있었다. 그 꽃은 매슈의 어머니가 신혼 시절 농가 마당에 심어둔 것들이었다. 앙증맞고 오래된 그 꽃들을 매슈는 평생 남몰래 사랑해 왔다. 앤은 그 꽃들을 꺾어다 매슈 옆에 가져다 놓았다. 눈물마저 말라 버린 앤의 창백한 얼굴엔 고통 어린 눈동자만 스산하게 빛났다. 앤이 매슈를 위해 할 수 있는 마지막 일이었다.

그날 밤 배리 부부와 린드 부인이 초록지붕집에 같이 있어 주었다. 다이애나는 동쪽 다락방으로 올라가 창가에 서 있는 앤을 보고 다정하게 말했다.

"앤, 오늘 밤 나랑 같이 잘까?"

앤은 친구인 다이애나의 얼굴을 진지한 눈빛으로 바라보았다.

"고마워, 다이애나. 하지만 내가 혼자 있고 싶어 한다고 서운해 하진 않을 거지? 난 괜찮아. 이 일이 일어난 뒤로 한순간도 혼자 있지 못했어. 그래서 지금은 혼자 있고 싶어. 아주 조용히, 차분하게 이 사실을 받아들이려고 해. 난 도무지 실감이 나지 않아서 그래. 어떨 땐 매슈 아저씨가 돌아가신 것 같지 않아. 또 어떨 때는 매슈 아저씨가 아주 오래전에 돌아가신 것 같고. 아무튼 끔찍하게 답답하고 계속 고통스러워."

다이애나는 앤의 말을 온전히 이해할 수는 없었다. 눈물마저 말라 버린 앤의 슬픔보다, 타고난 성정과 오랜 습관처럼 배인 자제력을 깨트리고 폭풍처럼 쏟아내는 마릴라의 격렬한 슬픔이 더 이해하기 쉬웠다. 하지만 다이애나는 앤이 슬픈 첫 밤을 온전히 홀로 보낼 수 있도록 조용하게 자리를 비켜주었다.

앤은 혼자 있으면 눈물이 나올 줄 알았다. 앤이 그렇게 사랑하고 또 앤을 그렇게 사랑해 주던 매슈…… 어제저녁만 해도 노을을 뒤로한 채 함께 걸었던 매슈는 지금 어두컴컴한 방에서 두려울 만큼 평온한 얼굴로 누워 있었다. 하지만 눈물이 나지 않았다. 어두운 창가에서 무릎을 꿇고 앉아 언덕 위의 별을 바라보며 기도할 때도 마찬가지였다. 온종일 고통과 격정으로 몸이 지쳤지만 잠이 들 때까지 지독하고 답답한 통증만 계속 이어질 뿐이었다.

한밤중에 앤이 잠에서 깼다. 사위는 여전히 적막하고 어두웠다. 하루 동안 벌어졌던 일이 슬픔의 파도가 되어 앤을 덮쳤다. 앤은 어제저녁 마당 문에서 헤어질 때 자신을 보며 웃던 매슈의 얼굴이 떠오르면서 "나의 딸, 내가 자랑스러워하는 내 딸……"이라고 하던 목소리가 들리는 듯하자, 참을 수 없는 슬픔이 복받쳐 올랐다. 앤은 목 놓아 울었다.

울음소리를 들은 마릴라가 살며시 들어와 앤을 달랬다.

"자, 자…… 그렇게 울지 마. 그렇게 운다고 매슈가 다시 돌아오지 않는다. 그렇게…… 우는 건 좋지 않다. 물론 나도 어쩔 수 없이 울어 버렸지만 말이다. 매슈는 언제나 나한테 다정하고 따뜻한 오라버니였는데…… 이 모든 것이 하느님의 뜻이겠지……"

앤이 마릴라를 껴안고 다시 흐느꼈다.

"아, 아줌마. 그냥 울게 두세요. 우는 게 마음이 아픈 것보다는 나으니까요. 조금만 더 저를 안아주세요. 다이애나한테 자고 가라고 말할 수 없었어요. 아무리 착하고 상냥하고 다정하다 해도…… 이건 그 애 슬픔이 아니잖아요. 슬픔 바깥에 선 다이애나는 제 마음에 온전히 다가올 수 없었을 거예요. 이건 아줌마와 저, 둘만의 슬픔이에요. 아, 아줌마. 매슈 아저씨 없이 어떻게 살아요?"

"앤, 이제 우리한텐 서로가 있잖아. 앤, 네가 없었다면…… 네가 초록지붕집에 오지 않았다면, 내가 어떻게 견뎠을지 모르겠구나. 앤, 내가 너한테 좀 엄하고 딱딱하게 굴었단 거 나도 안다. 하지만 그렇다고 내가 매슈만큼 널 사랑하지 않았던 게 아니다. 말이 나온 김에 이 말을 해두고 싶구나. 내가 원체 속마음을 잘 털어놓는 사람이 아닌데, 이런 일이 닥치니까 차라리 쉽구나. 난 널 친자식만큼이나 사랑해. 네가 초록지붕집에 온 이후로 너는 늘 내 기쁨이었고, 또 위안이었어."

이틀 뒤에 매슈의 장례가 치러졌다. 매슈 커스버트는 농장 문을 지나 그가 지금까지 애써 일군 밭과 사랑했던 과수원과 그가 심었던 나무들을 돌아 먼 곳으로 떠나갔다.

그리고 다시 에이번리 사람들은 평소의 조용한 일상으로 돌아갔다. 슬픔이 가득하긴 했으나 초록지붕집도 이전 같은 일상을 되찾아 규칙적으로 할 일들을 해내갔다. 그렇다고는 해도 사랑하는 사람을 잃은 아픔만은 여전했다.

앤은 매슈가 없어도 세상이 변함없이 돌아가고 있다는 사실이 새삼 서글펐다. 앤은 전나무 숲 뒤로 떠오르는 태양과 뜰에서 터지는 연분홍빛 꽃망울들을 보고 있으면 다시 예전처럼 기쁨으로 가슴이 벅찼다. 다이애나가 찾아오면 여전히 반가웠고, 그 아이의 귀여운 말과 행동에 웃음을 터트리는가 하면 가만히 미소를 짓기도 했다. 앤은 이런 사실들을 깨달을 때마다 부끄러웠고 마음에 가책을 느꼈다. 꽃들이 흐드러진 아름다운 세상과 사랑과 우정이라는 아름다운 세계가 하나도 변하지 않은 모습으로 앤의 상상력을 여전히 자극하고 가슴을 설레게 만들었다. 삶은 여전히 여러 가지 형태로 앤을 끈질기게 부르고 있었던 것이다. 그 사실이 앤을 슬프게 했다.

어느 날 저녁, 앨런 부인과 목사관 뜰을 거닐던 앤이 진지한 목소리로 말했다.

"매슈 아저씨가 돌아가셨어도 세상은 그대로이고 때때로 즐거운 기분이 되는 것이 왠지 죄스러워요. 아저씨가 너무나 보고 싶어요……. 항상 그래요. 그런데 앨런 사모님, 그래도 세상은 여전히 아름답고 즐겁게 느껴져요. 오늘 다이애나가 재미난 얘길 해줬는데요, 제가 막 깔깔거리면서 웃고 있더라고요. 다시는 그렇게 웃을 수 없을 것 같았는데……. 그러면 안 될 것 같기도 했고요."

앨런 부인이 잔잔하게 말했다.

"매슈가 살아 있을 때 그분은 네가 웃는 걸 좋아했고, 또 네가 주변의 즐거운 것들에서 기쁨을 찾아내길 바라셨어. 매슈는 떠났지만, 네가 여전히 그렇게 지내길 원하실 거야. 그리고 자연이 우리에게 선사하는 치유력에 마음을 닫아 버리면 안 돼. 하지만 네 마음도 이해할 수 있어. 누구나 그런 경험을 하게 되니까. 사랑하는 사람이 떠나 더는 기쁨을 함께 나눌 수 없는데도 무언가에 다시 기뻐할 수 있다는 사실에 화가 나고, 세상에 다시 관심을 기울이게 되면 그동안 진정으로 슬퍼하지 않은 것처럼 느껴지기도 하니까 말이야."

앤이 꿈꾸는 듯한 얼굴로 말했다.

"오늘 오후에 매슈 아저씨의 무덤가에 장미를 심으러 갔었어요. 오래전에 아저씨의 어머니가 스코틀랜드에서 가져와 심으신 하얀 장미 묘목이었어요. 매슈 아저씨가 그 장미를 제일 좋아하셨거든요. 줄기에 가시가 있는 그 장미는 아주 작고 귀여운데 무척 향기로운 꽃이 피어요. 아저씨 가까이에 그걸 심을 수 있어서 정말 기뻤어요. 아저씨를 기쁘게 할 만한 뭔가를 한 거 같아서요. 천국에서도 매슈 아저씨 곁에 그런 장미꽃들이 있었으면 좋겠어요. 어쩌면 오랜 여름 동안 매슈 아저씨의 사랑을 받았던 하얀 장미의 영혼들이 천국에서 아저씨를 맞아주었을지도 몰라요. 이제 집에 가야겠어요. 마릴라 아줌마가 혼자 계시거든요. 해 질 무렵이 되면 쓸쓸해하세요."

앨런 부인이 말했다.

"네가 대학엘 가면 더욱 외로워지실 텐데 걱정이구나."

앤은 앨런 부인의 말에 대답하지 못한 채 작별 인사를 했다.

앤은 초록지붕집으로 천천히 걸어갔다. 마릴라는 현관문 계단에 나와 앉아 있었다. 앤도 마릴라의 옆에 앉았다. 현관문은 닫히지 않도록 분홍색 소라껍데기로 받쳐놓았다. 껍데기의 안쪽으로 난 부드러운 소용돌이 모양이 해가 지는 바다 풍경을 닮아 있었다.

앤은 연노란색 인동덩굴 줄기를 꺾어 머리에 꽂아보았다. 움직일 때마다 머리 위에서 아련한 향이 풍기는 게 참 좋았다. 마치 하늘의 축복인 것처럼 느껴졌다.

"네가 없을 때 스펜서 선생이 다녀가셨다. 내일 안과 전문의가 오니까 가서 꼭 눈 검사를 받으라고 하더라. 아무래도 가서 진찰을 받아야겠어. 그 의사가 눈에 꼭 맞는 안경만이라도 해준다면 더없이 고맙겠는데. 내가 없는 동안 혼자 있어도 괜찮겠니? 마틴은 날 태워 줘야 하고, 다림질거리도 있고 빵도 구워놔야 하는데."

"전 괜찮아요. 다이애나가 와서 함께 있어줄 거예요. 다리미질이랑 빵 굽는 것도 완벽하게 해놓을게요. 손수건에 풀을 먹이거나 케이크에 진통제를 넣지도 않을게요. 걱정 마세요."

마릴라가 웃음을 터트렸다.

"어릴 땐 정말 사고를 많이 치고 말썽도 많이 부렸지. 난 네가 뭐에 홀린 것이 아닐까 생각했었다. 머리카락 염색했던 건 기억하니?"

앤이 보기 좋게 땋아 내린 먼지를 만지면서 웃었다.

"그럼요, 기억하죠. 그걸 어떻게 잊어버려요? 그때는 머리에 왜 그렇게 신경을 썼는지 모르겠어요. 머리 색깔과 주근깨가 문제였는데, 가끔 생각하면 웃음이 나요. 그런데 지금은 주근깨도 없어지고 머리색도 다들 적갈색이라고 해요. 조시 파이만 빼고요. 어제는 제 머리가 전보다 더 빨갛게 됐다고 하더라고요. 검은 상복을 입으니까 더 빨개 보인다나요. 그러면서 머리카락이 빨간 사람들은 자기 머리 색깔에 익숙해지냐고 묻더라고요. 아줌마, 저는 조시 파이를 좋아하는 일은 이제 포기하기로 했어요. 한땐 걔를 좋아해 보려고 아등바등했었는데 이제 그만두려고요. 조시 파이는 도무지 좋아할 수가 없는 애예요."

마릴라가 날카롭게 톡 쏘듯이 말했다.

"걔가 파이 집안 아이라서 그럴 거다. 그 집안사람들은 어른들도 남의 험담을 좋아하니까. 그러니 그렇게 미움을 사는 건 당연하다. 그런 사람들도 세상에 뭔가 도움 되는 일을 하기야 하겠지만, 내가 보기엔 엉겅퀴보다도 나을 게 없다. 조시도 선생님이 될 거라니?"

"아니요. 조시는 1년 더 다닐 거래요. 무디 스퍼전과 찰리 슬론도 그렇고요. 제인과 루비는 선생님이 될 거고, 둘 다 이미 학교도 정해졌어요. 제인은 뉴브리지로 갈 거고, 루비는 서쪽에 있는 학교래요."

"길버트 블라이스도 선생이 된다지?"

앤은 짤막하게 대답했다.

"네."

마릴라는 한참 동안 생각에 잠겼다가 말을 이었다.

"훌륭한 청년으로 잘 자랐더구나. 지난주에 교회에서 봤는데, 키가 크고 남자답게 잘생겼던걸. 제 아버지 젊었을 때랑 똑 닮았더라.

존 블라이스도 참 좋은 청년이었어. 존이랑 나는 친한 친구였다. 사람들은 존이 내 남자 친구라고들 했지.”

앤은 호기심이 생겨 마릴라를 쳐다보았다.

“어, 아줌마! 그래서 어떻게 되었어요? 그런데 왜 그분이랑……?”

“싸웠거든. 존이 사과했는데 내가 받아들이지 않았어. 나는 무뚝뚝한 성격인데다 화가 나니까 우선 벌을 주고 싶었던 거야. 시간이 지나면 용서해 주려고 했지만, 존은 다시 돌아오지 않았어. 블라이스 사람들은 모두 자존심이 세거든. 늘 좀…… 후회했지. 사과했을 때 바로 용서해 줄 걸 하고…….”

앤이 부드럽게 말했다.

“그러니까 아줌마도 로맨틱한 추억이 조금은 있었던 거네요.”

“물론…… 그렇다고 볼 수 있지. 지금의 나를 보면 상상할 수 없는 일이겠지만. 겉만 보고는 사람을 다 알 수 없는 법이란다. 모든 사람이 나와 존 사이의 일을 잊었고…… 나도 잊고 살아 왔으니까. 그런데 지난주에 길버트를 보니까 옛날 일들이 새록새록 되살아나더구나.”

38

앤, 구부러진 길모퉁이에 서다

다음 날 마릴라는 시내에 나갔다가 저녁때가 되어서야 돌아왔다. 앤이 다이애나를 비탈길 과수원집에 바래다주고 왔을 때, 마릴라가 손으로 이마를 짚은 채 부엌 식탁에 앉아 있었다. 마릴라의 축 처진 모습을 보자 앤은 가슴이 철렁 내려앉았다. 마릴라가 그토록 맥 빠진 모습으로 앉아 있는 걸 한 번도 본 적이 없기 때문이다.

"아줌마. 많이 피곤하세요?"

마릴라는 앤을 올려다보며 힘없이 말했다.

"응…… 아니, 잘 모르겠다. 그렇게 말하니 피곤한 것 같기도 하고. 그런데 그런 문제가 아니다."

앤이 걱정스러운 얼굴로 물었다.

"안과 의사는 만나보신 거예요? 뭐라고 하던가요?"

"그래, 만났다. 눈 검사도 하고. 나더러 책도 읽지 말고 바느질도 하지 말라고 하더구나. 울어도 안 된다고 하고……. 자기가 준 안경을 끼고 조심하면 더 나빠지진 않을 거고, 두통도 사라질 거라 했어.

지시를 따르지 않으면 6개월 안에 시력을 완전히 잃을 거라는 거야. 눈이 멀다니! 앤, 그게 말이나 되니? 생각만 해도…….”

앤은 짧게 비명을 지른 후 잠시 가만히 서 있었다. 가슴이 내려앉는 것 같으면서 말이 도무지 나오지 않았다. 그러다가 용기를 내어 용감한 목소리로 말했다. 그래도 목이 메는 건 어쩔 수가 없었다.

“아줌마, 그런 생각은 하지 마세요. 의사 선생님은 희망적인 얘기를 하신 거잖아요. 조심만 하면 시력을 잃지 않는다잖아요. 새 안경이 두통도 낫게 해준다면 그것도 좋은 일이고요.”

마릴라는 참담한 표정으로 말했다.

“그렇게 희망적인 얘기 같지는 않다. 책도 못 읽고 바느질도 못하고, 그런 걸 하나도 못 하면…… 도대체 뭘 하며 살라는 거니? 앞이 보이지 않는 거나 죽은 거나 매한가지지. 게다가 울지도 말라고 하니…… 쓸쓸해지면 그냥 눈물이 나는 건데. 그래, 말해 봐야 무슨 소용이 있겠니. 차나 한 잔 갖다 줄래? 난 진이 다 빠진 것 같다. 그리고 이 일은 당분간 누구한테도 말하지 마라. 사람들이 이것저것 물으면서 걱정해 주는 것도 싫고, 이러쿵저러쿵하면 정말 견딜 수 없을 것 같다.”

마릴라가 차를 마시고 나자, 앤은 그만 좀 쉬라면서 마릴라를 침대에 들게 한 다음 다락방으로 올라갔다. 앤은 어두운 창가에 홀로 앉아 눈물을 흘렸다. 가슴이 돌처럼 무거웠다. 졸업하고 돌아와서 창가에 앉았던 그날 밤 이후 슬픈 일들이 어떻게 이토록 연이어 생기는지! 그때만 해도 앤은 희망과 기쁨으로 가슴이 출렁거렸고 미래는 장밋빛 약속들로 가득했건만……. 앤은 그날 이후로 까마득한 세월을 지나온 느낌이었다. 하지만 잠자리에 들 무렵 앤의 입가엔 미소가 번지고 마음은 평온해졌다. 앤은 자기가 해야 할 일과 담대하게 마주한다면, 늘 그렇듯 의무 또한 자신의 편이 될 수 있음을 깨달았다.

며칠이 지난 어느 날 오후, 마릴라가 뒤뜰에서 어떤 남자와 이야기를 나누고 나서 힘없이 들어왔다. 앤은 카모디에 갔을 때 새들러라는 그 남자를 봤던 기억이 났다. 그런데 마릴라가 그와 무슨 말을 나눴기에 마릴라의 표정이 저런 걸까? 앤은 의아해하며 마릴라에게 물었다.

"아줌마, 새들러 씨가 무슨 일로 온 거예요?"

마릴라는 창가에 앉아 앤을 바라보았다. 안과 의사가 주의하라고 했지만 마릴라는 눈물을 흘렸고, 이내 목소리도 갈라졌다.

마릴라가 힘겹게 말했다.

"초록지붕집을…… 판다는 이야기를 듣고…… 왔다는구나. 자기가 사고 싶다고…….."

앤은 자기 귀를 의심하며 소리쳤다.

"판다고요? 초록지붕집을 파신단 말인가요? 아줌마, 초록지붕집을 진짜 팔려는 건 아니죠?"

마릴라가 조용한 목소리로 말했다.

"앤, 그 외에는 다른 방법이 없다. 생각하고 또 생각해 봤다. 눈이라도 괜찮다면 계속 이 집에 살면서 믿을 만한 사람을 들여 농장 일을 하고 관리할 수도 있을 거다. 그런데 이제 그럴 수가 없잖니. 시력을 완전히 잃을 수도 있고……. 어쨌거나 이젠 집안의 대소사를 제대로 해낼 수 없을 것 같다. 나도 살면서 이 집을 팔게 될 날이 오리라곤 생각도 못 했다. 하지만 상황은 점점 더 나빠지기만 할 테고, 그러다간 집을 사겠다고 나서는 사람이 없을 수도 있다. 우리 돈은 동전 하나까지 몽땅 애비 은행에 넣어 뒀잖니. 작년 가을에 매슈가 대출받은 것도 있고……. 린드 부인은 나더러 농장을 팔고 셋집을 얻으라고 하더라. 아마 자기 집에 들어오란 얘길 거야. 집을 팔아도 많이는 못 받을 거다. 크기가 작고 건물도 낡았잖니. 그래도 그 돈이면 나 혼자 살기에는 충분하지 싶다. 앤, 네가 장학금을 받아서 얼마나 감사한지 모른다. 다만 방학 때 네가 돌아올 집이 없다는 게 가슴 아플 뿐이다. 그래도 너는 잘 견뎌낼 거지……?"

마릴라는 말을 하다가 더는 참지 못하겠는지 비통하게 울음을 터트렸다.

앤이 단호하게 말했다.

"안 돼요. 초록지붕집을 팔 수는 없어요."

"앤, 나도 그러고 싶지 않다. 하지만 생각해 보거라. 여기서 혼자 살 순 없어. 힘들고 쓸쓸해서 미쳐 버릴 거다. 더구나 시력도 더 나빠질 거고……. 그렇게 될 게 뻔하다."

"아줌마, 혼자 지내지 않으실 거예요. 제가 같이 있을 거니까요. 저, 레드먼드에 안 가요!"

마릴라는 눈물 젖은 얼굴로 앤을 바라보았다.

"레드먼드에 안 간다니! 그게 무슨 소리니?"

"말씀드린 대로예요. 장학금을 받지 않으려고요. 아줌마가 시내에 다녀오신 날 밤에 그렇게 마음먹었어요. 그동안 아줌마가 저에게 어떻게 해주셨는데, 제가 아픈 아줌마를 혼자 두고 떠나겠어요? 곰곰 생각하면서 계획을 세워봤어요. 배리 씨가 내년에 우리 농장을 임대하길 원하세요. 그러니까 농장은 신경 안 쓰셔도 돼요. 그리고 저는 선생님이 될 거예요. 에이번리 학교에 지원해 놨어요. 하지만 이사회가 길버트 블라이스와 계약했기 때문에 되리라고는 생각 안 해요. 하지만 카모디 학교는 갈 수 있을 거예요. 블레어 씨가 어젯밤에 상점에서 말씀해 주셨어요. 물론 에이번리 학교처럼 좋고 편하지는 않아요. 하지만 카모디에서 하숙집을 찾으면 되고, 날씨가 따뜻할 때는 카모디로 마차를 직접 몰고 갔다 와도 되고요. 겨울에는 얼마든지 금요일마다 집에 올 수 있잖아요. 그러니까 말은 팔지 마세요. 아, 아줌마! 제가 다 생각해 뒀다니까요. 그리고 제가 책을 읽어드리고, 뭐든 힘이 되어 드릴게요. 지루하거나 쓸쓸하다고 느낄 일도 없게 할 거예요. 그리고 여기서 아늑하고 행복하게 함께 사는 거예요. 아줌마랑 저랑, 우리 둘이서요."

마릴라는 꿈을 꾸고 있는 것 같은 얼굴로 앤의 이야기를 듣고 있었다.

"앤, 네가 여기 있으면 나는 정말 잘 지낼 수 있을 거다. 하지만 나를 위해 네가 희생할 순 없다. 그건 안 될 일이다."

앤이 밝게 웃으면서 말했다.

"그게 무슨 말씀이세요? 희생이라니요? 저한테는 초록지붕집을 파는 것보다 더 나쁜 일은 없어요. 그게 제일 마음 아픈 일이에요. 우리는 이 소중한 집을 지켜야 해요. 아줌마, 저는 결심을 굳혔어요. 레드먼드엔 안 가요. 여기 살면서 아이들을 가르칠 거예요. 제 걱정은 조금도 하지 마세요."

"하지만 네 꿈은……. 안 된다!"

"아줌마, 저는 언제나처럼 꿈이 차고 넘쳐요. 다만 방향을 바꾼 것뿐이에요. 저는 훌륭한 선생님이 될 거예요. 그리고 아줌마의 시력이 나빠지지 않도록 애쓰겠어요. 또한 집에서 대학 과정을 조금씩 공부할 거예요. 아줌마, 저는 계획이 엄청 많아요. 일주일 내내 그것만 생각했는걸요. 여기에서 최선을 다해 살면, 그 보답으로 최고의 인생을 얻을 거라 믿어요. 퀸스를 졸업했을 땐 제 미래가 직선 도로처럼 펼쳐져 있는 것 같았어요. 그 길을 따라가다 보면 수많은 이정표를 보게 될 거라고 생각했어요. 지금은 그 직선 도로에 구부러진 길이 생겼고, 전 지금 길모퉁이에 서 있는 거예요. 길모퉁이를 돌면 무엇이 기다리고 있을지 모르지만, 저는 아주 멋진 일이 저를 기다리고 있을 거라고 믿을 거예요. 구부러진 길모퉁이는 그 나름으로 매력이 있더라고요. 아줌마, 길모퉁이를 돌고 나면 어떤 길이 나올지 궁금해지잖아요. 초록빛 환희가 펼쳐질지, 다채로운 빛과 어둠이 있을지, 어떤 새로운 풍경과 새로운 아름다움이 펼쳐질지, 저 멀리에 어떤 구부러진 길과 언덕과 계곡으로 이어질지요……."

마릴라는 장학금을 떠올렸다.

"하지만 네가 대학을 포기하게 두면 안 될 거 같아."

앤이 명랑하게 웃으면서 말했다.

"아줌마가 제 결정을 바꾸실 순 없어요. 저는 이제 여섯 달만 지나면 열일곱 살이 되는걸요. 린드 아줌마가 언젠가 말씀하셨듯이 제가 고집 센 노새잖아요. 아줌마, 저를 안쓰럽다고 생각하지 마세요. 가여워지는 거 싫어요. 그리고 그럴 필요도 없고요. 저는 제가 사랑하는 초록지붕집에 산다는 생각만으로도 가슴이 벅차요. 누구라도 아줌마랑 저만큼 초록지붕집을 사랑할 순 없잖아요. 그러니까 이 집을 아줌마와 제가 지켜야 해요."

마릴라가 어쩔 수 없다는 듯이 말했다.

"앤, 그렇게 해준다니 내가 새로 태어난 기분이다……. 무슨 수를 써서라도 널 대학에 보내야 하는 건데. 나로서는 도리가 없구나. 더는 아무 말 않겠다. 앤, 언젠가는 꼭 보답해 주마."

앤이 대학 진학을 포기하고 초록지붕집에 살면서 선생님이 된다는 소문이 에이번리 마을에 퍼지면서 이야깃거리가 되었다. 마릴라의 눈 상태를 알지 못하는 사람들 대부분은 앤이 어리석은 결정을 내렸다고 했다. 그러나 앨런 부인의 생각은 달랐다. 앨런 부인은 잘 선택했다며 응원의 말을 해주었고, 앤은 기쁨의 눈물을 흘렸다.

어느 날 저녁, 린드 부인이 초록지붕집에 들렀을 때 앤과 마릴라는 따뜻하고 향기로운 여름을 만끽하며 현관문 앞에 앉아 있었다. 두 사람은 어스름이 내릴 무렵이면 그곳에 나와 있는 것을 좋아했다. 뜰에는 흰 나방들이 날아다니고, 이슬 젖은 대기에는 민트 향이 가득했다.

린드 부인은 피로와 안도가 뒤섞인 긴 한숨을 내쉬며 문 옆에 놓아둔 돌 의자에 육중한 몸을 내려놓았다. 의자 뒤로 분홍색과 노란색의 키 큰 접시꽃들이 줄지어 피어 있었다.

"이렇게 앉으니 정말 좋군요. 하루 종일 걸어 다녔지 뭐예요. 90킬로그램을 두 발로 지탱하고 다니는 게 보통 일은 아니에요. 마릴라, 뚱뚱하지 않은 것도 복인 줄 아세요. 감사할 일이라고요. 그나저나 앤, 대학 가는 걸 포기했단 얘길 들었다. 잘 생각했어. 지금도 여자로선 배울 만큼 배운 거야. 난 여자애들이 남자애들이랑 같이 대학엘 가서 라틴어니 그리스어니 하면서 쓸데없는 지식을 머릿속에 잔뜩 집어넣는 건 필요 없다고 생각한다."

앤이 웃으며 말했다.

"린드 아줌마, 저도 똑같이 라틴어랑 그리스어 공부를 할 거예요. 여기 초록지붕집에서 학사 과정을 공부하려고요. 대학에서 배우려고 했던 것들을 모조리 공부할 거예요."

린드 부인이 화들짝 놀라 두 손을 치켜들었다.

"앤, 그러다 힘들어 죽는다."

"전혀요. 전 해낼 거예요. 그렇다고 무리하진 않을 거예요. 적당히

할 거예요. 겨울밤은 기니까 시간도 많을 테고, 전 뜨개질에는 영 소질이 없거든요. 카모디에 가서 아이들도 가르쳐야 하고요."

"글쎄다. 난 네가 여기 에이번리 학교에서 가르치게 될 거라는 생각이 드는데…… 이사회에서 너에게 학교를 맡기기로 결정했다고 하더라."

앤이 깜짝 놀라 벌떡 일어났다.

"린드 아줌마! 에이번리 학교 이사회에선 길버트 블라이스를 뽑았 잖아요?"

"그랬었지. 하지만 길버트가 네가 지원했다는 소식을 듣자마자 이사회를 찾아갔나 보더라. 너도 알다시피 어젯밤 학교에서 회의가 있었는데, 길버트가 자기가 지원을 취소할 테니 널 뽑아 달라고 했던 모양이야. 자기는 화이트샌즈로 가겠다며 말이다. 순전히 널 위해 양보를 한 거지. 네가 마릴라랑 얼마나 같이 살고 싶어 하는지 아니 까 그런 게지. 길버트가 아주 친절하고 사려 깊지 않니? 그렇고말고. 진심으로 자기를 희생한 거야. 화이트샌즈에 가면 하숙비도 들 테고, 대학 갈 학비도 저 혼자 벌어야 하는데. 어쨌거나 이사회에서 너에게 학교를 맡기기로 했단다. 토머스가 집에 와서 그 얘길 해주는데, 너한테 전해 주고 싶어서 아주 입이 간질거려 죽는 줄 알았다니까."

앤이 웅얼거렸다.

"그러면 안 될 거 같아요. 그러니까 저 때문에 길버트가 그런 희생 을 하면 안 될 것 같은데……."

린드 부인이 격려했다.

"하지만 이제 별수 없어. 길버트는 이미 화이트샌즈랑 계약을 했으 니까 말이다. 이제 와서 네가 거절한다 해도 길버트한텐 도움이 안 돼. 네가 당연히 에이번리 학교를 맡아야 해. 잘 해낼 수 있을 거야.

이젠 파이 집안 애들도 없으니까. 조시가 파이 집안 마지막 애였잖니. 천만다행이지, 뭐. 파이 집안 애들이 지난 20년 동안이나 에이번리 학교에 다녔잖아. 선생님들을 애먹이려고 태어난 아이들 같았지. 세상에나! 저기 배리 씨네 다락방에서 깜빡거리면서 반짝거리는 게 뭐니?"

앤이 웃으면서 말했다.

"다이애나가 저한테 잠깐 오라고 신호를 보내는 거예요. 옛날부터 해오던 거예요. 얼른 달려가서 무슨 일인지 보고 올게요."

앤은 토끼풀로 뒤덮인 비탈길을 사슴처럼 뛰어 내려가 '유령의 숲' 전나무 그늘 속으로 사라졌다. 린드 부인이 다정한 눈길로 앤의 뒷모습을 바라보며 말했다.

"아직도 어린애 같은 구석이 많네요."

순간, 마릴라가 이전의 깐깐한 말투로 톡 쏘아붙였다.

"어른스러울 때가 더 많답니다."

그렇다고 해도 깐깐함은 더 이상 마릴라의 특징이 아니었다.

린드 부인이 그날 밤 토머스에게 말했다.

"마릴라 커스버트가 부드러워졌어요. 진짜라니까요."

다음 날 저녁, 앤은 매슈의 무덤에 가서 싱싱한 꽃을 두고 스코틀랜드 장미 묘목에 물을 주었다. 앤은 아담한 묘지의 평화와 고요가 마음에 들어 땅거미가 내릴 때까지 머물러 있었다. 포플러 이파리들은 나긋하고 다정하게 말을 건네는 듯 바스락거렸고 무덤가에서 제멋대로 자란 잡초들은 귀엣말을 하는 것만 같았다. 마침내 그곳을 떠난 앤이 긴 언덕을 걸어 '반짝이는 호수' 쪽으로 내려왔을 때는 이미 해가 뉘엿뉘엿 지고 있었다. 저녁놀 속에 꿈결처럼 들어앉은 에이번리 마을 전체가 저녁노을에 푹 잠겨 마치 '먼 옛날의 평화

가 깃든 곳'(알프레드 테니슨의 시 〈예술의 궁전〉에 나오는 구절)처럼
앤의 눈앞에 환상적으로 펼쳐졌다. 바람이 달콤하기 그지없는 토끼
풀 들판을 타고 넘어, 대기에는 신선한 향기가 감돌았다. 농장의
나무들 사이로 여기저기 집 안에서 새어 나온 불빛들이 반짝거렸다.
그 너머로 안개에 잠긴 듯한 보랏빛 바다가 끊임없이 철썩였다. 서쪽
하늘은 부드럽게 어우러진 빛깔들로 찬란했고 잔잔한 연못 위로
더욱 부드럽게 내려앉았다. 앤은 이 장엄한 광경을 보자 가슴에 전율
이 일었고, 기꺼이 영혼의 문을 활짝 열어젖혔다.

앤이 혼잣말로 중얼거렸다.

"진정으로 사랑하는 세상아, 너는 참으로 아름다워. 내가 네 안에
살아 있다는 게 정말 기뻐."

언덕을 반쯤 내려왔을 때 키가 훌쩍 큰 한 청년이 휘파람을 불며
블라이스 씨네 농가 문에서 걸어 나왔다. 길버트 블라이스였다. 앤을
알아본 길버트가 휘파람을 그쳤다. 정중히 모자를 벗어든 길버트는
잠시 고개를 숙이고는 그냥 지나쳐 가려고 했다.

앤이 얼굴을 붉히며 그를 향해 손을 내밀었다.

"길버트! 날 위해 에이번리 학교를 포기해 줘서 고마워. 아주……
친절한 행동이었고, 내가 얼마나 고마워하는지 알아줬으면 좋겠어."

길버트는 앤이 내민 손을 기꺼이 잡았다.

"앤, 별로 대단한 일도 아닌걸. 너한테 작은 일이나마 해줄 수
있어서 좋았어. 그럼 이제 우리가 친구로 지낼 수 있는 거니? 내 오래
전 잘못을 진짜 용서해 주는 거야?"

앤은 웃으면서 손을 빼려 했지만 빼내지 못했다. 길버트가 놓아주
지 않았다.

"네가 연못가에 내려준 날, 이미 용서했어. 그땐 나도 몰랐지만

말이야. 내가 얼마나 멍청한 고집쟁이였는지……. 솔직히 말하면, 그날 이후로 계속 후회하고 있었어."

길버트가 기뻐하며 말했다.

"우린 정말 좋은 친구가 될 거야. 처음부터 우린 좋은 친구가 될 운명이었다니까. 앤, 네가 그 운명을 거부해 왔던 거고. 우린 여러 가지 방법으로 서로에게 도움을 줄 수 있을 거야. 공부는 계속할 거지? 그렇지? 나도 그래. 자, 집까지 바래다줄게."

앤이 부엌으로 들어서자 마릴라가 호기심 어린 눈으로 물었다.

"앤! 오솔길을 같이 온 애가 누구냐?"

앤이 얼굴을 붉히며 대답했다.

"길버트 블라이스예요. 배리 씨네 언덕에서 만났어요."

마릴라가 웃으면서 놀리듯 말했다.

"네가 길버트와 그렇게 친한 줄 몰랐는데. 문 앞에 서서 30분 동안이나 이야기를 나누다니 말이야."

"그렇지 않아요……. 그동안은 그냥 선의의 경쟁자였어요. 하지만 앞으로는 좋은 친구로 지내는 게 더 낫겠단 생각을 했고요. 그런데 우리가 정말 30분 동안이나 거기에 있었어요? 몇 분 안 된 거 같은데. 하지만 5년 동안의 이야기가 쌓여 있었잖아요."

그날 밤 앤은 흡족한 마음으로 오랫동안 창가에 앉아 있었다. 바람이 벚나무 가지를 흔들 때마다 꽃향기가 실려 왔고, 골짜기의 뾰족한 전나무 위에서 별들이 반짝였다. 다이애나의 방에서 새어 나온 불빛도 언제나처럼 나무들 사이에서 아슴아슴 빛나고 있었다.

퀸스 아카데미에서 돌아와 창가에 앉았던 그날 밤 이후로 앤의 미래는 다소 좁아졌다. 하지만 앤은 자기 앞에 놓인 길이 좁아졌다 해도 그 길을 따라 잔잔한 행복의 꽃들이 피어날 거란 걸 알고 있었다. 진심 어린 일과 소중한 열망과 마음 맞는 친구가 있다는 기쁨이 모두 앤의 가슴속에 있었다. 그 어떤 것도 앤의 타고난 상상력이나 꿈으로 가득 찬 이상 세계를 빼앗을 순 없었다. 그리고 길에는 늘 구부러진 길모퉁이가 있을 테니 말이다.

앤이 나지막하게 읊조렸다.

"하느님이 하늘에 계시니, 온 세상이 평화롭도다!" (영국 시인 로버트 브라우닝(Robert Browning)의 시 〈피파가 지나간다(Pippa Passes)〉 중 한 구절.)

| 작품 해설 |

1904년 어느 봄날, 캐나다 프린스에드워드 섬의 캐번디시에서 외할머니와 함께 지내고 있던 서른 살의 루시 모드 몽고메리(Lucy Maud Montgomery)는 자신이 어릴 때 쓰던 수첩에서 이런 메모를 발견했다.

'어떤 농부가 양자를 삼기 위해 남자아이를 보육원에 부탁했는데, 일이 잘못되어 여자아이가 오게 되었다.'

몽고메리가 어릴 적 우연히 자기 옆집에 사는 독신 남매 집에 어린 조카딸이 와서 사는 것을 보고 문득 '저 아이는 고아가 아닐까?'라는 엉뚱한 생각을 했던 것을 적은 내용이었다. 그녀는 이 모티브에 착안하여 자신과 무척 닮은 소녀의 이야기를 쓰기 시작했다.

몽고메리는 겨우 두 살 때 폐결핵으로 어머니를 잃고, 재혼한 아버지와도 떨어져 우체국을 운영하는 외할아버지와 외할머니에 맡겨져 자라났다. 때문에 '북해의 진주'라고 불릴 만큼 아름다운 이 섬에서 그녀는 외롭지만 상상력이 풍부한 유년기를 보냈다.

그녀는 어릴 때부터 잠시라도 읽고 쓰는 일을 게을리 하지 않은 것으로 알려져 있다. '글을 쓰고 싶어 좀이 쑤시는' 기질을 타고 나서 열 살 때에 〈가을〉이라는 시를 쓰고, 열다섯 살 때에는 샬럿타운의 지역 신문에 시를 발표하는 등 문학적 재능도 보였던 터였다.

그렇게 해서 몽고메리의 펜 끝에서 세계 문학사상 가장 사랑스러운 소녀 '앤 셜리(Anne Shirley)'가 탄생하게 된다.

호기심으로 반짝이는 커다란 눈과 주근깨투성이 얼굴에 찰랑거리는 빨강 머리칼을 가진 소녀 앤의 이야기는 상당 부분 작가 자신의 자화상을 담고 있다. 2층 다락방 창 너머로 하염없이 상상의 나래를 펼치고 궁금한 일에 대해서는 질문을 참지 못하는 어린 시절의 앤과 몽고메리, 몽고메리의 외할아버지와 외할머니는 작품 속에서 매슈 커스버트(Matthew Cuthbert)와 마릴라 커스버트(Marilla Cuthbert) 남매로 바뀌어 등장하고, 앤과 마찬가지로 몽고메리 역시 소원인 교사가 되었다.

그녀는 앤의 이야기를 이듬해인 1905년 10월에 탈고했다. 본래 제목은 '그린 게이블스의 앤(Anne of Green Gables)'으로 원래의 뜻을 살려 번역하면 '초록 박공(博栱)지붕(박공지붕: 건물의 모서리에 추녀가 없고, 용마루까지의 측면 벽이 삼각형으로 된 지붕)의 앤'이 된다. 우리나라에서는 거의 《빨간 머리 앤》 또는 《빨강 머리 앤》으로 출간되어 있다.

하지만 앤이 지나치게 수다스럽다고 여긴 것일까? 원고를 받아주는 출판사가 한 군데도 없었다. 다섯 곳의 출판사로부터 퇴짜를 맞은 몽고메리는 낙심해서 원고를 창고 속에 처박아 두고 만다. 그러다가 2년 뒤 자신이 읽기에도 재미난 원고가 아까워 미국 보스턴에 있는 출판사에 투고했고, 이번에는 '크게 기대를 걸 만한 작품은 아니지만 책을 내겠다.'는 답을 받았다.

이런 우여곡절 끝에 1908년 《초록지붕집의 앤(Anne of Green Gables)》이 출간되었는데, 출판사들과는 달리 세상에 나오자마자 독자들의 반응은 가히 폭발적이어서 1백만 부 이상이 팔리는 베스트셀러로 떠올랐다.

마크 트웨인(Mark Twain)은 몽고메리에게 보낸 편지 속에서 '《이상한 나라의 앨리스》 이후 가장 재미있고, 사랑스러운 소녀를 창조했다.'는 극찬을 아끼지 않았다. 앤을 실제 인물이라고 믿는 소녀들의 편지가 조용한 시골마을의 우체국으로 쏟아져 들어왔다.

열렬한 호응에 힘입어 몽고메리는 출판사의 요청에 따라 속편을 쓰기 시작하여 이듬해에 《에이번리의 앤(Anne of Avonlea)》을 출간하는 등, 앤이 교사가 되고 길버트와 결혼하여 아이들을 둔 중년 부인이 되기까지의 과정을 그린 후속 작품들을 계속해서 펴냈다.

1911년 그녀 나이 서른일곱에 함께 살던 외할머니가 세상을 떠나고, 같은 해 7월 그녀는 장로교회 목사인 이완 맥도널드와 결혼했다. 이후 그녀는 평생토록 목사의 부인, 두 아들의 어머니, 그리고 작가로서의 삶을 병행하게 된다.

알려진 바에 따르면 몽고메리는 매일 두 시간씩 앤의 후속편을 썼다고 한다. 사실 그녀는 앤에게 이미 싫증을 느끼고 있었지만 출판사와 독자의 요청 때문에 앤 시리즈를 의무적으로 계속 집필했다고 하는데, 이러한 까닭인지 앤을 창조한 첫 작품 이후에는 앤 시리즈가 썩 좋은 평가를 받지 못했다. 몽고메리는 《에밀리(Emily)》 시리즈 3부작(1923년 《귀여운 에밀리》, 1925년 《에밀리 영혼에 뜨는 별》, 1927년 《에밀리, 여자의 행복》)을 더 마음에 들어 했다고 하며, 이 작품에는 자전적인 요소가 매우 짙게 배어 있다.

1935년, 남편이 목사직에서 은퇴하면서 몽고메리 가족은 토론토로 이사했고, 7년 뒤인 1942년 68세의 나이로 그녀는 눈을 감았다. 그녀의 묘소는 《빨강 머리 앤》의 무대이자 그녀가 평생 사랑했던 프린스에드워드 섬의 캐번디시에 마련되어 있다. 몽고메리의 생가는 현재 박물관으로 개조되어 보존 중이다.

　　꿈 많은 고아 소녀 앤이 곧은 성품과 열정, 어린이다운 상상력으로 성장해 가는 낭만적이고 감동적인 이야기는 40여 개국 언어로 전 세계 곳곳에서 출간되고, 영화와 애니메이션으로 제작되는 등 탄생 120년이 가까워지는 지금까지도 뜨거운 사랑을 받고 있다.

작가의 삶과 연보

1874 11월 30일, 캐나다 세인트로렌스 만의 프린스에드워드 섬 클리프턴에서 태어나다.

1876 어머니 클라라 울너 맥닐이 사망하다. 이후 캐번디시에서 우체국을 운영하는 외할아버지와 외할머니 손에서 어린 시절을 보내다.

1881 캐번디시 초등학교에 입학하다.

1890 아버지가 살고 있는 서스캐처원에서 고등학교에 다니다.
〈루퍼스 곶에 대하여〉라는 시가 샬럿타운에서 발행되는 《데일리 패트리어트》 신문에 실려 처음으로 활자화되다.

1893 시 〈오직 제비꽃만이〉가 미국 잡지에 실리고, 그 대가로 잡지 구독권을 받다.
프린스 오브 웨일즈 컬리지에서 교사 자격증을 따기 위해 공부하다.

1894 프린스에드워드 섬 비더포드에서 교사 생활을 하다.

1895 필라델피아 《골든 데이즈》에 단편소설을 게재하고 최초로 5 달러의 보수를 받다. 이후 2년간 교편을 잡다.

1898 외할아버지 알렉산더 맥닐이 사망하다. 캐번디시로 돌아와 외할머니와 함께 지내다.

1900 아버지 휴 존 몽고메리가 사망하다.

1901 핼리팩스에서 석간지 《데일리 에코》의 직원으로 8개월 동안 일하다.

1902 캐번디시로 돌아오다.

1904 《빨강 머리 앤》(원제는 《초록지붕집의 앤(Anne of Green Gables)》) 집필을 시작하다.

1905 10월, 《빨강 머리 앤》을 탈고하다.

1906 다섯 곳의 출판사에 《빨강 머리 앤》을 투고하지만 모두 거절당하다.

1908 보스턴 페이지 출판사에서 《빨강 머리 앤》을 출간하다.

1909 《빨강 머리 앤》의 속편 《에이번리의 앤(Anne of Avonlea)》을 출간하다.

1910 《과수원의 킬메니(Kilmeny of the Orchard)》를 출간하다.

1911 《이야기 소녀(The Story Girl)》를 출간하다. 7월, 이완 맥도널드와 결혼하다.

1913 《이야기 소녀》의 속편 《황금길(The Golden Road)》을 출간하다.

1915 《레드먼드의 앤(Anne of the Island)》을 출간하다.

1917 《앤의 꿈의 집(Anne's House of Dreams)》을 출간하다.

1919 《무지개 골짜기(Rainbow Valley)》를 출간하다.

1921 《잉글사이드의 릴라(Rilla of Ingleside)》를 출간하다.

1923 《에밀리(Enily)》 시리즈 출간을 시작하다.

1926 《푸른 성(The Blue Castle)》을 출간하다.

1929 《금잔화의 마력(Magic for Marigold)》을 출간하다.

1931 《엉킨 거미줄(A Tangled Web)》을 출간하다.

1933 《은빛 숲의 팻(Pat of Silver Bush)》을 출간하다.

1936 《바람 부는 포플러나무 집의 앤(Anne of Windy Poplars)》을 출간하다.

1937 캐번디시 마을 일부가 국립공원으로 지정되고, 초록지붕집이 소설 속 모습대로 재현되어 일반에 공개되다.

1939 《잉글사이드의 앤(Anne of Ingleside)》을 출간하다.

1942 4월 24일, 세상을 떠나다. 프린스에드워드 섬의 캐번디시에 묻히다.